De vergelding

3037

Van dezelfde auteur

Gesloten gelederen
De infiltrant

Brian Haig

De vergelding

Zwarte Beertjes
Utrecht / Amsterdam

Oorspronkelijke titel: Secret Sanction

Vertaling: Jan Smit
Omslagontwerp: Myosotis Reclame Studio
Eerder verschenen onder de titel *Missie: Kosovo*

Dit is een uitgave van A.W. Bruna Uitgevers B.V.
in samenwerking met Zwarte Beertjes.

ISBN 90 449 3020 6
NUR 313

1

De overeenkomst tussen het vagevuur en Fort Bragg in augustus is zo groot dat je in de lucht bijna de zwavel kunt ruiken. In werkelijkheid is het geen zwavel, maar een luchtvochtigheid van achtennegentig procent, met het stof van North Carolina en de doordringende zweetlucht van ongeveer dertigduizend mannen en vrouwen die de halve dag bezig zijn met door de bossen te rennen. Zonder te kunnen douchen.

Zodra ik uit het vliegtuig stapte, had ik de aanvechting om mijn bazen in het Pentagon te bellen en hen te smeken op hun besluit terug te komen. Maar dat had geen zin. 'Mededogen', zoals ze in het leger zeggen, staat in het woordenboek tussen 'matennaaier' en 'melaats' en wordt als zodanig behandeld.

Dus pakte ik mijn plunjezak en mijn overdreven grote attachékoffer en ging ik op weg naar de taxistandplaats. Natuurlijk was dit de luchtmachtbasis Pope, grenzend aan Fort Bragg – één grote, vrolijke militaire familie. Maar nergens een taxistandplaats te bekennen. Dom van me. Dat had ik kunnen weten. Ik liep rechtstreeks naar een telefooncel en belde de dienstdoende sergeant op het hoofdkwartier van de 82ste Luchtlandingsdivisie. Dat zijn de mannen die er hun beroep van maken uit vliegtuigen te springen en te bidden dat hun van overheidswege verstrekte parachutes zich op tijd zullen openen voordat ze met hun breekbare botten te pletter slaan. Meestal worden die schietgebedjes verhoord. Soms ook niet.

'Hoofdkwartier 82ste Luchtlandingsdivisie. Sergeant Mercor,' klonk een strenge stem.

'Majoor Sean Drummond hier,' blafte ik en gaf mijn beste

imitatie weg van een onaangename bullebak – wat me over het algemeen heel aardig lukt.
'Wat kan ik voor u doen, majoor?'
'Wat kunt u voor me doen?'
'Neem me niet kwalijk, maar wat bedoelt u?'
'Dat lijkt me toch wel duidelijk, niet? Waarom staat er geen jeep op me te wachten bij het vliegveld? Waarom sta ik hier moederziel alleen?'
'Wij sturen geen jeeps naar het vliegveld om personeel op te halen. Zelfs geen officieren, majoor.'
'Sergeant, denkt u soms dat ik achterlijk ben?'
Ik liet die vraag even in de lucht hangen en hóórde hem bijna tandenknarsen, maar hij wist zijn antwoord in te slikken.
Veel vriendelijker vervolgde ik: 'Misschien hebben ze u geen instructies gegeven of bent u het gewoon vergeten. Ik weet alleen dat de generaal op de bovenverdieping van dat hoofdkwartier van u mij een jeep had beloofd als ik aankwam. Als die wagen er binnen twintig minuten is, zal ik het door de vingers zien als een klein ongemak. Zo niet...'
Het bleef lang stil aan de andere kant. Sergeants in het leger hebben een ongelooflijk overlevingsinstinct. Dat moet ook wel. Ze werken hun hele leven voor officieren, onder wie uitstekende kerels zitten maar ook veel waardeloze figuren. Een sergeant moet zorgen dat hij beiden even onverstoorbaar tegemoet treedt.
'Majoor, eh... dit is nogal ongebruikelijk. Niemand heeft me gezegd dat ik een jeep moest sturen, dat verzeker ik u.'
Natuurlijk had niemand hem dat gezegd. Dat wist ik ook wel, en hij wist het net zo goed. Maar er gaapte een enorme kloof tussen die twee feiten.
'Hoor eens, sergeant... Mercor, was het toch? Het is halfelf 's avonds en mijn geduld begint met de minuut af te nemen. Dus zeg het maar.'
'Goed, majoor. De auto komt over twintig minuten. Maar ik

hoop dat u geen loopje met me neemt, want ik zal dit in het boek noteren. De kolonel krijgt het morgenochtend te zien.' Dat laatste probeerde hij zo dreigend mogelijk te laten klinken.
'Twintig minuten,' zei ik en hing op.
Ik ging op mijn plunjezak zitten wachten. Ik had me moeten schamen over mijn leugentje, maar mijn geweten had er gewoon geen zin in. Ik was moe en ik had er de pest in. Bovendien was ik hier gekomen met orders om een speciaal onderzoek uit te voeren. En volgens mij had ik daarom recht op bepaalde privileges.
Exact twintig minuten later verscheen soldaat Rodriguez met zijn jeep. Ik wist zeker dat sergeant Mercor hem had opgedragen om te verdwalen of rondjes te rijden of wat dan ook, zolang hij maar niet één seconde eerder dan die twintig minuten bij het vliegveld aankwam. Ook dat is typerend voor sergeants. Ze zijn ongelooflijk haatdragend.
Ik gooide mijn plunjezak achter in de jeep en klom voorin.
'Waarheen?' vroeg soldaat Rodriguez, die strak voor zich uit bleef staren.
'Bezoekersverblijf. Weet je waar dat is?'
'Ja.'
'Mooi. Rijden maar.'
Het duurde even voordat Rodriguez een soort kuchje liet horen en vroeg: 'Bent u hier gedetacheerd, meneer?'
'Nee.'
'Moet u zich melden?'
'Nee.'
'Op doorreis?'
'Je wordt warmer.'
'U bent advocaat, zeker?' zei hij, met een blik op het koper op mijn uniform, waaraan ik herkenbaar was als lid van het Judge Advocate General's Corps, kortweg JAG.
'Rodriguez, het is al laat en ik ben moe. Heel vriendelijk dat

je een gesprekje wilt aanknopen, maar ik ben niet in de stemming. Rij nou maar.'
'Hé, geen punt, majoor.'
Rodriguez floot een deuntje en vroeg toen: 'Ooit eerder in Bragg geweest, meneer?'
'Ja, ik ben al eerder in Bragg geweest. En op alle andere militaire bases die je kunt bedenken. Maar ik ben nog steeds niet in de stemming voor een praatje.'
'Hé, geen punt, echt niet.' Toen, even later: 'Zelf heb ik het hier wel naar mijn zin.'
Die arme soldaat Rodriguez had een heel kort geheugen, óf sergeant Mercor had hem opgedragen om zoveel mogelijk over me te weten te komen en dat te melden. Ook dat is typerend voor sergeants. Als ze nieuwsgierig zijn, kunnen ze heel listig te werk gaan.
'Waarom heb je het naar je zin?' vroeg ik vermoeid. Ik wilde niet dat hij op zijn donder zou krijgen vanwege mij.
'Mijn familie komt uit Mexico, ziet u? We zijn in Texas gaan wonen, dus ik hou van de warmte. Maar hier hebben ze bomen en het regent wat vaker. En ik vind het leuk om uit vliegtuigen te springen. Dat gevoel kent u zeker? Ik zie dat u een *wing* hebt.'
'Mis. Ik heb de paratraining gevolgd en de vijf verplichte sprongen gemaakt om mijn bevoegdheid te halen, maar ik ben geen echte parachutist. Ik vond het een ramp. Ik was doodsbang en blij toen het achter de rug was. Ik zal nooit meer springen. Echt niet.'
'U bent een Ranger. Niet veel advocaten zijn Rangers.'
'Ik ben de meest onwillige Ranger die je ooit bent tegengekomen. Ik heb de hele training lopen jammeren en zeuren. Ze hebben me alleen laten slagen omdat ze bang waren dat ik terug zou komen als ze me lieten zakken. Ze hadden gruwelijk de pest aan me.'
'U hebt een Combat Infantryman's Badge,' zei hij.

Soldaat Rodriguez was irritant opmerkzaam. Hij stelde steeds zijn spiegeltje bij om de verschillende onderdelen van mijn uniform te inspecteren. In de burgermaatschappij draagt niemand naamplaatjes, badges, strepen of andere onnozele versieringen die de wereld vertellen wie je bent. Hoe langer je in het leger zit, des te meer je uniform op een dagboek begint te lijken. Het is een wonder dat de oudgedienden niet bezwijken onder al dat gewicht.

'Ik heb bij de infanterie gezeten,' gaf ik toe.

'En u hebt oorlogservaring.'

'Alleen omdat ze me op een boot hadden gezet voordat ik een manier had gevonden om te deserteren. Ik heb de hele tijd weggedoken gezeten in een schuttersputje, biddend dat niemand me zou ontdekken.'

'Begrijp me niet verkeerd, meneer, maar waarom wordt een infanterie-officier nou advocaat?'

Dat is ook zoiets in het leger. De binnenkant kan hemelsbreed verschillen van wat aan de buitenkant belangrijk lijkt.

'Iemand heeft me getest en mijn IQ bleek boven de twintig te liggen, geloof het of niet. Dus vonden die klootzakken me te slim om nog langer infanterie-officier te blijven.'

'Echt waar?' vroeg hij, heel serieus – wat genoeg zei over infanterie-officieren.

'Ja. Nou, niet veel boven de twintig, een beetje. Maar je kent het leger. Regels zijn regels.'

'Hebt u rechten gestudeerd en zo?'

'Ja, ik heb rechten gestudeerd en zo. Ben je nou klaar met je vragen?'

'Nee, majoor, een paar dingetjes nog. Waarom bent u hier?'

'Op doorreis, soldaat. Dat zei ik toch al?'

'Op doorreis waarheen?'

'Naar Europa.'

'Naar eh... Bosnië?'

'Zou best eens kunnen.'

'Wat doet u dan hier?'
'Ik zou vertrekken met de C-130 die morgenochtend om zeven uur van Pope Field vertrekt. En omdat luchtmachtbases niet functioneren zoals burgervliegvelden, met aansluitende vluchten en zo, moet ik hier dus overnachten.'
De hele waarheid was dat ik de volgende morgen ook nog een gesprek had met een generaal die Partridge heette. Pas als hij met me klaar was zou ik naar Bosnië kunnen vertrekken. Maar dat hoefde soldaat Rodriguez – en dus ook sergeant Mercor – niet te weten. Niemand behalve de generaal, ikzelf en een heel select groepje in Washington wist daar iets van.
'Daar is het bezoekersverblijf,' zei soldaat Rodriguez en hij wees door de voorruit naar een groep langwerpige barakken.
'Bedankt,' zei ik toen we op het parkeerterrein stopten. Ik haalde mijn plunjezak uit de laadbak.
'Geen punt. O, nog één ding, meneer. De sergeant-majoor met wie u gesproken hebt... dat is echt een klootzak. Als de generaal u niet écht heeft beloofd een jeep te sturen, zou ik maar zo vroeg mogelijk in dat vliegtuig stappen als ik u was.'
'Bedankt voor de rit,' mompelde ik.
Zo deed je zaken in het leger. Ik hielp hem een beetje, en hij mij. Het klinkt eenvoudig, maar in de praktijk kon dat heel ingewikkelde vormen aannemen. Ik liet hem achter, stapte naar binnen, schreef me in en vond mijn kamer. In minder dan een minuut had ik me uitgekleed, lag ik in bed en viel ik in slaap.
Het leek nog lang geen vijf uur later toen de telefoon naast mijn bed ging en de sergeant achter de balie meldde dat de militaire sedan van generaal Partridge op de parkeerplaats stond te wachten. Ik nam een douche, schoor me zo snel als ik kon en zocht toen in mijn plunjezak naar mijn camouflagepak en mijn kistjes. Dat was de enige manier om Clive Partridge – een van de grootste etterbakken in een bedrijf

waar toch al weinig welzijnswerkers rondliepen – onder ogen te komen. Zijn chauffeur zei geen stom woord, anders dan soldaat Rodriguez de vorige avond. Waarschijnlijk had hij er de pest in omdat hij een eenvoudige majoor moest ophalen in plaats van de viersterrengeneraal voor wie hij werkte. Die jongens van het hoofdkwartier hebben vaak kapsones.

Een majoor met een zuur gezicht die Jackson heette stond op me te wachten voor Partridges kantoor en vroeg me op kille toon om te gaan zitten. Ik herinnerde hem eraan dat ik om zeven uur met het vliegtuig naar Bosnië moest vertrekken, maar hij merkte koeltjes op dat viersterrengeneraals zich niet laten opjagen door majoors. Ik keek hem nijdig aan en besloot dat generaal Partridge zich blijkbaar opzettelijk met onsympathiek volk omringde.

Twintig minuten later stond majoor Jackson op en bracht hij me naar een met houtsnijwerk versierde deur die als laatste verdediging voor het kantoor van de generaal dienstdeed. De deur ging open, ik stapte naar binnen en liep energiek naar Partridges bureau. Daar bleef ik staan, salueerde en meldde me op die vreemde toon van het leger: 'Majoor Drummond meldt zich volgens orders, generaal!'

De generaal keek op van zijn papieren, knikte even en stak rustig een sigaret op. Ik had mijn rechterhand nog onnozel tegen mijn voorhoofd.

'Laat die hand maar zakken,' gromde hij en ik gehoorzaamde. Hij inhaleerde diep en leunde naar achteren in zijn stoel. 'Bent u blij met deze opdracht?'

'Nee, generaal.'

'Hebt u zich al in de zaak verdiept?'

'Een beetje, generaal.'

'Enig idee?'

'Niets waar ik nu al iets over wil zeggen.'

Hij nam weer een flinke trek van zijn sigaret, zodat bijna de helft in as veranderde. Hij had dunne lippen, een mager gezicht en een pezige gestalte, goed getraind, strak en bijna zonder overtollig vet of overtollige medemenselijkheid.

'Drummond, zo nu en dan is er een juridische militaire kwestie die de aandacht trekt van het grote Amerikaanse publiek. Toen ik nog luitenant was, had je de zaak-My Lai, genoemd naar dat dorpje in Vietnam waar luitenant Calley en zijn mannen een paar honderd weerloze burgers hadden afgeslacht. Daarna kwam Tailhook, waar de marine ongelooflijk de fout in ging. En toen had de luchtmacht die kwestie Kelly Flynn, ook zo'n blunder van de eerste orde.'

De generaal wist natuurlijk dat iedere militaire advocaat die zaken uit zijn hoofd kende. Maar het deed hem duidelijk plezier ze nog eens te noemen.

'Nu is het jouw beurt, Drummond. Als je de mist in gaat, zullen hele generaties toekomstige JAG-officieren zich in de schoolbankjes het hoofd breken over de vraag hoe Drummond die zaak zo gruwelijk had kunnen verpesten. Heb je daar al aan gedacht?'

'Het is bij me opgekomen, generaal.'

'Dat dacht ik wel,' zei hij met een onaangenaam lachje. 'Als je besluit dat er niet genoeg grond is voor een vervolging, krijg je het verwijt dat je de zaak in de doofpot wilt stoppen. Als je besluit dat er wél genoeg reden is voor een krijgsraad, wordt het een robbertje vechten in de rechtszaal, voor het oog van de hele wereld.'

Hij zweeg en bestudeerde mijn reactie. Ik wist niet welke van die twee mogelijkheden hem het best beviel. Ik had een donkerbruin vermoeden, maar ik wist het niet zeker. Zo'n gezicht had hij nu eenmaal.

'Enig idee waarom we juist u hebben gekozen, majoor?'

'Een vaag idee,' gaf ik voorzichtig toe.

Dat was een listige manier om aan te geven dat ik graag zijn mening wilde horen, want hij was een van degenen die me hadden aangewezen, en dus moest hij een reden hebben. Zelf had ik het bittere gevoel van iemand die vermoedde dat hij in een vijver vol krokodillen werd gegooid.

Hij stak drie vingers op en begon af te tellen. 'Punt één: je bent infanterie-officier geweest, je hebt oorlogservaring en dus heb je waarschijnlijk meer begrip voor wat deze mannen hebben doorstaan dan de gemiddelde snotneus van een advocaat in uniform. Punt twee: je baas heeft me verzekerd dat je een briljante jurist bent en van nature heel onafhankelijk kunt denken. En ten slotte heb ik je vader gekend en onder hem gediend. Ik had de pest aan die man, maar ik moet toegeven dat ik nooit een betere officier ben tegengekomen. Als jij maar een fractie van zijn genen hebt geërfd, is er misschien een kans dat je je vak verstaat.'

'Heel vriendelijk van u, generaal. Ik dank u hartelijk, en de volgende keer dat ik mijn vader zie, zal ik hem de groeten doen van de generaal.'

'Zit me niet te sarren, Drummond. Dat is niet verstandig.'

'Nee, generaal,' zei ik. Hij nam weer een indrukwekkende trek van zijn sigaret met die dunne, bloedeloze lippen.

'Ik bevind me op drijfzand hier. Ik ben bevelhebber van het Special Operations Command en dus verantwoordelijk voor die mannen en wat ze hebben gedaan.'

'Dat is juist, generaal.'

'Als je klaar bent met je onderzoek kun je mij adviseren of we het voor de krijgsraad moeten brengen of niet. Daarna neem ik een beslissing.'

'Dat is de juiste procedure, generaal.'

'En jij en ik weten allebei dat ik van manipulatie van een gerechtelijk onderzoek kan worden beschuldigd als ik maar íéts tegen je zou fluisteren dat naar een vooringenomen standpunt riekt. Dan zijn we allemaal de klos.'

'Een correcte uitleg van het militaire recht, generaal.'

'Dat weet ik, Drummond. En spaar me alsjeblieft je commentaar!' blafte hij.
'Natuurlijk, generaal.'
'De reden dat ik je heb gevraagd om hiernaartoe te vliegen,' zei hij, wijzend naar een kleine cassetterecorder op de hoek van zijn bureau, 'is om je twee vragen te stellen.'
'Zeg het maar, generaal.'
'Vindt u, majoor, dat ik of een van uw superieuren een vooringenomen standpunt heeft verkondigd of op een andere manier heeft geprobeerd u te beïnvloeden voordat u aan uw onderzoek begon?'
'Nee en nee, generaal.'
'Vindt u dat u voldoende middelen hebt gekregen om uw onderzoek te kunnen uitvoeren?'
'Ik kan beschikken over alle middelen die ik nodig heb, generaal.'
'Dan is dit gesprek hierbij beëindigd,' zei hij, terwijl hij zijn hand uitstak en de cassetterecorder uitschakelde.
Ik wilde mijn hand alweer naar mijn voorhoofd brengen toen er weer zo'n onaangenaam lachje om die dunne lippen speelde.
'Goed, Drummond, nu dat voor het nageslacht is vastgelegd, kan ik je een paar serieuze tips geven.'
'Ik luister, generaal.'
'Dit is een bijzonder pijnlijke zaak voor het leger, en dat zal alleen nog maar erger worden. Maar je hebt pijnlijk en pijnlijk. Er zijn situaties waarin militairen over de schreef zijn gegaan en het publiek zich afvraagt wat dat barbaarse leger met die keurige jongens heeft uitgespookt om zulke monsters van ze te maken. Dan heb je situaties waarin het leger ervan wordt beschuldigd dat ze dingen in de doofpot stoppen. Dat is het ergste wat ons kan gebeuren, omdat publiciteitsgeile politici dan meteen klaarstaan om ons te helpen de leugens van de waarheid te scheiden. Ten slotte heb je nog

situaties die iedereen veel te subtiel vindt voor die domme en tactloze militairen.'
'Dat lijkt me correct, generaal. Vanuit mijn beperkte ervaring gesproken, uiteraard.'
Hij keek me strak aan. 'In dit geval zul jij moeten bepalen met welke van die situaties we hier te maken hebben. Als je maar niet zo naïef bent om te denken dat je deze zaak kunt winnen. Begrijp je wat ik bedoel?'
Ik begreep het maar al te goed, hoewel ik inderdaad zo naïef was om te denken dat ik als overwinnaar uit de strijd zou kunnen komen. Dat zou ik nooit toegeven tegenover Partridge, maar ik ging er wel vanuit. Wat nog eens bewees hoe stupide sommige mensen kunnen zijn. Hij dus, niet ik.
'Ik geloof dat ik de zaak wel helder zie, generaal.'
'Daar vergis je je in, Drummond. Dat dénk je wel, maar dat is niet zo.'
'Neem me niet kwalijk, maar leidt dit nog ergens naartoe?'
De generaal knipperde een paar keer met zijn ogen en ik moest meteen denken aan een hagedis die op een vlieg loert, klaar om toe te slaan met zijn lange tong en een snack met vleugeltjes te verschalken. Toen glimlachte hij, en ik zou liegen als ik zei dat het een vriendelijk lachje was.
'Goed, Drummond. Je staat er helemaal alleen voor.'
De generaal dacht misschien dat hij een theatraal punt scoorde, maar in werkelijkheid was hij al de vijfde hoge officier in drie dagen die zo'n cassetterecorder gebruikte om mij van officieel en officieus advies te dienen. Ik begon gewend te raken aan al die figuren die zich probeerden in te dekken en mij een duwtje in de juiste richting wilden geven. Als een soldaat vroeger tot de strop was veroordeeld lieten ze hem langs een rij van zijn kameraden lopen, begeleid door een traag tromgeroffel, op weg naar de galg. De moderne versie van die dodenmars, merkte ik nu, was een tournee langs de bureaus van de machthebbers, onderworpen aan

een opeenvolging van gezwollen toespraakjes, op de maat van een in- of uitgeschakelde cassetterecorder.

2

Toen een forse sergeant-technicus van de luchtmacht me door de deur van het vliegtuig naar binnen duwde, zag ik daar de gestalten van de kapiteins James Delbert en Lisa Morrow, die in het spelonkachtige ruim van de logge C-130 op me zaten te wachten. Het eerste dat me opviel was dat de C-130, een transporttoestel, inderdaad tot aan de nok met vracht was volgestouwd. Een ernstige klap voor mijn ego. Maar het was nog erger. De achterkant van het vliegtuig lag vol met vrouwelijke hygiëneproducten in grote groene kisten.
Duizend grappen gingen door mijn hoofd en als kapitein Morrow een hij was geweest en geen zij, had ik me misschien niet kunnen beheersen. Maar vijftien jaar van communicatietraining hadden hun sporen nagelaten. Het is riskant om schuine moppen te vertellen in het bijzijn van vrouwelijke militairen. En in het gezelschap van een vrouwelijke advocaat kan het zelfmoord zijn.
Het tweede dat me opviel was dat Delbert en Morrow zo zuur keken. Of dat iets met mij te maken had, met de accommodatie of met het feit dat ze van het ene moment op het andere bevel hadden gekregen hun werk neer te leggen en mij hier in dit vliegtuig te ontmoeten was voorlopig nog niet duidelijk.
Niemand had hun verteld waarom ze hier moesten zijn, maar ze waren allebei belachelijk intelligent en zouden dus wel een vermoeden hebben. Het nieuws stond al drie dagen lang centraal in alle kranten en talkshows ter wereld. Het lag dus voor de hand dat een vliegreisje van drie van de beste militaire juristen naar Europa verband hield met dat bloedbad.

Ze stonden allebei op toen ik me langs vier grote dozen wrong met het opschrift TAMPONS 1 DOLLAR PER STUK.
'Delbert, Morrow. Blij dat jullie er zijn,' zei ik, terwijl ik mijn hand uitstak en mijn innemendste glimlach op mijn gezicht toverde.
'Ja. Leuk om je te zien,' zei Delbert, een keurige militair, die nog innemender lachte toen hij ijverig mijn hand op en neer bewoog.
'Helemaal niet,' klaagde Morrow, die nu nog chagrijniger keek.
'Ben je niet blij?' vroeg ik.
'Blij? Ik zat midden in een gewapende roofoverval en dat proces moet nu nietig worden verklaard.'
'Zou je die zaak hebben gewonnen?'
'Absoluut.'
'Klets niet,' zei ik tegen haar.
'Wat weet jíj daarvan?' vroeg ze, opeens achterdochtig.
'Ik weet dat je cliënt van twee inbraken en één gewapende roofoverval werd beschuldigd. Van die inbraken had je hem nog vrij kunnen pleiten, maar van die overval? Zeven getuigen hebben hem herkend, de militaire politie had het wapen dat hij had gebruikt, met zijn vingerafdrukken erop, en meteen na zijn aanhouding heeft hij bekend. Jouw cliënt had zich moeten beperken tot geveltoerisme. Als overvaller was hij geen succes.'
'Heb je mijn zaak gevolgd?' vroeg ze. Het was moeilijk te zeggen of dat haar ergerde of verbaasde.
'Natuurlijk.'
'En je weet het beter dan ik?'
'Nee. De rechter, kolonel Thompson, wist het beter dan jij. Hij zei dat je een uitstekend pleidooi had gehouden, maar dat het een hopeloze zaak was. Hoe formuleerde hij dat ook alweer? Dat je "een mooie schoolslag zwom, maar wel in drijfzand".'

'Dus je wist dat je mij van een zaak afhaalde?' vroeg ze, met een knikje dat elk woord moest benadrukken.
Op dat moment begreep ik waarom deze vrouw zo'n succesvolle advocaat was. Ze wilde wínnen. Zelfs na acht jaar trok ze zich elke zaak nog persoonlijk aan. Ze was niet hard of cynisch geworden. Integendeel.
'Dat heb ik gedaan, ja,' beaamde ik. 'En in plaats van één soldaat van een lullig misdrijf vrij te pleiten ben je nu op weg naar het belangrijkste militaire onderzoek van de laatste dertig of veertig jaar.'
Dat was het punt waarop we zo'n principiële juridische discussie hadden kunnen beginnen over het feit dat de rechten van één man net zo belangrijk zijn als de belangen van het leger. Maar wat schoten we daarmee op? Morrow zou misschien een morele overwinning kunnen scoren, maar ze kon toch niet uit dit vliegtuig stappen om terug te gaan naar haar cliënt. Bovendien had ik zojuist bevestigd wat zij en Delbert allang hadden vermoed, en die zekerheid kwam hard aan. Morrow hapte naar adem.
De tweesterrengeneraal die de scepter zwaaide over het JAG-team had me gezegd dat ik zoveel militaire advocaten kon meenemen als ik wilde. Maar hoe meer advocaten, des te warriger de discussies, zoals ik uit ervaring wist. Het succes was meestal omgekeerd evenredig aan het aantal advocaten. Daarom zei ik tegen hem dat ik maar twee juristen nodig had: een aanklager en een verdediger.
Dat leek me de beste oplossing, omdat je elke zaak nu eenmaal van twee kanten kunt bekijken: vanuit het standpunt van een schuldige of een onschuldige verdachte. De aanklager moet de feiten verzamelen en een college van officieren en soldaten ervan overtuigen dat de man in de beklaagdenbank niet alleen honderd procent schuldig is, maar ook de zwaarste straf verdient. De verdediger weet dat de Amerikaanse wet, dus ook de militaire wet, grotendeels op proce-

dures berust en dat de rechten van de verdachte *altijd* zwaarder wegen dan het principe van gerechtigheid. Iedere goede strafpleiter zal net zoveel aandacht besteden aan de manier waarop de verdachte is aangehouden en hoe de politie of militaire politie haar werk heeft gedaan, als aan het vergrijp zelf.

Aanklagers zijn de verwende stiefkinderen van de wet. Zij mogen zelf beslissen welke zaken ze zullen aanspannen. Als de feiten niet gunstig lijken of als ze een procedurefout ontdekken, beginnen ze er niet aan. Verdedigers zijn altijd het haasje. Zij worden pas aangewezen nadat de aanklager heeft vastgesteld dat hij minstens negenennegentig procent kans heeft op een veroordeling. Er zijn heel wat aanklagers die bijna altijd winnen. Er is maar een handjevol pleiters dat de helft van hun zaken wint.

Lisa Morrow was de uitzondering. Na acht jaar als verdediger had ze negenenzestig procent van haar zaken gewonnen. Ze had moordenaars, verkrachters, dieven, kinderlokkers en bijna alle andere denkbare criminelen verdedigd. Maar ze had nog nooit in de bres moeten springen voor mannen die ervan werden beschuldigd dat ze de Conventie van Genève hadden geschonden. Ik ook niet, trouwens. En niemand anders. Niemand die nu nog een uniform droeg, tenminste.

James Delbert mocht zich erop beroepen dat hij het in zevenennegentig procent van zijn zaken tot een veroordeling had gebracht. Dat was een opmerkelijke score, ook al werkte de wet nu eenmaal in zijn voordeel. Zelfs de beste aanklagers gaan wel eens de mist in door factoren waarop ze geen greep hebben, zoals een getuige die instort tijdens het proces of te weinig overtuigt, of door een krijgsraad die alle wetten van de logica aan zijn laars lapt. Zelfs de meest briljante aanklager verliest zo nu en dan.

Tot dat moment had ik hen geen van beiden ooit persoonlijk ontmoet. Ze waren geselecteerd omdat ik generaal-majoor

Clapper had gezegd dat ik niet zomaar een paar juristen wilde, maar de militaire aanklager en verdediger met de hoogste scores. Hij had hen uitgekozen en daarna had ik hun militaire dossiers gelezen. En ik moet toegeven dat ik veel langer met mijn neus in Morrows papieren had gezeten dan in die van Delbert. Er zat een prachtige foto bij van Morrow, stram in de houding in haar groene DT-uniform – een foto die me de hoop gaf dat dit onderzoek nog een paar leuke kantjes kon hebben. Of rondingen. Of wat dan ook.

Het was niet moeilijk te zien waarom zoveel jury's en colleges voor haar gevallen waren. Ik weet niet of ik haar mooi moest noemen, hoewel ze dat zeker was. Maar ze had vooral de meest begripvolle ogen die ik ooit had gezien, terwijl begrip toch geen populaire emotie is in het leger, zoals ik al eerder zei. Behalve op het gezicht van zo'n prachtige vrouw. Dan maakt iedereen een uitzondering.

Delbert daarentegen was op en top een militair. Strak, fit en knap, met sluik donker haar dat onberispelijk in model zat, zonder één verdwaald haartje. Hij had een scherp gezicht en felle ogen, alsof hij elk moment kon toeslaan. Een jury of een rcchtbank die hem zag zou zich onmiddellijk bewust zijn van haar plichten.

Ik zou graag wat langer met hen hebben gesproken, maar zodra de motoren worden gestart is de herrie achter in een C-130 niet meer te harden. Lijnvliegtuigen zijn goed geïsoleerd, maar de luchtmacht bespaart al dat geld door haar passagiers te vragen oordopjes in te doen. Goed idee, als je het mij vraagt. Zelfs als je ze krijgt aangereikt door kerels van wie je weet dat ze hamers van driehonderd dollar en wc's van vijfduizend piek aanschaffen. Maar zoals gezegd: in het leger kan de binnenkant hemelsbreed verschillen van de buitenkant.

Op een transatlantische vlucht heb je in elk geval alle tijd om te lezen en na te denken. En hoewel ik generaal Partridge had

verzekerd dat ik de details van de zaak al kende, had ik de afgelopen dagen – tussen de ontmoetingen met hoge militairen, een bijzonder geïrriteerde medewerker van de president en verschillende anderen door – nauwelijks tijd gehad om adem te halen.
Ik wist weinig meer dan wat ik van de mensen in Washington had gehoord en het interessante was dat ze er allemaal van overtuigd leken dat deze negen mannen niets verkeerds hadden gedaan. Niemand zei dat met zoveel woorden, om geen inbreuk te maken op de onpartijdigheid die de wet in deze zaken nu eenmaal voorschrijft. Maar ik kan goed luisteren en geen enkele nuance of subtiele stembuiging gaat me ongemerkt voorbij. Als ik achterdochtig van karakter zou zijn – en hé, dat ben ik! – zou ik zelfs gaan geloven dat al die machtige figuren in Washington iets wisten wat ik niet wist.
Mijn koffertje puilde uit van de krantenknipsels, een paar voorlopige verklaringen van de verdachten en een wijdlopig rapport van luitenant-kolonel Will Smothers, de directe commandant van de betrokkenen.
Ik liep alles nog eens door, en de feiten waren als volgt. Een A-team van de Special Forces, negen mannen van de Tenth Special Forces Group, was aangewezen om een groepje Kosovaarse Albanezen te trainen die door de Servische militie uit hun geboorteland waren verdreven. Dat was onderdeel van een plan om het Kosovaarse bevrijdingsleger, het UÇK, op te bouwen. De opleiding duurde zeven of acht weken, waarna de Amerikanen geheime orders kregen om met hun eenheid terug naar Kosovo te gaan.
Een week later voerde de Kosovaarse eenheid een overval op een dorpje uit en werden alle leden gedood. Het A-team besloot om, tegen alle orders in – nee, *vermoedelijk* tegen alle orders in – wraak te nemen, gerechtigheid te zoeken, of wat dan ook. Ze legden een hinderlaag langs een bekende Servische aanvoerroute en richtten een slachting aan onder een

Servische colonne van vijfendertig man.
De volgende Servische colonne die langskwam vond hun vermoorde kameraden, een groot aantal Amerikaanse patroonhulzen en nog wat Amerikaanse apparatuur. Ze meldden hun ontdekking aan hun superieuren en na enkele dramatische persconferenties raakten de internationale media ervan overtuigd dat de Amerikaanse troepen zich aan een ernstig misdrijf hadden schuldig gemaakt.
Het leger telde twee en twee bij elkaar op en arresteerde het hele A-team, dat op dit moment werd vastgehouden op een vliegbasis in Italië.
Vanaf dat punt werd de zaak bijzonder interessant en bizar. De Verenigde Staten en de NAVO voerden zware bombardementen op Servië uit in een wanhopige poging de Servische houding tegenover Kosovo te veranderen. Dat klonk als oorlog, en dat moest het in de ogen van de gebombardeerde Serviërs ook zijn, maar juridisch was er geen staat van oorlog uitgeroepen. De Conventie van Genève is bedoeld voor een oorlogssituatie, dus aan welke wetten was het gedrag van deze soldaten onderworpen? Sommige advocaten zijn dol op dit soort vragen. Anderen hebben er een hekel aan. Zoals ik bijvoorbeeld, want ik ben een simpel type. Zwart en wit zijn mijn favoriete kleuren. Grijs past niet zo goed bij mijn mentale huidskleur.
Het tweede feit was dat er geen overlevenden waren van die Servische colonne. Vijfendertig man, en niemand had het er levend van afgebracht! Wie een beetje bekend is met oorlogsvoering weet dat er op iedere man die in een veldslag sneuvelt bijna altijd één of twee gewonden zijn. Geloof het of niet, er zijn mensen die deze gruwelijke zaken bestuderen en in statistieken vertalen. En dit is de uitkomst. Dat had een bijzonder onaangename implicatie.
Al die deskundigen in de talkshows ontstaken natuurlijk in grote woede. Bij dit soort incidenten staan ze in de rij voor

de tv-studio's. Ze kwamen met allerlei theorieën, van onzinnig tot absurd. De grote vraag was welke orders het A-team precies gekregen had. Steeds als de woordvoerder van het Pentagon die vraag kreeg voorgelegd, of moest uitleggen welke grenzen er aan het gedrag van de militairen waren gesteld, kwam hij met die prachtige vage, ontwijkende antwoorden waarin woordvoerders zijn getraind. Hij wilde alleen maar toegeven dat de naam van de missie *Guardian Angel* of 'Beschermengel' luidde en dat het een humanitaire operatie was geweest. Daar kon Jay Leno natuurlijk geen weerstand aan bieden. In een van zijn shows beloonde hij deze opmerking met de prijs voor de Bedenkelijkste Gotspe van het Jaar. Het A-team had de Kosovaren duidelijk niet voldoende *beschermd* en de negen Amerikanen hadden zich bepaald niet als *engelen* gedragen.
Terwijl ik de stukken doornam, hóórde ik de kaken van de krokodillen in de vijver bijna dichtklappen in hongerige verwachting.
Ik las alle stukken en gaf ze door aan Delbert, die ze na lezing aan Morrow gaf. We werkten als een goed geoliede machine, een juridische lopende band. Tegen de tijd dat we landden op de luchtmachtbasis Tuzla lag er een flinke stapel papier naast kapitein Morrow en lagen de drie beste juristen van het Amerikaanse leger luid te snurken.

3

Deze keer stond er zowaar een auto klaar om ons op te pikken. Sterker nog, ik zag twéé jeeps, maar in een ervan zat al een reus van een brigadegeneraal, in gevechtspak, met een kleine groene baret kwiek op zijn schedel.
Hij was ruim één meter negentig en iedereen die een uniform droeg zou hem onmiddellijk herkennen. Hij had voor het

footballteam van West Point gespeeld, hij was geslaagd als beste van zijn jaar, had een Rhodes-beurs gekregen en was op dit moment de jongste brigadegeneraal van het Amerikaanse leger. Dat was allemaal niet gering voor het ego van één enkele man, als je het mij vraagt. Onvoorstelbaar dat hij niet van bewondering flauwviel als hij zichzelf in de spiegel zag. De oogst aan onderscheidingen die ik zelf in mijn carrière had verzameld beperkte zich tot mijn verkiezing tot penningmeester van de leerlingenvereniging op school. Helaas werd die benoeming onmiddellijk teruggedraaid toen de directeur hoorde dat ik een vier voor wiskunde had. Dat laatste zeg ik er meestal niet bij. Ik laat de mensen in de waan dat ik mijn ambtstermijn naar volle tevredenheid heb uitgediend.

De man in de jeep hoefde niemand iets wijs te maken. Zijn naam was Charles 'Chuck' Murphy en om de paar jaar wijdde *Time*, *Life* of *Newsweek* wel een artikel aan hem, zodat iedere Amerikaan de loopbaan van dit militaire wonderkind kon blijven volgen.

Maar nu stond zijn gezicht behoorlijk zorgelijk. Of zoals mijn moeder zou zeggen: hij zat te 'broeden'. Ik hield van dat woord. Het klinkt zoveel leuker dan 'bezorgd', 'ongerust' of 'geagiteerd'. Als iemand zit te broeden heb ik het gevoel dat het minder oppervlakkig is en dieper gaat.

Maar iedereen begreep natuurlijk waarom hij zich zorgen maakte. Het A-team dat nu gevangenzat, had onder zijn bevel geopereerd en dus hing zijn schitterende carrière aan een zijden draad.

Hij was net zo blij om mij te zien als een proctoloog met dikke vingers, maar daar konden hij en ik weinig aan veranderen. Dus stapte ik op hem af en salueerde ik net zo strak als ik generaal Partridge, zijn viersterren-baas in Fort Bragg, twaalf uur eerder had begroet.

'Majoor Drummond, generaal!'

Zowaar beantwoordde hij mijn saluut. 'Welkom in Bosnië, Drummond. Hoeveel advocaten heb je bij je?'
'We zijn met ons drieën, generaal.'
'Drie maar? Meer niet?'
'Drie krachtpatsers,' verklaarde ik met mijn meest zelfverzekerde grijns.
'Goed. Gooi je spullen maar in die andere jeep en kom mee.'
Dat deden we, en dertig seconden later reden we bij het vliegtuig vandaan. We passeerden een tentenkamp van ongeveer anderhalve kilometer lang, gebouwd op betonplaten, met grote metalen containers en een groepje houten prefabgebouwen. De vliegbasis Tuzla was het bevoorradings- en operatiecentrum voor de missie in Bosnië en toen de situatie in Kosovo uit de hand was gelopen had het leger besloten om ook die operatie vanuit Tuzla te leiden. Als het leger één ding goed kan is het grote kampementen uit het niets laten verrijzen. Tuzla bewees dat nog eens. Het kamp was strak aangelegd, systematisch, met lange, rechte straten en zonder al die rommel en chaos van een echte stad. Overal zag ik soldaten en luchtmachtpersoneel. Ze liepen of hingen wat rond, of waren met kleine klussen bezig. Veel mensen bleven staan en staarden naar onze processie. Misschien verbeeldde ik het me, maar ik kreeg het gevoel dat we werden verwacht. En zo te zien hoefden we niet op een hartelijke ontvangst te rekenen.
Ten slotte kwamen we bij een houten gebouw van twee verdiepingen met een paar vlaggen aan de voorkant – het teken dat dit een hoofdkwartier moest zijn, waarvan dan ook. Onze jeeps stopten, we stapten uit en gingen naar binnen, waar soldaten haastig heen en weer renden, aantekeningen maakten op kaarten aan de muur, druk telefoneerden of op andere manieren ijverig deden, omdat de generaal binnenkwam en niemand zo dom was om nu in zijn neus te peuteren.
We kwamen in een vergaderzaaltje aan de achterkant, met

een grote, houten vergadertafel, omringd door mooie stoelen met een bekleding van imitatieleer. Generaal Murphy vroeg ons te gaan zitten, dus deden we dat.
Zijn blik gleed over onze gezichten en ik vermoedde dat hij zich afvroeg hoe hij ons moest benaderen. Vriendelijk of kil? Joviaal of formeel? Hoe je het ook bekeek, misschien hadden wij zijn lot in handen en was dit een van die bepalende momenten waar je zo vaak over hoort. Moest hij ons de stuipen op het lijf jagen of ons in zijn armen sluiten?
Ten slotte koos hij voor een charmante, ontwapenende glimlach – zal ik maar zeggen. 'Nou, ik kan niet beweren dat ik blij ben jullie te zien, maar welkom in Tuzla.'
Ik vond het een handig compromis. 'Dank u, generaal,' zei ik uit naam van de groep.
'Ik heb orders om jullie zo goed mogelijk te helpen met alles wat jullie nodig hebben. Ieder van jullie krijgt een eigen tent en er is een gemeenschappelijke ruimte vrijgemaakt die jullie als kantoor kunnen gebruiken. Gisteren zijn er vijf juridische medewerkers uit Heidelberg gearriveerd, die op dit moment bezig zijn om de zaak in te richten. Kan ik jullie nog ergens mee van dienst zijn?'
'Ik zou niets kunnen bedenken,' antwoordde ik. 'Als ons iets te binnen schiet, zal ik het u zeker laten weten.'
Dat klonk niet echt beleefd, maar ik had nu ook besloten hoe ik hém moest benaderen. Vriendelijkheid was niet de juiste manier.
Heel even verstrakte zijn mond. Hij keek me doordringend aan, trok zijn conclusie en stond toen op om de deur open te doen. Er kwam een luitenant-kolonel binnen, een lange, magere, knappe vent, ook al met zo'n leuke groene baret op zijn hoofd.
'Mag ik jullie voorstellen aan luitenant-kolonel Will Smothers, commandant van het eerste bataljon van de Tenth Spe-

cial Forces Group. Will is jullie contactpersoon voor de dagelijkse gang van zaken.'

Een onderhandse manier om mij duidelijk te maken dat hij, generaal Murphy, niet van plan was om een poot voor me uit te steken. Meesterlijk gedaan. En bijna kwam hij ermee weg.

'Neem me niet kwalijk, generaal,' zei ik. 'Maar dat zal niet gaan.'

'Pardon?'

'Als bataljonscommandant van het gearresteerde A-team is luitenant-kolonel Smothers een potentiële verdachte in deze zaak. Ik vraag u vriendelijk een andere contactpersoon aan te wijzen, zodat er geen risico bestaat dat ons onderzoek wordt besmet.'

Het is belangrijk om te weten dat militaire advocaten niet in hoog aanzien staan bij echte soldaten, de jongens in het veld. Het leger is bedoeld om oorlog te voeren en advocaten kletsen wel veel, maar vechten niet. Dus worden we gezien als een ergernis of misschien zelfs een plaag, maar zeker niet als leden van de club. En dat geldt dubbel zo sterk voor de Groene Baretten, die nog meer een kliek vormen en zich beter voelen dan wie ook in uniform. Je zult niet gauw een paar advocaten en Groene Baretten samen aan de bar zien staan om een pilsje te drinken en moppen te tappen. Ik had dat nog nooit meegemaakt.

Er werd wat gekucht en onrustig met de voeten geschuifeld omdat iemand deze luitenant-kolonel in zijn gezicht zei dat hij een mogelijke verdachte was. Misschien was hij zich daar al vaag van bewust geweest, maar niemand had het nog bevestigd. En dus was duidelijk dat generaal Murphy, de wandelende accolade, ook in het verdachtenbankje terecht zou kunnen komen.

Meteen verscheen er een diepe, wat onnozele frons op Murphy's vierkante, knappe gezicht. 'Denk je echt dat dat nodig is?' vroeg hij.

'Juridisch gezien? Absoluut.'
'Dan zal ik een nieuwe man aanwijzen.'
'Dank u,' zei ik.
'Geen dank,' zei hij, maar het klonk niet gemeend. Op het moment dat hij het zei had hij zich al omgedraaid en was hij al bijna de deur uit. Hij mompelde het eigenlijk. Het was niet eens verstaanbaar. Misschien was het wel 'geen dank', maar het waren twee woorden en er kwam 'geen' in voor, dat weet ik zeker. En ik had de sterke indruk dat hij me niet snel voor een borrel zou uitnodigen.
Mijn twee juridische collega's keken een beetje verward bij deze woordenstrijd, maar dit was niet de tijd of de plaats om uitleg te geven. We stonden op, verlieten het gebouw en werden na een korte rit met de jeep afgezet bij een andere houten hut, wat kleiner dan het hoofdkwartier van generaal Murphy. Veel kleiner zelfs, omdat het leger nu eenmaal prijs stelt op symboliek.
We slenterden naar binnen en zagen inderdaad vijf assistentes druk in de weer. Ze schoven een bureau in een hoek, installeerden computers, probeerden de telefoon en sleepten met zware dozen met papieren die op strategische plaatsen werden neergezet in de vier kamers die wij als kantoor hadden gekregen. Juridische medewerkers zijn meestal heel intelligent, maar niet echt ijverig, dus moest iemand hen flink achter de broek hebben gezeten.
Een vrouwelijke soldaat met de strepen van een specialist zevendeklasse – heel hoog voor een specialist – zette meteen twee dozen papier op de grond en rende naar ons toe om ons te begroeten.
Ze heette Imelda Pepperfield, een vreemde naam voor een zwarte, vrouwelijke onderofficier. Ze was klein en gedrongen, met harde, enigszins loensende ogen achter een brilletje met een dun gouden montuur. Vanaf het eerste moment maakte ze duidelijk wie de baas was in dit advocatenkantoor.

Ze stak haar vinger op en zwaaide ermee alsof het een floret was. 'Haal die plunjezakken bij de ingang vandaan! Leg ze maar in je eigen kantoor of breng ze terug naar die jeep. Het zal me een rotzorg zijn, als ze maar bij de ingang verdwijnen.'

'Ook goedemiddag,' zei ik. 'Je zult het niet geloven, maar eigenlijk heb ik de leiding van dit onderzoek.'

Ze priemde met haar vinger nu richting mijn gezicht. 'Niks ervan! Jij hebt de leiding van het juridische deel van dit onderzoek. Ik heb het toezicht over het onderzoeksteam, het kantoor en al het werk dat hier gedaan moet worden. Vergeet dat niet!'

'Ik zou niet durven,' zei ik, terwijl ik langs haar heen liep. 'Je hebt toevallig niet een plekje vrijgemaakt voor een paar nutteloze officieren?'

De kapiteins Delbert en Morrow keken met open mond toe, dus leek me dit het goede moment voor een verklaring. Ik gebaarde dat ze me moesten volgen. Specialist zevende klasse Pepperfield dacht dat het ook voor haar bedoeld was, dus slenterde ze mee toen we een van de kantoren binnenstapten. Er stond al een bureau, met vijf stoelen ervoor. Iedereen ging zitten, ikzelf achter het bureau, natuurlijk. Anciënniteit heeft voordelen.

'Imelda,' zei ik, 'mag ik je voorstellen aan kapitein James Delbert en kapitein Lisa Morrow.'

Ze keek hen allebei doordringend aan.

Ik richtte me weer tot de andere twee. 'Imelda en ik hebben de afgelopen jaren al een keer of tien samengewerkt. Een betere zul je niet vinden op haar terrein. Ze houdt de touwtjes strak in handen en ze eist dat iedereen elke ochtend om zes uur begint. Ze zal erop toezien dat we allemaal fris gewassen zijn, ontbijt en koffie krijgen en 's avonds weer naar ons bedje worden gebracht als we van pure uitputting achter ons bureau in elkaar zijn gezakt. Ze weet voor alles een oplos-

sing. Haar enige voorwaarde is dat we ons een slag in de rondte werken en precies doen wat ze zegt.'
Imelda keek me nijdig aan en knikte driftig. Ik probeerde al jaren in een goed blaadje bij haar te komen, maar dat was net zoiets als Napoleon die probeerde Wellington van die heuvel af te krijgen.
Ze smakte een paar keer met haar lippen, zette haar bril recht en verklaarde: 'Zo is het precies.'
Toen stond ze op en stampte ze de kamer uit.
Kapitein James Delbert keek me hoofdschuddend aan. Je hoort niet grof te zijn tegen generaals en je te laten koeioneren door sergeants. En wat de uitdrukking op Morrows mooie gezichtje betrof... als gepolijst strafpleiter was ze wel gewend om met schavuiten om te gaan.
Nu we ons eigen kantoor hadden, met enige privacy en zonder het gebulder van die vier grote C-130-motoren in onze oren, leek me de tijd gekomen om elkaar beter te leren kennen.
Ik leunde naar achteren in mijn stoel, vouwde mijn handen achter mijn hoofd en legde mijn voeten op het bureau. 'Mijn gelukwensen aan jullie allebei. Jullie zijn uitverkoren om juridische geschiedenis te schrijven. Waar het om gaat zijn negen brave, gladgeschoren, doodnormale Amerikaanse soldaten die ervan worden beschuldigd dat ze vijfendertig mannen hebben vermoord. Tegen hun orders in zelfs. Ze stonden onder bevel van een legerkapitein en een adjudant. De rest bestond uit onderofficieren van verschillende rang. Het waren geen jonge jochies, maar een team van geharde professionals. De meeste Amerikanen willen graag geloven dat dit een vergissing was, een misverstand, of dat het om een groep onervaren, angstige soldaten ging die onder de druk zijn bezweken. Dat is niet het geval. Het was massamoord, onder zeer verdachte omstandigheden.'
'Jij gaat er al vanuit dat ze het echt gedaan hebben,' zei Mor-

row, die instinctief de kant van de verdediging koos.
'Dat hebben ze ook,' zei Delbert.
'De kans is groot dat ze het hebben gedaan,' corrigeerde ik hen allebei.
'Waarom wij?' vroeg Delbert logisch.
'Dat is een interessante vraag. Ik ben gekozen omdat ik goed ben in mijn werk, maar ik pas niet echt in het systeem, als jullie dat nog niet was opgevallen. Ik denk dat hogerhand zoiets dacht als: die Drummond is heel geschikt, een goede advocaat, maar ook een vreemde vogel. Neem hem maar. Als het misgaat, is er aan hem niets verloren.'
Dat was een bijzonder eerlijke analyse van mijn kant, maar ik vind dat je de waarheid onder ogen moet zien.
'Maar waarom wij?' vroeg Delbert nog eens. Hij bedoelde eigenlijk: waarom ik? Want zo'n knappe vent als hij, keurig in het uniform gestoken, zou toch een groot verlies zijn voor het leger als het fout ging.
'Nou, Delbert, in jouw geval omdat je volgens je dossier misschien wel de beste aanklager in het leger bent. En Morrow is de beste strafpleiter. Een soort yin en yang, zou je kunnen zeggen.'
'Er zijn genoeg goede strafpleiters,' zei Morrow. Dat was waar, en dus hield ze de verdenking dat haar sekse en haar uiterlijk er ook iets mee te maken hadden. Waarschijnlijk had ze slechte ervaringen op dat punt. Of kon ze in de duistere hoekjes van mijn geest kijken – een verontrustende gedachte. Ik probeerde mezelf ervan te overtuigen dat haar sekse en haar uiterlijk geen enkele rol hadden gespeeld.
'Ja,' zei ik ten slotte. 'Maar ik denk ook niet dat het leger jullie heeft afgeschreven. Eerlijk gezegd hoopte ik op enige bescherming van jullie kant.' Oeps, weer zo'n eerlijke bekentenis.
'Wat nobel van je,' zei Morrow, en zelfs Delbert keek me tersluiks aan en vroeg zich af waaraan hij dit verdiend had.

'Oké, ik zal er wat meer over zeggen. Afgezien van jullie voorbeeldige staat van dienst hebben jullie allebei de verplichte colleges oorlogsrecht en Conventie van Genève gevolgd tijdens de JAG-opleiding. Misschien weten jullie het zelf niet, maar jullie hebben de op één en twee na hoogste cijfers gehaald die daar ooit zijn toegekend. Kolonel Winston, die beide colleges gaf, zoals jullie je nog wel herinneren, vond jullie de beste juristen die hij ooit had lesgegeven. Afgezien van de man met de hoogste cijfers, natuurlijk.'
'En dat was jij?' vroeg Morrow.
Ik haalde mijn schouders op en grijnsde bescheiden. Ze leken allebei gepast onder de indruk.
Natuurlijk was ik dat niet. Bij lange na niet. Toen dezelfde kolonel Winston hoorde dat ik voor deze opdracht was uitgekozen, belde hij de stafchef van het leger en ging hij als een razende tekeer. Hij zei letterlijk dat hij zich mij herinnerde als de grootste oetlul die hij ooit was tegengekomen. Maar waarom zou ik mijn troepen ontmoedigen nog voordat er een schot gelost was? Bovendien proberen advocaten elkaar altijd de loef af te steken. Delbert had aan Yale gestudeerd en Morrow aan de UVA en Harvard. Een broedplaats van strebers. Dat konden zij niet helpen, zo waren ze nu eenmaal.
Morrow keek nerveus naar Delbert, hoestte even en zei toen: 'Weet je toevallig nog wie van ons nummer twee of drie was?'
Nou, wat zei ik?
'Ik moet er nog iets bij vertellen,' zei ik, terwijl ze me allebei gefrustreerd aanstaarden (ze wilden écht weten wie van hen twee of drie geworden was). 'Op het moment worden we omringd door vijanden. Al die mensen van de landmacht en de luchtmacht om ons heen dragen wel ons uniform, maar ze zijn heel anders dan wij. Ze lachen tegen ons en ze doen wel vriendelijk, maar trap er niet in. Ze hebben de pest aan ons en wat wij hier komen doen. Die negen mannen in de ge-

vangenis zijn hun kameraden. Wij zijn maar buitenstaanders, die komen beslissen of die jongens moeten worden berecht en gelyncht. Bovendien lopen er misschien nog meer mensen rond die in hun val kunnen worden meegesleept.'

'Ik geloof dat je overdrijft,' zei Morrow.

'Nee, dat doe ik niet. Er zijn mannen op deze basis die het niet zouden betreuren als wij in het bos verdwalen zodat ze ons in het geniep een kogel door de kop kunnen jagen. En zal ik jullie wat zeggen? Als ze hier terugkwamen en zich op de borst zouden slaan, zouden ze nog bewondering oogsten ook. Daarom eis ik van jullie dat je altijd een geladen pistool bij je hebt.'

Morrow keek me ongelovig aan. Echt zo'n type dat het nooit ergens mee eens was, dat zag ik nu al.

'Je weet toch hoe je een pistool moet gebruiken?' vroeg ik.

'Ik heb heel goede punten gehaald op de schietbaan, op het pistool en alle andere wapens,' antwoordde ze uit de hoogte.

Gek, maar dat verbaasde me niet.

'Jij natuurlijk ook? Goede punten?' vroeg ik aan Delbert.

'Natuurlijk.' Hij knikte nadrukkelijk.

'Geweldig. Persoonlijk ben ik als de dood voor pistolen. Ik raak ook niks op meer dan een halve meter afstand.'

Ze grinnikten om mijn grapje en leken waardering te hebben voor mijn zelfspot. Maar het was geen grap, ik meende het serieus. Ik denk dat ik ben geboren met een gebrekkige oog-handcoördinatie. Ik grinnikte met hen mee. Als ze me niet wilden geloven, was dat hún probleem.

'Het punt is,' ging ik verder, 'dat we volledig op onszelf zijn aangewezen. We kunnen geen mens vertrouwen, behalve elkaar, dus houd daar rekening mee. Jullie zijn toch al impopulair, dus je hebt niets te verliezen. We hebben eenentwintig dagen om te ontdekken wat er precies gebeurd is, met een grote kans dat het een heel onplezierige conclusie zal worden.'

Ze geloofden me niet. Ze slikten een paar keer en knikten toen, niet erg overtuigd. Ik zag het in hun ogen. Niets aan te doen. Ze kwamen er nog wel achter.

4

Ik zat al veertien jaar in het leger, de eerste vijf jaar bij de infanterie, toen drie jaar rechtenstudie, zes maanden op de JAG-opleiding en de rest als advocaat. Ik had mensen aangeklaagd en verdedigd en was tot de conclusie gekomen dat je een moordonderzoek het beste kon beginnen in het mortuarium. Zo'n bleek lichaam op een kille stenen plaat weet je aandacht wel vast te houden. Het herinnert je aan de ernst van je werk. Er hoort een familie bij dat lichaam, en vrienden – mensen die de persoon missen die ooit dat vleselijke omhulsel bewoonde. De advocaat is hun laatste en enige hoop op gerechtigheid. Het lichaam kan niets meer zeggen, maar het schreeuwt om gerechtigheid, duidelijk en dramatisch.

Ik had in Washington gezegd dat mijn onderzoeksteam het mortuarium aan de rand van Belgrado wilde bezoeken, waar de lichamen werden bewaard. Maar dat bleek niet zo eenvoudig te zijn als het klonk. Het probleem was dat de lichamen in Servië lagen en dat wij nog steeds grote aantallen zware explosieven boven de dorpen en steden van dat land afwierpen. Dus waren er begrijpelijke complicaties.

In Washington had ik gesproken met een paar formele types van de buitenlandse dienst, die me de les lazen alsof ik een onnozel groentje was op het gebied van de internationale politiek. Nou, ik was misschien een groentje, maar ook advocaat, en koppig van aard. Dus gaf ik het niet op. Dit was een zaak die de landsgrenzen overschreed, en het kon me weinig schelen of de minister van Buitenlandse Zaken persoonlijk met boze wolf Milosević moest bellen om een vi-

sum voor ons los te krijgen. Hij had Jesse Jackson toegelaten, dus waarom ons niet?
Er waren wat zure gezichten, maar blijkbaar begreep ik toch meer van dat soort dingen dan die twee eikels van Buitenlandse Zaken, want toen een VN-diplomaat Milosević vroeg of wij konden komen, aarzelde hij geen moment.
Hij zei ja. Natuurlijk zei hij ja. Ik wist ook wel dat hij ja zou zeggen. Hij begreep dat ons woord oneindig veel geloofwaardiger was dan het zijne en hij wilde mijn team alle gelegenheid geven om vast te stellen dat er inderdaad vijfendertig afgeslachte lichamen in dat mortuarium lagen. Maar zijn toestemming had ook zorgelijke kanten. Als hij ons uitnodigde om de lijken te komen schouwen, moest hij er redelijk zeker van zijn dat ze door onze jongens waren gedood.
We gingen vroeg onder de wol en de volgende morgen om vijf uur, de tweede dag van ons onderzoek, stapten de kapiteins Delbert en Morrow, ikzelf en een patholoog die de vorige avond uit Frankfurt was overgekomen in een ultramoderne Blackhawk-helikopter voor de reis. De patholoog was een vreemde vogel met een misvormd hoofd, een bijna doorschijnende huid en van die uitpuilende ogen waardoor hij er zeer gestresst uitzag. Maar ondanks zijn uiterlijk had ik gehoord dat hij een van de besten in zijn vak was.
De vlucht duurde ongeveer drie uur. Onderweg moesten we een keer landen om bij te tanken. De kerels die ons bijtankten waren Servische soldaten en ik geloof niet dat ze blij waren ons te zien. Ik kon het hen niet kwalijk nemen. Op dat moment was onze luchtmacht bezig een deel van hun land plat te gooien.
Twee sedans met Servische militaire chauffeurs stonden op ons te wachten op de internationale luchthaven van Belgrado. Niemand zei een woord toen we door de stad reden, zo snel mogelijk naar het mortuarium. Het was geen mooie rouwkamer, zoals je ze zo vaak in de Verenigde Staten zag,

maar een grimmig en haveloos oud gebouw. Eigenlijk wel passend, want de meeste bewoners interesseerden zich toch niet meer voor hun accommodatie.
Een Servische dokter die Iets-ovitsj heette wachtte ons bij de ingang op en escorteerde ons door een serie donkere, vuile gangen, een trap af naar een sombere kelder. Amerikaanse mortuaria zijn in het algemeen zo schoon dat je er van de vloer zou kunnen eten als je die lugubere neiging had. Dit mortuarium stonk naar rottende kadavers en was smerig vanaf de vloer tot aan het plafond.
De kelder was koud en vochtig, met het soort schemerige hanglampen waar mensen hun hoofd tegen stoten. Gelukkig ben ik een bescheiden één meter vijfenzeventig, dus kwam ik met de schrik vrij. Die arme Delbert was tien centimeter langer en liep zo stram alsof hij een bezemsteel in zijn jeweet-wel had, met als gevolg dat hij een paar gemene builen op zijn voorhoofd opliep.
Aan het eind van de gang sloegen we links af, en aan de echo van onze voetstappen te horen waren we een grote ruimte binnengekomen. De dokter stak zijn hand uit en haalde een schakelaar over. Tien lange tl-buizen kwamen flikkerend en knetterend tot leven, tot de hele zaal verlicht was.
Er was goed nagedacht over wat zich voor ons oog ontvouwde. Vijfendertig naakte lichamen lagen keurig in vier lange rijen. Iemand had de moeite genomen om kussens achter de ruggen van de lijken te leggen, zodat ze allemaal overeind zaten, stijf rechtop. Het zag er afschuwelijk uit en het was onmogelijk om hun gezichten te negeren, hoewel sommigen een deel of zelfs hun hele gezicht moesten missen. We bleven doodstil staan en onze adem stokte.
Een liggend lijk kan nog een onpersoonlijk voorwerp zijn, maar een lichaam dat overeind zit en je aanstaart, bijna alsof het weer tot leven is gewekt, kun je onmogelijk negeren. De eerste die zich herstelde was dokter Simon McAbee, onze

vriendelijke patholoog, die snel naar voren liep met zijn dokterstas en een waarderende glinstering in zijn ogen. Hij liep langs de tafels als een dartele huisvrouw langs het vlees in de supermarkt, die hier eens knijpt en daar eens voelt om het beste stuk uit te zoeken.

Delbert en Morrow kwamen achter mij aan toen ik langs de rijen liep en bij elk lichaam een paar seconden bleef staan, niet langer dan nodig was om de doodsoorzaak vast te stellen. De lichamen waren gewassen, waardoor het vrij eenvoudig was om de wonden te interpreteren. Ik kon niet in alle gevallen honderd procent zeker zijn, maar wat ik zag kwam overeen met mijn somberste verwachtingen.

Sommige lijken waren afschuwelijk verminkt, maar zo te zien waren ze allemaal door het hoofd geschoten. Eén lichaam had geen hoofd meer, alleen een griezelige, afgehakte stomp onder bij de nek. Sommige kogels waren van achteren of van voren ingetreden, maar geen enkele van opzij. De kogelwonden waren klein, ongeveer zo groot als een 5.56 mm-patroon zou veroorzaken, en dat was toevallig het kaliber van een M-16-geweer, het standaardwapen van de Amerikaanse troepen. De uittreedwonden waren groter. Ook dat was karakteristiek voor een M-16-patroon, dat meestal begint te tuimelen als hij een hard oppervlak raakt, zoals een schedel of een bot, en veel weefsel meeneemt als hij zich door het lichaam boort. Daardoor ontstaat een steeds bredere baan, die eindigt in een grote, gruwelijke uittreedwond.

Minstens de helft van de lichamen was zo zwaar verminkt en de aard van de verwondingen was zo ernstig dat ze door mijnen moesten zijn veroorzaakt. Maar het type mijn intrigeerde me. Amerikaanse troepen zijn uitgerust met een zogeheten claymore-mijn, een rechtstandige mijn die boven de grond op twee kleine metalen statieven rust. Het grote voordeel van de claymore is dat het een gerichte mijn is. Hij is rechthoekig, enigszins gekromd van vorm. De explo-

sieven zitten in de holte en de buitenste helft is geladen met duizenden kleine kogeltjes die bij de explosie met enorme kracht in het rond worden geslingerd. De claymore is een populair wapen voor hinderlagen. De mijnen worden tot ontsteking gebracht door een elektrische puls en de techniek is een reeks van deze gemene wapens met verbindingsdraad aan elkaar te koppelen tot een zogeheten *daisy chain*. Als de elektrische lading tot ontsteking wordt gebracht lijken alle mijnen tegelijk af te gaan. De stroom heeft tijd nodig om door de draad te gaan, dus in werkelijkheid liggen er een paar milliseconden tussen de explosies, maar zoals soldaten zeggen: het is nauwkeurig genoeg voor een ambtenaar.
De helft van de zwaarverminkte lijken vertoonde een grote hoeveelheid hagelwonden. Maar die zaten vreemd genoeg allemaal in hun rug, wat een aantal mogelijkheden suggereerde waarvan de meeste niet veel goeds voorspelden.
Na onze eerste ronde verzamelden Delbert, Morrow en ik ons in een groepje achterin om fluisterend te overleggen. Dokter McAbee en dokter Iets-ovitsj liepen nog steeds rond en knepen in stukken gewond vlees. De Serviër was blijkbaar ook patholoog. De twee mannen bogen zich voortdurend naar elkaar toe en praatten enthousiast. Ja, die amuseerden zich wel.
'Wat denk je?' vroeg ik aan Delbert en Morrow, en wachtte af wie het eerst zou antwoorden.
'Het is ontnuchterend,' zei Morrow.
'Heel ontnuchterend,' deed Delbert er een schepje bovenop. En dat was het ook. Delbert en Morrow waren wel vaker in mortuaria geweest en dit waren zeker niet de eerste lijken die ze zagen. Maar het was toch een onthutsende ervaring om er vijfendertig tegelijk te zien. Ik had het voordeel dat ik een paar oorlogen had meegemaakt, maar ik moet toegeven dat de aanblik van een grote verzameling dode lichamen nog altijd vreemde dingen doet met mijn ziel.

‘Het ziet er niet goed uit, wel?’ vroeg Delbert.
‘Nee,’ gaf ik grimmig toe. ‘We weten het pas zeker als McAbee klaar is met zijn werk, maar ik zou zeggen dat de meeste schade is aangericht met M-16’s en claymore-mijnen. Ik denk dat er ook een paar machinegeweren zijn gebruikt, maar ik heb geen idee welk type.’
‘Sommigen van die Serviërs zijn nog maar jochies,’ merkte Morrow op.
‘Ja.’
‘Ze hadden nog nauwelijks schaamhaar,’ zei ze, niet als obscene observatie, maar omdat het de situatie nog ernstiger maakte. Volwassen mannen doden was één ding, tieners vermoorden was nog een graadje erger.
Bij mijn eerste ronde had ik bewust niet naar de gezichten gekeken maar me volledig op de wonden geconcentreerd, omdat ik mijn waarnemingen niet wilde laten vertroebelen door emoties. Nu was het moment gekomen om terug te gaan en elk lichaam opnieuw te bekijken, nu als een mens en niet als een lap geslacht vlees met forensische aanwijzingen. Misschien hadden sommige van deze lichamen, als levende mannen, verwerpelijke dingen gedaan met de Albanezen die ze uit Kosovo hadden verdreven. Maar ik moest mezelf eraan blijven herinneren dat het ménsen waren geweest. Bovendien ging het er niet om welke misdaden deze mannen, of sommigen van hen, hadden gepleegd, maar welk misdrijf er tegenover hén was begaan. Dus liep ik nog twintig minuten rond, terwijl ik probeerde orde te scheppen in mijn rekbare geweten.
Dokter McAbee had monsters verzameld en maakte nu foto’s van elk lijk. Hij werkte efficiënt en professioneel, en was al klaar voordat ik mijn ronde had gedaan.
Ten slotte kwam hij naar me toe. ‘Het ziet er niet goed uit, raadsman.’
‘Dat zie ik.’

'Onze gastheer heeft me een verzameling projectielen gegeven die ze uit de lichamen hebben verwijderd.'
'Hebt u ze er ook zelf uitgehaald?'
'Ja, een paar.'
'En?'
'Het zijn 5.56 mm-patronen. De hagelkorrels komen uit een claymore, zo te zien.'
'Dus alle wonden zijn veroorzaakt door Amerikaanse wapens?'
'Bij vijfendertig lichamen zou het drie röntgenapparaten en een team van drie assistenten een volle week kosten om dat met zekerheid vast te stellen.'
'Maar uw globale indruk?'
Zijn uitpuilende ogen staarden me aan en hij leek te zuchten. 'Elke wond die ik zag, leek veroorzaakt door een Amerikaans wapen.'
'En de hoofdwonden?'
'De meesten zijn doodgeschoten van een afstand van minder dan een halve meter. Die idioten hebben de lichamen gewassen, maar ik heb toch wat kruitsporen in het haar gevonden.'
'En hoe is dat gebeurd, denkt u?'
'Dat lijkt me wel duidelijk, niet? Iemand is de hele rij langs gelopen om ervoor te zorgen dat er geen overlevenden waren.'
'Niets is duidelijk,' wees ik hem terecht. 'Wees voorzichtig met uw conclusies.'
'U hebt natuurlijk gelijk,' zei hij, hoewel we allebei wisten dat er nauwelijks twijfel kon zijn.
'Hebt u die Servische dokter gevraagd de lichamen te conserveren tot wij klaar zijn?' vroeg ik hem.
'Ja. Maar dat gaat niet, zei hij.'
'Waarom niet?'
'Milosević heeft een grote staatsprocessie aangekondigd

waar-in alle families van de doden zullen worden geëerd om hun offer. Na die ceremonie worden de lichamen aan de families teruggegeven om te worden begraven.'
'Dan scheppen de Serviërs een groot probleem voor ons en voor zichzelf.'
'Hoezo?' vroeg hij.
'Als ik advocaat van de verdachten was, zou ik eisen dat ik de lichamen ook mocht onderzoeken.'
'Nou, ze zijn al onderzocht. Door mij.'
Ik keek hem aan alsof ik hem een kruisverhoor afnam. 'En kunt u me precies vertellen, dokter, met volledige zekerheid, hoeveel van deze mannen met Amerikaanse wapens zijn gedood?'
'Daar hebben we het al over gehad.'
'In de getuigenbank mag u het opnieuw vertellen. Als de leden van dat A-team van moord worden beschuldigd, hoeveel moorden moeten we hen dan ten laste leggen? Daar moet je een lijst van maken en vervolgens bewijzen dat er exact zoveel mensen zijn vermoord.'
'Natuurlijk,' zei hij. 'Het spijt me. Ik ben nog nooit betrokken geweest bij een zaak van deze omvang.'
'Niemand van ons. Maar zo moeten we vanaf dit moment wél denken. Daarom vraag ik u om ieder lijk te classificeren. Ik wil weten hoeveel mensen op slag dood waren en hoeveel er gewond zijn geraakt en later gedood. Kunt u dat voor me vaststellen?'
Hij knikte. 'Ik zal mijn best doen.'
'Goed. Hebt u hier verder nog iets nodig, als officiële lijkschouwer in deze zaak?'
'Ik zou een paar lichamen mee terug willen nemen om de juiste omstandigheden van hun dood te kunnen bepalen, maar dat zal niet gaan.'
'Oké. Zodra we terug zijn, dient u een officieel verzoek daartoe in. En ik ook. We zullen Washington zeggen dat deze

zaak in gevaar komt als we niet enkele lichamen kunnen meenemen.'

5

Kort na drieën kwamen we in Tuzla terug. Het gerammel van onze magen was inmiddels overgegaan in echte honger, dus vroeg ik Imelda om wat eten te regelen. Dat klinkt eenvoudig, maar dit was het leger, en soldaten eten alleen op vaste tijden, in de mess. Drie uur 's middags viel niet binnen dat rooster. Aan de andere kant beschikten we natuurlijk over Imelda Pepperfield, die zelfs water uit een steen wist te persen.
Briesend stapte ze een tijdje later mijn kantoor weer binnen, gevolgd door twee van haar assistentes, die geen van beiden een missverkiezing zouden winnen maar ongetwijfeld heel goed waren in hun werk. Imelda gromde wat onverstaanbaars en de twee meisjes zetten een paar borden neer. Broodjes gehakt en aardappelpuree, met dikke jus.
'Problemen?' vroeg ik.
'Nee. Die mess-sergeant deed moeilijk, maar toen ik hem op zijn plichten wees bond hij wel in.'
Imelda was opgegroeid op het platteland van Alabama en had het accent en de manieren van een arm, slecht opgeleid zwart meisje uit het Amerikaanse Zuiden. Als je zelf niet zo slim was, tuinde je daar met beide benen in. Ik had haar IQ kunnen opzoeken in haar dossier, maar die moeite nam ik liever niet. Ik had geen behoefte om te weten dat ze slimmer was dan ik. Maar ik kende wel een van haar geheimen: dat ze twee universitaire studies had afgemaakt, in strafrecht en Engelse letterkunde. Ze ging nooit ergens heen zonder een paar dikke boeken in haar plunjezak, meestal geschreven door van die Russen met lange, onuitsprekelijke namen. Ik hield van die vrouw.

Delbert en Morrow staarden met afgrijzen naar de broodjes gehakt, terwijl ik er met smaak aan begon.
Imelda keek hen onderzoekend aan en spreidde haar armen. 'Deugt het eten niet, of zo?'
Delbert was zo dom om te antwoorden. 'Nee, eigenlijk niet. Ik heb liever iets gezonders.'
Imelda boog zich naar hem toe. 'Je bent toch niet zo'n mietje dat alleen maar worteltaart eet?'
'Ik zorg goed voor mijn lichaam,' antwoordde Delbert stijf.
'Dit komt uit de keuken van het Amerikaanse leger. Als Uncle Sam het goed genoeg voor je vindt, dan ís het goed genoeg!'
'Het is veel te vet. Daar slibben je aderen van dicht.'
Morrow had de discussie gevolgd en ik zag dat ze snel een broodje gehakt pakte en begon te kauwen. Slimme meid.
Imelda richtte zich weer op. Haar ogen veranderden in verzengende laserstralen die gaten brandden in het voorhoofd van die arme Delbert.
'Goed, wijsneus. Dat zal ik onthouden. Ik heb je door.'
Delbert keek schichtig naar mij. Hij wist niet precies wat haar relatie met mij was, dus smeekte hij me om tussenbeide te komen of hem permissie te geven om terug te slaan. Alsof ik zo stom zou zijn me ermee te bemoeien.
'Naar wie kijk je nou?' blafte Imelda. 'Kijk me aan als ik tegen je praat! Als je dat eten niet lust, zul je de komende weken heel wat kilo's afvallen.'
'Ik heb liever een salade,' zei hij, bijna zielig beleefd. 'Kun je geen salade voor me halen?'
'Salade?' brulde ze, alsof hij om een bord zoetzure paardenmest had gevraagd.
'Ja, als het kan.'
'Ik haal geen konijnenvoer.'
'Dan haal ik het zelf wel,' verklaarde Delbert. Hij stond op en vertrok.

Imelda spreidde nog eens haar armen, mompelde iets dat eindigde met een van mijn favoriete organen en stampte toen zelf ook het kantoortje uit.
Zichtbaar opgelucht legde Morrow haar half opgegeten broodje gehakt weer op het bord. 'Wie heeft die ronde gewonnen?' vroeg ze.
'Wie is het konijnenvoer gaan halen?' antwoordde ik.
'Ze is wel een type, niet?'
'Een van de laatsten van haar soort,' zei ik, terwijl ik mijn derde broodje pakte.
'Heeft Delbert nu een oorlog ontketend?'
'Ik denk het niet. Ze testte hem even uit.'
'En hoe heeft hij die test doorstaan?'
'Niet slecht. Maar ze heeft wel gezien dat jij dat broodje oppakte.'
'Was dat dom?'
Ik krabde aan mijn neus. 'Moeilijk te zeggen. De tijd zal het leren.'
Er verschenen twee denkrimpels tussen Morrows wenkbrauwen. Het was natuurlijk volstrekte onzin wat ik zei. Het duurde even, maar toen begreep ze dat ook.
'Jij laat iedereen gewoon zijn gang gaan,' klaagde ze. 'Ze was verdomd brutaal. Ik dacht dat een voormalige infanterie-officier meer discipline zou eisen van zijn mensen.'
Had ik al gezegd dat Morrow een verbazend mooie vrouw is? Nou, dat is ze dus. En het is een aparte ervaring als een mooie vrouw je mannelijkheid op de proef stelt, want dat deed ze nu. Ze trok haar perfect gevormde wenkbrauwen op en keek me aan met een misprijzend trekje om haar mond. De gemiddelde man zou dat moment hebben gekozen om zijn spierballen te tonen en iets stoers te mompelen, om te bewijzen dat hij toch iets in zijn boxershort had.
'Daarom heb je geen garantie op een stereotype,' zei ik.

Kijk, kapitein Lisa Morrow was als de dood voor specialist zevendeklasse Imelda Pepperfield, en ze werkte mij op mijn schaamtegevoel in de hoop dat ik haar zou beschermen. Een slimme meid, dat zei ik al.
Ik at mijn derde broodje op en keek op mijn horloge. Als ik me niet vergiste, stond er nu een getuige voor de deur te wachten. Dat was een redelijke gok, omdat ik die ochtend voor ons vertrek naar het mortuarium aan Imelda had gevraagd of ze een afspraak met luitenant-kolonel Will Smothers wilde maken voor 15.30 uur, wat in gewone mensentaal hetzelfde is als halfvier 's middags.
Ik liep naar de deur en deed hem open. Inderdaad, daar stond Smothers. En achter hem – hoe is het mogelijk! – stond een bebrilde, wat te dikke, professorale kapitein met JAG-insignes.
'Komt u binnen, alstublieft,' zei ik tegen Smothers.
Hij liep langs me heen. Snel strekte ik mijn arm uit voor de deuropening om de advocaat tegen te houden, die volgens zijn naamplaatje Smith heette. 'We hebben u niet nodig,' zei ik.
Smothers draaide zich op zijn hakken om en keek me aan. 'Ik wil hem erbij hebben.'
'Nee,' zei ik. 'Dit is gewoon een vraaggesprek. Ik zal u uw rechten niet voorlezen, dus niets wat u hier zegt kan tegen u worden gebruikt. Ik wil alleen wat achtergrondinformatie.'
'Als hij me erbij wil hebben, kom ik mee,' piepte kapitein Smith met een hoge, hinnikende stem.
'Helaas. Ik heb de leiding van het onderzoek en als ik er geen advocaten bij wil hebben, komen ze er niet in.'
Er viel een sprakeloze stilte waarin Smith en Smothers verbijsterde blikken wisselden en zich afvroegen of ik daar het recht toe had. Eerlijk gezegd wist ik dat zelf ook niet, maar wat gaf het?

'Geen advocaten,' zei ik nog eens en sloeg de deur dicht in Smiths verschrikte gezicht. Ik draaide me om naar Smothers. 'Gaat u zitten.'

Als je in een verhoor van een potentiële verdachte niet het initiatief houdt, ben je verloren. Smothers was hoger in rang dan ik, dus moest ik een extra inspanning doen. Bovendien lopen advocaten maar in de weg. Ik kan het weten, want ik ben er zelf een en ik loop iedereen voor de voeten.

Ik ging achter het bureau zitten. Morrow en ik verroerden ons niet. Smothers probeerde zich een houding te geven, maar dat viel niet mee, omdat ik zojuist zijn strategie had getorpedeerd. Ten slotte haalde ik een cassetterecorder uit de la van het bureau en zette hem aan. Dat is altijd heel goed voor de zenuwen.

'Kolonel, wilt u uw volledige naam noemen en uw relatie tot de verdachten beschrijven?'

Hij rechtte zijn schouders. 'Mijn naam is Will Smothers en ik ben hun commandant.'

'Kunt u wat specifieker zijn?'

'Ik ben commandant van het eerste bataljon van de Tenth Special Forces Group. Het A-team van kapitein Terry Sanchez behoorde tot mijn bataljon.'

'Commandant, zegt u? Kunt u daar wat dieper op ingaan? Wat verstaat u daaronder?'

Hij fronste even zijn voorhoofd. 'Eh... nou, dat betekent dat ze voor me werken, dat ik verantwoordelijk voor hen ben.'

'Een goede definitie. Hoelang hebt u al het commando?'

'Bijna twee jaar.'

'En hoelang was kapitein Sanchez een van uw teamleiders?'

'Een halfjaar, denk ik.'

'Dus u kent hem pas een halfjaar?'

'Nee. Voor die tijd zat hij al bij mijn staf. Toen werkte hij bij Operaties, op kantoor.'

'Zat hij daar al toen u hier aankwam?'

'Ja. Ik geloof dat hij zes maanden eerder was aangekomen dan ik.'
'Dus u kent hem nu twee jaar?'
'Ja, twee jaar. Dat klopt wel ongeveer.'
Dit alles was maar een aanloop. In het begin van een verhoor vraag je altijd naar eenvoudige, niet belastende feiten. Zo krijg je de verdachte in een bepaald ritme, waarin hij snel en bijna automatisch antwoord geeft. Nu werd het tijd om naar wat meningen te graven.
'Kent u hem goed, naar uw idee?'
'Redelijk.'
'Wie heeft hem tot teamleider benoemd?'
'Ik. Het moest worden bevestigd door de groepscommandant, maar ik heb hem voorgedragen.'
'En de groepscommandant is...?'
'Brigadegeneraal Murphy.'
'Is Sanchez een goede officier?'
'Eh... ja. Een eh... heel goede officier,' zei hij, opeens heel attent. 'Een uitstekende officier, in alle opzichten.'
'Welke opzichten?'
'Nou eh... hij is heel competent. Hij geeft zijn mensen het goede voorbeeld.'
Ik keek hem spottend aan. 'Het goede voorbeeld? Is dat niet wat afgezaagd?'
'Wat wilt u dan horen?'
'Zegt u het zelf maar. Was hij een sterke leider? Dwong hij zijn mensen hem te volgen, of probeerde hij hen te overtuigen? Was hij slim? Had hij ruggengraat?'
'Ja. Op alle vragen.'
Dat werd wat te veel van het goede, dus beperkte ik me tot de feiten. 'Hoe oud is hij?' vroeg ik.
'Dat weet ik niet precies. Rond de dertig, misschien een paar jaar ouder.'
'Hoelang zit hij al in het leger?'

'Een jaar of tien. Misschien elf of twaalf. Hij is een ervaren kapitein. Dit jaar komt hij in aanmerking voor bevordering tot majoor.'
'Voor die bevordering moest hij teamleider zijn geweest, is het niet?'
'Hij is een uitstekende officier. Ik heb zijn dossier nooit gelezen, maar daar zal het wel in staan, dat weet ik zeker.'
'Bij de Special Forces is het toch meestal een voorwaarde dat iemand eerst teamleider is geweest voordat hij tot majoor wordt bevorderd? De promotiecommissie wil toch weten of hij zich in een veeleisende functie in het veld kan handhaven?'
'Meestal wel, maar het is niet noodzakelijk.'
'Bent u ook teamleider geweest?'
'Ja.'
'Kent u bataljonscommandanten bij de Special Forces die dat niet zijn geweest?'
'Nee.'
Smothers begon te vermoeden waar ik heen wilde en koos zijn woorden daarom heel zorgvuldig. Zoals hij zelf had toegegeven, was hij verantwoordelijk voor Sanchez' A-team en alles wat ze hadden gedaan. Natuurlijk kan een bataljonscommandant met veel teams onder zijn bevel niet overal tegelijk zijn. Maar hij kan wel competente, betrouwbare officieren benoemen. Dat verwacht het leger ook van hem. Als het team van Terry Sanchez in koelen bloede vijfendertig man had afgeslacht, was Sanchez duidelijk niet geschikt voor de functie die hij had gekregen. Dus had Will Smothers een beoordelingsfout gemaakt. Daarom was hij opeens zo zuinig met de waarheid.
Hij had twee jaar nauw met Sanchez samengewerkt, maar wist niet precies hoe oud hij was, kon me niet vertellen hoe hij leiding gaf of wat zijn sterke en zwakke punten waren. Hij wist het natuurlijk wel, maar hij wilde het me niet vertellen.

‘Kunt u me zeggen,’ veranderde ik van onderwerp, ‘wat Sanchez’ orders waren toen hij naar Kosovo werd gestuurd?’

‘Nou, hij en zijn team waren twee maanden bezig geweest met het trainen van vijfennegentig Kosovaarse guerrilla’s. Omdat de Kosovaren nog weinig ervaring hadden, kreeg Sanchez’ team opdracht om met hen terug te gaan en daar de training voort te zetten.’

‘Is dat geen vreemde missie?’

‘Nee, dat is heel normaal voor de Special Forces. We zijn juist opgericht en georganiseerd voor het trainen van autochtone militaire eenheden.’

‘Ik heb het niet over de training, maar over het feit dat Sanchez’ team meeging naar Kosovo.’

‘Nee, dat zou ik ook niet vreemd willen noemen.’

‘O nee? Wat was zijn exacte opdracht?’

‘Doorgaan met het trainen van de Kosovaren.’

‘En moest hij zich ook met de strijd bemoeien?’

‘Absoluut niet. We kennen hier allemaal regels, majoor.’

‘Leg dat eens uit,’ zei Morrow.

‘We voeren geen grondoorlog.’

‘Maar we bombarderen wel de Serviërs in Kosovo,’ zei Morrow. ‘Trouwens ook de Serviërs in Servië zelf! Hoe hou je dat allemaal uit elkaar?’

‘De Special Forces zijn niet achterlijk, kapitein. We hebben misschien geen rechten gestudeerd, maar we weten donders goed wat hier gebeurt.’

‘En bevalt u dat?’ vroeg ze.

‘Wat?’

‘De missie. Wat u hier doet.’

‘Wat moet me daaraan bevallen? Het is mijn werk.’

‘Mochten Sanchez en zijn mensen de Kosovaren helpen bij de voorbereiding van hun operaties?’

‘Ja en nee.’

‘Dat antwoord geldt niet, kolonel. Ja óf nee?’

'Wij nemen niet deel aan de oorlog. Dus nee, Sanchez en zijn mensen mochten hen niet helpen bij het voorbereiden van hun operaties. Maar als de Kosovaarse commandant bijvoorbeeld om advies vroeg, mochten ze dat wel geven.'

'Dat lijkt me een moeilijk onderscheid.'

'Ik heb de regels niet gemaakt.'

Morrow leunde naar achteren en herhaalde haar punt nog eens. 'Mochten Sanchez' mensen de Kosovaren escorteren in gevechtsoperaties?'

'Nee, absoluut niet. Er werd een beveiligd basiskamp opgeslagen en Sanchez' team moest daar blijven.'

'Stel dat Sanchez en zijn mensen door een Servische eenheid werden aangevallen. Mochten ze dan terugschieten?'

'Ja, zelfverdediging is toegestaan. Als ze werden ontdekt, moesten ze zich terugtrekken. Zich desnoods een weg naar buiten schieten, als het niet anders kon.'

'Wie had die regels vastgesteld?' vroeg ik.

'Dat weet ik niet. Een stafofficier ergens, neem ik aan. Maar ik geloof dat ze waren goedgekeurd door de stafchefs zelf.'

'Waarom gelooft u dat?'

'Omdat dat meestal zo is.'

'Meestal?'

'De *rules of engagement* in Mogadishu, Haïti en Bosnië waren ook goedgekeurd door de stafchefs. Het lijkt me dus logisch dat dat hier ook zo is.'

'Dank u, kolonel,' zei ik.

Hij keek verbaasd. 'Dank u?'

'Ja. U kunt gaan.'

Hij keek me even met open mond aan, alsof hij zich afvroeg waar het derdegraadsverhoor bleef. Ik keek onbewogen terug. Het derdegraadsverhoor zou nog wel komen. Maar niet nu.

Toen Smothers naar buiten stapte, kwam Delbert weer binnen.

‘Goed gegeten?’ vroeg ik.
‘Eh, ja hoor.’ Hij draaide zijn hoofd om en keek Smothers na, die vertrok. ‘Wat was dat?’
‘Kolonel Smothers was zo vriendelijk om langs te komen voor een ondervraging. Een interessant gesprek.’
‘Waarom hebben jullie niet op mij gewacht?’
‘Omdat jij weg was om te lunchen.’
‘Maar ik wist niet dat we een afspraak hadden.’
‘Imelda wel. Daarom was ze zo vriendelijk om eten voor ons te halen.’
‘Waarom heeft ze dan niets gezegd?’
‘Ik geloof niet dat je het haar gevraagd hebt.’
‘Waarom heb jíj het me niet verteld?’
‘Ik geloof ook niet dat je het míj gevraagd hebt.’
Ik zag hoe frustrerend dit moest zijn voor die arme Delbert en ik zou liegen als ik zei dat ik geen plezier had in zijn ontreddering. Hij mocht dan de beste aanklager uit het leger zijn, maar hij bleef een lul.
‘Maak je niet druk,’ zei ik geruststellend, ‘het staat allemaal op de band. Die kun je vanavond afluisteren als we klaar zijn.’
Ik wendde me tot Morrow. ‘Wat vond je?’
‘Hij maakt wel indruk als officier.’
‘Dat geldt voor de meeste bataljonscommandanten van de Special Forces.’
‘En hij was ongerust.’
‘Maar sprak hij de waarheid?’
‘De waarheid? Misschien. Maar was hij ook eerlijk? Nee.’
‘Waarover?’
‘Wat hij van Sanchez vindt. En van de orders die hij moet uitvoeren. En van het leven in het algemeen.’
‘Hoe zou dat komen, denk je?’
‘Omdat jij hem gisteren hebt gezegd dat hij een mogelijke verdachte is. Dat had je beter voor jezelf kunnen houden.

Daardoor heb je hem kopschuw gemaakt.'
Zelfs Delbert, die het gesprek niet had gehoord, knikte heftig dat hij het met haar eens was op dit punt.
Ik grijnsde en zei niets. Als ze niet begrepen hoe mijn briljante juridische geest werkte, zou ik hen niet wijzer maken dan ze waren. Bovendien zei ik al dat dit twee bijzonder gretige raspaarden waren, en als ze ook maar éven dachten dat ze een neuslengte voorsprong konden nemen, kon je de rest van de race tegen hun kont aan kijken. Dat was voor de helft wel een aantrekkelijke gedachte, maar ik had geen zin om tegen Delberts samengeknepen billen aan te kijken.
Opeens vloog de deur open en stormde Imelda weer naar binnen, met drie assistentes op sleeptouw, die alle drie een zware doos met papieren droegen.
'Wat is dat voor een papierwinkel?' vroeg ik.
'Alle operationele orders, het verbindingsjournaal en de personeelsdossiers van de verdachten.'
'Had ik daarom gevraagd? Kan ik me niet herinneren.'
'Wat moet je zonder die stukken beginnen? Je komt geen steek verder met die zaak als je je hier niet doorheen worstelt.'
'En wie heeft dat verzoek getekend?'
'Doe niet zo achterlijk, majoor. Ik ken uw handtekening nu wel.'
Delbert en Morrow staarden haar weer met open mond aan. Het vervalsen van de handtekening van een officier is een ernstig militair vergrijp, zeker als het een verzoek betreft om inzage in geheime stukken zoals operationele orders en operationele journaals.
Ik draaide me om naar Delbert en Morrow. 'O ja, geef Imelda een goed leesbaar voorbeeld van jullie handtekening voordat we hiermee klaar zijn. Morgen kan ze zelfs jullie eigen moeder ermee bedotten, let op mijn woorden.'
Imelda smakte nog eens met haar lippen en mompelde een onverstaanbare verwensing – haar manier om haar erkente-

lijkheid te tonen. Toen marcheerde ze weer naar buiten, haar drie assistentes voor zich uit schuivend.
We namen alle drie een doos en waren de volgende acht uur bezig met het ruilen van dossiers. We lazen driftig door, zonder veel te zeggen, en verdiepten ons voor het eerst in de negen Amerikaanse soldaten die van massamoord werden beschuldigd – en wat voor orders ze precies hadden gehad in dat gebied dat Kosovo heette.

6

Ik kreeg die avond twee telefoontjes. Het eerste kwam van een generaal in het Pentagon en ging ongeveer zo:
'Drummond, ben jij dat?'
Ik kneep mezelf maar eens. 'Ja, dit is Drummond.'
'Generaal Clapper hier.'
'Morgen, generaal.'
'Het is hier geen morgen, het is acht uur 's avonds.'
'O ja? Waarom is het hier dan twee uur in de morgen?'
Veel gegrinnik. 'Hoe gaat het?'
'Hoe gaat wat?'
'Het onderzoek, Drummond. Doe niet zo achterlijk.'
'Sorry, maar het is midden in de nacht, dat zei ik al. Probeer het nog eens om acht uur, dan werken mijn hersens als een Cray-computer.'
'Hoor ik daar iemand zeuren?'
'Ja. Hang op en laat me met rust.'
Weer grinnikte hij. Hij had makkelijk lachen. Bij hem was het vroeg in de avond en hij had nog gevoel voor humor.
'Oké, laat maar horen.'
'Nou, we zijn gisteren naar het mortuarium in Belgrado geweest en hebben daar een onderonsje gehad met zo'n vijfendertig lijken. De patholoog is nog bezig met zijn rapport,

maar het ziet er niet goed uit. Alle wonden in de lichamen lijken te zijn veroorzaakt door Amerikaanse wapens.'
'Dat hadden we wel verwacht.'
'Ja, maar daar komt nog iets bij. Iemand heeft elk van die lichamen door het hoofd geschoten.'
'Allemaal?'
'Nou, sommigen hadden nauwelijks een hoofd meer over, en een van hen helemaal niet meer, maar voorzover we konden zien... ja, ongeveer allemaal.'
'Waarom hebben Milosević en zijn mensen dat niet breed uitgemeten tijdens die persconferentie?'
'Dat zou u hém moeten vragen, generaal. Maar ik stel voor dat u wacht tot het hier ochtend is. Hij schijnt niet zo'n prettig mens te zijn als ik.'
'Dat staat te bezien. Krijg je genoeg medewerking?'
'Ja, hoor. Ze zijn dol op ons. We hebben de mooiste tenten gekregen van het hele kamp.'
'We hebben jullie verzoek aan Milosević ontvangen om de staatsbegrafenis uit te stellen en de lichamen nog even vast te houden.'
'Mooi. De patholoog zal er ook om vragen, via zijn eigen kanalen.'
'Dat maakt niets uit. Ik ben met jullie verzoek naar Buitenlandse Zaken gegaan en daar werd ik weggehoond.'
'Hebt u daar gesproken met twee mannen, een lange magere vent en een klein dik kereltje?'
'Ja, nou je het zegt.'
'Leuk stel, niet? De Laurel en Hardy van de internationale diplomatie.'
'Ja, ze waren ook heel positief over jou. Ze hebben je verzoek bestudeerd en ik ving een paar dingen op als "vergeet het maar" en "niet goed wijs".'
'Nou, dan zit ik goed.'
'Is het heel lastig als dat verzoek wordt afgewezen?'

‘Het biedt wel een opening voor een goede pleiter om een paar gaten in de aanklacht te schieten.’

‘Niets aan te doen. Kan ik verder nog iets voor je doen, Sean?’

‘Nee, generaal, maar vriendelijk dat u het vraagt.’

Hij hing op, ik ook. Het duurde een paar minuten voordat ik de slaap weer kon vatten. Generaal-majoor Thomas Clapper was bijna de enige vriend die ik had in deze zaak, als je van een vriend kon spreken. Ik had colleges militair recht bij hem gevolgd toen hij nog majoor was en ik een jonge luitenant tijdens mijn basisopleiding. Als ik niet de slechtste student was die hij ooit had gehad, moest de rest wel heel beroerd zijn geweest. Ik kan me zijn ontsteltenis voorstellen toen ik hem vier of vijf jaar later vroeg of hij mijn aanvraag voor een rechtenstudie en overplaatsing naar het JAG-korps wilde ondersteunen. Ik zal nooit weten wat er op dat moment door zijn hoofd ging, maar hij zei ja, en de rest is juridische geschiedenis.

Anders dan mijn eigen trage carrière was die van Thomas Clapper in sneltreinvaart verlopen. Hij was nu een tweesterrengeneraal en had de leiding over het korps van militaire juristen. Dat is het grootste advocatenkantoor op aarde, met kantoren over de hele wereld. Ze behandelen alles, van strafzaken tot contracten en onroerend goed. Het is een organisatie van meer dan duizend advocaten, rechters en nog eens dubbel dat aantal juridische specialisten op allerlei gebied. Weinig mensen kennen dit onderdeel van het leger, dat zich onderscheidt door onaangename persoonlijkheden, overdreven grote ego’s en agressieve, ambitieuze advocaten. Er is een ijzeren vuist voor nodig om dat soort types in het gareel te houden. Maar Clapper werd beschouwd als een verlicht dictator en was heel geliefd bij iedereen. Niet bij mij, trouwens. Niet op dat moment. Clapper was toevallig degene die een briefje met mijn naam in de hoed had gegooid toen

er iemand werd gezocht voor dit voorlopig onderzoek. Ik wist dat hij me nu belde omdat hij zich schuldig voelde, maar ik was niet van plan hem te vergeven. Ik hoopte dat zijn schuldgevoel hem zware koppijn zou bezorgen.
Het volgende telefoontje kwam ongeveer anderhalf uur later en was afkomstig van Jeremy Berkowitz. Zelfs om halfvier in de nacht herkende ik die naam. Berkowitz was verslaggever bij de *Washington Herald*. Hij had een grote reputatie opgebouwd met de onthulling van allerlei pijnlijke militaire opvattingen en schandalen. Het telefoontje verliep ongeveer als volgt:
'Spreek ik met majoor Sean Drummond?'
'Dat staat op mijn naamplaatje.'
'Ha, ha. Da's een goeie. Mijn naam is Jeremy Berkowitz. Ik heb uw nummer gekregen van een gemeenschappelijke vriend.'
'Wie mag dat zijn? Dan kan ik hem wurgen.'
Dat leverde weer een lachje op. Het viel me op dat iedereen in die tijdzone in Washington goedgemutst was die dag.
'Hé, u kent de regels. Een goede journalist maakt nooit zijn bronnen bekend.'
'Wat wilt u?'
'Ik ben door de *Herald* gevraagd iets over het bloedbad in Kosovo te schrijven. Daarom leek het me een goed idee als wij elkaar wat beter leerden kennen.'
'Mij niet.'
'Hebt u al eerder met de media te maken gehad?'
'Een paar keer.'
'Dus u weet dat het altijd een goed idee is om samen te werken.'
'Dan werkt u ook met míj samen, als ik het goed begrijp?'
'Precies. Dan zal ik ervoor zorgen dat uw kant van de zaak in de krant komt en dat u een eerlijke behandeling van ons krijgt.'

Klik! O jee, de hoorn viel per ongeluk op de haak.
Eerlijk gezegd legde ik zelf neer, omdat ik niet graag word bedreigd. En als je goed luisterde, was dat precies wat hij deed. Heel dom en humeurig, natuurlijk. Van mijn kant. Ik had zoete broodjes moeten bakken en me heel vriendelijk van hem moeten ontdoen. Maar dan had ik hem een rad voor ogen moeten draaien, want ik was niet van plan hem ook maar íéts te vertellen.
Niet dat ik iets tegen journalisten heb. Het leger heeft goede waakhonden nodig om ervoor te zorgen dat het een gezonde organisatie blijft, en toevallig vervult de pers die rol. Het heeft dus weinig zin om hen voor het hoofd te stoten of tegen je in het harnas te jagen, maar ik was moe en ik dacht niet meer zo helder.
Mijn humeur werd er niet beter op toen ik om zes uur ons houten gebouwtje binnenstapte, waar de kapiteins Delbert en Morrow achter een paar dampende bekers koffie op mijn komst zaten te wachten. Ze keken allebei heel opgewekt en energiek, dus had ik er meteen de pest in.
'Morgen,' zei ik – snauwde ik, blafte ik, maakt niet uit.
'Oeps,' zei Morrow.
En ja, hoor. Juist op dat moment ging de telefoon.
Ik nam op. 'Hallo.'
'Majoor Drummond, u spreekt met kapitein Smith. U herinnert zich mij nog? We hebben elkaar gisteren ontmoet.'
'Ja, ik geloof het wel. Bent u niet dat kleine, mollige kereltje met die piepstem?'
'Ik heb kolonel Masterson gebeld, de militaire rechter onder wie dit commando ressorteert. Ik zei hem dat u me had verhinderd mijn cliënt te vertegenwoordigen en heb hem naar zijn oordeel gevraagd.'
'En wat zei hij?'
'Als u dat nog eens doet, zal hij persoonlijk een klacht indienen bij het hof in Washington om u te laten royeren.'

'Ik schaam me dood,' gaf ik eerlijk toe.
'En terecht. Mijn cliënt zei ook dat u het gesprek op band had opgenomen. Ik wil morgenochtend vroeg een kopie van die opname op mijn bureau hebben.'
'Moet dat van de rechter?'
'Dat heb ik hem niet gevraagd, maar ik kan hem wel bellen als u erop staat.'
'Daar sta ik op.'
'U zegt het maar,' zei hij, bijna stikkend van woede, en hing weer op.
Het klinkt misschien vreemd, maar van Smiths telefoontje knapte ik weer op. Bij dit soort grote onderzoeken gaat het erom dat je de aandacht trekt. Je moet de mensen laten zien dat je een olifant in de porseleinkast bent, zodat iedereen die zich maar enigszins schuldig voelt meteen naar de dichtstbijzijnde advocaat rent voor bescherming. Dat was precies wat luitenant-kolonel Will Smothers had gedaan. Zijn manschappen hielden hem scherp in de gaten en inmiddels was er niemand meer in het kamp die niet wist dat hij was opgeroepen en ondervraagd. En kapitein Smith hielp me nu bij mijn werk door de plaatselijke militaire juristen te verzekeren dat ik het hard wilde spelen. Het zou niet lang duren of iedereen hier zou op eieren lopen. En als mensen op eieren lopen, kun je ze horen kraken als je heel goed luistert.
'Wat was dat?' vroeg Delbert.
'Verkeerd verbonden,' zei ik.
De deur vloog open en de orkaan Imelda stormde binnen, gevolgd door twee van haar assistentes met ontbijtbladen die waren volgeladen met dampende eieren, spek en iets dat de troepen een 'broodje poep' noemen en wat daar ook veel op lijkt, maar in werkelijkheid een uitgedroogde muffin is met gehakt en vette jus. Binnen het hele menu van het leger is dat het gerecht dat je de meeste kans biedt op een viervoudige bypass.

Imelda keek Delbert en Morrow vernietigend aan en gaf haar personeel opdracht de bladen neer te zetten op een vergadertafel in een apart kantoortje. Morrow en Delbert wisselden een veelbetekenende blik. Blijkbaar hadden ze de vorige avond iets afgesproken. Dat lag voor de hand. Ze begrepen ook wel dat een verenigd front hun enige kans was om iets tegen Imelda te ondernemen. Imelda staarde hen aan vanachter haar goudgerande brilletje en zei geen woord, maar ik zag dat ze haar vuisten balde en weer ontspande. Het was een soort verwaterde versie van de confrontatie bij de OK Corral.

Ik liep naar de tafel en begon met smaak aan mijn militaire hap, terwijl ik uit mijn ooghoeken probeerde te zien wie het onderspit zou delven. Of eigenlijk niet, want dat wíst ik al. Ik wilde alleen weten hoelang het zou duren voordat Delbert en Morrow dat ook zouden beseffen en hoe ze zouden afdruipen – met hun staart tussen de poten of met bloedige verwondingen op weg naar de ontbijttafel.

‘Gaan jullie nog eten, of blijven jullie zitten mokken als een stel verwende pubers?’ informeerde Imelda.

De brave advocate keek haar niet aan toen ze antwoordde: ‘Ik ontbijt meestal met yoghurt, viergranenbolletjes en vruchtensap.’

‘O, dan moet ik de kok zeker vragen of hij daar een café au lait bij serveert?’ vroeg Imelda.

Delbert wilde iets zeggen, bedacht zich en schuifelde wat met zijn voeten.

Morrow keek naar Delberts terugtrekkende bewegingen en maskeerde haar eigen aftocht met een halfslachtig: ‘Maar vroeger vond ik eieren met spek heel lekker.’

‘Dan moet je het maar weer lekker gaan vinden, want het is het enige dat deze kok klaarmaakt.’

Geen twee seconden later zaten Delbert en Morrow naast me, terwijl ze grote happen namen en in stilte baden dat

Imelda zou vertrekken en in een hoekje dood zou gaan.
'Wat staat er vandaag op het programma?' vroeg Delbert. Hij vermeed het om Morrow aan te kijken, die hem op dat moment een blik toewierp alsof ze iets onder een steen vandaan zag kruipen.
'Ik wilde vanochtend gaan praten met de aalmoezenier en daarna met de groepscommandant,' zei ik.
'De aalmoezenier?' vroeg Morrow, die Delbert nog steeds vernietigend aanstaarde.
'Ja.'
'Waarom de aalmoezenier? Wanneer praten we nou eindelijk met Sanchez en zijn mannen?'
'Gauw genoeg.'
Ze knikten allebei. Ze waren het er niet mee eens, maar ze knikten. Dat is een van de dingen die me zo bevallen aan Imelda. Ze had hen aardig in het gareel gekregen.
De kapel was ondergebracht in een grote tent, lang en breed genoeg voor ongeveer veertig stoelen. De aalmoezenier, majoor Kevin O'Reilly, zat net geknield te bidden toen we binnenkwamen. We wachtten geduldig drie minuten tot hij klaar was en liepen toen naar de achterkant van de tent, waar hij naar ons toe kwam.
Zoals te verwachten viel van een aalmoezenier bij de Special Forces leek hij niet echt op een geestelijke. Hij had een breed gezicht, een boksersneus en grote, sterke handen waarmee hij de onze fijnkneep toen we ons voorstelden. Ik kon me niet voorstellen dat mensen geneigd waren zich erg zondig te gedragen in zijn aanwezigheid. Ik wilde er liever niet aan denken wat voor boetedoening hij oplegde bij de biecht.
'Ik stel het op prijs dat u met ons wilt praten, eerwaarde,' zei ik.
'Waar wilde u het gesprek voeren? Hier?' vroeg hij, met een gebaar om zich heen.

‘Nee. Misschien kunnen we beter een wandeling maken.’
‘Goed.’
Dus slenterden we door de stoffige straten van het grote kamp in Tuzla, waar een paar duizend militairen van land- en luchtmacht op dat moment druk bezig waren met corveedienst en de voorbereidingen van weer een dag geen-oorlog met de Serviërs.
‘Hoelang zit u al bij deze eenheid?’ vroeg ik.
‘Vier jaar.’
‘Dat is lang. Het bevalt u goed, blijkbaar.’
‘Ja, hoor.’
‘Wat bevalt u eraan?’
‘Dit zijn goede jongens, majoor. Er bestaat een beeld van de Special Forces alsof het van die ruige types zouden zijn, maar dat is absoluut niet waar. De meesten zijn brave huisvaders.’
‘Kapitein Sanchez is katholiek, neem ik aan?’
‘Ja. En heel gelovig.’
Ik kende zijn geloof al uit zijn dossier, maar ik pakte het voorzichtig aan.
‘Kent u zijn gezin?’
‘Heel goed zelfs: zijn vrouw Stacy en hun twee kinderen. Mark is zeven en Janet twee. Ik heb haar gedoopt.’
‘Hebt u al iets gehoord van zijn vrouw?’
‘We hebben elkaar de afgelopen weken een paar keer gesproken. Het is heel akelig voor haar dat Terry nu in de krant wordt afgeschilderd als een massamoordenaar.’
‘Dat kan ik me voorstellen,’ zei ik, en ik meende het.
‘Drie andere leden van het team zijn ook katholiek, dus ik bekommer me om alle gezinnen.’
‘Natuurlijk. Als u het niet erg vindt, wilde ik u een paar vragen stellen, eerwaarde. Als u ze te persoonlijk vindt, of als ik inbreuk maak op uw zwijgplicht, moet u het maar zeggen.’
‘Goed. Dat lijkt me redelijk,’ zei hij.

'Hoe zou u de sfeer van het commando hier omschrijven?'
Hij dacht even na. Niet om mijn vraag te ontwijken, zag ik, maar omdat hij zijn antwoord goed wilde formuleren. Ten slotte zei hij: 'In het algemeen vrij goed. Militairen van de Special Forces zijn gemiddeld wat ouder dan bij de reguliere onderdelen, moet u weten, en de mannen worden streng getest voordat ze de baret mogen dragen.'
'Als u hun houding in één woord zou moeten samenvatten?'
'Macho.'
Ik glimlachte en hij lachte ook. 'Nog een ander woord?' vroeg ik.
'Oké. Zorgelijk.'
'Waarom zorgelijk?'
'Omdat dit mannen van de daad zijn, met een sterk geweten. Het is heel zwaar om tussen die Kosovaarse vluchtelingen te zitten. Thuis in Amerika zie je de beelden op tv, maar het grijpt heel diep in om hier met eigen ogen te zien wat er aan de andere kant van de grens gebeurt.'
'Ja, natuurlijk. Dat zal de sfeer wel drukken.'
Hij keek me doordringend aan. 'De sfeer drukken? Majoor, sommigen van deze mannen kunnen 's nachts niet slapen.'
'Moet u vaak mensen bijstaan?'
'Sinds we hier zitten hebben we één zelfmoord gehad en één poging daartoe. Ik ben de hele dag bezig met gesprekken.'
'Dus de mannen zijn gefrustreerd?'
'Zo zou u het kunnen zeggen, ja.'
'Hebt u ook gesprekken moeten voeren met Terry Sanchez of zijn mannen?'
Hij keek naar een logge C-130 die net was opgestegen van het vliegveld en begon te stijgen. 'Daar geef ik liever geen antwoord op,' zei hij eindelijk.
'Goed. Denkt u dat de frustratie waar u het over had er de oorzaak van kan zijn geweest dat het team over de schreef is gegaan?'

'Dat is dezelfde vraag, maar wat anders geformuleerd, nietwaar?'
'Eerwaarde, ik vraag het u informeel, als militairen onder elkaar.'
'Oké. Ik geloof niet dat Terry's jongens iets hebben misdaan. Maar ze staan onder druk, dat is zeker waar.'
Natuurlijk dacht hij wél dat de mannen iets hadden misdaan. Dat was precies wat hij zei, al kon ik niet uitmaken of hij dat zeker wist of het alleen vermoedde en er vast een verklaring bij had gezocht, net als de rest van de wereld.
'Wat kunt u me vertellen over het bataljon van Smothers?'
'Een geweldige eenheid. Maar dat kan ook niet anders, want hij is een eersteklas commandant en er zitten nog meer veteranen bij dat bataljon.'
'Veteranen?'
'Ja, u weet wel, veel mannen die ook hebben gediend in de Golf, Somalië, Haïti, Bosnië.'
'En waarom zitten er zoveel veteranen bij dit bataljon?'
'Het is een goed onderdeel, zoals ik al zei. Heel betrouwbaar.'
'Sorry, maar ik begrijp het nog steeds niet.'
'Hoeveel weet u van de cultuur van de Special Forces?' vroeg hij.
'Alleen wat ik uit verhalen heb gehoord.'
'Het is een wereldje op zichzelf. De Tenth Group is Europees georiënteerd, dus spreken de mannen bepaalde talen en hebben ze een regionale training gehad. Je kunt niet iemand uit de Tenth Group zomaar overplaatsen naar bijvoorbeeld de First Group, die gespecialiseerd is in Aziatische missies. Veel mensen blijven hun hele loopbaan bij deze zelfde eenheid.'
'Maar is er iets bijzonders aan Smothers' bataljon?'
'De mannen noemen het de "ouwe hap". Er bestaat een ongeschreven traditie binnen de Group dat veel sergeants na

vijf of tien jaar bij een ander bataljon zich aanmelden voor overplaatsing naar het bataljon van Smothers.'

'En waarom is dat?' vroeg ik. Ik had wel een vermoeden, maar het kan nooit kwaad om het te vragen.

'Om de kameraadschap, denk ik.'

We waren weer terug bij de kapeltent, waar een paar soldaten nerveus stonden te wachten. Pater O'Reilly moest weer verder met zijn verzorgende taak, en ik had gehoord wat ik wilde horen, dus bedankte ik hem en nam ik afscheid.

Zodra hij weg was, zei Delbert: 'Nou, dat was nuttig.'

'O ja? Waarom?' vroeg ik.

'Hij probeerde ons hun motief te geven. Hij is de biechtvader van vier van de mannen uit dat team en hij probeerde ons hun motief te geven.'

'Misschien,' zei ik, met een blik naar Morrow.

'Hebben we iets gemist?' vroeg ze.

Ik trok aan mijn neus. 'Dat verhaal over die "ouwe hap". Denk daar eens over na.'

'Het lijkt me een goed idee,' vond Delbert. 'Een soort elite onder de elite.'

'Misschien.'

'Denk je dat er meer achter steekt?'

'Dat hangt ervan af.'

'Waarvan af?'

'Dit is een gevechtseenheid, Delbert. Een oorlogsveteraan is een heel ander iemand dan een jonge sergeant, die misschien wel goed getraind is maar nog nooit op de proef gesteld. Die onervaren jongens kunnen een groep fataal worden. Ze kunnen bezwijken onder de druk. Ze kunnen fouten maken, door bijvoorbeeld een slaghoedje verkeerd te bevestigen, of zich niet aan de radioprocedure te houden en zo je positie te verraden.'

'Ik begrijp het nog steeds niet,' zei Delbert.

'Die "ouwe hap" klinkt als een bataljon van overlevers. Pas

als iemand vijf of tien jaar ervaring heeft, komt hij in aanmerking. Dan mag hij de rest van zijn carrière doorbrengen met ervaren oorlogsveteranen, jongens die geen fouten maken.'

'Is daar iets mis mee, dan?' vroeg Morrow.

'Misschien niet. Je hebt veel meer kans om het te overleven, want ik vermoed dat dit eerste bataljon heel kieskeurig is wie ze toelaten en wie niet.'

Ze knikten allebei, maar ik besloot mijn andere vermoedens nog even voor me te houden. Zoals generaal Partridge al had gezegd had ik bij de infanterie gezeten, terwijl Delbert en Morrow meteen van de universiteit bij het JAG-korps waren gekomen. Sommige dingen kon je alleen in de praktijk ondervinden.

Een minuut of tien later kwamen we bij de houten barak van generaal Charles 'Chuck' Murphy. Ik had Murphy ook kunnen vragen naar onze tent te komen, maar je moest de mensen niet te veel commanderen. Het was één ding om als een juridische bulldozer op zoek te gaan naar de waarheid, maar iets anders om je als een verwend kind te gedragen, en ik hecht veel waarde aan dat soort subtiele nuances.

Eerlijk gezegd zou ik een nuance niet eens herkennen als ik erover zou struikelen. Ik wilde gewoon mijn krediet niet verspelen bij Murphy. Nu nog niet, tenminste.

Murphy wachtte ons op bij de deur, dus was ik blij dat ik hem niet had gevraagd naar onze tent te komen. Met deze hoffelijke ontvangst stonden we weer quitte.

'Morgen, generaal,' zei ik.

'Je ziet er belabberd uit, Drummond,' zei hij. 'Wat is het probleem? Slaap je niet goed?'

Ik pruilde en zei zo scherp mogelijk: 'Het komt door die voorzieningen hier. Ik ben gewend aan hotelkamers met airco, een goed voorziene bar en een groot tweepersoonsbed. Tenten en veldbedden zijn niks voor mij.'

Hij grinnikte stoer en een beetje minachtend en nam ons mee naar binnen, een paar trappen op, naar de verdieping waar hij zijn kantoor had. Een forsgebouwde sergeant-majoor die eruitzag alsof hij in een fitnessruimte woonde, gromde iets toen we voorbijkwamen. Ik liep met een wijde boog om hem heen en hoopte dat hij niet beet.

De generaal had een vrij Spartaans ingericht kantoor voor iemand van zijn rang, met een lange schraagtafel als bureau, twee kleinere tafels, twee metalen dossierkasten en twee vlaggen: een Amerikaanse en een rode met een grote witte ster in het midden. De kale, zakelijke inrichting van het kantoor moest op bezoekers de indruk maken dat de man die er werkte ook zo bescheiden en nuchter was. Ik was er misschien ingetrapt als ik niet die twee foto's in zilveren lijstjes had gezien, met zorg neergezet op de kleinere tafels: een van de Amerikaanse president die persoonlijk een generaalsster op Murphy's schouder speldde, en een van een veel jongere Chuck Murphy in footballtenue, met een bal, geknield naast de Heisman Trophy, met de zelfverzekerde grijns van een jongen die wist dat de hele wereld van hém was.

Vijf stoelen waren keurig midden in de kamer gezet en hij vroeg ons te gaan zitten. Met enige moeite vouwde hij zijn ruim één meter negentig lange gestalte in een van de stoelen, sloeg zijn benen over elkaar en zijn armen voor zijn borst. Het was een brede borst, maar hij had ook lange armen.

De lege stoel was een mysterie. Ik vermoedde dat hij oorspronkelijk een raadsman bij het gesprek had willen hebben, maar daarvan had afgezien omdat het de suggestie zou wekken dat hij iets te verbergen had.

'Het spijt me,' zei hij, 'maar ik heb vanochtend maar tien minuten tijd voor jullie. We zijn met een belangrijke operatie bezig en ik moet snel terug naar het operatiecentrum.'

'Geen probleem, generaal. U bent een drukbezet man. We zullen het kort houden.'

'Dank u.'
Ik wachtte even en vroeg toen: 'Hoelang kent u kapitein Sanchez al?'
'Ik heb nu achttien maanden het bevel over de groep. Terry zat hier al toen ik aankwam.'
'U hebt zijn benoeming tot teamleider goedgekeurd?'
'Ja, maar dat is een formaliteit.'
'Waarom een formaliteit?'
'De Tenth Group heeft vier bataljons. Het is al lastig genoeg om alle kolonels, luitenant-kolonels en majoors te kennen. Ik weet de namen van de meeste kapiteins, maar ik ben bang dat ik hen niet echt kén.'
Als ik achterdochtiger van aard zou zijn, had ik me kunnen afvragen of iemand met een Rhodes-beurs, die als eerste van zijn jaar aan West Point was afgestudeerd, geen beter geheugen had. Dan had ik de verdenking kunnen koesteren dat de generaal een slimme jongen was die, net als Will Smothers, opeens last kreeg van selectief geheugenverlies.
Ik keek hem ongelovig aan. 'Misschien was Sanchez toevallig iemand die u wel goed kende?'
'Niet echt. Ik zou hem op straat herkennen, maar veel meer ook niet.'
'Hoeveel meer wél, generaal?' vroeg Delbert.
Hij trok een rimpel in zijn voorhoofd, alsof hij diep in zijn geheugen moest graven. Ten slotte zei hij: 'Ik weet dat hij getrouwd is. Ik herinner me dat ik zijn vrouw eens heb ontmoet op een van die schaarse feestjes van de Group. Ik weet dat hij zich had onderscheiden bij een paar oefeningen en ik geloof dat ik zijn team een keer heb bezocht, een maand of twee geleden, voordat ze naar Kosovo gingen.'
Dit leek nergens naar. Blijkbaar was hij zich bewust van onze twijfel.
'Hoor eens,' voegde hij er snel aan toe, alsof hij zich soepel

opstelde, 'als u wilt kan ik mijn adjudant wel vragen om in mijn agenda te kijken hoe vaak ik de afgelopen zes maanden met Sanchez heb gesproken.'
Ik was lang niet zo soepel als hij. 'Dat is heel vriendelijk van u, generaal, maar vraag uw adjudant of hij ons die agenda geeft, dan kijken we zelf wel.'
'Dat gaat niet. Die agenda is geheim,' zei hij.
'Generaal, wij zijn volledig gescreend en hebben allerlei aardige bevoegdheden gekregen. Wij mogen alles inzien wat we wíllen inzien. En dus wil ik uw agenda zien.'
Hij leek even in verwarring gebracht voordat hij die krachtige kin weer naar voren stak. 'Als u het goedvindt, wil ik dat eerst met mijn raadsman overleggen, majoor.'
'Als leider van het onderzoek mag ik die agenda opvragen, generaal. Het is militair eigendom en als het mij van belang lijkt voor het onderzoek kan ik dat van u eisen.'
'Toch wil ik eerst met mijn raadsman spreken.'
'Goed, doet u dat. Maar wel snel, want ik wil die agenda vandaag nog zien.'
Zijn ogen waren kleine, ronde ijsblokjes, maar zijn lippen glimlachten nog. 'Verder nog vragen, majoor?'
Morrow schoof wat naar voren op haar stoel. 'Kunt u ons vertellen waarom het eerste bataljon de "ouwe hap" wordt genoemd?'
De rechterwenkbrauw van de generaal ging omhoog. 'Die naam? O, dat is een oude traditie onder sommige sergeants bij de Group. Heel onschuldig hoor. Het ligt voor de hand dat mensen graag bij een onderdeel willen komen dat wat hogere normen heeft en wat hogere eisen stelt.'
'En wordt dat aangemoedigd binnen het commando?'
'Dat is een zaak van de sergeants zelf. We laten het over aan de sergeant-majoor van de Group. Er bestaat geen officiële politiek op dat punt.'
'En is het positief?' vroeg ze.

'Ik geloof dat het wel voordelen heeft, ja. De mannen schijnen het te waarderen. En vanuit mijn standpunt kan ik u zeggen dat het verdomd prettig is om met een eenheid te werken die volledig betrouwbaar is en die je de zwaarste missies kunt toevertrouwen.'

Ze keek me snel aan, met een soort triomfantelijke blik.

Delbert, de aanklager, zag ook zijn kans. 'Generaal, kunt u ons vertellen wie opdracht heeft gegeven tot de arrestatie van Terry Sanchez en zijn mannen?'

'Ikzelf.'

'En welke gebeurtenissen leidden tot dat besluit?'

'Toen Milosević en zijn mensen dagelijks een persconferentie gaven, begrepen we dat er iets gebeurd moest zijn.'

'Maar hoe kwam u bij het team van Sanchez uit?'

'Heel eenvoudig, eigenlijk. De lijken waren gevonden in Zone 3, zoals wij het noemen. Daar opereerden Sanchez en zijn mannen.'

'Hebt u zijn team teruggeroepen?'

'Dat was niet nodig. Ze waren vier dagen voor hun arrestatie zelf al teruggekomen.'

'Waarom?'

'Omdat alle leden van hun Kosovaarse team waren gedood.'

'Hoelang was dat geleden?'

'Drie of vier dagen.'

'Hebben ze dat niet onmiddellijk gemeld, toen hun Kosovaren waren gedood?'

'Ik meen van wel. Daar zou ik de operationele journaals op moeten naslaan. Maar ik dacht het wel.'

'Waarom hebben ze toen niet meteen bevel gekregen om terug te komen?'

'Omdat ik had besloten hen nog even daar te laten.'

'Waarom?'

'Nadat hun Kosovaren in een hinderlaag waren gelopen heeft Terry automatisch zijn team naar een nieuw kamp gebracht, dat alleen bij hem bekend was. Hun veiligheid liep dus geen gevaar.'

'Sorry, dat begrijp ik niet...'

'We trainen nog meer Kosovaarse eenheden. Als we één daarvan naar Kosovo hadden willen terugsturen, had het team van Sanchez die nieuwe groep kunnen begeleiden. Daarover had ik nog geen besluit genomen, dus hield ik mijn opties open.'

'Hoe is het moreel onder de troepen, generaal?' vroeg ik.

'Geweldig. Het is nog nooit zo hoog geweest.'

'En waarom is dat?'

Hij glimlachte verlegen en maakte bijna een kleine buiging. 'Ik zou dat graag op mijn conto willen schrijven, maar soldaten voelen zich nu eenmaal het prettigst als ze in actie kunnen komen.'

'Er is geen teleurstelling over de missie?'

'Het zijn militairen, majoor. Ze trekken hun orders niet in twijfel.'

O nee? Persoonlijk had ik nog nooit een militair ontmoet die niet de hele dag bezig was zijn orders te analyseren en te kankeren op de idioten die ze hadden bedacht. Maar goed. 'Ik hoorde dat er een zelfmoord was geweest en een poging tot zelfmoord,' zei ik.

'Dat komt binnen elke eenheid voor.'

'Dat is waar, maar dit gebeurde binnen enkele maanden.'

Hij kneep zijn ogen tot spleetjes. 'Hoor eens, majoor, er was al drie jaar geen zelfmoord meer voorgekomen binnen de Group. Dus waren we weer aan de beurt. Ik wil er niet luchtig over doen, maar als u bij andere onderdelen gaat kijken, zult u zien dat wij ver beneden het gemiddelde liggen.'

'U hebt natuurlijk de redenen voor die zelfmoorden onderzocht?'

'In het geval van de geslaagde zelfmoord is een onderzoeksofficier aangewezen.'

'En wat waren zijn conclusies?'
'De man was een sergeant met ernstige huwelijksproblemen. Hij had een zoontje met het syndroom van Down, hij zat met een drankprobleem en achteraf typeerden zijn collega's hem als iemand die op de rand van manische depressiviteit balanceerde.'
'En de mislukte poging?'
'Daar is geen onderzoek naar gedaan, maar de commandant vertelde me dat de man zijn vrouw van ontrouw verdacht terwijl hij hier zat.'
De generaal keek op zijn horloge en kreeg meteen een spijtige uitdrukking op zijn gezicht. 'Hoor eens, ik moet terug naar het operatiecentrum. We sturen vandaag twee groepen naar Kosovo en ik moet beschikbaar blijven.'
'Natuurlijk, generaal,' zei ik. 'Sorry dat we zo'n beslag leggen op uw tijd.'
Ik loog, natuurlijk. Ik had de man het liefst twaalf uur in een kamertje vastgehouden met een paar hete lampen in zijn gezicht en een paar scherpe voorwerpen om onder zijn vingernagels te duwen. Soms kun je de leugens gewoon rúiken. Als hij in het hele gesprek één keer de waarheid had gesproken, moest dat toeval zijn.
Maar misschien was ik gewoon jaloers. Daar zat die lange adonis, iemand met een Rhodes-beurs, de jongste generaal in het leger, een man die al voor een viersterrenfunctie was getipt toen hij nog in de luiers lag. En wat was ik zelf? Een doodgewone majoor, in wie zijn bazen niet veel zagen en die zeker geen schare fans om zijn wieg had gehad om te kraaien over zijn glanzende toekomst.
Wat mij bezighield was de tijdskloof tussen het moment waarop Sanchez' team de dood van hun Kosovaren had gemeld en het bevel om terug te komen. Daar had Murphy in feite geen goede verklaring voor. Maar over een paar dagen zou hij wel iets hebben bedacht, nam ik aan.

Zodra we buiten stonden draaide ik me om naar Morrow. 'Ik begrijp niet waarom hij in de krant altijd een knappe vent wordt genoemd. Zo aantrekkelijk is hij toch niet, vind je wel?'
Ze maakte een geamuseerde grimas. 'Ach, ik weet het niet. Sommige vrouwen zouden hem heel charmant vinden.'
'Sommige vrouwen?'
'Nou, niet als je blind bent, maar de rest vindt hem ongetwijfeld een schatje.'
Daar moest ik even over nadenken. Een schatje? Klets toch niet! Hoe kan een voormalige footballback van meer dan één meter negentig en honderd kilo in vredesnaam 'een schatje' zijn?
'Wat doen we nu?' vroeg ik ten slotte.
Delbert wreef over zijn kin en zei: 'We weten dat Sanchez' team speciaal was geselecteerd.'
'Klopt.'
'En opeens schijnt niemand Terry Sanchez meer goed te kennen,' zei Morrow.
'Precies,' beaamde ik. 'Beetje vreemd, niet? Plotseling is hij melaats geworden.'
We dachten alle drie even na, totdat Delbert zei: 'Wat doen we vanmiddag?'
'We gaan naar Albanië om een vluchtelingenkamp te bezoeken.'
'Waarom? Wanneer spreken we nou eindelijk met Sanchez en zijn mannen?'
'Hoor eens, Delbert, het staat wel bijna vast dat Sanchez en zijn team die vijfendertig mannen hebben gedood. Erger nog, dat iemand ze daarna nog allemaal door het hoofd heeft geschoten – misschien in spontane woede, of met voorbedachten rade, om alle getuigen uit de weg te ruimen. Zijn we het daarover eens?'
'Natuurlijk,' zei Delbert. Morrow knikte peinzend.
'We hebben de lichamen, we hebben de wapens en we heb-

ben de verdachten achter slot en grendel. Maar wat hebben we niet?'
'Een motief,' zei Delbert.
'Juist,' beaamde ik, zo irritant mogelijk, als een echte professor.

7

De vlucht naar Albanië duurde ongeveer twee uur. We volgden de kustlijn van Bosnië en bogen toen scherp af naar links. Albanië zelf is een klein land, heel arm, met een vervallen stalinistische architectuur – die toch al niet bekendstond als groots of innemend – en een volk van armoedig geklede mensen. De Albanezen worden het 'Vogelvolk' genoemd omdat ze grotendeels in de bergen wonen. In de rest van Europa staan ze bekend als een wat prikkelbaar volkje, vooral vanwege dat merkwaardige oude gebruik, de bloedwraak, die voorschrijft dat iedereen die een Albanees doodt een vete begint waarbij de familie van het slachtoffer verplicht is de familie van de dader uit te roeien. Soms kan zo'n vete vijf of zes generaties duren. Blijkbaar heeft dat met de berglucht te maken, want het deed mij sterk aan West-Virginia denken.
Hoe dan ook, afgezien van deze onuitroeibare traditie valt er weinig te vertellen over de Albanezen. Ze hebben de stropdas uitgevonden, dat wel. En vóór de Tweede Wereldoorlog werden ze geregeerd door een zekere koning Zog. Geen gewone koning, zoals zijn naam al aangeeft, maar een vent met een grote snor die met patroongordels over zijn schouders door het land reed, met exotische buitenlandse schoonheden trouwde en ongeveer alles deed waar hij zin in had. Tijdens de koude oorlog was de macht in handen van een zekere Enver Hoxha, die zo paranoïde was dat hij op bijna elke hectare

een betonnen bunker bouwde en hoge palen in alle velden liet zetten om te voorkomen dat er vijandelijke helikopters of paratroepen zouden landen. Nog vreemder was dat hij een bondgenootschap sloot met communistisch China, een van de meest achterlijke geostrategische ideeën uit de geschiedenis. Geen wonder dat Albanië ten slotte het armste en eenzaamste land van Europa werd.

Desondanks, of misschien juist daarom, zijn de Albanezen een redelijk taai en onverzettelijk volk. Ze bemoeien zich niet met anderen en ze willen zelf ook met rust worden gelaten. Ze zijn verrassend gastvrij, en ook moedig en vastberaden – een van de oorzaken van het huidige probleem, omdat veel Albanezen vanwege de grillige geschiedenis van de Balkan in allerlei andere landen terecht waren gekomen, zoals Macedonië en Kosovo.

Kosovo is voor de Serviërs een soort Jeruzalem, met oude oosters-orthodoxe heiligdommen en historisch belangrijke plaatsen. Hoewel maar ongeveer tien procent van de bevolking enig Servisch bloed heeft, had onze zelfzuchtige oude vriend Billy Milosević besloten het land te zuiveren van Albanezen, door hen uit te roeien of de bergen over te jagen naar het aangrenzende Macedonië of Albanië.

Wij landden met een serie flinke klappen op een primitief vliegveldje, ongeveer vijfentwintig kilometer ten zuiden van de Kosovaarse grens. Weer stond er een jeep klaar toen we uitstapten, met ene majoor Willis van de Special Forces, die ons naar een vluchtelingenkamp zou brengen met de prozaïsche naam Kamp Alfa.

Dit was niet mijn eerste kennismaking met de ellende van een vluchtelingenkamp. Ik had er al meer gezien, na de Golfoorlog, toen duizenden Koerden en sjiieten naar Koeweit in het zuiden waren gevlucht om te ontkomen aan de wraak van Saddams Revolutionaire Garde. Maar Delbert en Morrow ontwikkelden meteen een geval van 'grote ogen', zoals de

troepen dat noemen. 'Grote ogen' zijn voor dertig procent afschuw, voor dertig procent medelijden en voor dertig procent schuldgevoel.
'Je raakt eraan gewend,' zei majoor Willis toen we langs eindeloze rijen haastig opgezette tenten reden, met voornamelijk oude mannen, oude vrouwen, moeders en jonge kinderen. Er waren maar weinig jongemannen, en de meesten van hen misten ledematen of zaten in het verband. Iedereen, oud en jong, zag er hongerig, uitgeteerd en ongelukkig uit. Te oordelen naar de lucht in het kamp was er groot gebrek aan twee voorzieningen: douches en wc's.
'Hoeveel mensen zitten hier?' vroeg Delbert.
'Dat weten we niet precies,' antwoordde onze gids. 'Dat verandert met de dag. Soms stijgt het met een paar honderd, soms met een paar duizend.'
'Hoe weet u dan hoeveel mensen u moet voeden?' vroeg Morrow.
'Dat bepalen de hulpverleners van de VN. Maar het is geen exacte wetenschap, hoor. Ze kijken gewoon hoeveel mensen er nog in de rij staan als het eten op is. Ik zal u voorstellen aan de dame die de leiding heeft. Straks.'
We reden een klein terreintje op, omgeven door prikkeldraad, met twee gewapende wachtposten bij de ingang. Ze herkenden Willis meteen en wuifden ons door.
'Ons oefenterrein,' verklaarde Willis.
We stapten uit en liepen naar een grote tent, waar een mengeling van Groene Baretten en Albanezen in provisorische uniformen een soort operatiecentrum leidde. Willis bracht ons naar een tafel achterin en bood ons koffie aan, die we natuurlijk accepteerden, omdat echte soldaten op koffie leven en we niet wilden worden aangezien voor advocaten of ander tuig.
'Dit is een van onze drie operatiecentra voor de training van het Kosovaarse bevrijdingsleger,' zei Willis. 'Het UÇK

vocht al tegen de Serviërs voordat de NAVO met de bombardementen begon, maar de Serviërs walsten over hen heen. Het UÇK was ook maar klein, omdat veel Kosovaarse Albanezen vonden dat ze meer kwaad dan goed deden.'

'Hoezo?' vroeg Morrow.

'Nou, typisch zo'n geval van je als een lam naar de slachtbank laten leiden. Net als de joden voor de Tweede Wereldoorlog. U weet wel, in de hoop dat de boze wolf toch niet zo boos was. Veel Kosovaarse Albanezen waren bang dat het UÇK Milosević en zijn jongens te veel provoceerde en dat ze daar beter mee konden stoppen.'

'Waren ze echt zo'n provocatie?'

'Welnee, ze konden alleen wat speldenprikacties uitvoeren. Maar Milosević gebruikte ze wel als rechtvaardiging voor zijn etnische zuiveringen. Na wat hij en zijn bandieten in Bosnië hadden aangericht zou je niet verwachten dat iemand zijn leugens nog zou geloven, maar mensen blijven nu eenmaal hopen. Tegen beter weten in, nietwaar?'

'Hoe groot is het UÇK nu?' vroeg Delbert.

'Misschien vijf- of zesduizend man, in totaal.'

'Vijf- of zesduizend man? Dat is inderdaad niet eens een speldenprik.'

'Nee. Nou, de Serviërs zijn heel selectief te werk gegaan in hun zuiveringen. Ongeveer iedere Albanese man die oud genoeg is om een wapen te dragen wordt naar het bos gebracht, doodgeschoten en begraven. Heel praktisch, die Serviërs. Als ze deze generatie Albanese mannen uitmoordden, hoeven ze niet meer bang te zijn tot de volgende generatie weer oud genoeg is om de wapens te grijpen. Hoe dan ook, wij proberen de geschikte rekruten op te leiden die dit kamp weten te bereiken.'

'Is dat niet moeilijk?' vroeg Delbert.

'Nee. Het moeilijkste is om ze lang genoeg hier te houden om ze wat te leren voordat ze weer teruggaan naar Kosovo

om Serviërs af te maken. Ze zijn blind van haat als ze hier aankomen.'
'Zijn het goede soldaten?' vroeg ik.
Willis keek snel door het operatiecentrum om te zien of er geen Albanezen meeluisterden. 'Het Servische leger vecht daar nu al zo'n jaar of negen en begrijpt alles van deze oorlog. Veel Albanezen hebben geen flauw benul. En een paar maanden is niet veel tijd.'
Daar dachten we allemaal over na.
'Maar ik zal jullie wat zeggen,' vervolgde hij. 'Moed is het probleem niet. De Amerikaanse pers weet niet veel over wat er aan de andere kant van die grens gebeurt...' Hij wees naar het noorden. 'Maar een heleboel Albanezen die wij hebben getraind sneuvelen daar in Kosovo.'
'Opereerde Sanchez' team ook vanuit dit kamp?' vroeg ik.
'Nee. Sanchez en zijn mannen opereerden vanuit Kamp Charlie, een kilometer of veertig ten oosten van hier. Maar al die kampen lijken op elkaar. Als je er een gezien hebt, heb je ze allemaal gezien.'
Hij keek op zijn horloge. 'Als jullie nog met de mensen van de VN willen praten, moeten we opschieten. Dit is hun enige vrije moment tussen de maaltijden.'
We verlieten het operatiecentrum, klommen weer in de jeep en reden langs de tenten naar een ander omheind terrein. Hier stonden geen vlaggen of wachtposten, alleen een klein bordje van de UNHCR, het Hoge Commissariaat voor de Vluchtelingen, de VN-organisatie die van het ene rampgebied naar het andere trekt om de meest beklagenswaardige mensen op deze aardbol te helpen.
Een pezige vrouw van rond de vijftig, die iets van een vogeltje had, stond ons op te wachten bij de ingang. Ze stapte in onze jeep toen we stopten en gaf de chauffeur opdracht om terug te rijden naar het midden van het kamp. Ze sprak Engels met een zwaar Frans accent en Willis vertelde ons hoe

ze heette, maar het enige dat ik opving was haar voornaam, Marie.
Zij en Willis schenen elkaar goed te kennen. Ze zaten ontspannen naast elkaar, als een oud getrouwd stel, zwijgend en tevreden met elkaars gezelschap, vooral in het bijzijn van anderen. Zo leken ze.
Delbert en Morrow keken nog steeds met grote ogen om zich heen. Die ontsteltenis duurt meestal een week, is mijn ervaring. Daarna wordt de aanblik van al die ellende iets van alledag en raken je zenuwtoppen afgestompt, alsof ze geen zuurstof meer krijgen. Ten slotte kwamen we bij een groep tenten met een hek eromheen en een groot rood kruis ervoor. We stapten uit de volgepakte jeep en bleven daar staan.
'Nieuwe vluchtelingen worden eerst hiernaartoe gebracht voor een medische controle. Om de grens over te steken naar dit kamp moeten ze een heel zware en gevaarlijke tocht ondernemen door de bergen. In deze tijd van het jaar hebben ze vaak bevriezings- en onderkoelingsverschijnselen als ze hier aankomen. En vaak ook verwondingen, toegebracht door de Serviërs.'
Ze draaide zich om en bracht ons naar de eerste tent, terwijl ze verderging met haar verhaal. Een lange rij sombere Albanezen stond voor de ingang te wachten. Toen we naar binnen gingen, zagen we vijf of zes doktersposten waar artsen de mensen onderzochten met stethoscopen en andere medische instrumenten.
'Dit is de opvangpost. Hier worden de verwondingen in kaart gebracht voor latere behandeling,' zei Marie, terwijl ze ons meenam naar een klein meisje op een veldbed. Ze was smerig en haar kleren waren gescheurd. Een vrouw die vijftig leek maar bij nadere beschouwing waarschijnlijk niet ouder was dan dertig en een zwaar leven had geleid, boog zich over het meisje heen terwijl een dokter aantekeningen maakte in een journaal.

Marie en de arts wisselden een paar woorden in het Frans, terwijl wij naar het meisje keken, dat in een wakend coma leek te verkeren, met grote ogen, maar zonder iets te zien.
'Ze is twaalf,' zei Marie, toen ze zich eindelijk omdraaide om uitleg te geven. 'Haar moeder zegt dat er een week geleden 's avonds laat een Servische militie naar hun huis kwam. De moeder herkende twee of drie mannen uit het dorp, nog uit haar eigen jeugd. Ze trapten de deur in en sleepten het meisje en twee zussen naar het erf om hen te verkrachten. Ze zegt dat het urenlang doorging – twintig mannen, om beurten. Het meisje gilde nog bij de eerste vijf mannen, maar bleef daarna stil. Toen ze klaar waren, schoten ze haar zusjes dood. De moeder weet niet waarom ze deze kleine meid in leven hebben gelaten, en de moeder ook, maar ze gaven hun twee dagen de tijd om te vertrekken. Daarna zouden ze terugkomen om het nog eens over te doen.'
We liepen naar de volgende arts. Hij hield zijn stethoscoop tegen de borst van een oude man gedrukt, die zijn voeten in lompen had gewikkeld, maar op een metalen tafel zat en het onderzoek stoïcijns onderging. Weer sprak Marie even met de dokter, terwijl wij erbij stonden en ons best deden om geen onwelkome gluurders te lijken tussen deze arme mensen en hun verzorgers.
Marie draaide zich weer om. 'Deze man is drie weken geleden door de Servische politie aangehouden. Ze hebben hem en ongeveer tweehonderd anderen veertien dagen vastgehouden. Daarna werden ze er één voor één uitgehaald voor ondervraging. Een paar dagen hoorde hij de anderen schreeuwen voordat hij zelf aan de beurt kwam. Hij werd naar de kelder van het politiebureau gebracht. De muren zaten onder het bloed en een stapel lichaamsdelen – vingers en tenen – was in een hoek geveegd. Niemand heeft hem vingers of tenen afgehakt, zegt hij. Hij heeft geluk gehad. Ze hebben hem alleen twee uur lang met zware ijzeren staven bewerkt. Hij

wist niets, zegt hij. Na de eerste paar minuten wisten ze ook wel dat hij hun niets kon vertellen, maar toch sloegen ze hem in elkaar.'

Terwijl Marie haar verhaal vertelde keken wij naar de oude man, die een paar keer hoestte. We zagen het bloed langs zijn vingers lopen toen hij zijn hand tegen zijn mond drukte.

'Volgens de dokter is het een wonder dat hij het er levend van af heeft gebracht. Hij en de andere gevangenen werden ten slotte meegenomen naar de bossen. Daar werd een machinegeweer neergezet en hij zag mannen neerstorten om zich heen. Hij greep naar zijn buik alsof hij geraakt was, liet zich achterovervallen tussen de lijken en smeerde wat van hun bloed over zich heen. Toen de Serviërs voorbijkwamen om de gewonden af te maken, zagen ze hem over het hoofd. 's Avonds, toen het donker werd, kroop hij weg en liep drie dagen voordat hij hier aankwam.'

Ze nam ons mee naar buiten en we bleven staan voor de volgende tent.

Op zakelijke toon zei ze: 'Die oude man leeft geen twee dagen meer. Hij heeft ernstige inwendige bloedingen. Zijn linkerarm is op minstens drie plaatsen gebroken, hij heeft een gat in zijn longen en waarschijnlijk een gescheurde nier.'

'Wat doen jullie met hem?' vroeg ik stompzinnig.

'We brengen hem naar een tent die we hebben gereserveerd voor de stervenden. Daar krijgt hij morfine-injecties en proberen we het hem zo gerieflijk mogelijk te maken. Hij heeft 41 graden koorts, waarschijnlijk vanwege inwendige infecties. Hij weet dat hij doodgaat. Hij heeft ontzettend veel geleden om hiernaartoe te kunnen komen om te sterven bij zijn eigen volk.'

'En het kleine meisje?' vroeg Morrow.

Weer klonk ze heel zakelijk toen ze antwoordde: 'We hebben een begeleidster voor verkrachtingszaken, maar dit kind zal nog jaren intensieve behandeling nodig hebben van goede

deskundigen voordat ze hier overheen kan komen. Meisjes in zo'n landelijke omgeving zijn sneller volwassen dan in onze maatschappij, dus de kans is groot dat ze ook zwanger is. Haar moeder heeft ons gevraagd haar te onderzoeken en een abortus te verrichten als er een foetus is.'
En zo ging het maar door, een heel uur lang, terwijl we de ene na de andere tent bezochten en het ene gruwelijke geval na het andere onder ogen kregen. Ik moet bekennen dat ik me echt een voyeur voelde bij de ellende en de nachtmerries van anderen.
Ten slotte bracht Marie ons naar de poort van het medisch complex. Ze moest weer aan het werk, zei ze, en ze bedankte ons voor onze komst. Mijn mond viel bijna open omdat ze óns bedankte.
We stapten weer in de jeep en Willis vroeg: 'Willen jullie verder nog iets zien?'
We keken elkaar aan en geneerden ons een beetje. Op dat moment waren we niet bepaald trots op onszelf. Willis scheen dat aan te voelen en vroeg de chauffeur ons terug te brengen naar het operatiecentrum.
'U zei dat je hieraan gewend raakt,' zei Morrow tegen Willis. 'Hoelang duurt dat?'
'Eeuwig,' antwoordde hij met een strakke glimlach.
'Ze is een indrukwekkende vrouw,' zei Morrow toen ze Marie nakeek, die door de stoffige straat verdween.
'Ik heb met haar gewerkt in Mogadishu en Bosnië,' zei Willis. 'Ze doet dit werk al twintig jaar. Je zou denken dat ze ooit een keer naar huis zou gaan en een pistool tegen haar slaap zou drukken.'
'Ze moet heel trots zijn dat ze zoveel levens heeft gered,' vond Morrow.
'Nee, dat is ze niet. Als je zoveel vluchtelingen krijgt als hier, kun je niet meer doen dan een selectie maken. Begrijpt u? Een scheiding aanbrengen tussen de mensen die je kunt

redden en de hopeloze gevallen. Maar degenen die je bijblijven zijn de mensen die je op de vuilnishoop moet gooien, zoals die oude man.'

Soms ontmoet je mensen die je het gevoel geven dat je heel klein en nietig bent. Marie was zo iemand. En toen ik dat meisje en die oude man had gezien, moest ik toegeven dat ik niet erg sympathiek tegenover de Serviërs stond. In het vliegtuig terug naar Tuzla spraken we nauwelijks een woord.

8

Imelda en haar assistentes stormden naar binnen met dienbladen vol eieren, spek en broodjes poep. Ze leek weer klaar voor de strijd, haar kleine lijf zo gespannen als een veer, haar ogen spiedend naar kritiek van Delbert, Morrow, of van allebei. Maar geen van beiden zei een woord. Ze keken elkaar zenuwachtig aan, pakten hun mes en vork en begonnen bijna meteen te eten, lusteloos en onverschillig. Imelda keek hen met half toegeknepen ogen achterdochtig aan, ervan overtuigd dat dit een nieuwe truc moest zijn van het tweetal. Ze begreep niet hoe het werkelijk zat. Na een middag in Kamp Alfa besefte zelfs de meest verstokte gezondheidsfreak dat het moreel verwerpelijk was om je te beklagen over wat te veel cholesterol.

Toen de Engelsen voor het eerst naar Ierland kwamen, groeven ze een diepe gracht rond het kasteel in Dublin vanwaar uit ze hun gezag vestigden. Die gracht heette de Pale. De Ieren waren toen nog een woest, barbaars volk, en de Engelsen – snobistisch en uit de hoogte – zaten in dat kasteel en beschreven het primitieve, agressieve gedrag van de Ieren als '*beyond the Pale*'. Nou, wij hadden die middag een glimp opgevangen van een harde werkelijkheid die nog verder ging dan '*beyond the Pale*'.

Ik had bijna de hele nacht wakker gelegen, niet in staat de slaap te vatten omdat een oude man moest sterven aan de gevolgen van een zinloze afranseling, en een meisje met kille ogen de nachtmerrie in haar hoofd steeds opnieuw moest beleven en op haar eigen stille, gekwelde manier ook duizend doden stierf. Aan de donkere wallen onder Delberts en Morrows rode ogen te zien hadden zij dezelfde nachtelijke demonen gezien.
Imelda mompelde een onverstaanbare verwensing – haar versie van een triomfkreet, zoals ik uit ervaring wist – en stampte de kamer uit, ongetwijfeld om iemand anders te gaan terroriseren, waar dan ook. Ze had gewoon de aangeboren, biologische behoefte om de dag te beginnen met iemand onder de zoden te schoffelen.
Delbert, Morrow en ik hadden nu in elk geval een moreel kompas om ons de weg te wijzen in dit onderzoek. In dit soort situaties was moord meestal niet het gevolg van een boosaardige of roekeloze impuls. Thuis in Amerika liepen genoeg mensen rond die moordden om te ontdekken hoe dat voelde, of als wraak voor een ongelukkige jeugd, of omdat ze op de tv, op internet of in de teksten van een rapnummer een duister visioen hadden gezien. Maar als negen Amerikaanse soldaten iets verwerpelijks deden in een oord als dit ging hun motief waarschijnlijk veel dieper. We hadden nog altijd geen idee wat dat motief kon zijn, maar in elk geval wisten we nu iets meer over de omgeving waarin het was ontstaan.
'Ik denk dat het tijd wordt voor een reis naar Italië om met onze gevangenen te spreken,' verklaarde ik. 'We zijn klaar om de verdachten te ondervragen.'
Morrow trok rimpeltjes rond haar mooie ogen. 'Heb je al een strategie?'
'Ik heb nog niets besloten,' gaf ik toe, in een zeldzame bui van openhartigheid.

Delbert fleurde op, voor het eerst sinds ik hem kende, waarschijnlijk aangemoedigd door mijn gebrek aan besluitvaardigheid.
'Ik zou beginnen met de drie hoogste officieren,' stelde hij stoutmoedig voor.
'Waarom?' vroeg ik.
'Omdat het voor de hand ligt dat zij de beslissingen hebben genomen.'
'Maar zouden zij ook de eersten zijn om daar iets over te zeggen?'
'Er is maar één manier om daar achter te komen,' vond Delbert.
'Hij heeft gelijk,' viel Morrow hem bij. 'De belangrijkste vraag op dit moment is het motief. En alleen de leiders kunnen ons dat vertellen.'
Hier kon ik geen weerstand aan bieden. 'Dat lijkt me een grote fout,' zei ik.
Morrow zuchtte. 'Ik dacht dat je nog geen plan had.'
'Ik heb me bedacht. Nu wel. Ik vind dat we Sanchez eerst gezamenlijk moeten ondervragen en daarna de taken verdelen.'
'Mij best,' zei Delbert, die zich blijkbaar had neergelegd bij het feit dat bijna al zijn ideeën toch werden getorpedeerd.
'En heb je ook de richting van de vragen al bedacht?' vroeg Morrow, die niet zo dom was om nog eens in de val te lopen.
'Ja, nu je het zegt. Het lijkt me niet verstandig om nu al keihard toe te slaan. In deze fase wil ik alleen maar hun versie van het verhaal te horen krijgen.'
De immer efficiënte Imelda had de vorige dag al onze vlucht geregeld. Op het vliegveld stond een andere C-130 klaar, tot de nok toe gevuld met luidruchtige militairen van de land- en luchtmacht, op weg naar Italië voor verlof. Toen wij drieën aan boord kwamen, werd het opeens heel stil achter in het vliegtuig. We gingen zitten en werden de rest van de reis to-

taal genegeerd, afgezien van veel norse en giftige blikken. Gelukkig was het een korte vlucht. Binnen anderhalf uur stonden we op een modern, keurig vlak vliegveld in het noorden van Italië. Imelda had ook voor vervoer gezorgd, een dienstauto met chauffeur, die bij de terminal op ons stond te wachten. We waren gemakkelijk te herkennen – de enige mensen die uit het vliegtuig kwamen in een nauwelijks gedragen, nauwelijks verbleekt, hard gesteven camouflagepak. Dat heb je nu eenmaal met advocaten. Zelfs als we ons proberen aan te passen, vallen we nog pijnlijk op.
We reden in ongeveer tien minuten naar een klein hotel van drie verdiepingen op een heuveltop met een adembenemend uitzicht op een langgerekte vlakte die hier en daar werd onderbroken door lage heuvels, bijna allemaal met een kasteel of paleis op de top. Dit was Italië, en de omgeving was woest romantisch. De luchtmachtbasis Aviano, waar onze verdachten werden vastgehouden, lag vijf kilometer verderop.
Delbert en Morrow haalden bijna meteen hun joggingpak tevoorschijn en renden de weg af. Nu we weer terug waren in de beschaafde wereld moesten ze iets doen om de koolhydraten en cholesterol te verbranden die Imelda hun door de strot had geduwd. Ik trok een zwembroek aan en liet me naast het zwembad vallen. Dat was de plaats waar ik meestal de beste ideeën kreeg. Het hielp dat er ook een paar Italiaanse vrouwen lagen, in van die minieme bikini's waarin de billen zich niet laten vangen. Ik knapte er helemaal van op.
Ik had me al verdiept in het dossier van kapitein Terry Sanchez, de teamleider, en was benieuwd om hem te ontmoeten. Ik had gelezen dat zijn vader en moeder Cubanen waren die behoorden tot de grote stroom immigranten die aan Fidel Castro waren ontvlucht en zich in de weelderige steden van zuidelijk Florida hadden gevestigd. Het was maar een vermoeden, maar volgens mij werden de meeste zonen uit die gezinnen opgevoed met een bijna surrealistische haat tegen

Fidel en leefden ze volgens de machoprincipes van Latijns-Amerika. Ik houd niet van stereotypen, maar soms zijn ze erg nuttig, vooral op sociaal-cultureel gebied.
Sanchez was tweeëndertig en had gestudeerd aan de universiteit van Florida State, met een beurs van het leger. In zijn dossier zat een officiële foto waarop hij stram in de houding stond in zijn groene gala-uniform, met een lege uitdrukking op zijn gezicht, zoals dat hoort op militaire foto's. Het leger houdt niet van lachende gezichten. Hij had een gemiddeld postuur, niet te licht of te zwaar, met donker haar en ogen die een beetje droevig stonden.
Zijn commandant, luitenant-kolonel Smothers, had Sanchez een uitstekende officier genoemd. In zijn dossier vond ik twee beoordelingen door Smothers, waarin Sanchez er vrij middelmatig van afkwam, net als in zijn andere evaluaties. Smothers had dus de waarheid geweld aangedaan.
Toen ik een uurtje bij het zwembad had gezeten zag ik twee mensen dampend de weg op komen, zwaaiend met hun armen en woest pompend met hun benen. Morrow had een voorsprong, en hoe dichter ze bij het hotel kwamen, des te wilder Delbert met zijn armen zwaaide, alsof hij zich tegen de lucht kon afzetten om haar nog in te halen. Het waren allebei strebers, zoals ik al zei, en ze hijgden als karrenpaarden toen ze eindelijk mijn ligstoel bij het zwembad bereikten. Morrow droeg zo'n strakke legging en ik moet toegeven dat ze die vulde zoals de bedoeling was. Als ik Delbert was, zou ik de hele weg achter haar zijn gebleven om van het fantastische uitzicht te genieten. Maar nu spreek ik voor mezelf. Delbert was daar natuurlijk mijlenver boven verheven.
'Lekker gelopen?' vroeg ik.
'Ja,' hijgde Morrow. 'Echt... heel... lekker.'
Delbert stond naast haar, voorovergebogen en op het punt zijn maag om te keren.

'En jij, Delbert?' vroeg ik.
'Nee... niet... echt.'
'Hoezo?'
'Gescheurde... hamstring...' Hijg, hijg.
'O, juist. Gescheurde hamstring? Kon je Morrow daarom niet bijhouden?' vroeg ik, om hem de moeite van een excuus te besparen, anders zouden we de eerste minuten niets anders hebben gehoord.
'Eh...' Hijg, hijg.
Morrow zei niets, maar richtte zich op en deed een moedige poging haar ademhaling weer onder controle te krijgen. Dat kostte haar maar zes of zeven seconden. Al die tijd stond ze daar, rechtop en beheerst. Als Delbert haar niet eerlijk de overwinning wilde gunnen, kon ze hem in elk geval aftroeven bij de recuperatie.
Ik keek op mijn horloge. 'We hebben nog ongeveer een half-uur voordat we onze eerste verdachte moeten spreken.'
Ze liepen allebei naar boven en ik hing nog een kwartiertje bij het zwembad rond voordat ik ook naar mijn kamer ging om mijn uniform aan te trekken.
Het leger had een voorbeeld kunnen nemen aan de gevangenis van de luchtmacht op de basis. Het leek wel een luxehotel, met kabel-tv, aparte douches en wc's, en een mooie, moderne eetzaal. Ik had kazernes voor onschuldige soldaten gezien die hierbij vergeleken niet meer waren dan een sloppenwijk.
De directeur, een mollige luchtmachtmajoor, ving ons op voordat we met de gevangenen mochten spreken. Hij leek een vriendelijke man, met een onderkin die trilde als hij sprak. Hij had van alles mee te delen over Sanchez en zijn A-team. Het waren modelgevangenen, heel beleefd, heel professioneel, heel keurig.
Ik zei hem dat ik ervan overtuigd was dat hij de leden van het team gescheiden had gehouden sinds hun arrestatie. Hij gaf

een heel ontwijkend antwoord en probeerde meteen van onderwerp te veranderen. Dus boog ik me naar hem toe en vroeg: 'Die gevangenen zijn toch bij elkaar vandaan gehouden, niet?' Nee, nee, zei hij. Ze werden samen gelucht en ze mochten drie uur per dag samen in de gemeenschappelijke ruimte doorbrengen. Ik vroeg hem welke idioot dat had bedacht. Hij bloosde diep en antwoordde dat de commandant van de Tenth Group, generaal Murphy, dat privilege persoonlijk voor hen geregeld had.

Sanchez en zijn mensen werden onder meer beschuldigd van samenzwering, en iedereen die iets met het strafrecht te maken had wist dat ze geen contact met elkaar mochten hebben, om hun verhalen niet op elkaar te kunnen afstemmen. De luchtmachtmajoor begreep ook wel dat dit een ernstige blunder was. Hij werd nog roder en vroeg me of ik een kopie wilde van de orders van generaal Murphy. Dat was zijn manier om zich in te dekken. Ja, antwoordde ik, die orders wilde ik zéker zien. En geen kopie, maar het origineel. Ik verwachtte dat ze voor me klaar zouden liggen als ik vertrok, en bovendien waren die orders met onmiddellijke ingang ingetrokken.

Het liefst had ik die mollige luchtmachtmajoor een schop voor zijn kloten verkocht. Hij had Sanchez en zijn team een extra week de tijd gegeven om samen een goed alibi uit te werken en mijn opdracht dus honderd keer zo lastig gemaakt.

Vervolgens werden we naar een kamer gebracht waar we moesten wachten. Ongeveer drie minuten later werd kapitein Terry Sanchez binnengeleid. Hij droeg een camouflagepak en geen handboeien. De luchtmachtsergeant die hem had afgeleverd, trok zich discreet terug.

Sanchez bleef roerloos bij de deuropening staan, alsof zijn voeten aan de betonvloer verankerd waren. Hij keek ons aan alsof we leeuwen waren die hem kwamen verslinden.

Hij leek magerder dan op zijn foto en zijn ogen stonden harder, minder droevig, bijna fanatiek. Dat krijg je als je van moord beschuldigd wordt.
'Kapitein Sanchez, ik ben Sean Drummond, de leider van het onderzoeksteam, en dit zijn de twee andere leden, James Delbert en Lisa Morrow. Ga zitten,' zei ik, terwijl ik hem een plaats aan de tafel wees, tegenover ons.
Hij liep er zwijgend naartoe en liet zich op de stoel vallen.
'Dit is maar een oriënterend gesprek,' zei ik. 'We hebben begrepen dat u niet om een advocaat hebt gevraagd. Is dat juist?'
'Dat klopt,' antwoordde hij, en zijn stem brak een beetje.
'Hoe gaat het met uw vrouw en kinderen?' vroeg ik, om hem een beetje op zijn gemak te stellen.
'Goed, hoor.'
'Spreekt u hen regelmatig?'
'Vaak genoeg.'
'Hoe wordt u behandeld?'
'Ik word goed behandeld, majoor. Draai er nou niet omheen en begin maar met de vragen.'
Er stond geen woede op zijn gezicht te lezen, maar hij was erg gespannen, als een man die naar het schavot wordt gebracht en geen zin heeft in een gesprekje met de omstanders.
Ik lachte vriendelijk terug. 'Goed, ik zal terzake komen.'
'Graag.'
'Een paar vragen om mee te beginnen,' zei ik, terwijl ik de cassetterecorder op de tafel tussen ons in zette. 'Als u op een gegeven moment een vraag niet wilt beantwoorden, hebt u daar alle recht toe. Maar ik moet u waarschuwen dat dit een officieel onderzoek is. Als u nu de waarheid verdraait, kan dat een extra aanklacht tot gevolg hebben.'
Delbert en Morrow keken me aan met een blik van 'wat stom om dat te zeggen'. De man werd al geconfronteerd met een aanklacht van vijfendertig punten, waaronder moord en nog

een aantal andere ernstige vergrijpen, en ik deed er nog een schepje bovenop.
Als Sanchez geen officier in het Amerikaanse leger was geweest, zouden Delbert en Morrow misschien gelijk hebben gehad. Maar dat was hij wel. En dus zou hij extra zijn rug rechten door mijn opmerking. De integriteit van een officier was nog altijd heilig.
'Dat begrijp ik,' antwoordde hij.
'Mooi,' zei ik. 'Wilt u dan beginnen met de missie van uw team toen u naar Kosovo vertrok?'
Hij boog zich naar voren en vouwde zijn handen krampachtig voor zijn lippen, een gebaar dat volgens iedere deskundige bewijst dat iemand op het punt staat een paar enorme leugens te verkopen. Mijn waarschuwing had dus weinig geholpen.
'Wij maakten deel uit van de operatie Guardian Angel. De UÇK-compagnie die we hadden getraind zou het veld in worden gestuurd. Wij moesten hen begeleiden en ondersteunen.'
'Ondersteunen? Op welke manier?'
'Doorgaan met de training, helpen bij de voorbereiding van operaties, dat soort dingen.'
'Waren ze niet voldoende getraind om dat zelf te kunnen?'
'Nee.'
Ik haalde een vel papier uit mijn uitpuilende koffertje. 'Ik heb hier een kopie van uw evaluatie van hun training toen u daarmee klaar was. Dit is toch uw handtekening?' vroeg ik, wijzend naar de geforceerde, bijna kinderlijke krabbel onderaan de pagina.
Hij keek er nauwelijks naar. 'Ja.'
'U zei hier dat ze er klaar voor waren.'
Hij staarde met een kille blik naar het papier. 'Wat ik zei was dat ze voldeden aan de minimale eisen voor elke UÇK-compagnie na afronding van de opleiding.'
'Kloppen die eisen dan niet?'
'Die eisen liggen lager dan de basisopleiding van ons eigen

leger. Ze wisten net genoeg om te kunnen sneuvelen,' zei hij, met duidelijke bitterheid in zijn stem.
Ik ging door. 'Hoe was uw relatie met die UÇK-compagnie?'
'Hoe bedoelt u?'
'Vriendschappelijk? Professioneel? Persoonlijk? Onpersoonlijk?'
'Professioneel.'
'Kunt u dat toelichten?'
'We hadden opdracht om hen te trainen, dus dat hebben we gedaan. Dat was ons werk, en zij waren daar een onderdeel van.'
'Voelde u zich verantwoordelijk voor hen?'
'Nee. Het is hun oorlog, niet de onze.'
'Goed punt,' zei ik. 'Toch lijkt het me moeilijk om niet een band met hen te krijgen. Samen werken, samen leven, verhalen uitwisselen over de familie...'
'Majoor, we weten allebei waar u naartoe wilt.'
'Waar wil ik dan naartoe?'
'Dat wij over de rooie zijn gegaan en wraak hebben genomen toen die UÇK-compagnie werd afgeslacht. Dat is niet zo.'
'Nee?' vroeg ik. Ik vond het interessant dat hij het woord 'afgeslacht' gebruikte. Dat had intrigerende implicaties. Ik bedoel, hij had ook zoiets kunnen zeggen als 'neergeschoten', 'gedood', 'geëlimineerd', 'vernietigd', wat in de orde van de dood allemaal minder gewelddadig klonk dan 'afgeslacht'.
'Hoor eens, dat schrijven de kranten nou wel, maar zo is het niet gegaan.'
'O nee? Hoe dan wel?'
'Toen onze UÇK-compagnie eh... vernietigd was, hebben we dat gemeld aan het hoofdkwartier van de Tenth Group. We kregen orders een nieuw basiskamp in te richten en op instructies te wachten. We zaten daar twee dagen toen we vermoedden dat ons nieuwe kamp niet meer nodig was, dus...'
'Waarom vermoedde u dat?'

'Omdat de sergeants Perrite en Machusco een Servische patrouille hadden ontdekt die ons in de gaten leek te houden.'
'Wanneer was dat?' vroeg ik.
'De middag van de zeventiende. Om een uur of drie, misschien wat eerder.'
'Ik kan me niet herinneren dat ik dat heb gelezen in het verbindingsjournaal op het operatiecentrum van de Tenth Group.'
Sanchez leek even op zijn tong te kauwen. 'Ik heb het ook niet gemeld.'
'Waarom niet? Dat lijkt me iets om onmiddellijk door te geven.'
'Misschien omdat u advocaat bent en zo'n situatie nog nooit hebt meegemaakt.'
Ik had zo'n situatie wel degelijk meegemaakt, maar dat ging ik hem niet vertellen. Sanchez vertelde me het verhaal dat hij samen met de rest van het team had afgesproken. Eerst wilde ik dat helemaal horen voordat ik zou proberen er gaten in te schieten.
'Wat deed u toen?' vroeg ik.
'We hebben onze spullen gegrepen en zijn ervandoor gegaan. We konden elk moment worden aangevallen, dus vielen we terug op een vluchtplan dat we al twee dagen eerder hadden uitgewerkt.'
Ik kreeg een vermoeden waar dit naartoe ging. 'En jullie werden gevolgd?' hielp ik hem verder.
'Ja.'
'Hoe wisten jullie dat?'
'Omdat we verklikkers langs de route hadden verborgen.'
'Hoeveel zijn er afgegaan?' vroeg ik.
'Dat weet ik niet meer precies. Eén of twee, misschien.'
'Eén of twee? Hoeveel waren het er?'
'Misschien twee. Maar ik kan me vergissen.'
'Wat waren het voor verklikkers?'

‘Ster-clusters met een struikeldraad aan de pin.’
‘En hoeveel hadden jullie er geplaatst?’
‘Dat weet ik ook niet meer. Ik had de leiding van het team, dus ik was met andere dingen bezig. Iemand anders plaatste die verklikkers.’
‘Wat voor draad gebruikte hij?’
‘Geen idee. Commodraad, denk ik.’
Een van de trucs bij het onderzoek naar een samenzwering is gedetailleerde vragen te stellen en daarmee door te gaan, omdat de samenzweerders meestal slechts een globaal verhaal hebben afgesproken en dus de mist ingaan met de details. Die verklikkers zouden zo’n detail kunnen zijn waar Sanchez en zijn team hun nek over konden breken.
‘Dus u had het gevoel dat u geen contact meer kon opnemen met het OPS-centrum, maar wel om verklikkers langs de route te verbergen?’
‘Het was een kwestie van prioriteiten. Radiocontact kon ons toch niet helpen, maar die verklikkers konden ons in elk geval vertellen of we werden gevolgd.’
‘Wat gebeurde er toen?’
‘Volgens plan zouden we pal naar het zuiden vluchten en daar de grens met Macedonië oversteken. Ik was bang dat de Serviërs die ons volgden hun hoofdkwartier zouden waarschuwen en een hinderlaag zouden leggen voor ons uit. Dus besloot ik naar het oosten af te buigen.’
‘Hebt u dat besproken met iemand anders binnen het team?’
‘Niet dat ik me kan herinneren.’
‘Is dat een duidelijk nee?’
‘Ik weet niet meer letterlijk wat ik tegen iedereen heb gezegd. We werden achtervolgd door een grote Servische eenheid. Het gebeurde allemaal zo snel.’
‘Een grote Servische eenheid? Ik weet zeker dat u eerst zei dat het een kleine verkennersgroep was. Hoe was die opeens zo groot geworden?’

'Dat was een redelijke veronderstelling. We wisten dat we waren ontdekt en het leek logisch dat de Serviërs meer mensen hadden gestuurd om ons te pakken te krijgen.'
'Waarom?'
'Omdat het voor de Serviërs een groot succes zou zijn om een Amerikaans A-team te arresteren of te doden. De hele Amerikaanse strategie hier is erop gericht geen mensen te verliezen. Dat weet iedereen. Zeker de Serviërs. Het Amerikaanse volk is niet echt geïnteresseerd in wat hier gebeurt. Als er doden of gewonden vallen, zou dat de hele missie op losse schroeven kunnen zetten. Kijk maar hoe het in Somalië is gegaan.'
Daar kon ik weinig tegenin brengen. 'Hoever lag die Servische eenheid op jullie achter?'
'Hoe kon ik dat weten? Ze zaten achter ons aan, meer wist ik niet.'
'Maar u zei dat er een paar verklikkers waren afgegaan. Als die struikeldraadlichtseinen afgingen, moet u toch een idee hebben gehad van de afstand?'
Hij keek me even aan voordat hij antwoord gaf. Zoals de meeste mensen was hij niet gewend aan een verhoor en vond hij het geen prettige ervaring.
'Ik heb ze niet zien afgaan.'
'O nee?'
'Nee, ik had het te druk met het bevel over de groep. Ik las de kaart en het kompas, ik keek waar we heen moesten.'
'Hoe wist u dan dat die verklikkers waren afgegaan?'
'Omdat iemand het tegen me zei.'
'Wie?'
'Dat kan ik me niet herinneren.'
Nu was het mijn beurt om hem aan te staren. Ik probeerde zoveel mogelijk ongeloof op mijn gezicht te leggen en zei geen woord. Hij beantwoordde mijn blik totdat hij zenuwachtig werd.

Ten slotte zei hij: 'Hoor eens, het bericht werd naar voren doorgegeven, neem ik aan. Ik weet niet meer precies wie het tegen me zei.'
Ik zweeg nog even, maar hij besloot het daarbij te laten.
'Oké,' zei ik. 'Wat deden jullie toen?'
'We hebben de rest van de dag gelopen, zigzaggend, om de achtervolgers in verwarring te brengen. We zagen stofwolken boven de bomen en zo nu en dan hoorden we de geluiden van voertuigen in de verte.'
'En wat dacht u daarvan?' vroeg ik.
'Dat er Servische troepen rondreden, op zoek naar ons.'
'Hebt u dat met anderen van het team besproken?'
'Ja.'
'Met wie?'
'Ik herinner me dat ik er met adjudant Persico over heb gepraat. Hij is mijn tweede man.'
'Maar nog steeds had u geen contact opgenomen met het hoofdkwartier van de Tenth Group?'
'Nee.'
'Waarom niet?'
'We bewogen ons snel. Het ging allemaal zo vlug. En wat had het hoofdkwartier kunnen doen?'
'Een luchtverkenning uitvoeren om u de situatie door te geven. Of luchtsteun aanbieden. Misschien zelfs een reddingsoperatie organiseren om u daar weg te halen.'
Hij had niet echt verwacht dat ik zo spontaan antwoord zou geven op zijn vraag, en hij leek even van zijn stuk gebracht. Toen haalde hij zijn schouders op. 'Hoor eens, ik wil wel toegeven dat ik niet zo helder dacht op dat moment. Ik probeerde gewoon mijn mensen daar levend vandaan te krijgen.'
'Misschien,' zei ik, om hem te laten merken dat ik er niets van geloofde.
'Bovendien was ik bang dat de Serviërs een radiobericht

zouden onderscheppen. Misschien hadden ze op die manier onze positie kunnen peilen.'

'Ze wisten toch al precies waar jullie zaten? Jullie werden gevolgd.'

'Nee. Ik zei dat ik dácht dat ze wisten waar we zaten. Ik had gehoord dat die struikeldraadlichtseinen waren afgegaan, maar dat betekende nog niet dat ze precies onze positie wisten.'

Sanchez keek steeds nerveuzer. Al die vragen over de lichtseinen brachten hem duidelijk uit zijn evenwicht. En dat was precies mijn bedoeling. Als ik hem kon afbrengen van het verhaaltje dat hij met zijn maten had gerepeteerd, zodat hij moest improviseren, zou ik een opening kunnen vinden.

'Oké, ga door,' zei ik.

Hij nam even de tijd om tot zichzelf te komen en zei toen: 'We liepen de hele dag. In marstempo. Ik hoopte dat we na het donker weer naar het zuiden konden afbuigen om te proberen de grens te bereiken. Omstreeks middernacht kwamen we bij een hek. We hoorden nog steeds auto's op de wegen om ons heen, dus we wisten dat de Serviërs het net steeds strakker aanhaalden. En om een uur of twee ging er weer een verklikker af, ongeveer anderhalve kilometer achter ons. Toen nam ik een besluit.'

'En dat was?' vroeg ik.

'Om een Servische colonne in een hinderlaag te lokken.'

'En waarom nam u dat besluit?'

'Omdat we de aandacht van de Serviërs moesten trekken. We konden hen niet afschudden. Ze waren bezig ons in te sluiten. Daarom moesten we hen dwingen net zo voorzichtig te worden als zij óns dwongen te zijn. Begrijpt u dat?'

'Nee,' zei ik. 'Kunt u dat uitleggen?'

'Kijk, het was hún gebied. Zij voelden zich veilig. Ze zaten ons te voet achterna en ze probeerden ons de weg af te snijden met troepen in voertuigen. Ze waren veel sneller dan wij. Als ik geen manier vond om ze te vertragen, zouden ze ons te pakken krijgen.'

'En toen dacht u... wat? Dat een hinderlaag een goede manier was?'

'Natuurlijk. Ik moest ze laten zien hoe gevaarlijk wij waren. Dat ze een prijs zouden moeten betalen als ze zo onvoorzichtig bleven.'

'Maar volgens uw orders mocht u toch alleen mensen doden uit zelfverdediging?'

'Dit wás zelfverdediging,' beweerde hij stellig, alsof daar geen twijfel aan kon bestaan.

'Dus u hebt een hinderlaag gelegd?'

'Precies. Ik besloot om bij het eerste ochtendlicht toe te slaan. Met behulp van de kaart koos ik een punt langs de weg met een dubbele bocht en heuvels aan weerskanten. We liepen nog ongeveer een uur, en tegen vier uur 's ochtends waren we in positie. Daarna legden we de hinderlaag en wachtten af. Zo nu en dan kwamen er wagens voorbij, maar die lieten we allemaal passeren. Toen, omstreeks halfzeven, zagen we een colonne van ongeveer zes voertuigen aankomen. We wachtten tot ze het punt genaderd waren en sloegen toe.'

'Waarom koos u juist die colonne?'

'Omdat hij groter was. Ik wilde de Serviërs laten denken dat wij met meer mensen waren dan een A-team – wel een man of dertig, veertig. Als we maar één wagen hadden aangevallen, hadden ze geweten dat ze met een klein groepje te maken hadden.'

'Maar als ze jullie al hadden ontdekt en jullie achtervolgden, wisten ze toch ongeveer hoe groot jullie groep was?'

'Daar ging het juist om. Ze dachten dat we een kleine eenheid waren, daarom wilde ik hen aan het twijfelen brengen. Ze wisten immers niet of er maar één team of misschien wel

dertig teams in dat gebied opereerden. Als wij een grote colonne aanvielen, zouden ze misschien denken dat ze zich hadden vergist en dat we met meer mensen waren dan ze oorspronkelijk hadden gedacht.'
'En hoelang had u nodig voor die hinderlaag?'
'Ik weet het niet precies... een minuut of vijf, misschien langer.'
'Kunt u beschrijven wat er gebeurde?'
'Het was gewoon een L-vormige hinderlaag, volgens het boekje. We hadden twee op afstand bediende antitankmijnen op de weg aangebracht om de voorste wagen op te blazen en de colonne tot stilstand te brengen. Langs de overkant van de weg lag een daisy chain van claymore-mijnen die we tot ontsteking brachten toen de mannen naar buiten sprongen en dekking zochten achter hun wagens. Daarna beschoten we de colonne nog een paar minuten met M-16's en machinegeweren. Toen zijn we weer verdwenen.'
Dat verklaarde waarom zoveel lichamen in het mortuarium van Belgrado claymore-scherven in hun rug hadden. Dat was een hele opluchting, want het alternatief was dat Sanchez en zijn mensen lafhartig een stel claymores hadden laten ontploffen in de rug van een vluchtende vijand. Als hij de waarheid sprak, had hij tenminste één argument ontzenuwd dat deze slachting van een simpele veldslag in een massamoord kon veranderen.
'Waren er overlevenden?'
'Ja.'
'Hoe weet u dat?'
'Omdat ze nog steeds schoten toen wij verdwenen.'
'Was dat hevig vuur, of licht?'
'Niet hevig, maar toch aanhoudend.'
'Hoeveel overlevenden waren er nog, schat u?'
'Ik denk dat vier of vijf mannen nog terugschoten. En er moest een groot aantal gewonden zijn.'

‘U weet dat de Serviërs beweren dat er geen overlevenden waren?’
‘Dat is een leugen!’ vloog hij op, met duidelijke woede. ‘Er waren nog mensen in leven op die weg toen wij ons terugtrokken.’
‘Ik heb de lichamen onderzocht,’ zei ik. ‘Het waren er vijfendertig.’
Op dat moment kruisten onze blikken elkaar en staarden we elkaar even in de ogen. Soms, als je de ene leugen na de andere te horen krijgt, sluipt er opeens een waarheid tussendoor. Dan beginnen je oren bijna te tintelen door die frisse sensatie. Dit was zo’n moment.
‘Wat deden jullie daarna?’ vroeg ik ten slotte.
‘We vluchtten weer verder. Als de Serviërs hun colonne vonden, zou ze dat wel even bezighouden, redeneerde ik. Daarom zette ik weer koers naar het zuiden. We waren nog ongeveer vijftig kilometer van de grens. Als we opschoten, zouden we misschien nog die nacht de grens kunnen oversteken.’
‘Werden jullie nog gevolgd?’
‘Dat weet ik niet. We hadden geen verklikkers meer gelegd, dus we konden het niet controleren.’
‘Waarom hadden jullie geen verklikkers meer gelegd?’
‘We waren erdoorheen, geloof ik.’
‘Gelóóft u?’
‘Ik heb ze niet laten tellen, maar ik herinner me dat ik dacht dat we de laatste bij de hinderlaag hadden gebruikt.’
‘Hebt u zich toen bij het hoofdkwartier gemeld?’ vroeg ik. Dat wist ik, omdat zijn melding in het verbindingsjournaal stond.
‘Ja.’
‘Die hinderlaag ook?’
‘Nee.’
‘Waarom niet?’

'Omdat ik geen bemoeienis wilde.'
'Sorry, kunt u dat uitleggen?'
'Ik had zo'n vermoeden dat ze niet blij zouden zijn met wat we hadden gedaan. Maar ik had geen tijd voor een lange discussie.'
'Wat hebt u dan gemeld?'
'Dat we ons terugtrokken.'
'Hebt u gezegd dat u werd gevolgd, dat u werd ingesloten door Servische colonnes op de wegen om u heen en dat uw team gevaar liep?'
'Nee.'
'Waarom niet?'
'Ik dacht dat ik alles onder controle had. Ik ging ervan uit dat we met die hinderlaag genoeg tijd hadden gewonnen om weg te komen.'
'Maar ook bij uw terugkeer hebt u die hinderlaag niet gerapporteerd. Waarom niet?'
'Hoor eens, dat was een fout,' zei hij, opeens berouwvol. 'Dat geef ik toe. Ik vond dat er geen kwaad was geschied en ik zag echt geen reden om het te rapporteren.'
Ik draaide me om naar Delbert en Morrow, die allebei met hun kin op hun handen steunden, helemaal verdiept in Sanchez' verhaal. Het onderliggende concept van het alibi was goed geconstrueerd. Je kon discussiëren over wat zelfverdediging precies inhield, maar het beeld van een wanhopig team dat achter de vijandelijke linies werd ingesloten door bloeddorstige Serviërs – dezelfde figuren die Scott O'Grady in een hinderlaag hadden gelokt en uit de lucht hadden geschoten en die drie Amerikaanse VN-soldaten in Macedonië hadden gegrepen – zou ongetwijfeld veel begrip en sympathie wekken.
'Heeft een van jullie nog vragen?' vroeg ik Delbert en Morrow.
Ze schudden allebei hun hoofd. Net als ik zouden ze Sanchez

nog uren kunnen ondervragen, maar dat kwam later wel. Eerst moesten we nog een paar andere teamleden spreken om tegenstrijdigheden in het verhaal te ontdekken. Dan kwamen we weer terug.
Sanchez zat nog steeds met zijn handen voor zijn mond gevouwen. Hij hield zijn vingers dicht tegen elkaar geklemd, wanhopig bijna, alsof ze een eigen leven konden gaan leiden en rare dingen doen als hij ze niet stevig tegen elkaar kneep. Ik nam aan dat hij in spanning zat over hoe zijn optreden bij ons was overgekomen. Ik staarde uitdrukkingsloos terug.
'Dank u voor uw tijd, kapitein Sanchez,' zei ik, terwijl ik de cassetterecorder uitzette en wat papieren in mijn grote aktetas stak.
Hij stond op en schoof zijn stoel weer onder de tafel. Toen bleef hij staan wachten, onhandig, bijna hulpeloos. 'Hé, majoor,' zei hij ten slotte.
'Ja?' vroeg ik. Ik stond al klaar om te vertrekken.
'Wij hebben die Serviërs niet vermoord, dat zweer ik. Er waren er nog een heel stel in leven toen wij vertrokken.'
Ik knikte. Het was geen instemming, slechts een bevestiging dat ik hem had gehoord.

9

Er was een envelop onder de deur van mijn kamer geschoven toen we terugkwamen in het hotel, en dat irritante rode berichtenlampje knipperde op de telefoon. Ik opende de envelop terwijl ik tegelijkertijd het nummer toetste voor mijn berichten, wat niet meeviel met maar twee handen.
In de envelop zat een fax die was doorgestuurd door Imelda. Ze had er zelf een briefje bij gedaan, met maar één woord: 'Klootzak!!' Ik wist niet of dat voor mij bedoeld was of voor de mensheid in het algemeen, dus las ik verder.

De fax was een kopie van een artikel in de *Washington Herald* van de dag ervoor. Het was geschreven door niemand minder dan Jeremy Berkowitz, de man die ik niet te woord had willen staan aan de telefoon. Het artikel deed de schokkende onthulling dat het leger het onderzoek in misschien wel de ernstigste strafzaak uit zijn geschiedenis had opgedragen aan een onbeduidende majoor en twee kapiteins. De implicatie was duidelijk. Als het leger de kwestie echt tot op de bodem wilde uitzoeken zouden ze wel een paar zwaargewichten hebben gestuurd, die verstand van zaken hadden. Mijn naam werd zelfs een paar keer genoemd in het verhaal – verkeerd gespeld, wat ik helemaal een stoot onder de gordel vond.

Ik had natuurlijk kunnen denken dat Jeremy Berkowitz een wraakzuchtige etterbak was die me wilde terugpakken omdat ik de hoorn op de haak had gesmeten, maar dan zou ik een heel bekende journalist van een schokkend gebrek aan professionaliteit beschuldigen. Toch was het geen sterk artikel. Ik bedoel, heus, wie kon het iets schelen of het leger een majoor tot leider van het onderzoek benoemde? Als Berkowitz niets anders kon verzinnen, lustte ik er zo nog wel een.

Ik had drie berichten. Een bericht van dezelfde streberige, irritante speciale assistent van de president die ik had ontmoet voordat ik uit Washington vertrok, en een boodschap van generaal Clapper, het hoofd van het JAG-korps. Ik was niet van plan het Witte Huis terug te bellen. Ik ken die jongens. Als je ze één keer belt, kom je nooit meer van ze af. Net als de verkeerde meid na een mislukt afspraakje.

Ik vroeg de receptie onmiddellijk het nummer van generaal Clapper te bellen. Hém wilde ik eigenlijk ook niet spreken, maar als ik het niet deed, kon ik nog meer van die vrolijke nachtelijke telefoontjes verwachten.

Er werd bijna meteen opgenomen. Eerst hoorde ik de droge

stem van zijn altijd efficiënte secretaresse, daarna kreeg ik de generaal zelf.
'Hoe voelt het om beroemd te zijn?' grinnikte hij. Hij had makkelijk lachen. Niemand had hem die ochtend publiekelijk genaaid op de voorpagina van een nationale krant.
'Ik voelde me gisteren gelukkiger, toen niemand me nog kende.'
'Wat heb je gedaan om Berkowitz zo pissig te maken?' vroeg hij met een indrukwekkend inzicht in de verdorvenheid van de mens.
'De hoorn op de haak gooien. Is dat genoeg?'
'Dat lijkt me niet de beste manier om hem te benaderen, nee.'
Achteraf was ik er ook niet zo tevreden over, maar dat gaf ik niet toe. Alleen de communisten deden aan openbare bekentenissen, en iedereen weet hoe het uiteindelijk met hen is afgelopen.
'Hoe is het weer in Washington?' vroeg ik maar.
Het bleef even stil. Toen: 'Bloedheet, eerlijk gezegd. Sommige mensen beginnen toch te twijfelen aan jou als leider van het onderzoek. Niets persoonlijks, Sean, maar dat artikel van Berkowitz heeft weerklank gevonden in bepaalde kringen.'
Ik beet op mijn lip. 'Is er iemand in het bijzonder die aan me twijfelt?' wilde ik weten.
'Ik heb hem niet rechtstreeks gesproken, maar het schijnt dat ze de president van het plafond moesten schrapen toen hij dat artikel gelezen had.'
'O, híj,' zei ik zo onverschillig als ik kon. 'Iemand anders, bedoel ik? Iemand die er écht toe doet?'
'De voorzitter van de stafchefs was ook niet blij.'
Het bleef een tijdje stil – zo'n lange pauze die je alleen maar als pijnlijk kon beschrijven. Blijkbaar was het schot van Berkowitz toch beter gericht geweest dan ik had gedacht. De

stilte duurde zo lang dat ik eindelijk begreep dat Clapper me subtiel en beleefd de kans gaf om de teugels van het onderzoek aan iemand anders over te dragen, bij voorkeur aan iemand met wat meer gewicht. En ik moet toegeven dat ik het serieus overwoog, want hoe je het ook bekeek, ik kon dit toch niet winnen.

Ik wist niet wat Clapper precies dacht, maar wel wat ik in zíjn plaats zou denken. Ik zou bidden dat de vent aan mijn kant van de lijn zou zeggen: 'Hé, moet je luisteren, dit is toch te hoog gegrepen voor mij. Ik heb mijn best gedaan, maar wordt het geen tijd om een heel nieuw onderzoeksteam te sturen, misschien onder leiding van een generaal met een heleboel hoog gekwalificeerde adjudanten?' Per slot van rekening was Clapper de arme drommel die mij had aanbevolen. Je kon op je vingers natellen dat hij op dit moment aan zware kritiek blootstond. Anders gezegd, de carrière van generaal Clapper lag opeens in mijn handen, en dat kon geen geruststellende gedachte voor hem zijn.

'Hoor eens, generaal,' zei ik ten slotte, 'ik ben hieraan begonnen en ik zou het graag afmaken.'

Zonder pauze en zonder aarzeling zei hij: 'Goed, dan doen we dat. Maar één ding, Sean, je moet wel leren met de pers om te gaan.'

'Dat begrijp ik,' zei ik, terwijl ik me afvroeg waarom ik niet had bedankt voor de eer. Dan was ik er mooi van af geweest. Onbedoeld had Berkowitz me de gelegenheid geboden om me zonder gezichtsverlies terug te trekken, en die kans zou ik geen tweede keer krijgen.

In het derde telefoontje had ik helemaal geen zin, maar ik wist dat er niets anders op zat dan terug te bellen. Ik vroeg de receptie het nummer te draaien. 'Drummond hier,' hoorde ik even later, op zijn normale, norse toon.

'Hallo, pa,' zei ik.

'Hoe gaat het?' vroeg hij.

'Best,' antwoordde ik eenvoudig. 'Heel goed.'
'Ik zag je naam in de krant.'
'Dat dacht ik wel.'
'Ik wist niet dat je tot leider van dat onderzoek was benoemd,' zei hij. Het klonk niet beschuldigend, maar hij wilde het toch even gezegd hebben.
'Dan ben ik vergeten het je te vertellen. Ik heb het nogal druk gehad.'
'Wil je nog goede raad van een oude soldaat?' vroeg hij.
'Dat kan nooit kwaad,' zei ik. Een grove leugen. Zijn adviezen kwamen altijd bikkelhard aan.
'Bescherm je kin. O... en let goed op je flanken.'
'Ja hoor, pa.' Zo praten soldatenvaders tegen hun kinderen, in militaire vergelijkingen die vrij belachelijk klinken.
'Nou, ik moet ophangen,' bromde hij. 'Je moeder wil dat ik het gras maai. Verdorie, al de derde keer deze week.' En hij hing op.
Misschien moet ik op dit punt in het verhaal iets meer vertellen over mijn vader. Mijn moeder had hem heus niet gevraagd het gras te maaien. Daar kreeg ze de kans niet toe. Mijn vader deed dat uit zichzelf, minstens drie keer per week, alsof het een brigade was van kleine groene manschappen die voortdurend zijn aandacht nodig hadden. Het was het best verzorgde grasveld van de hele buurt, misschien wel van het heelal. Zodra er een onkruidje de kop opstak stond hij klaar om het te wieden als een ongezeglijke soldaat die wat discipline nodig had. Zelfs als er één sprietje gras het lef had om boven de andere uit te groeien kreeg het hele gazon als straf een beurt, met een handmaaier.
Hij was een geweldige officier geweest in zijn tijd: lang, knap en mannelijk. En jezus, wat was hij hard. Toen ik nog een kind was stond hij elke dag om vijf uur op, zelfs op zondagen en in de vakantie, deed ongeveer tweehonderd pushups en sit-ups, ging acht kilometer joggen en oefende dan

zijn stembanden door tegen mijn broer en mij te brullen. Daarna marcheerde hij vastberaden het huis uit voor weer een dag soldaatje spelen. Er waren jaren dat we hem nooit zagen, zoals toen hij naar Vietnam ging – niet één, niet twee, maar drie termijnen, wat alleen mogelijk was als je hemel en aarde bewoog om terug te mogen komen. Steeds als hij vertrok ontstond er een enorm vacuüm, dat onmiddellijk heel vrolijk werd opgevuld door mijn moeder, mijn broer en mij. Een jaar later kwam hij dan terug, zijn borst nog zwaarder van de medailles, en dreunde hij weer als een stoomwals ons gezin binnen.

Iedereen leek het erover eens te zijn dat hij op weg was naar een benoeming tot viersterrengeneraal, toen het noodlot wreed tussenbeide kwam in de laatste week van zijn derde termijn in Vietnam. Hij was kolonel en leidde zijn brigade bij een patrouille toen hij zich bukte om iets op te rapen en – echt waar – door een Vietcong-strijder met een boosaardig gevoel voor humor met een kruisboog in zijn billen werd geschoten.

Het klinkt grappig, maar de dokters dachten er anders over. Hij lag een jaar in het ziekenhuis terwijl de artsen probeerden de infecties te bezweren en de verschillende inwendige kanalen te herstellen die waren beschadigd. Toen ze klaar waren, hadden ze zijn ingewanden op een vreemde manier weer aan elkaar geknoopt en was zijn militaire loopbaan verleden tijd. Geen zware duurloop meer in de vroege ochtend. Geen dagelijkse oefeningen. Geen manschappen meer te commanderen, geen medailles te verdienen.

Toch was hij niet verbitterd. Hij nam een baan als autoverkoper, omdat hij werk nodig had waar hij minstens eens per uur naar de wc kon om alles door te spoelen. En verdomd, hij verkocht heel wat auto's. Vijftien jaar lang zat hij in de autobranche en poepte hij zich een ongeluk, tot hij ten slotte drie garages bezat en een klein fortuin waard was. Zijn showrooms waren uniek – de schoonste en mooiste die iemand ooit gezien had. Elke auto werd dagelijks gepoetst en precies op zijn plaats gezet, in het gelid. De verkopers sprongen in de houding en salueerden bijna als ze een potentiële klant benaderden. Het maakte mij altijd nerveus als ik een kijkje kwam nemen, maar de meeste klanten schenen het prachtig te vinden.

Mijn broer, die een jaar ouder was dan ik, wist vanaf zijn vroegste jeugd dat hij niet zo wilde worden als mijn vader. Hij liet zijn haar groeien en schreef zich al in als Democraat toen hij pas zes was. Hij liet zich tatoeëren, droeg oorringetjes en had constant problemen met de militaire politie. Ongeveer drie jaar geleden verkocht hij het internetbedrijf dat hij had opgericht en kon hij gaan rentenieren op de rijpe leeftijd van 37 jaar. Hij heeft ongeveer honderdvijftig miljoen op de bank en zit elke dag in de tuin van zijn grote huis met uitzicht op de Stille Oceaan en een joint tussen zijn vingers, terwijl hij zich slap lacht om hoe het allemaal is gegaan.

Ik was slimmer dan hij. Ik volgde in de voetstappen van mijn vader. Ik kreeg een militaire studiebeurs en koos voor een baan waar ik een paar grijpstuivers verdiende, bij een organisatie die haar mensen als kanonnenvoer behandelde en het geen punt vond om iemands carrière te torpederen vanwege zoiets achterlijks als een journalist met wraakgevoelens tegenover een advocaat die niet met hem wilde praten.

Ik had al een week geen stevige borrel meer gedronken en de situatie leek me rijp om daar verandering in te brengen. *Tout suite,* zoals ze zeggen. Ik pakte de telefoon en vroeg eerst Delbert en toen Morrow of ze wat wilden drinken in de bar. Delbert bedankte, omdat hij zijn vragen voor de volgende dag nog moest voorbereiden.

Morrow zei: 'Goed. Ik ben over tien minuten beneden.'

Ik zou liegen als ik zei dat ik dat een teleurstellende uitkomst vond.

Ik zat aan mijn eerste whisky met ijs toen Morrow binnenkwam in een strakke jeans met een wijd, gebreid shirt. Als deze vrouw ooit besloot het juristenvak te verlaten zou ze nog een succesvol model kunnen worden, vond ik. Of beter nog, dacht ik in mijn koortsige fantasie, als stripper. En ik was niet de enige die het opviel, want er zaten heel wat Italianen in de bar en Italiaanse mannen zijn niet bepaald terughoudend in hun bewondering voor het andere geslacht. Dat lieten ze duidelijk blijken toen ze haar zagen.
'Wat drink je?' vroeg ik toen ze tegenover me ging zitten en probeerde de kwijlende idioten te negeren die zaten te fluiten en te roepen in een vreemde taal. Ik had half verwacht dat ze mineraalwater met een schijfje citroen of iets anders onsmakelijk gezonds zou bestellen.
'Whisky met ijs,' zei ze, en ik viel bijna van mijn stoel.
Ik stak mijn vinger op naar de barman om nog een keer hetzelfde te bestellen, draaide me toen weer om en vond het tijd worden om mevrouw Morrow nog eens goed te bekijken. Ik snoof even en rook de geur van lelies. Een vreemde tegenstelling. Een man kan veel van een vrouw te weten komen door haar parfum, en lelies heb ik altijd geassocieerd met een frisse, gezonde meid uit de provincie. Zo eentje die maagd blijft tot haar eenentwintigste, elke week haar moeder belt en nog steeds haar contributie voor de plattelandsjongeren betaalt. Iemand die zeker geen whisky drinkt.
'Is dat je vaste recept?' vroeg ik.
Ze lachte een beetje. 'Nee. Meestal drink ik mineraalwater met een schijfje citroen, maar ik wilde je verrassen.'
Ik geloof dat ik even met mijn ogen knipperde, en ze giechelde, voldaan dat ze me had verslagen in mijn eigen spelletje.
'Ja, ik drink meestal ook bronwater,' zei ik, in een poging om leuk te doen.
'Nee, jij drinkt meestal whisky. Sterker nog, ik durf te wed-

den dat je je hele leven nog nooit een fles mineraalwater hebt aangeraakt.'
'Waarom wil je dat wedden?'
'Daarom. Zullen we pandverbeuren?'
Als ik niet zo zelfverzekerd was, zou ik meteen nee hebben gezegd.
Maar ik was dom. 'Mij best. Waar wedden we om?'
'Wie het rondje verliest, slaat een glas whisky achterover. Wie het hele spel verliest, betaalt de rekening.'
'Goed,' zei ik, en ik haalde een kwartje uit mijn zak om op te gooien. 'Kop of munt?'
'Kop,' zei ze, en dat was het. Ik had zo verstandig moeten zijn om te stoppen.
'Oké,' glimlachte ze. 'Wat doet je vader?'
'Hij is kapper,' zei ik. 'Hij woont in San Francisco en werkt in zo'n herenkapsalon waar vooral homo's komen. Hij is zelf ook een beetje een flikker, maar hij heeft ooit iets met een vrouw gehad en daarvan ben ik het resultaat.'
'Drinken!' beval ze. 'Jouw vader is belachelijk heteroseksueel. Ik zou zelfs durven wedden dat hij beroepsmilitair is.'
Ik veegde wat druppels whisky van mijn lippen, stak mijn hand op naar de barman voor nog een glas en probeerde mijn verbazing te verbergen. 'Hoe raad je dat?' vroeg ik ten slotte. Het is niet prettig als iemand dwars door je heen kijkt.
'Het was geen raden. Het was een beredeneerde conclusie. Zoons van mannen met een sterke wil gedragen zich vaak opstandig en eigenwijs. Ik weet het. Ik heb er heel wat als cliënt.'
'Oké,' zei ik. Tijd om terug te slaan en de score gelijk te trekken. 'Waar kom je vandaan?'
'Ames, Iowa,' zei ze. 'Ik ben opgegroeid op een boerderij, heb mijn hele jeugd de koeien gemolken en eieren bij de kippen weggehaald, terwijl ik er wanhopig naar verlangde om rechten te gaan studeren.'

'Dat is waar,' zei ik. 'Drinken! Je vergeet alleen dat je bij de reünie van de school tot koningin van het bal bent gekroond en bijna met de aanvoerder van het footballteam was getrouwd.'

'Nee, jij mag drinken,' zei ze. 'Ik ben nog nooit in Ames, Iowa geweest. Ik kom uit het noordoosten, ik ben geboren en getogen in de stad, en ik ken koeien alleen van die stukken gebraden vlees op mijn bord.'

Mijn mond viel open terwijl ik mijn glas pakte. 'Echt?' vroeg ik perplex.

'Ja, echt,' zei ze met een vaag lachje. 'Als je het wilt weten, ik heb op een particuliere meisjesschool gezeten. Wij hadden geen reünies of bals. En ook geen footballteam. Wel een hockeyploeg, maar ik had geen afspraakjes met de aanvoerder, want dat was ik zelf.'

Ik sloeg de whisky achterover en overwoog of ze misschien al van plan was geweest dit spelletje te spelen voordat ze beneden kwam. Ze had zich waarschijnlijk in de geur van lelies gehuld om me op een dwaalspoor te brengen.

Nog steeds had ze geen druppel van haar whisky gedronken. Ze grijnsde even en zei: 'Goed. Waarom ben je bij de infanterie weggegaan en advocaat geworden?'

Ik keek naar het nieuwe glas dat voor me werd neergezet en dacht even na. Ten slotte haalde ik mijn schouders op en gaf toe: 'Ik denk dat ik er genoeg van kreeg om mensen te doden. Ik heb een paar oorlogen meegemaakt en dat beviel helemaal niet.'

Ze nam me even scherp op, keek me recht aan, en opeens stond haar gezicht heel zacht. Haar ogen, die al zo begripvol stonden, zoals ik zei, straalden nu nog meer medeleven uit. 'Drinken!' beval ze, bijna spijtig.

'Nee, jij mag drinken,' riep ik. 'Ik heb genoten van die oorlogen! Ik jankte bijna toen ze afgelopen waren.'

Dat was waar. En het was ook de reden waarom ik advocaat

geworden was. Ik werd bang dat ik net zo zou eindigen als mijn vader: verliefd op de oorlog. En dat me ook in een ander opzicht hetzelfde zou overkomen als hem – een pijl in mijn reet. Overdrachtelijk gesproken, uiteraard.
'Goed,' zei ik, genietend van mijn triomf. 'Ben je ooit getrouwd geweest?'
'Dat is te persoonlijk.'
'Dit spelletje kent geen grenzen, dame! Het is een vechtsport. Geef antwoord.'
'Oké. Ja. Mijn man was ook militair jurist,' zei ze, en opeens keek ze heel triest. 'Op een dag kwam ik eerder thuis van een reis en vond ik hem in bed met een twintigjarige assistente.'
'Hoelang ben je getrouwd geweest?' vroeg ik. Hoewel je volgens de spelregels eigenlijk maar één vraag tegelijk mag stellen, maakte ik misbruik van de belangrijkste regel die er is: het gezag van een hogere rang.
Ze scheen naar iets in haar glas te staren. 'Drie jaar. We hadden elkaar ontmoet in het tweede jaar van mijn studie en zijn meteen na ons afstuderen getrouwd. Ik geloof dat ik het mezelf verwijt. Ik heb altijd te hard gewerkt en... nou ja, hij voelde zich verwaarloosd, denk ik.'
'Drinken!' blafte ik.
Ze keek me geschrokken aan. 'Wat?'
'Je hoort me wel. Drinken!'
Ze sloeg de whisky achterover en keek me lief maar ook wraakzuchtig aan. 'Hoe wist je dat?'
'Je kletste te veel. Jij bent een type dat alles liever privé houdt.'
'Goed. Ben jij ooit getrouwd?' vroeg ze.
'Nee.'
'Ooit verliefd geweest?'
'Eén vraag tegelijk.'
'Jij stelde er ook twee, bij de vorige.'
'Oké. Ja, ik ben wel eens verliefd geweest.'

'En waarom ben je niet met haar getrouwd?'
'Dat is één vraag te veel.'
Ze keek me smekend aan. 'Ik drink die whisky wel op, dan heb jij deze ronde gewonnen. Alsjeblieft, geef nou antwoord.'
'Eerst drinken,' zei ik, en dat deed ze.
'Omdat je niet met je hond kunt trouwen, hoeveel je ook van haar houdt,' zei ik, met een stralend en boosaardig lachje.
Ze fronste. 'Dat is niet eerlijk.'
'Dat lelietjesparfum ook niet,' zei ik, waarop ze bijna van haar stoel viel van het lachen. 'Trouwens,' zei ik. 'Het staat nu drie-twee, in mijn voordeel. Jij betaalt de drankjes.'
Ze stak twee vingers op. De barman grijnsde en meteen hadden we twee glazen voor ons staan. De barman was een Italiaan en dacht blijkbaar dat ik haar dronken wilde voeren voordat ik haar mee naar boven nam om haar te naaien tot ze scheel zag. In Amerika wordt dat als heel onbehoorlijk beschouwd, grenzend aan verkrachting. Maar dit was Italië, waar ze heel andere regels hebben. Hier geldt dat juist als goede omgangsvormen, zoals alles wat tot een nummertje leidt waarschijnlijk als goede omgangsvormen wordt gezien. Hij lachte bewonderend en jaloers toen hij de glazen bracht en ik gaf hem een stoere knipoog terug.
'Wat vond je van Sanchez?' vroeg ze.
'Hij leek me een aardige vent,' gaf ik toe.
'Dat vond ik ook.'
'Was hij zoals je had verwacht?' vroeg ik.
'Nee, totaal niet.'
'Wat had je je dan voorgesteld?'
'Dat weet ik niet. Ik heb een aantal moordenaars verdedigd. Zo'n type leek hij me niet. Te week, misschien. Niet agressief genoeg.'
'Misschien ís hij ook geen moordenaar.'
'Hoe kom je daarbij?'

Ik dronk mijn vierde glas whisky binnen twintig minuten en voelde me niet zo helder meer. 'Volgens mij is er iets heel vreemds gebeurd tussen die negen mannen.'
'Iets vreemds? Zoals?'
'Nou, je moet één ding goed begrijpen. Dit was geen oorlogssituatie, zoals in Vietnam, Korea of de Tweede Wereldoorlog, toen hele eenheden soms over de rooie gingen en een bloedbad aanrichtten. Sanchez en zijn mannen stonden onder een heel ander soort druk.'
'Dus jij denkt niet dat het is gegaan zoals de kranten schrijven?'
'Nee. Ik weet zeker dat het niet zo simpel was.'
'Waarom?'
'Omdat ze die Serviërs niet meteen hebben gedood. Omdat ze twee dagen hebben gewacht nadat de Kosovaarse eenheid was gesneuveld. Dat is lang genoeg om je emoties de baas te worden. Omdat het team uit negen man bestond en negen mannen meestal niet allemaal tegelijk besluiten om zo'n smerige misdaad te plegen. Het motief voor dit soort dingen ligt bijna altijd in achterliggende omstandigheden die verdomd moeilijk te bevatten zijn als je er zelf niet bij bent geweest.'
'Wat denk jij dan dat er is gebeurd?'
'Ik weet het echt niet.'
Ze wachtte even en nam een grote slok van haar whisky. 'Jij bent zelf in oorlogssituaties geweest. Heb jij ooit die neiging gevoeld?'
Ik dacht even na. 'Eén keer, geloof ik.'
'Waar kwam dat door?'
'Het was een paar dagen na het einde van de Golfoorlog. De Revolutionaire Garde van Saddam was aan het vangnet ontsnapt en begon Koerden en sjiieten af te slachten, die door onze regering waren aangespoord om in opstand te komen tegen het regime, nadat wij hadden beloofd dat we het leger zouden uitschakelen. Dat bleek dus een leugen.'

'Ik geloof dat ik me daar iets van herinner, ja.'
'Ja. Nou, het was geen groot nieuws in Amerika. Ze kwamen in opstand en opeens dook de Revolutionaire Garde op. Die mensen wisten niet wat ze overkwam. Duizenden Koerden en sjiïeten, ook veel vrouwen en kinderen, werden door de Garde vermoord. De overlevenden ontvluchtten het bloedbad en trokken naar het zuiden, naar Koeweit. Wij richtten kampen in en deden wat we konden om hen te behandelen en te verzorgen. Maar daardoor voelden we ons nog ellendiger.'
'Dus wilde je wraak?'
'Nee. We wilden ons eigen schuldgevoel afreageren. Onze regering had een smerige leugen verteld en deze mensen moesten daarvoor boeten. Maar Uncle Sam was niet in de buurt. Die hoefde hen niet recht in de ogen te kijken.'
'Dus jij denkt dat hier ook zoiets is gebeurd?'
'Nee, absoluut niet. Kijk, wij hadden wel de behoefte om iets te doen, en God weet dat we er lang over hebben gepraat, maar verder is het nooit gekomen.'
Ze dronk haar glas leeg. Ze leek een beetje aangeschoten en haar lippen waren vochtig. Ik voelde me heel brutaal en onze blikken ontmoetten elkaar. Toen kwam dat lange, onhandige moment.

10

Die blik eindigde toen ze vroeg of ik met mijn grote schoen van haar sandaal af wilde gaan. Daarna betaalde ze de rekening en namen we afscheid bij de lift, omdat zij twee trappen omhoog wilde strompelen naar haar kamer, terwijl ik liever comfortabel opsteeg. Het laatste dat ik van haar zag was dat ze tussen de leuning en de muur heen en weer stuiterde, struikelend over de treden, terwijl ze nog een schijn van elegantie

probeerde op te houden. Sommige meiden kunnen zich beter beperken tot mineraalwater met een schijfje citroen.
De volgende morgen had ik een bonzend hoofd in de auto op weg naar de vliegbasis, maar bij de arme mevrouw Morrow had de whisky nog veel harder en giftiger toegeslagen. De helft van de rit zat ze met haar vingers in haar oren om haar benevelde brein te beschermen tegen het lawaai van zes pompende zuigers – en tegen Delbert, die vanochtend in een bijzonder opgewekte en spraakzame bui leek.
Dit was de dag waarop onze wegen zich zouden scheiden om ieder een ander lid van het team te ondervragen. Als we ons beperkten tot een gesprek van twee uur met de overige acht leden, zouden we 's middags klaar kunnen zijn. Ik besloot me te ontfermen over adjudant Mike Persico, sergeant eersteklasse Andy Caldwell en sergeant eersteklasse François Perrite.
Michael Persico was 46 jaar, een voormalige sergeant, die zich had aangemeld voor de opleiding tot adjudant en was aangenomen. Elk A-team heeft een adjudant. Het zijn de technische experts van het team, die alles weten van de verschillende functies van de andere leden, variërend van wapens tot verbindingen en eerstehulp. Persico zat al acht jaar bij hetzelfde team. Hij was de 'ouwe', hun vleesgeworden traditie en verleden. Hij had een Bronzen Ster gekregen voor betoonde moed in Somalië en een Zilveren Ster voor zijn moedige optreden in de Golf.
Ik had de motivatie voor de onderscheidingen gelezen en was onder de indruk. In de Golfoorlog had hij het team aangevoerd in de woestijn van Irak, op jacht naar Scuds. Ze hadden één Scud-raket gevonden, een luchtaanval gedirigeerd om het wapen en de raketwerper uit te schakelen, en bij gevechten op de terugweg twee man verloren. In Somalië hadden Persico en zijn team de Ranger-compagnie moeten helpen die in het nauw was gebracht bij een actie om Aideed te

pakken te krijgen. Een van Persico's mensen raakte gewond en Persico waagde zijn leven door dwars door een regen van Somalische kogels terug te gaan om hem te redden. Persico was een dapper man, dat stond vast.
Ik nam hem aandachtig op toen hij naar binnen werd gebracht. Hij was van gemiddeld postuur en gewicht. Hij leek taai en pezig, met grijzend haar, een verweerde huid en diepe groeven in zijn gezicht, vooral rond zijn mond. Zijn ogen waren grijs als van een wolf. Hij bewoog zich zelfverzekerd, als een man die grotendeels had bereikt wat hij wilde bereiken in dit leven.
Hij had een advocaat bij zich, een vrouwelijke kapitein die Jackie Caruthers heette en aan een *linebacker* deed denken, maar dan nog zwaarder, met een gezicht dat ooit leek gekust door de bumper van een denderende Mack Truck.
'Gaat u zitten, alstublieft,' zei ik tegen hen allebei. Caruthers nam de stoel recht tegenover me.
'U hebt uw cliënt de regels uitgelegd?' vroeg ik haar.
'Ja,' zei ze.
'Dan zou ik meteen willen beginnen, als u het goedvindt.'
Persico's grijze ogen namen me schattend op, als een vijand op een slagveld.
'Best,' antwoordde Caruthers voor hem.
Ik negeerde haar en keek Persico strak aan. 'Adjudant, zou u me kunnen beschrijven wat er voorafging aan de vernietiging van de UÇK-eenheid die u hebt getraind?'
Hij keek even naar zijn advocaat, die knikte.
'Goed. De commandant van de UÇK-eenheid was kapitein Kalid Akhan. Hij kwam de middag van de dertiende naar ons toe en zei dat hij van plan was de volgende morgen een Servisch politiebureau te overvallen.'
'Had hij dat plan al uitgewerkt?' onderbrak ik hem.
'Ja, majoor. Hij zei dat hij van mensen uit de buurt had gehoord dat het politiebureau slecht werd bewaakt en dat de

Serviërs niet veel anders deden dan zuipen en de plaatselijke bevolking martelen.'

'Kreeg hij hulp van u of uw team?'

'Nee. Hij had zelf al min of meer besloten wat hij wilde doen.'

'Min of meer?'

'Helemaal.'

'En vond u het een goed plan?'

'Het leek ons wel in orde. Als zijn verhaal over die Serviërs klopte, moest het kinderspel zijn.'

'Zou u me dat plan kunnen beschrijven?'

'Natuurlijk. Het politiebureau lag midden in het dorp Piluca. Kapitein Akhan had vijfennegentig man, die hij wilde verdelen in drie groepen, die bij het eerste ochtendlicht moesten toeslaan. De ene groep zou in het dorp positie kiezen om het bureau van de andere huizen te isoleren. De tweede groep zou de hoofdweg naar het dorp vanuit het noorden bewaken. De derde groep zou de feitelijke overval op het bureau uitvoeren.'

'En wat wilden ze doen als ze het politiebureau in handen hadden?'

'U moet een paar dingen goed begrijpen over het politiebureau van Piluca.'

'Zoals?'

'Het had een heel bedenkelijke reputatie.'

'Hoezo?'

'De Servische hoofdinspecteur die er de leiding had, was een jaar eerder door de autoriteiten in Belgrado aangesteld. Hij had een tijdje in Bosnië gezeten en werd beschouwd als een expert op het gebied van etnische zuiveringen. Hij had zelfs een bijnaam: de Hamer.'

'Waarom?'

'Dat was zijn handelsmerk, zou je kunnen zeggen. Hij droeg altijd een hamer achter zijn riem. Daarmee sloeg hij mensen op hun vingers, hun tenen of tegen hun ballen. De man was blijkbaar een echte sadist.'

'Had hij een grote politiemacht?'

'Dertig Serviërs, ongeveer. En ze terroriseerden dat stadje al een heel jaar.'

'Dus Akhans groep wilde wraak nemen?' vroeg ik.

'Dat zal wel een rol hebben gespeeld, maar kapitein Akhan vond vooral dat het politiebureau van Piluca een symbool was. Als ze dat uitschakelden, zouden ze iedere Albanese Kosovaar in onze sector laten zien dat het UÇK, het Kosovaarse bevrijdingsleger, echt iets kon bereiken. Dat ze kloten hadden.'

'Wat bedoelt u met "uitschakelen"?' vroeg ik, oprecht nieuwsgierig.

'Ze wilden het een uurtje of twee bezet houden. De Servische hoofdinspecteur gevangennemen, misschien, en in elk geval alle wapens meenemen.'

'Misschien? Wilden ze hem wel of niet gevangennemen?'

'Oké, dat was de bedoeling. Hem, en zoveel mogelijk andere Serviërs die ze te pakken konden krijgen.'

'En wat wilden ze met de Serviërs doen als ze hen gevangen hadden genomen?'

'Dat hebben we niet gevraagd.'

Het vreemde was dat hij me recht aankeek toen hij dat zei. En nog vreemder dat hij blijkbaar verwachtte dat ik hem zou geloven. Kapitein Akhan wilde dus gevangenen maken onder de Serviërs, maar gevangenen zijn knap lastig als je achter de vijandelijke linies opereert, om de paar dagen een ander kamp moet zoeken en op je hoede moet zijn voor rondtrekkende Servische moordbrigades.

Het leek veel logischer dat Akhan en zijn mensen van plan waren zoveel mogelijk Serviërs te liquideren. Als dat zo was, hadden Sanchez en zijn team, door zoiets toe te staan, al de eerste fatale stap gezet over die smalle grens tussen oor-

logsvoering en oorlogsmisdaad – nog vóórdat Akhans eenheid zelf was vernietigd.
'Maar wat dacht u dan dat ze met die gevangenen zouden doen?' vroeg ik.
'Ik nam aan dat de kapitein ze wilde overdragen aan het gezag van de VN, om ze te berechten wegens misdaden tegen de mensheid.'
'En hoe wilden ze dat doen, achter de vijandelijke linies, op minstens twee dagen lopen van Macedonië, terwijl ze wisten dat ze het hele Servische leger achter zich aan zouden krijgen als ze die politiemensen hadden ontvoerd?'
'Daar rekende ik op,' antwoordde hij simpel. 'Kapitein Akhan was niet het type van een moordenaar.'
'Hebt u die plannen van het UÇK aan het hoofdkwartier van de Tenth Group gemeld?'
'Nee.'
'En waarom niet?'
'Dat was niet nodig. Wij hadden het gezag om de operaties van kapitein Akhan goed te keuren.'
'Gezag? Ik dacht dat u alleen een adviserende positie had.'
Hij verblikte of verbloosde niet. 'Dat is waar. Ik verspreek me.'
'Weet u dat zeker?'
'Ja, het was een verspreking. Ik bedoelde dat kapitein Akhan zélf het gezag had om dit soort beslissingen te nemen. Hij wilde dat politiebureau aanvallen en wij hadden het recht niet om hem tegen te houden.'
Daar zou ik later nog op terugkomen. 'En hoe is het afgelopen?' vroeg ik.
'Meestal bleven er een paar mensen bij ons achter, bijvoorbeeld omdat ze ziek waren. Maar deze keer niet. Iedereen deed aan die operatie mee. Ze vertrokken rond twee uur 's nachts, om het politiebureau bij het eerste ochtendlicht te overvallen. Zoals ik al zei waren die Servische politiemen-

sen elke avond dronken, dus kapitein Akhan ging ervan uit dat ze hun roes zouden uitslapen. We weten niet precies hoe het is misgegaan. Misschien werden ze verwacht, of misschien hadden ze gewoon pech en was het Servische politiegarnizoen de vorige dag toevallig versterkt. In elk geval liep het al fout toen ze in Piluca aankwamen.'
'Kan er een lek zijn geweest?'
Hij leek na te denken en krabde even aan zijn wang – een beetje theater ter wille van mij, want natuurlijk hadden hij en zijn team al uitvoerig nagedacht over de reden waarom Akhans plan zo rampzalig was afgelopen.
'Die kans zit er dik in,' zei hij ten slotte. 'De Serviërs zijn niet dom. We hadden al eerder het vermoeden dat ze agenten naar het zuiden stuurden om in de Kosovaarse kampen en het UÇK te infiltreren. Soms houden ze iemands familie in gijzeling en heeft hij geen andere keus dan mee te werken. Wij proberen onze rekruten heel zorgvuldig te selecteren, maar natuurlijk zitten er wel een paar verraders of spionnen bij.'
'Hadden jullie radiocontact met Akhans compagnie?'
'Nee.'
'Is dat niet vreemd?'
'Nee. Het was de standaardprocedure om radiostilte in acht te nemen.'
'Zelfs als het fout ging?'
'Ja. Want we konden toch niets doen. We waren daar niet om zelf te vechten.'
'Wat gebeurde er?'
'Wat er gebeurde? Nou, het liep totaal verkeerd en ze werden afgemaakt.'
'Tot de laatste man?' vroeg ik.
'Een paar werden gevangengenomen, maar meteen daarna geëxecuteerd.'
'Hoe zijn jullie dat te weten gekomen?'
'Toen ze om een uur of tien nog steeds niet terug waren, heb-

ben we verkenners gestuurd om te kijken waar ze bleven.'
'Wie waren die verkenners?'
'Perrite en Machusco. Zij zijn het dorp binnengeslopen om poolshoogte te nemen.'
'En hoe reageerden de leden van uw team op dat bericht?'
'Er gaat wel eens wat fout. Het is oorlog. Dus vallen er doden.'
'Was u niet teleurgesteld?'
'Niet genoeg om wraak te nemen door een stel Serviërs te vermoorden.'
'Voelde u het als een persoonlijk verlies?'
'Hoor eens, kapitein Akhan en zijn compagnie waren prima kerels. Maar we hadden geen bijzondere band of dat soort onzin. Bovendien waren ze heel hecht.'
'Hecht?'
'De meesten waren samen opgegroeid of kenden elkaar nog van vroeger. En de kapitein wist er een hechte eenheid van te maken.'
Veel mensen geven aanwijzingen zonder dat ze het zelf beseffen. In mijn ogen maakte Persico een heel verhelderende fout. Adjudanten zijn berucht om hun gebrek aan respect. Zo worden ze opgeleid. Ze hebben een vreemde positie in het leger, in dat niemandsland tussen onderofficieren en officieren, waar ze eigenlijk door geen van beide partijen volledig worden geaccepteerd. Zoals egels stekels krijgen, zo reageren zij onwillig en nors op iedereen behalve hun eigen soort. Dat Persico voortdurend over *kapitein* Akhan sprak, was een teken van respect, zo niet eerbied. Daarom geloofde ik zijn onverschillige antwoord niet.
'Hoe was uw relatie met kapitein Sanchez?' gooide ik het over een andere boeg.
'Uitstekend.'
'Was hij een goede teamleider?'
'Ja, geweldig.'

‘Zou u kunnen beschrijven wat u voor hem deed?’

‘Ik was zijn adjudant. Ik was verantwoordelijk voor de training en de professionele instelling van het team. Hij had het bevel en ik zorgde ervoor dat de mannen hun orders uitvoerden en hun taken kenden.’

‘Deelde u de operationele verantwoordelijkheid met hem?’

Hij wierp me een vernietigende blik toe, alsof dat wel een héél domme vraag was. Daar had hij natuurlijk gelijk in.

‘Het leger gelooft niet in gedeelde verantwoordelijkheid. Hij had de leiding, ik volgde.’

‘Was er ooit wrijving tussen u beiden?’

‘Nee. We konden goed met elkaar overweg.’

‘Hoe deed hij zijn werk toen uw team in Kosovo was?’

‘Goed. Waar zit u naar te hengelen?’

‘Nergens naar. Ik probeer een beeld te krijgen van hoe een A-team opereert en hoe u samen functioneerde.’

‘Hoor eens, majoor, ik ken Sanchez al tweeënhalf jaar. We zijn geen drinkmaten, maar we werken heel goed samen. Ik had waardering voor de manier waarop hij het team leidde, zoals ik al zei.’

‘Zou u kunnen beschrijven wat er gebeurde op de zeventiende, toen u dacht dat uw team door de Serviërs was ontdekt?’

‘Natuurlijk. We lagen in ons basiskamp en de sergeants Perrite en Machusco hadden de wacht. Op een gegeven moment kwam Perrite haastig van zijn observatiepost terug om te melden dat hij en Machusco een paar Serviërs op een heuveltop hadden ontdekt die ons in de gaten hielden. Toen...’

‘Heeft iemand anders dat gecontroleerd?’

‘Nee. Dat was ook niet nodig. Perrite en Machusco zijn geen groentjes.’

‘Hoeveel Serviërs zagen ze?’

‘Een paar. Perrite had ze niet goed kunnen zien, zei hij, maar het waren er een paar.’

'En wat deed u toen?'
'Sanchez gaf het team bevel om de spullen te pakken en weg te wezen.'
'Had u al een vluchtplan klaar?'
'Natuurlijk. Een dag eerder hadden we een vluchtroute uitgewerkt, bijna pal naar het zuiden.'
'En dus ging u die kant op?'
'Een tijdje. Perrite was onze achterste man en legde om de paar kilometer een verklikker langs de route. Een paar gingen er de lucht in, daarom besloot Sanchez om een andere weg te kiezen.'
'Hoeveel gingen er af?'
'Ik weet het niet precies. Twee of drie.'
'En hoever waren de Serviërs bij jullie vandaan toen ze afgingen?'
'Een kilometer of drie, schat ik.'
'Steeds dezelfde afstand?'
'Zoiets.'
'Waar liep u zelf in de colonne?'
'In het midden. Daar hebben we een standaardprocedure voor. Perrite en Machusco vormen de achterhoede, Sanchez heeft de kaart en het kompas en ik let erop dat iedereen zich aan de procedures houdt.'
'Als u in het midden liep, hebt u dus geen overleg gepleegd met kapitein Sanchez over zijn beslissingen, neem ik aan?'
'Niet voortdurend. Maar we hebben wel een paar keer gesproken.'
'Waarover?'
'We hebben overlegd toen we wisten dat de Serviërs achter ons aan kwamen. Ik stelde voor om een zigzagkoers te volgen naar het oosten, omdat de Serviërs waarschijnlijk dachten dat we naar het zuiden zouden vluchten, naar de Macedonische grens.'
'En daarna?'

'Dat was 's avonds. Omstreeks middernacht hielden we halt en sloegen we ons kamp op. We hadden de hele dag konvooien gehoord en stofwolken gezien, dus we gingen ervan uit dat de Serviërs ons wilden insluiten. We moesten iets doen. De beste oplossing leek ons de Serviërs in een hinderlaag te lokken om ze te vertragen.'

'Van wie kwam dat idee?'

Hij dacht even na en ik zag dat hij die vraag niet had verwacht. 'Misschien wel van mij,' antwoordde hij. 'Of van Machusco of Perrite. We waren het er allemaal over eens.'

'Dus het was geen voorstel van kapitein Sanchez?'

'Nee, maar hij ging meteen akkoord. Waarom ook niet? We hadden geen andere keus.'

'Waar bevond u zich op de plaats van de hinderlaag?'

'In het midden.'

'Vuurden de Serviërs terug?'

'In het begin niet. Ze waren in verwarring toen de voorste wagen werd opgeblazen. Ze sprongen uit de trucks en renden in paniek heen en weer om dekking te zoeken achter de voertuigen. Daarna brachten we een serie claymores tot ontsteking en werd de paniek nog groter. Het duurde zeker twee of drie minuten voordat iemand de zaak weer onder controle had en ze het vuur beantwoordden.'

'Kunt u het vuurgevecht beschrijven? Was het zwaar of licht?'

Hij glimlachte een beetje om die vraag. 'Als je van meer dan één kant wordt beschoten lijkt het altijd een zwaar vuurgevecht, is mijn ervaring.'

Ik glimlachte niet terug. 'Hoeveel mensen beantwoordden het vuur, dacht u?'

'In het begin een man of tien. Aan het eind misschien nog vier of vijf.'

Ik keek hem doordringend aan. 'Hoeveel Serviërs waren nog in leven toen u met het team vertrok?'

'Dat weet ik niet. In elk geval de vier of vijf man die nog terugschoten. Plus een flink aantal gewonden, neem ik aan.'
'Hoe denkt u dat de hele groep is gedood?'
'Ik denk dat de Serviërs hun eigen mensen hebben vermoord.'
'Waarom zouden ze dat hebben gedaan?'
'Misschien als straf omdat ze in een hinderlaag waren gelopen. Of om het veel erger te laten lijken dan het was. En dat is ze gelukt.'
'Hoe bedoelt u?'
'Het leger en de pers zijn ervan overtuigd dat wij die mannen hebben vermoord,' zei hij. Zijn grijze ogen keken me doordringend aan. 'En dat denkt u ook. Nietwaar?'
Daar gaf ik geen antwoord op. 'En hébben jullie dat gedaan?' vroeg ik.
'Nee. We probeerden alleen maar weg te komen.'
Ik boog me naar voren, zette de cassetterecorder uit en borg mijn notitieboekje op in mijn tas. Toen stond ik op alsof ik wilde vertrekken. Persico sloeg me koeltjes gade en zijn raadsvrouw verroerde geen vin.
Ik liep naar de deur en draaide me om. 'Nog één vraag, adjudant. Na die hinderlaag, toen jullie probeerden zo snel mogelijk naar de Macedonische grens te komen... Weet u nog hoeveel verklikkers er toen zijn afgegaan?'
Hij wreef een paar keer over zijn kin. 'Ja. Twee, geloof ik.'

11

Tussen de middag lasten we een pauze in voor de lunch. Ik was net klaar met sergeant eersteklasse Andy Caldwell, die een goedbedoelende, vrolijke ziel bleek te zijn, intellectueel heel bescheiden en geen scherpe waarnemer van zijn omgeving. Duidelijk niet een van de leiders van het team. Hij was

de man van de zware wapens en voorzover ik kon nagaan eindigden zijn passie en talent daar ook. Alles wat hij zei, klopte precies met wat Persico had verteld. Wat mij betreft was het een vrij nutteloos gesprek.
We aten in de luchtmachtcafetaria, die beschikte over een goed voorziene saladebar. Delbert en Morrow bedienden zich drie keer, alsof ze ontwenningsverschijnselen vertoonden nadat Imelda hun het groenvoer een paar dagen lang onthouden had. Delbert had de ochtend doorgebracht met chef-sergeant Butler en sergeant Ezekial Graves, de hospik van het team en toevallig ook de jongste van allemaal. Morrow had de sergeants Brian en James Moore ondervraagd, tweelingbroers die al zes jaar bij het team zaten. Na Graves en Sanchez waren ze daarmee de op twee na nieuwste leden van de groep.
Mijn ijverige kompanen hadden niet alleen hun gesprekken op de band opgenomen maar ook eindeloze aantekeningen gemaakt in hun notitieboeken. Dat was heel belangrijk, leerde je in je rechtenstudie, en het verbaasde me eigenlijk niet dat Delbert en Morrow zich daar braaf aan hielden. In werkelijkheid leidt het alleen maar af. Als je aantekeningen zit te maken, let je niet op je gesprekspartner, die duizenden non-verbale aanwijzingen kan geven die totaal verspild zijn aan iemand die uitsluitend naar zijn notitieboek staart. Als ik ooit nog eens voorzitter van de rechtenfaculteit van Harvard word, zal ik stappen ondernemen om dat onzinnige advies de wereld uit te helpen.
'Heb jij nog iets interessants gehoord?' vroeg ik aan Delbert, die natuurlijk eerst zijn aantekeningen moest raadplegen voordat hij een samenvatting gaf.
'Ik heb twee uur met Butler gesproken, en een uur met Graves. Ze waren allebei heel behulpzaam en openhartig. Hun verklaringen kwamen op bijna alle punten overeen, maar Butler en Graves waren niet betrokken bij de belangrijkste beslissingen. Ze waren meelopers, zogezegd.'

Ik was stomverbaasd dat hij zijn aantekeningen nodig had voor zo'n samenvatting. 'Hebben ze Sanchez nog tegengesproken op bepaalde punten?' vroeg ik.
'Niet echt.' Delbert keek weer naar zijn notitieblok. 'Graves had de hinderlaag niet gezien, zei hij. Als hospik was hij ongeveer anderhalve kilometer bij de plaats van de hinderlaag vandaan gebleven. Hij had een hevig vuurgevecht gehoord van zeven of acht minuten, met een paar zware explosies, maar hij was er zelf niet getuige van geweest.'
'Dat klinkt logisch,' vond ik.
Volgens de wetten van de oorlog moeten ziekenverplegers zich gedragen als non-combattanten, behalve als ze uit zelfverdediging moeten vuren.
'Dat beperkt de aanklacht die er tegen hem kan worden ingediend,' vervolgde Delbert. 'Hooguit samenzwering, of misschien obstructie, maar niet moord of doodslag.'
'Hoe kwamen ze op je over?'
'Vreemd genoeg was Graves de hardste van de twee. Butler is een echte boer uit het zuiden, maar hij komt heel zacht over. Misschien zelfs wat verwijfd. Ik zou hem graag een kruisverhoor afnemen.'
Sommige aanklagers maken dat soort macho-opmerkingen. Net als beroepsboksers tijdens zo'n in scène gezette persconferentie, als ze roepen dat ze popelen om hun tegenstander in de ring te kunnen afmaken, zodat de hele wereld zal weten wie de échte kerel is. Omdat boksers elkaar behoorlijk kunnen raken, is er voor zulke strijdlustige taal nog wel enige moed vereist. Delbert klonk meer als een gecastreerde eekhoorn die mompelde dat hij nootjes ging verzamelen.
'En jij?' vroeg ik aan Morrow. 'Wat ben je wijzer geworden van de Moore-tweeling?'
Ze speelde met haar potlood en keek heel bewust niet op haar aantekeningen. 'Het was heel vreemd,' antwoordde ze. 'Ik had eerst met Brian gesproken, en toen James binnenkwam

dacht ik dat iemand zich had vergist en Brian nog een keer naar binnen had gestuurd. Ze zijn volkomen identiek, zelfs hun stem. Heel griezelig.'

'Gold dat ook voor hun verklaringen?'

'Ja. Maar net als Butler en Graves waren ze niet betrokken geweest bij de beslissingen. Ze konden alleen beschrijven wat er was gebeurd.'

'Goed,' zei ik. 'Dan gaan we verder. Vanmiddag zal ik met Perrite spreken, en jullie tweeën met Machusco. Perrite en Machusco waren de ogen en oren van het team. Ze zijn overal bij geweest, schijnt het.'

We aten snel ons eten op en vertrokken weer naar onze respectieve verhoorkamertjes.

Soms kijk je naar iemand en weet je meteen dat hij een moordenaar is. Dat had ik bij François Perrite, een magere, donkere Cajun, met de koudste ogen die ik ooit bij een levend wezen had gezien. Bovendien liepen zijn wenkbrauwen in elkaar door: één lange streep donker haar, dwars over zijn lage voorhoofd, bijna volmaakt evenwijdig aan de dikke zwarte snor op zijn bovenlip. In Hollywood zou hij meteen als bloeddorstige piraat zijn gecast.

Hij liep zo geruisloos dat ik hem niet eens hoorde binnenkomen. Ik geloof dat hij zelf ook wist wat voor effect hij op mensen had, want er lag een vaag lachje om zijn lippen, uitdagend en minachtend.

Hij had geen advocaat meegenomen, waarschijnlijk omdat hij zichzelf wel sterk en capabel genoeg vond.

'U kent de regels van dit gesprek?' vroeg ik hem.

'Nee. Zeg het maar,' beval hij, alsof hij het tegen een ober had. Ik gaf geen antwoord, maar keek hem koeltjes aan, in de hoop hem nerveus te maken. Dat lukte niet. Hij staarde nog killer terug. Tegen die ogen kon ik niet op. Daar word je mee geboren.

'Laten we maar overnieuw beginnen, sergeant Perrite,' zei ik

heel beleefd. 'Ik ben majoor Drummond, de leider van het onderzoek. Ik word aangesproken met mijn rang, of met "meneer".'
'Dat is zeker regel één?'
'U begint het te begrijpen. Regel twee is dat alles wat u hier zegt later tegen u kan worden gebruikt. Dat geldt met name voor onwaarheden. Wie leugens vertelt tijdens een officieel onderzoek, maakt zich schuldig aan belemmering van de rechtsgang. Weet u zeker dat u geen advocaat wilt?'
'Dat weet ik zeker. Ik hou niet van advocaten... meneer.'
'O nee? En hoe komt dat zo?' vroeg ik. Ik had er meteen spijt van.
'Omdat het een stelletje sufgestudeerde, leugenachtige uitvreters zijn die met hun dikke reet hun eigen moeder nog zouden naaien om te kunnen opscheppen dat ze ooit een wijf het bed in hebben gekregen.'
Nou, ik had erom gevraagd en een eerlijk antwoord gekregen, dus ik kon niet klagen. Bovendien had ik geen dikke reet. Vrouwen zeiden altijd dat ik een mager kontje had, maar wel schattig.
Ik boog me naar hem toe en grijnsde. 'Regel drie is dat je me niet kwaad moet maken, Perrite. Je wordt mogelijk beschuldigd van moord op vijfendertig man, dus met dat macho-gedoe kom je niet ver.'
Ik zou graag willen zeggen dat Perrite rood werd, zijn handen wrong of een paar keer met zijn ogen knipperde. Niets van dat alles. Hij keek me aan met een blik die ik ergens van kende. Het duurde even voordat ik het wist: de half samengeknepen ogen van een scherpschutter vlak voordat hij de trekker overhaalt.
'Laten we maar beginnen met de zeventiende,' vervolgde ik, 'toen u en sergeant Machusco meldden dat u een paar Serviërs had ontdekt die het team in de gaten hielden. Kunt u die situatie beschrijven?'

Hij leunde naar achteren met een geamuseerde uitdrukking op zijn gezicht, en zei geen woord.
Ik boog me weer naar hem toe. 'Had ik regel vier al genoemd? Dit is een officieel onderzoek en u bent verplicht om te antwoorden. Voorlopig bent u nog nergens voor veroordeeld, maar als u weigert mijn vragen te beantwoorden zal ik morgen een ad hoc krijgsraad bijeenroepen om u te veroordelen wegens het weigeren van een dienstbevel. Daarna beginnen we gewoon opnieuw.'
Hij krabde nonchalant aan zijn kin, een onverschillig gebaar om aan te geven dat hij niet onder de indruk was van mijn dreigement.
Toch had het effect, want hij boog zich nu naar voren en plantte zijn ellebogen op de tafel. 'Machusco en ik hadden de wacht en zagen een stel Serviërs op een heuvel, die in de richting van ons kamp keken.'
'Zagen ze u en Machusco ook?'
'Nee.'
'Waarom niet?'
'Omdat Machusco en ik geen stomme fouten maken,' antwoordde hij, en waarschijnlijk was dat ook zo.
'Hoeveel Serviërs zag u?'
'Een paar.'
'Hoeveel? Twee, drie, vier?'
'Misschien drie.'
'Misschien? Of wáren het er drie?'
Hij haalde op een irritante manier zijn schouders op. 'Zeg maar drie... Het kunnen er natuurlijk ook twee zijn geweest... of vier.'
'En wat deden ze toen u ze in de gaten kreeg?' vroeg ik, alsof zijn brutale antwoord me niet irriteerde, hoewel we allebei wel beter wisten.
'Ze keken.'
'In de richting van uw kamp?'

‘Ja.’
‘Hoever was u bij hen vandaan?’
‘Een halve kilometer, misschien nog verder.’
‘Hoe wist u zo zeker dat ze naar uw kamp keken?’
‘Omdat ze in die richting tuurden.’
‘Met verrekijkers of het blote oog?’
‘Het blote oog.’
‘Droegen ze uniformen?’
‘Ja.’
‘Wat voor uniformen?’
‘Camouflagepakken.’
‘Aan wie hebt u dat gemeld?’
‘Aan adjudant Persico.’
‘Waarom aan hem? Waarom niet aan kapitein Sanchez?’
‘Daarom.’
‘Ik vroeg u waarom. Sanchez was toch de teamleider?’
‘Ik kon Sanchez niet vinden.’
‘Was hij niet in het kamp?’
‘Ik zeg toch dat ik hem niet kon vinden?’ herhaalde hij, grijnzend alsof ik achterlijk was. ‘Hoe moet ík weten waar hij was?’
Ik grijnsde terug. ‘Persico verklaarde dat u toegaf dat u de Serviërs niet goed had kunnen zien. Hij had de indruk dat u maar een glimp van hen had opgevangen. Weet u zeker dat ze naar uw kamp stonden te kijken?’
‘Ik ben niet naar ze toe gegaan om te vragen: ‘‘Hé, eikels! Staan jullie naar ons kamp te kijken?’’ Maar dat deden ze wel, verdomd als het niet zo was.’
‘Oké. En wat deed u toen uw team probeerde weg te komen?’
‘Machusco en ik vormden de achterhoede, zoals altijd. We bleven ongeveer een halve kilometer achter het team en lieten onderweg verklikkers achter.’
‘Hoeveel?’
‘Geen idee. Een heleboel.’

'Waarom hadden jullie zoveel struikeldraadlichtseinen bij je?'
'Omdat wij voor de veiligheid moeten zorgen. We nemen er altijd een heleboel mee, waar we ook naartoe gaan.'
'Hoeveel ongeveer?'
'Tien of vijftien de man.'
'Nemen ze niet veel ruimte in de bepakking in?'
Hij keek me weer aan met zijn spottende blik. 'Nemen al die juridische boeken niet veel ruimte in uw kantoor in?'
'Ik hoef mijn kantoor niet op mijn rug mee te sjouwen.'
'Als Machusco en ik niet de goede spullen bij ons hebben, kan dat het einde betekenen voor het hele team.'
'Dat is waar. Werden jullie gevolgd op de terugtocht?'
'Ja.'
'Hoe weet u dat?'
'Omdat de Serviërs de verklikkers deden afgaan.'
'Hoe vaak gebeurde dat?'
Hij leek even te aarzelen en grijnsde toen op een manier alsof hij me belazerde. 'Dat kan ik me niet herinneren.'
'Dat kunt u zich niet herinneren?'
'Dat zei ik, ja.'
'Geef eens een schatting. Eén keer? Tien keer?'
'Ik kan het me niet herinneren, dat zeg ik toch?'
'Kapitein Sanchez zei vijf keer,' loog ik.
'Oké. Zou best kunnen.'
'Persico zei acht keer,' loog ik opnieuw.
'Nou, Persico is veel slimmer dan Sanchez, dus zal het wel acht keer zijn. Ja, het was acht keer,' loog hij nu terug.
'Sorry, is Persico slimmer dan Sanchez?'
'Dat zei ik, ja.'
'Slimmer in welk opzicht?'
'Hij heeft al heel wat gevaarlijke situaties meegemaakt en hij weet wat hij doet. Sanchez zou zijn eigen reet nog niet kunnen afvegen als de adjudant zijn hand niet vasthield.'

Een interessante constatering, dacht ik. Die zou ik onthouden voor later. Op dit moment wilde ik niet te diep ingaan op Perrites persoonlijke sympathieën en antipathieën. Van die laatste had hij er blijkbaar genoeg, en dat liet hij graag merken. Hij had bijvoorbeeld een hekel aan advocaten.
Ik ging verder met het volgende punt. 'Hoe is die beslissing totstandgekomen om een hinderlaag te leggen?'
'Dat weet ik niet.'
'Daar had u geen rol in?'
'Nee, dat ging buiten me om. Ik denk dat ze dat hebben besloten nadat we die nacht ons kamp hadden opgeslagen. Sanchez en de adjudant hebben toen een tijdje zitten praten. Daarna kregen we orders om onze wapens en munitie te inspecteren, omdat we een stel Serviërs in een hinderlaag gingen lokken. Meer weet ik niet.'
'Was er een speciale aanleiding tot dat besluit?'
'Ja.'
'Wat dan?
'Wat dán? Heb je wel opgelet, man? We werden achtervolgd door een stel woedende Serviërs die onze kop van onze romp wilden rukken.'
'Zijn er die nacht nog meer verklikkers afgegaan?'
'Dat kan ik me niet herinneren.'
'Toe nou, sergeant. U was verantwoordelijk voor de veiligheid van het team en u wilt me vertellen dat u niet weet of er nog meer struikeldraadlichtseinen zijn afgegaan?'
'Dat zeg ik.'
Ik opende mijn koffertje, haalde er een notitieblok uit en deed of ik mijn aantekeningen doorlas. Nadat ik twintig seconden peinzend naar het papier had gestaard, zei ik: 'Kapitein Sanchez verklaarde dat er nog drie lichtseinen zijn afgegaan, en dat cijfer werd door Persico bevestigd.'
'Oké, dat klopt,' zei hij. 'Nu u mijn geheugen hebt opgefrist... ja, het waren er drie.'

Nu we hadden vastgesteld dat hij de kluit belazerde, konden we weer verder.
'Wie zorgde voor de veiligheid tijdens de hinderlaag?'
'Ik.'
'Waar bevond u zich?'
'Ongeveer een halve kilometer ten oosten van de plaats van de hinderlaag. Ik had een plek op de heuvel gekozen waar ik een kilometer ver kon kijken.'
'Dus het was uw taak om het team te vertellen welke colonne ze moesten aanvallen?'
Hij knikte.
'Had u bepaalde instructies meegekregen?'
'Ja. Ik moest een mooie grote colonne uitkiezen, zonder pantserwagens. Ik liet drie of vier kleintjes passeren voordat er een langskwam die precies goed was,' zei hij. Zijn ogen glinsterden, zoals bij andere mensen die zich de smaak van een dikke, koude milkshake op een hete zomerdag herinneren, of hun eerste vrijpartij in het hooi met dat liefje van school met die grote tieten.
'Hebt u zelf deelgenomen aan de hinderlaag?'
'Nee. Ik ben op mijn post gebleven om te zien of er nog meer Servische colonnes of voertuigen kwamen. In dat geval moest ik het team waarschuwen dat het tijd was om zich terug te trekken en weg te wezen.'
'Dan neem ik aan dat u niet weet hoe de hinderlaag verlopen is?'
Hij haalde kort zijn schouders op, duidelijk teleurgesteld. 'Ik heb schoten en explosies gehoord. En natuurlijk de verhalen, achteraf. Maar ik heb het zelf niet gezien. Toen het vuurgevecht voorbij was, heb ik me op het afgesproken verzamelpunt weer bij het team aangesloten, ongeveer een kilometer ten zuiden van de plaats van de hinderlaag.'
'En vanaf dat punt ging de vlucht weer verder?'
'Dat klopt.'

Ik zette de cassetterecorder uit en schoof mijn papieren weer in mijn koffertje. Perrite keek toe met zijn dodelijke ogen en zijn treiterende lachje.
'Dank u, sergeant,' zei ik, zo beleefd mogelijk. 'U bent ons bijzonder behulpzaam geweest.'
Hij bestudeerde mijn gezicht. 'Hoe dan?' vroeg hij.
'Bijzonder.' Ik haalde mijn schouders op.
Voor het eerst leek hij van zijn stuk gebracht, en ik vertrok toch met een zelfvoldaan gevoel. In werkelijkheid was hij absoluut niet behulpzaam geweest. Maar ik hoopte dat hij de hele nacht wakker zou liggen in zijn cel, bang dat hij iets belangrijks had verraden.

12

Imelda en twee van haar onaantrekkelijkste assistentes kwamen die middag met het vliegtuig aan om de bandjes van de verhoren uit te typen. Ze reserveerde een kamer in ons hotel, die ze met haar gevolg als provisorisch kantoor inrichtte.
Delbert en Morrow hadden haar niet verwacht en staarden haar onwillekeurig met open mond aan toen we de kamer binnenkwamen en de twee assistentes driftig op hun laptops zaten te tikken, terwijl Imelda over hun schouder keek.
Imelda richtte zich op en smakte een paar keer vol verwachting met haar lippen. 'Kijk eens aan,' verklaarde ze luid, 'als dat onze yuppie-advocaten niet zijn! Hmmmf. Jullie zijn hier al twee dagen... met z'n drieën... en dat heeft maar twintig uur aan bandjes opgeleverd. Wat hebben jullie al die tijd gedaan? Zuipen en naaien?'
Morrow keek me wat schaapachtig aan, omdat Imelda de helft al had geraden. Jammer van de andere helft, dacht ik.
Delbert rechtte zijn rug, met een gepijnigde uitdrukking op zijn gezicht. 'Hoor eens,' zei hij, duidelijk in zijn eer aange-

tast, 'we hebben dag en nacht gewerkt. Je zult zo'n ondervraging toch moeten voorbereiden. Jij bent geen advocaat, dus kun je dat niet weten, maar voor elk uur ondervraging moet je minstens drie uur voorbereiding uittrekken.'
Imelda liet haar goudomrande brilletje naar de punt van haar korte neus glijden, en als ik meer mededogen had gehad, zou ik Delbert hebben gewaarschuwd dat dit schijnbaar onschuldige gebaar zoiets was als een revolverheld die de flap van zijn holster losmaakte. Ze boog haar hoofd wat naar voren en keek Delbert lang en doordringend aan. Ik deed maar een stap opzij, omdat ik niet in het schootsveld terecht wilde komen.
'Goed, meneer de professor, wil jij beweren dat je twintig uur nodig hebt gehad om een paar vragen te bedenken? Dacht je soms dat ik achterlijk ben?'
'Ja, ik heb die tijd nodig gehad voor mijn voorbereiding,' hield Delbert strak en stijf vol. 'En hoewel ik jou geen verantwoording schuldig ben, kan ik je de aantekeningen laten zien om het te bewijzen.'
Ze keek hem onderzoekend aan. 'Aantekeningen?'
'Ja, precies. Ik maak altijd aantekeningen.'
'En wat staat daar dan in?'
'Ik maak een lijst van vragen die ik wil stellen. Ik teken stroomdiagrammen... schema's als je wilt... van de richting die de ondervraging zou kunnen nemen en hoe ik daarop moet reageren.'
'Ik weet wel wat stroomdiagrammen zijn, meneer de professor. En lees je die aantekeningen door terwijl je de vragen stelt?'
'Natuurlijk. Daar gaat het toch om? Zo blijf ik de verdachte steeds een stap voor.'
Imelda barstte in een luid gelach uit. Ze draaide zich om naar haar twee assistentes, die ook even grinnikten.
'Wat is er zo grappig?' wilde Delbert weten.

Imelda schudde haar hoofd. 'Verdomd, ik hád het kunnen weten.'
'Wat?'
'Niks.'
'Nee, zeg het nou,' drong Delbert aan.
'Daarom klonken die bandjes zo.'
'Hoe dan? Wat mankeert er aan mijn bandjes?'
Imelda bleef ongelovig haar hoofd schudden. Die arme Delbert wrong nerveus zijn handen en keek ten slotte vragend naar mij.
Ik haalde mijn schouders op. 'Sorry, Delbert, ik heb je bandjes niet gehoord. Ik heb geen idee wat er mis mee is.'
Hij draaide zich weer om naar Imelda. 'Heb ik iets fout gedaan bij die ondervragingen?'
Ze schudde nog steeds haar hoofd. 'Aantekeningen. Ik had het kunnen weten. Geen wonder,' was alles wat ze zei.
Delbert beende naar de tafel waar zijn bandjes op een keurige stapel lagen, griste ze mee en stampte de kamer uit. Zodra hij verdwenen was, grinnikte Imelda even, stond toen op en liep terug naar haar meiden, die nu allebei onderdrukt zaten te giechelen. Morrow en ik liepen achter Delbert aan.
Morrow begreep er niets van. 'Waar ging dat over?' vroeg ze me.
'Wat? O, dat,' zei ik, zogenaamd onschuldig.
'Vertel het nou. Heeft Delbert iets fout gedaan?'
'Hoezo? Heb jij ook van tevoren aantekeningen gemaakt?'
'Natuurlijk. Is daar iets mis mee?'
Ik maakte een grimas, maar antwoordde zo eerlijk mogelijk: 'Nee, niets. Echt niet. Het is heel prijzenswaardig.'
'Waar hád ze het dan over?'
'Dat is de wet van Imelda. Elke keer dat ze je terugziet, geeft ze je ervan langs omdat je niet hard genoeg werkt. Dat duurt maar even, en het kan geen kwaad. Je hoort ineen te krimpen,

nederig te knikken en beterschap te beloven. Als je maar niet tegenspreekt of probeert je te rechtvaardigen.'

'Ik begrijp het nog steeds niet.'

'Wat denk je dat Delbert met die bandjes gaat doen?'

'Proberen te ontdekken wat hij fout heeft gedaan.'

'Ja. Hij zal de hele nacht opblijven om de bandjes af te luisteren, steeds opnieuw. Tegen de ochtend heeft hij zijn eigen gesprekken tot in alle details geanalyseerd. Hij zal gaan twijfelen aan elke vraag die hij heeft gesteld. Zijn hele zelfvertrouwen zal worden ondermijnd.'

Ze geloofde me niet. 'Zo achterbaks is Imelda niet, en Delbert is niet gek.'

'Nee, je zult wel gelijk hebben,' loog ik. Imelda was veel erger dan achterbaks. Van die vrouw had Machiavelli nog iets kunnen leren. Ik vroeg me alleen af of Morrow uiteindelijk tegen Delbert zou zeggen dat Imelda hem alleen maar had zitten stangen.

Ik zag de andere twee weer om zeven uur en we waren drie uur bezig met een bespreking van wat we hadden gehoord. En wat we te weten waren gekomen, wat naar mijn idee iets heel anders was dan wat we hadden gehoord.

Het gesprek van Delbert en Morrow met sergeant Machusco was blijkbaar net zo verlopen als mijn sessie met Perrite. Ook Machusco was ongeveer zo charmant als een bronstige ratelslang. Morrow beschreef hem als een sinistere Italiaanse jongen uit South Brooklyn die, als hij niet in het leger had gezeten, waarschijnlijk de straten van New York onveilig zou hebben gemaakt als huurmoordenaar voor de maffia. En met talent.

Zoals de meeste legeronderdelen beginnen A-teams als een zootje ongeregeld dat zich langzamerhand tot een functionerende eenheid ontwikkelt. Mannen met een middelmatig talent worden meestal gewone infanteristen die niets anders hoeven te doen dan mee te lopen en te doen wat hun gezegd wordt. De meesten verstijven van angst zodra de kogels hun om de oren vliegen. Ze dragen niets bij aan het gevecht. Al in de tijden van Napoleon en Frederik de Grote werden er daarom grote, knoestige sergeants tussen de manschappen geplaatst, die met hun musket iedereen in de rug schoten die weigerde om systematisch zijn wapen te laden en af te vuren zonder zich iets aan te trekken van het vijandelijke vuur. De middelmatige soldaat van tegenwoordig weet dat hij geen bloeddorstige, onverzoenlijke sergeant meer achter zich hoeft te vrezen. Hij weet ook diep in zijn hart dat hij middelmatig is en zal niet bereid zijn alles te riskeren om het tegendeel te bewijzen.

De gevaarlijkste militairen, de mannen die kunnen doden in een reflex, de natuurtalenten die helder blijven denken in de moeilijkste omstandigheden, krijgen meestal de verantwoordelijkheid voor de taken waar de overleving van hun eenheid van afhangt. Zulke figuren waren Machusco en Perrite.

'Griezelige types,' vond Delbert.

Ik knikte. 'Elk leger, vanaf de vroegste tijden, heeft dat soort mensen aangetrokken. En dat is maar goed ook. Als ze niet bij het leger zaten zouden ze over straat zwerven, op zoek naar slachtoffers. Op deze manier doden ze tenminste om hun land en hun kameraden te beschermen.'

'Een hele geruststelling,' teemde Delbert op zijn irritante, betweterige toontje.

'Dat is het zeker,' zei ik. 'Dat beeld uit *Desert Storm* van al die militairen als brave, stoere ridders in een glinsterend pantser is je reinste flauwekul. De beste soldaten daar hadden altijd iets van een psychopaat, als je wat dieper groef. En soms hoefde je niet eens zo diep te graven. Voor echt normale en verstandige mensen is er geen plaats op een slagveld.'

Morrow hoestte even, een subtiele manier om duidelijk te maken dat het al laat was en dat al dit gefilosofeer heel leuk

was, maar weinig met het onderzoek te maken had. Vrouwen houden er niet van als mannen over auto's, wijven of oorlog praten.
'Heeft iemand van ons vandaag iets gehoord dat strijdig was met de voornaamste verdediging van het team?' vroeg ze, om ons weer bij de les te krijgen.
'Ik niet,' zei Delbert.
'Dat hangt ervan af,' antwoordde ik. 'Ze houden zich allemaal aan het globale verhaal dat ze hebben afgesproken, maar de details verschillen nogal.'
Delbert keek me onderzoekend aan. 'Misschien wel, maar daar durf ik ze toch niet op te vervolgen.'
'O nee?' vroeg ik.
Hij tikte de punten op zijn vingers af. 'Om te beginnen hebben ze een uitstekende rechtvaardiging voor wat ze deden. Punt twee waren ze zelf de enige getuigen. Punt drie vertellen ze allemaal hetzelfde verhaal, zoals je al zei. En punt vier... het allerbelangrijkste... het is een verdomd geloofwaardig verhaal.'
'Dus jij vindt dat ze sterk staan?' vroeg ik.
Delbert knikte.
'Ze staan niet alleen sterk, majoor,' zei Morrow. 'Ze staan héél sterk.'
'Aha, maar zijn jullie niet één puntje vergeten – die kogelgaten in de hoofden van de Serviërs?'
'Misschien heeft Persico gelijk,' zei Morrow, 'en hebben de Serviërs het inderdaad zelf gedaan, om een bloedbad in scène te zetten.'
'Waarom hebben ze het dan niet zelf bekendgemaakt?' vroeg ik.
'Dat weet ik niet,' zei Delbert snel. 'Misschien wachten ze af hoe wij zullen reageren. Of houden ze het in reserve, voor het geval wij concluderen dat die hinderlaag gerechtvaardigd was.'

‘Bij wijze van chantage?’ vroeg ik.
‘Natuurlijk. Het is eigenlijk wel briljant. Wij adviseren om Sanchez en zijn team niet te vervolgen, en de Serviërs beleggen weer een grote persconferentie, waar ze foto’s uitdelen van die kogels in de hoofden en bekendmaken wat onze troepen met hun mensen hebben uitgespookt. Dan lijkt het of wij hebben geprobeerd de zaak in de doofpot te stoppen. Sterker nog, de Serviërs weten nu dat wíj het weten. Daarom was Milosević waarschijnlijk bereid ons in dat mortuarium toe te laten.’
‘Dus dat denken jullie? Dat het in scène is gezet?’
Delbert stond op en begon te ijsberen, een vervelende gewoonte van veel advocaten, die de aandacht afleidt. Om de een of andere reden kunnen ze vaak geen zinnig woord uitbrengen als ze niet heen en weer lopen. Alsof het bloed eerst uit hun hersens weg moet stromen voordat ze hun lippen kunnen bewegen.
‘Wie weet?’ zei hij, gebarend met zijn armen alsof hij al in een rechtszaal optrad. ‘Misschien zijn ze afgemaakt door een rondtrekkende bende Albanezen, die de schoten hebben gehoord en eerder op de plaats van de hinderlaag kwamen dan de Serviërs. De lichamen zijn beschoten met M-16’s. De Kosovaren gebruiken Amerikaanse wapens.’
‘Dat is ook een mogelijkheid,’ zei ik.
‘Maar het blijft natuurlijk gissen, dat is het probleem. Het belangrijkste feit is dat Sanchez en zijn team de enige overlevende getuigen zijn.’
‘En die inconsequenties vinden jullie geen punt?’ vroeg ik.
‘De verklikkers – die lichtseinen waar je steeds over begint?’
‘Ja. Wat denken jullie van die lichtseinen?’
‘Eerlijk gezegd begrijp ik niet waarom je daar zo op hamert. Ik wil niet vervelend zijn, maar ik vind het nogal stompzinnig. Om te beginnen is het volstrekt irrelevant, en in de tweede plaats zou ik in die omstandigheden ook niet meer

weten hoeveel van die dingen er waren achtergelaten en hoeveel er zijn afgegaan. Die mannen waren doodsbang, ze moesten rennen voor hun leven, ze waren fysiek en psychisch aan het eind van hun Latijn, en in die situatie zullen ze heus niet hebben bijgehouden hoeveel van die lichtseinen er de lucht in zijn gegaan.'

'Hij heeft gelijk,' zei Morrow. 'Iedere ervaren pleiter zou gehakt van je maken als je dat in een rechtszaal te berde zou brengen.'

'Dus dat maakt hun verhaal niet ongeloofwaardig, vind jij?'

'Nee, ik denk dat Delbert gelijk heeft. We moeten ons niet in details verliezen en naar tegenstrijdigheden zoeken op kleine puntjes. We hebben alleen iets aan concrete zaken, die écht relevant zijn. Over de belangrijke onderdelen van het verhaal zijn ze het allemaal eens. En zij zijn de enige getuigen. Je kunt ze niet vervolgen zonder getuigen.'

'Dus jullie denken dat ze onschuldig zijn?'

'We moeten ernstig rekening houden met die mogelijkheid,' antwoordde Delbert. 'Ik heb nog geen bewijzen van het tegendeel kunnen ontdekken.'

Ik keek naar Morrow.

'Laten we zeggen dat ik er veel minder van overtuigd ben dat ze die mannen hebben vermoord dan twee dagen geleden, toen ik hun kant van het verhaal nog niet kende. Dat geldt toch ook voor jou, neem ik aan?'

Ik keek van haar naar Delbert. Ze verwachtten dat ik zou zeggen dat ik die mannen nog steeds voor honderd procent schuldig hield. Tot nu toe was ik het nooit met hen eens geweest, op geen enkel punt. En aan hun zuinige gezichten te zien, verwachtten ze geen nieuwe koers.

'Wat ik geloof, is dat iedereen die ik nu heb gesproken tegen me gelogen heeft. Soms over details, soms over belangrijke zaken. Ze hebben een week de tijd gehad om een gemeenschappelijke verdediging op te bouwen. Verdomme, die heb-

ben ze misschien al bedacht toen ze daar nog rondliepen. En hier in de gevangenis hebben ze de puntjes op de i gezet. Hoe dan ook, er zit een luchtje aan.'
'Een luchtje is niet genoeg om iemand te veroordelen,' zei Delbert.
'O, jawel,' zei ik. Ik herinnerde me vaag de zaak van een beruchte verkrachter die altijd een masker droeg, waardoor geen van zijn slachtoffers hem visueel kon identificeren. Maar het feit dat hij bekend was geworden als de 'Stinkerd' bleek genoeg voor een veroordeling.
Ik keek Delbert aan. 'Heb jij ooit een bijna-dood-ervaring gehad? Bijvoorbeeld in de auto, als iemand door het rode licht reed en je bijna ramde?'
'Natuurlijk. Dat maakt iedereen wel eens mee.'
'Beschrijf dat eens.'
'Het is mij een paar jaar geleden gebeurd, toen ik in Florida over snelweg 95 reed en een tegemoetkomende truck op mijn rijbaan terechtkwam en frontaal op me afstormde.'
'Overdag of 's nachts?'
''s Nachts.'
'Heb je getoeterd?'
'Het ging veel te snel. Daar had ik geen tijd voor.'
'Wat deed je dan wel?'
'Ik gooide mijn stuur naar rechts en vloog van de weg af.'
'Heb je een andere auto geraakt?'
'Nee, er was verder geen verkeer.'
'Heb je bomen geraakt?'
'Bijna, maar ik kon nog net naar links draaien om ze te ontwijken.'
'Wat voor bomen?'
'Lage dennen.'
'Welke kleur had die truck?'
'Rood.'

'Kun je je dat allemaal nog goed herinneren? Je hebt er nog steeds een beeld van, in je geheugen?'
'Ja. Ik weet waar je naartoe wilt, maar daar ben ik het niet mee eens.'
'Omdat je nooit in een oorlogssituatie bent geweest. Dan zijn je zintuigen echt vlijmscherp. Waarom denk je dat al die veteranen uit de Tweede Wereldoorlog nog verhalen kunnen vertellen van vijftig jaar geleden en alle details nog weten, alsof het gisteren is gebeurd, terwijl ze zich geen woord kunnen herinneren van wat hun vrouw die ochtend aan het ontbijt heeft gezegd?'
'Niemand luistert naar zijn vrouw aan het ontbijt,' zei Delbert. 'Bovendien zou ik graag eens negen van die veteranen in de getuigenbank willen hebben om te zien hoe goed hun oude, roestige herinneringen nog met elkaar overeenstemmen.'
'Dat zou je verbazen,' zei ik. 'Ik kan me bijna elk wakend uur herinneren dat ik in oorlogssituaties heb meegemaakt. De uitputting, de spanning en de angst stompen je zintuigen niet af. Je hersens moeten op topsnelheid functioneren. Dus vergeet je niet hoeveel struikeldraadlichtseinen er zijn afgegaan, of wie je vertelde dat de Serviërs jacht op je maakten, of hoeveel Serviërs er op de heuveltop in de richting van je kamp stonden te kijken. Het is net alsof Sam Peckinpah bezit heeft genomen van je zintuigen.'
'Ik wil je best geloven,' zei Delbert, 'maar ik weet ook dat negen paar ogen, vanuit verschillende gezichtshoeken en via negen verschillende combinaties van synapsen en neuronen, de beelden elk op hun eigen manier verwerken. Iedere ervaren advocaat of rechercheur kan je dat vertellen.'
'En wat doen we met het feit dat Sanchez hun situatie niet aan het hoofdkwartier heeft gemeld, ook de hinderlaag niet, zelfs niet toen ze weer veilig terug waren?'
'Dat weet ik niet,' zei Delbert. 'Een interessante vraag. Mis-

schien was hij bang voor repercussies. Hij is al eens gepasseerd voor een bevordering tot majoor. Dit jaar is zijn laatste kans. Hij heeft een vrouw, twee kinderen en niet zo'n geweldig dossier. Als hogerhand hem op het matje zou roepen voor de manier waarop hij zijn team uit Kosovo had teruggebracht, kan hij het verder wel vergeten.'

Morrow, die de discussie zwijgend had gevolgd, tikte een paar keer met haar potlood op de tafel om onze aandacht te trekken. Ze zou ooit een prima rechter worden.

'Ik heb jou met Sanchez gezien.' Ze keek me strak aan. 'Ik vond dat je hem intimideerde.'

'Dus je vond mijn manier van ondervragen niet goed?'

'Die wás niet goed. Je zette hem onder druk om onjuiste verklaringen af te leggen. Ik heb de bandjes nog niet afgeluisterd, maar misschien heb je dat met de anderen ook gedaan.'

'Toe nou, Morrow. Dit zijn keiharde veteranen.'

'Maar dit is het leger, en jij hebt dat grote, glimmende, gouden eikenblad op je kraag. Jij bent majoor. De meesten van die jongens zijn onderofficieren en jij vraagt je af waarom ze liegen over het aantal verklikkers dat is afgegaan.'

'Jij vindt dus dat ik ze in een hoek heb gedreven?'

Ze keek me vermoeid aan. 'Ik vind dat je bevooroordeeld bent. Zo kom je over. Je maakt ze nerveus. Ik beweer niet dat ze onschuldig zijn, ik zeg alleen dat jouw aanpak niet deugt.'

'Dat is waar wat ze zegt,' vond Delbert.

Ik had mezelf kunnen verdedigen, maar eigenlijk hadden ze allebei gelijk. Ik wás vooringenomen. Ik was er tot in mijn botten van overtuigd dat Sanchez en zijn mannen logen. En als je ongelovige blikken, rollende ogen, verbale insinuaties en wijzende vingers als intimidatie zag, had ik me daar inderdaad schuldig aan gemaakt. Ik had het gezag van mijn rang en de uitstraling van mijn officiële positie gebruikt om hen te dwingen mijn vragen te beantwoorden. Ik begreep wel

dat Delbert en Morrow die inconsequenties, onwaarheden en verzinsels in hun verhaal – waar ik nu over klaagde – als een gevolg zagen van mijn eigen ondervragingstechniek.
Het ging tenslotte om bange mensen. Op een slagveld heb je maar een fractie van een seconde om te beslissen of je een held of een lafaard wilt zijn. En in de meeste gevallen neem je niet eens een bewust besluit, maar loop je je noodlot tegemoet.
De meesten van deze mannen waren moedige leeuwen in de strijd, maar dit was geen oorlogssituatie. Hier hadden ze de tijd gehad om de consequenties af te wegen en een tactiek uit te stippelen. En op een vreemde manier kon de afloop van dit onderzoek veel ernstiger voor hen zijn dan het verlies van een arm of een been, of zelfs hun leven. Deze mannen hadden de mogelijkheid geaccepteerd dat ze verminkt zouden raken of zouden sneuvelen. Wat ze niet accepteerden, was eerverlies. Ze hadden een gezin, een carrière, een reputatie. Ze werden nu geconfronteerd met een mogelijke vernedering en gevangenisstraf – eeuwige schande voor henzelf, hun leger en hun land.
Dat begreep ik allemaal best. Ik had het al begrepen nog voordat ik mijn eerste vraag had gesteld.
Ik lachte vriendelijk naar Delbert en Morrow, om hun duidelijk te maken dat ik hun kritiek niet persoonlijk opvatte. En op mijn meest berouwvolle toon antwoordde ik: 'Jullie hebben gelijk, allebei. Ik zal proberen het de volgende keer beter te doen.'
Dat was een leugen, uiteraard. Er deugde niets van het verhaal dat Sanchez en zijn mensen ons op de mouw probeerden te spelden. En als het nodig was, zou ik al hun poten breken om achter de waarheid te komen.

13

De volgende morgen vroeg verlieten we het hotel en vertrokken we naar het vliegveld. We klommen weer in zo'n onvermijdelijke C-130, die zoals gezegd niet van geluidsisolatie is voorzien. We deden onze oordopjes in en waren blij om verlost te zijn van de plicht tot conversatie.

Die arme Delbert zag eruit als een levend lijk. Hij had donkere wallen onder zijn ogen en zijn haar was slap en ongewassen. Op diverse momenten tijdens de vlucht zag ik zijn lippen bewegen alsof hij voortdurend iets herhaalde, bijvoorbeeld de vragen die hij tijdens zijn verhoor had gesteld. Imelda zat recht tegenover hem, maar wist op de een of andere manier haar gezicht in de plooi te houden. Ik keek even naar Morrow, die meteen haar ogen neersloeg. Misschien was ze bang dat ik nog kwaad was vanwege het gesprek van de vorige avond. Of misschien had ze Delbert niet verteld wat voor streek Imelda hem had geleverd en voelde ze zich daarom betrapt.

Zodra we waren geland liepen we terug naar ons kleine houten gebouwtje. Imelda en haar meiden begonnen meteen met archiveren en faxen. Er lag een boodschap voor me om generaal Clapper te bellen, dus liep ik naar mijn kantoor en toetste het nummer van het Pentagon.

Clappers altijd efficiënte secretaresse nam meteen op en verbond me door.

'Hoe was het in Aviano?' vroeg hij.

'Geweldig. Als ik ooit nog een misdrijf pleeg, sluit me dan op in een gevangenis van de luchtmacht. De adem van de verdachten rook nog naar kreeft en champagne. Trouwens, ik zie dat u al vroeg aan het werk bent,' merkte ik op. Het was zes uur 's ochtends in Washington.

'Ik probeer wat werk in te halen,' mopperde hij. 'Ik heb bijna de hele avond in het Witte Huis gezeten.'
'Praten ze nog steeds over mij?'
'Je naam is wel een paar keer gevallen, maar je bent nu passé, niet meer het onderwerp *du jour*.'
'Waar ging het dan over?'
'Ze wilden mijn mening over de opties.'
'Opties? Wat voor opties?'
'Optie één is dat je tot een krijgsraad adviseert. Optie twee is dat je dat niet doet.'
'Hebben ze niks beters te doen, zoals de daklozen voeden, de rente vaststellen of de tieten van de nieuwe stagiaires inspecteren?'
'Zo simpel ligt het niet, Sean. De Kosovo-politiek van de president kan niet op brede steun onder de bevolking rekenen, als je dat nog niet was opgevallen. Verdomme, het héét niet eens meer de regeringspolitiek, maar de Oorlog van de President. Ze zijn bang.'
'Bang waarvoor?'
'Dit conflict wordt voorgesteld als de eerste oorlog die zuiver om morele redenen wordt uitgevochten. Dat is de rechtvaardiging. Een principiële oorlog. Laten we zeggen dat je zou kiezen voor optie één. Zie je het probleem?'
'Nee. Het optreden van een paar individuen verandert niets aan de morele rechtvaardiging van de politiek van de president.'
'Dat denk jij, omdat je niet met politiek opstaat en ermee naar bed gaat, zoals die jongens in het Witte Huis. Die liggen nu onder vuur van sommigen van onze bondgenoten. Er zijn al Republikeinen op Capitol Hill die alle fondsen willen intrekken en hoorzittingen willen houden.'
'Dus het is een gevecht om een gunstige uitgangspositie.'
'Zoiets, ja. De andere optie is dat jij niet voldoende gronden voor een krijgsraad ziet.'

'En wat mankeert daaraan?'
'Niets, tenzij het gebrek aan bewijs is. Wij bombarderen die Serviërs omdat we ze als een stelletje oorlogsmisdadigers afschilderen. Nu blijken we zelf ook oorlogsmisdaden te plegen, maar we laten de daders lopen. God verhoede dat we ooit Milosević en zijn beulsknechten in handen krijgen. Zodra we ze willen berechten wegens oorlogsmisdaden, staan wij te kijk als de grootste hypocrieten uit de geschiedenis.'
'Bewijslast is bewijslast.'
'Dat weet jij en dat weet ik, omdat wij advocaten zijn en dat bij ons werk hoort. Maar daar heeft Jan met de pet geen boodschap aan. En de rest van de wereld begrijpt toch al niets van ons krankzinnige rechtsstelsel.'
'Dus de enige oplossing is dat ik verklaar dat Sanchez en zijn team verantwoordelijk hebben gehandeld en niets hebben misdaan?'
'Maar is dat zo?' vroeg hij, een beetje te snel, waardoor ik meteen wist wat er achter zijn opmerkingen stak.
'Dat weet ik nog niet. Ze hebben een goed verhaal verteld, maar het klopt niet helemaal.'
'Niet helemaal, of helemaal niet?'
'Hangt ervan af aan welke kant je staat. Volgens mij zitten er een paar grote leemtes en tegenstrijdigheden in, die het hele verhaal ontkrachten.'
'Kun je dat bewijzen?'
'Nog niet. Helaas zijn Sanchez en zijn mensen de enig overgebleven getuigen.'
'Maar hun verklaringen komen wel overeen?'
'Afgezien van een paar details.'
'Misschien spreken ze dan toch de waarheid.'
'Dat denk ik niet.'
Er viel even een pijnlijke stilte, voordat Clapper zei: 'Sean, weet je dat ik één voorbehoud heb gemaakt toen ik je hiervoor kandideerde?'

'Voorbehoud? Ik wist niet dat u een voorbehoud had gemaakt.'
'Ja. Jouw infanterie-achtergrond. Ik was bang dat je kritiek zou hebben op wat Sanchez en zijn mannen daar hebben gedaan – de beslissingen die ze hebben genomen en de manier waarop ze zijn opgetreden.'
'Waarom denkt u dat ik kritiek heb?'
'Dat zeg ik niet. Ik wil je alleen waarschuwen om je niet te verliezen in de details van de operatie, zoals wie welke rugzak droeg tijdens de hinderlaag.'
'Bedankt, generaal, ik zal eraan denken.'
'Eh... en er is nog iets.'
'Nog iets?'
'Er is besloten om de beschikbare tijd te beperken. Je hebt geen eenentwintig dagen meer.'
'Dat meent u niet,' zei ik, omdat ik niets zinnigers wist te zeggen.
'Jawel. Het Witte Huis vindt dat het te lang gaat duren. Ze krijgen gigantische politieke problemen. Daarom moet het binnen tien dagen bekeken zijn.'
'Tien dagen? Vanaf nu, neem ik aan?' vroeg ik.
'Tien dagen vanaf het begin van het onderzoek. Je hebt dus nog zes dagen.'
'En wat is de reden? Mag ik dat weten?'
'Sean, heb je daar problemen mee? Dan kan ik een vervanger zoeken.'
'Nee, geen probleem,' zei ik, zo redelijk mogelijk.
'Goed. Ik weet dat je uitstekend werk doet, Sean. Hou vol.'
Ik kauwde even op mijn tong en zei toen kort: 'Oké, bedankt.'
Ik legde neer. Toen haalde ik drie keer diep adem, rukte het telefoonsnoer uit de muur, mikte zorgvuldig en smeet het toestel met al mijn kracht tegen de muur. Er klonk een harde, bevredigende klap toen de telefoon dwars door de dunne

houten wand heen sloeg, met het toestel nog aan mijn kant en de bungelende hoorn aan de andere kant van het gat.
Een van Imelda's hulpjes rende naar de deur en keek naar binnen. Het was het meisje met een hoofd als een grote, gevlekte grapefruit met een klein brilletje. Ze wierp een blik op mijn gezicht, knipperde even met haar ogen, draaide zich schielijk om en rende toen de bureaus langs om iedereen te waarschuwen uit mijn buurt te blijven.
Iemand had achter mijn rug om gekletst. Delbert of Morrow. Of allebei, verdomme! Ik hoorde hen al aan de telefoon kwekken, om te zien wie me het eerst een loer kon draaien. Niet dat ik trouw verwachtte, want de meeste advocaten kunnen dat woord nauwelijks spellen. Maar je hebt ontrouw en iets dat nog veel verder gaat en vreselijk stinkt. Het was maar goed dat ze geen van tweeen in de buurt waren. Ze zouden er behoorlijk vreemd uitzien met een telefoon in hun achterste geramd.
En waarom had ik opeens het gevoel dat Clapper zojuist subtiel had geprobeerd me de uitspraak te ontlokken dat die mannen geheel onschuldig waren aan de aanklacht? Ik had de neiging te gaan braken, en dat zou ik ook hebben gedaan als ik er niet te beheerst voor was.
Ik had Clapper volledig vertrouwd. Sterker nog, ik voelde me aan hem verplicht. Hij was de man die me op weg had geholpen bij mijn rechtenstudie: eerst letterlijk, in een collegezaal in Fort Benning, en later toen ik het leger nodig had om me een studiebeurs te geven voor de universiteit. Hij was ook de man die mij had aanbevolen als leider van dit onderzoek. Tot nu toe had ik steeds gedacht dat hij me zag als de gedreven jonge advocaat die hij zelf zo graag had willen zijn. Oké, dat is wat overdreven. Maar ik dacht in elk geval dat hij me mocht.
Iemand in het Witte Huis moest zijn kloten in een bankschroef hebben gepropt, want Clapper had de waarheid altijd

als het hoogste goed beschouwd. Of misschien had hij me al die flauwekul alleen geleerd als voorbereiding op dit moment.
Ze zeggen wel eens dat de duivel altijd op de grote hoop schijt, en juist op dat moment werd er zachtjes op mijn deur geklopt. Hij ging langzaam open en een andere assistente van Imelda, die sterk op een sabeltandtijger leek, stak voorzichtig haar lange, magere hoofd naar binnen.
'Eh, majoor... neem me niet kwalijk.' Ze zei het heel zacht, alsof ze bang was een lawine te veroorzaken.
Ik keek op en probeerde me te beheersen. 'Wat is er?'
'Er is iemand om u te spreken. Een burger.'
'Heeft hij ook een naam?'
'Dat heb ik hem gevraagd, maar hij wilde niets zeggen.'
'Heb je het wel vriendelijk gevraagd?'
Ze giechelde wat, veel te nerveus, zoals mensen soms doen als ze slaghoedjes in kneedbommen aanbrengen. 'Als u wilt, kan ik wel zeggen dat u het te druk hebt, majoor.'
'Nee, laat hem maar binnen,' zei ik.
Om de een of andere reden dragen bijna alle verslaggevers in het veld van die onnozele kakikleurige vesten. Je kent ze wel, die vesten met tientallen zakken, die jagers ook dragen om alle munitie te kunnen bergen die ze nodig hebben tegen die levensgevaarlijke eenden en ganzen.
Mijn bezoeker droeg ook zo'n vest, maar dan van gigantische afmetingen, meer als een tent met zakken. De man leek me zo'n honderddertig kilo. Hij was iets kleiner dan ik, maar ongeveer drie keer zo dik. Het woord 'vetzak' kwam onmiddellijk bij me op en ik keek snel om me heen of er een stoel in mijn kantoor stond die tegen deze vleesklomp bestand zou zijn. Ik zag er geen.
'Hallo daar,' zei hij poeslief, terwijl zijn kraaloogjes snel de omgeving opnamen, blijkbaar ook op zoek naar een stoel. 'U moet majoor Drummond zijn.'

'Dat staat op mijn naamplaatje,' antwoordde ik, wijzend naar mijn borst.
'Ha, ha!' lachte hij, terwijl hij naar me toe waggelde. 'Da's een goeie.'
'De eerste keer dat u het hoorde was het al niet zo geestig, en het is er niet leuker op geworden.'
Hij lachte niet meer. 'U weet wie ik ben?'
'Berkowitz. Klopt?'
Hij glimlachte innemend. 'Hé! *Sans rancune?*'
'Rancune?' vroeg ik met een verbaasde frons. 'Waarom zou ik rancune koesteren?'
'Toe nou!'
'Wat is er dan?'
'Je belazert me, niet?'
'Het spijt me, Berkowitz, maar we krijgen de *Washington Herald* hier niet. Is me iets ontgaan?'
Een sluw lachje gleed over zijn gezicht. 'Nee, hoor. Maar sommige militairen hebben bezwaar tegen mijn artikelen. Daar was ik even bang voor.'
'Nou, maak je geen zorgen. Ik lees nooit kranten. Ze zijn handig als pleepapier, als de nood aan de man komt, maar dan krijg je drukinkt op je kont, en leg dat maar eens uit aan je proctoloog.'
Hij kwam naar me toe en plantte zijn dikke reet op de hoek van mijn bureau. 'Ha, ha! Da's een goeie. Trouwens, zeg maar Jeremy.' Hij stak zijn hand uit.
'Aangenaam, Jeremy. Zeg maar majoor Drummond.'
'Oké, als u dat prettiger vindt,' zei hij. Hij werd met de seconde amicaler, nu hij dacht dat ik niet wist dat hij me te grazen had genomen op de voorpagina van zijn krant.
'Wat brengt je hierheen, Jeremy? Op zoek naar de betere restaurants?'
'Ha ha!' Weer dat valse lachje. 'Eerlijk gezegd schrijf ik een stuk over het verloop van de operatie. Natuurlijk ben ik ook

bezig met een verhaal over die hinderlaag, dus kwam ik even langs om te horen of u al van gedachten was veranderd.'
'Van gedachten veranderd?'
'Ja. Of u toch niet met me wilt praten.'
'O, dat is lastig, Jeremy. Ik zou het graag doen, geloof me.'
'Wat houdt u dan tegen?'
Ik wreef een paar keer over mijn wang en keek hem aan met die half geloken, berekenende blik waardoor ik volgens sommige mensen op een Turkse kleedjesverkoper ga lijken. 'Nou, dat is niet zonder gevaar, voor mij. Ik bedoel, wat schiet ik ermee op? Ik weet niet of ik dat risico wel wil lopen.'
Jeremy staarde even naar mijn bureaublad, terwijl hij nadacht over deze nieuwe wending. Toen zei hij voorzichtig: 'De krant heeft een klein potje voor dit soort situaties. Misschien zou een onkostenvergoeding kunnen helpen?'
Ik liet mijn blik van Turkse kleedjesverkoper varen en speelde de vermoorde onschuld: 'Jeremy!'
'Sorry,' zei hij, geheel onoprecht. 'Ik wilde u niet beledigen, maar veel militairen staan erop dat ze worden betaald.'
'Meen je dat nou?'
'Ja, echt. Dan heb ik het over kolonels, en zelfs sommige generaals.'
'Generaals?'
'Je hebt nog nooit zulke geldwolven gezien.'
'Ben je zo aan mijn naam gekomen? Heb je er iemand voor betaald?'
'Nee, ik heb niemand betaald, maar meer zeg ik er niet over.'
Ik grijnsde. 'Gelijk heb je. Waarom zou je het achterste van je tong laten zien? Trouwens, vertrouwelijkheid is ook een van mijn voorwaarden.'
Hij keek me heel onschuldig aan en sloeg een kruis. 'Ik zeg geen woord, al zouden ze hete staven in mijn reet steken!'
Als ik hem zo zag, sprak hij misschien de waarheid. Over die

hete staven, tenminste. Maar één malse Big Mac onder zijn neus en hij zou zijn moeder nog verraden.
'Wat zijn uw andere voorwaarden?' vroeg hij.
'Ik wil tweerichtingsverkeer. Als ik jou iets vertel, vertel je mij ook wat.'
Hij keek opgelucht. 'Alleen informatie? Is dat alles? Dat is geen probleem.'
'Oké, dan ben ik het eerst aan de beurt. Wat voor boosaardige geruchten gaan er in Washington over dit onderzoek?'
'Dat weet u beter dan ik, zou ik denken.'
'Ik zit hier in een uithoek, en zoals gezegd, ik lees geen kranten.'
Hij grijnsde. 'Wat ik u kan vertellen, zult u niet in de krant lezen. Nog niet, tenminste.'
'Wat dan, bijvoorbeeld, Jeremy?'
Hij boog zich samenzweerderig naar me toe. 'Wist u dat de president elke werkdag begint met een briefing van een kwartier over uw onderzoek?'
Ik deed mijn best om niet verbaasd te kijken. 'Natuurlijk,' zei ik, alsof ik dat allang wist, alsof die informatie aan de president alleen van mijzelf afkomstig kon zijn. Behalve dat ik nog niemand informatie had gegeven over dit onderzoek. Zelfs Clapper niet. Dus waar kreeg de president zijn inlichtingen dan wél vandaan?
'Ze zeggen dat hij er behoorlijk mee in zijn maag zit,' vervolgde Berkowitz. 'Volgens zijn voorlichter omdat zijn geweten aan hem knaagt, bij de gedachte dat onze soldaten, Amerikaanse soldaten, een stel Serviërs zouden hebben afgeslacht. Hij schijnt elke avond de Heer om vergiffenis te vragen.'
'Maar jij gelooft dat niet?' vroeg ik.
'De enige keer dat ik die klootzak heb zien bidden was toen er een camera bij was. En als hij een geweten heeft, is dat groot nieuws. Voor zijn vrouw ook, denk ik.'

'Misschien is hij bang dat deze zaak de steun voor de hele operatie zal uithollen.'
Berkowitz sprong van het bureau en zijn hele lichaam schokte als een plumpudding. 'Gelul.'
'Denk je niet dat het de zaak ernstig zal schaden als die mannen schuldig worden bevonden?'
'Mensen zijn niet dom, majoor. Bovendien, wat valt er nog uit te hollen? Er bestaat toch al geen steun voor deze onderneming. Oké, nu is het mijn beurt.'
'Ga je gang.'
'Wat deed u voordat u JAG-officier werd?'
'Toen zat ik bij de infanterie.'
'Waar? Bij welk onderdeel?'
'Fort Bragg, bij de 82ste Luchtlandingstroepen.'
Hij stak zijn armen uit en plantte zijn handen op mijn bureau. Hij leek nog het meest op een ei dat zich bukte, en hij had een zelfvoldane grijns op zijn gezicht. 'Dat is interessant, majoor! Ik heb namelijk uw personeelsdossier gekregen van een van mijn contacten.'
'O ja?'
'Ja. En dit las ik dus in uw dossier. Daarom heb ik een paar vrienden van me gebeld, die omstreeks dezelfde tijd ook bij het 82ste dienden. En wat een toeval! Een van die vrienden was kapitein geweest bij hetzelfde bataljon als u.'
'En?'
'Hij had nog nooit van u gehoord.'
'Dat is vreemd,' zei ik. 'Ik bedoel, er zitten niet meer dan veertig officieren bij een bataljon.'
'Precies. Vreemd, nietwaar?'
'Misschien zat hij toch bij een ander bataljon. Of je hebt mijn dossier verkeerd gelezen.'
'Zou kunnen.'
'Ja,' zei ik. 'Dat zal het wel zijn.'
'Waarom denkt u dat u de leiding van het onderzoek hebt ge-

kregen? Ik bedoel het niet beledigend, maar het is toch een verdomd belangrijke zaak. Je zou denken dat het leger daar een hogere officier voor zou kiezen.'
'Ik zou het echt niet weten,' zei ik. 'Misschien omdat ik veel talent heb, en een groot ethisch besef.'
'Ik heb een interessantere theorie.'
'Ik weet niet of ik die wel wil horen.'
Hij haalde zijn handen van mijn bureau en bleef bij de muur staan om mijn gezicht van een veiliger afstand te bestuderen.
'Er is een heel speciale eenheid in Fort Bragg, die zo streng geheim is dat niemand er zelfs maar van gehóórd mag hebben. Wie bij die eenheid heeft gezeten, krijgt een apart dossier, dat door een aparte afdeling wordt beheerd. Maar als die mensen weer bij die eenheid vertrekken, moeten ze natuurlijk een gewoon dossier krijgen, net als iedereen. In dat dossier worden onderdelen ingevuld waarbij ze in werkelijkheid nooit hebben gediend.'
'Is dat echt waar?' vroeg ik.
'Dat is echt waar,' zei hij grijnzend. 'En ze nemen bijna altijd onderdelen die in Fort Bragg zijn gelegerd. Als iemand die jongens dan vragen stelt, weten ze in elk geval iets over de basis.'
'Verdomd, dat is heel slim van het leger,' zei ik.
'Natuurlijk mogen ze nooit toegeven dat ze bij die eenheid hebben gezeten, of zelfs maar dat er zoiets bestaat. Toch is dat zo. Het is een soort Delta, die andere eenheid die niet echt bestaat. Alleen zijn deze jongens nog harder en meedogenlozer, en voeren ze nog gevaarlijker missies uit.'
'Hoe is het mogelijk. Ik zit al zoveel jaar bij het leger en ik heb er nog nooit van gehoord.'
'Ja, hoe is het mogelijk,' zei hij. 'Laten we nu eens, zuiver hypothetisch, aannemen dat dit A-team van de Speciale Eenheden zwaar over de schreef is gegaan tijdens een streng geheime missie. En laten we, ook zuiver hypothetisch, aanne-

men dat het leger beschikte over een advocaat die ooit bij die bijzondere eenheid had gezeten die eigenlijk niet bestaat.'
'Je zou daar een spannend boek over kunnen schrijven, weet je dat?'
'Of een paar goede stukken in de krant. Ik bedoel, waarom zou het leger zo iemand aanwijzen als leider van het onderzoek?'
'Om te beginnen moet die figuur dan wel bestáán. Zelf zat ik bij een infanteriebataljon van het 82ste, en als je wilt kan ik je getuigen noemen...'
'Natuurlijk, majoor. Maar wat mij zorgen baart, is dat het leger juist zo'n figuur zou kiezen omdat hij waarschijnlijk sympathie koestert voor dat A-team. Omdat hij zelf in een geheime wereld heeft geopereerd waarin hij tegen iedereen moest liegen over wat hij deed, zal hij eerder geneigd zijn om dat A-team aan een geloofwaardig verhaal te helpen, als alibi.'
Ik grijnsde tegen hem, en hij grijnsde terug.
'Natuurlijk,' vervolgde hij, 'is dit allemaal hypothetisch, zoals ik al zei.'
'Leidt deze discussie nog ergens toe?'
'Nee, het is zuiver academisch. Per slot van rekening hebt u al gezegd dat u bereid bent om samen te werken, dus waarom zou ik deze theorie dan nog verder uitwerken?'
'Dat zou tijdverspilling zijn,' zei ik, 'want het klopt niet.'
We grinnikten allebei om de ironie ervan. Er gaat niets boven een vertrouwensrelatie die gebaseerd is op een regelrechte leugen. En dat was het, zoals we allebei heel goed wisten.
'Goed,' zei hij. 'Wat is hun verhaal?'
'Hun verhaal is dat ze door de Serviërs waren ontdekt en zich een weg naar buiten moesten vechten. De teamleider was bang dat de Serviërs hen zouden insluiten. Dus wilde hij een grote colonne in een hinderlaag lokken om de Serviërs te laten geloven dat ze met een veel grotere groep waren

dan feitelijk het geval was – en om de Serviërs tot voorzichtigheid te dwingen en hun tempo te vertragen.'
Berkowitz floot lang en nadrukkelijk tussen zijn tanden. 'O, ja?'
'Dat zeggen ze.'
'En u gelooft dat?'
'Voorlopig wel. Het klopt met de feiten en ze vertellen alle negen hetzelfde.'
Zijn ogen begonnen te glinsteren en ik dacht even de woorden PULITZER PRIJS op zijn voorhoofd te zien oplichten.
'Jezus, wat een prachtig verhaal.'
'Ja, geweldig.'
'Die arme kerels, in het nauw gebracht achter de vijandelijke linies, op een geheime missie in opdracht van deze regering. Ze vechten zich een weg naar buiten, en in plaats van een medaille te krijgen, zoals ze verdienen, worden ze achter de tralies gezet en verhoord als gewone misdadigers.'
'Daar komt het wel op neer,' zei ik. 'Eerlijk gezegd schaam ik me dood dat ik hieraan mee moet doen. Ik kan die kerels bijna niet recht in de ogen kijken. Ik bedoel, het zijn echte helden.'
'U meent het!'
'Ja, ik meen het.'
Zijn gezicht stond opeens doodernstig. 'U belazert me toch niet?'
'Nee, ik zweer het. Als het aan mij lag, zou ik de hele zaak in twee dagen hebben afgewikkeld. Het probleem is alleen dat een van de andere leden van het onderzoeksteam een ongelooflijke lul is, die tot elke prijs wil bewijzen dat die jongens iets hebben misdaan. Het is een muggenzifter en iedereen heeft schoon genoeg van hem. De rest van ons is ervan overtuigd dat hij een idioot is en dat die mannen onschuldig zijn.'
Ik zag dat hij popelde om zo snel mogelijk weg te komen en zijn verhaal te schrijven. De internationale pers was ervan

overtuigd dat die jongens een gruwelijk misdrijf hadden gepleegd, maar Jeremy Berkowitz zou het wáre verhaal vertellen: dat deze mannen niet alleen onschuldig waren, maar zelfs echte helden! Het was een keiharde, onbetrouwbare regering die deze arme, fatsoenlijke kerels vervolgde, terwijl ze alleen maar hun werk hadden gedaan, naar hun beste vermogen. Dat verhaal zou aanslaan. Iedereen wist dat de president een linkse dienstplichtontduiker was, die ooit een brief had geschreven waarin hij zijn afkeer van het leger uitsprak. Die brief dateerde van lang geleden, uit een heel andere tijd, maar de oppositie had een kopie van die brief in brons laten gieten en duwde die iedereen onder de neus zodra de president ook maar íéts deed dat als anti-militair, anti-defensie of anti-Amerikaans kon worden uitgelegd. Volgens de oppositie viel alles wat de president deed binnen een van deze categorieën. En hier zag Berkowitz een nieuwe kans om het grote publiek er nog eens aan te herinneren dat de president ooit zo'n brief had geschreven.
Hij liep naar de deur, draaide zich toen om en deed een soort dansje. 'U begrijpt dat ik u zal moeten noemen in mijn verhaal?'
'Eh, nee,' loog ik. 'Daar had ik niet bij stilgestaan.'
'Ik zal u omschrijven als "een bron binnen het onderzoeksteam". Als ik het nog vager houd, is het niet geloofwaardig meer. Mijn hoofdredactie en het publiek moeten weten dat dit betrouwbare informatie is.'
'Ik weet het niet... we zijn maar met een paar mensen... en, eh...'
'Hé, majoor, er is nog nooit iets uitgelekt over een bron van mij. U kunt me vertrouwen.'
Ik zuchtte diep en krabde me een paar keer op het hoofd. Ten slotte zei ik met tegenzin: 'Als het echt niet anders kan, vooruit dan maar.'
Ik voelde me heel zelfvoldaan toen Berkowitz vertrok. Het

komt niet vaak voor dat je twee keer wraak kunt nemen voor de prijs van één. Berkowitz zou zijn artikel publiceren, grote deining veroorzaken en genieten van zijn kortstondige roem. Zodra ik had bewezen dat Sanchez en zijn team die Serviërs in koelen bloede hadden vermoord, zou hij voor joker staan. Het Witte Huis en Clapper hadden geen enkele reden om mij voor de 'bron' te houden. Ik had mijn eigen rol in het verhaal gebagatelliseerd. Heel handig. Nu zou Delbert of Morrow – of wie ook de verrader in de gelederen was – ervan worden verdacht dat hij of zij naar de pers lekte.

Een minuutje nadat Berkowitz was vertrokken, vloog de deur weer open en marcheerde Imelda naar binnen. Ze deed de deur achter zich dicht en liet zich op een stoel tegenover mijn bureau vallen.

Ze snoof een paar keer en zei toen: 'Was dat een journalist?'

'Ja.'

'Dezelfde journalist die dat rottige stukje had geschreven?'

'Eén en dezelfde, Imelda.'

Ze leek even na te denken. Ze plukte aan haar haar en het montuur van haar bril. Toen wierp ze me zo'n strenge, afkeurende blik toe waarmee Imelda Pepperfield de verf van de muren kan branden.

'Weet je wel wat je doet?'

'Nee, niet echt.'

'Journalisten zijn tuig. Laat ze hier nooit meer binnen, ik hou niet van die stank. Begrepen?'

'Natuurlijk, Imelda. Bedankt.'

Ze drukte zich omhoog uit haar stoel, gromde iets wat klonk als: 'Geen dank, majoor. Ik heb grote bewondering voor wat u doet', of als 'Krijg de zenuwen', en verdween weer.

Op haar eigen, onnavolgbare wijze had ze me gewaarschuwd dat de hele wereld het zou weten dat ik informatie naar de pers lekte als ik Berkowitz hier nog eens ontving. Wat een vrouw.

14

Dat je paranoïde bent, sluit niet uit dat ze op je loeren, heeft Henry Kissinger eens gezegd. Opeens begon ik daar heilig in te geloven. De man had gelijk. Hij had het over mij.
Iemand binnen mijn organisatie liet informatie uitlekken naar een medewerker van de Amerikaanse president, die zich om onverklaarbare redenen elke ochtend een kwartier lang met de zaak bezighield. Eén of misschien wel twee van mijn collega's hadden zich bij het hoofd van het JAG-korps beklaagd dat ik mijn werk niet goed deed. Een ambitieuze, meedogenloze journalist wist iets heel gevaarlijks over mijn achtergrond en tot overmaat van ramp had de generaal die mij voor deze functie had voorgedragen opeens last gekregen van een slappe ruggengraat.
Dat was een lange lijst van vervelende ontdekkingen voor één dag. En zoals de meeste paranoïde mensen wilde ik me op iemand afreageren. Maar op wie?
De meest voor de hand liggende kandidaten waren Delbert en Morrow, van wie ik helemaal niets wist, behalve wat ik in hun zakelijke en persoonlijke dossiers had gelezen. Die dossiers kwamen van Clappers kantoor en opeens vroeg ik me af of ze wel klopten. Zoals Berkowitz al had opgemerkt, waren niet alle militaire dossiers volstrekt betrouwbaar. En dan was er nog Imelda's hofhouding van vier assistentes. Misschien dat een van hen haar mond voorbijpraatte.
Ik had het liefst dat Delbert de mol zou zijn, omdat ik hem niet erg mocht. Ik vond hem een gefrustreerde aansteller, die zijn eigen moeder nog zou verkopen om vooruit te komen. Ik hoopte vurig dat het niet Morrow zou zijn. Ze was een prachtige vrouw, met begripvolle ogen, en ik zou graag willen ontdekken of het lichaam onder dat joggingpak aan

mijn koortsige fantasie beantwoordde. Ik had al zo'n mooie droom waarin ik de zaak tot een goed einde bracht, de heldin veroverde en met haar de zonsondergang tegemoet reed. Ik ben dol op Imelda, maar ze is wat te oud en te knoestig om achter op mijn paard te klimmen. Het was dus Morrow of niemand. Helaas was Morrow net zo'n ambitieuze intrigante als Delbert. Bovendien had ik persoonlijk kunnen constateren dat ze nog veel sluwer en achterbakser was dan hij. En wie ook de verrader mocht zijn, sluw en achterbaks waren zijn of haar belangrijkste karaktertrekken.
Toen ik bijna in slaap viel, kwam er heel langzaam een nieuwe hallucinatie bij me op. Als die jongens in Washington zoveel moeite deden, moesten ze iets weten. Iets verschrikkelijks. Misschien was dit wel zo'n samenzwering van het Witte Huis waar ze die spannende films over maken, met types in Brooks Brothers-pakken die in het diepste geheim de regering proberen te manipuleren voor hun sinistere doeleinden...
Op dat moment wist ik dat ik te ver ging. Het probleem met paranoia is dat het je besluipt. Eerst vraag je je af waarom je buurman je niet uitnodigt voor zijn barbecue. Daarna raak je ervan overtuigd dat de hele straat in het complot zit. Vervolgens deel je informatie uit over de Trilaterale Commissie, en voor je het weet lig je op een dak met een scherpschuttersgeweer, omsingeld door vijandige politiemensen die écht op je loeren.
Misschien had Clapper gewoon geraden dat ik me te veel met details bezighield. Misschien maakte hij zich echt zorgen dat ik met mijn specifieke achtergrond te veel op allerlei kleine dingetjes lette die niets met de schuld of onschuld van de verdachten te maken hadden. En ik moest eerlijk toegeven dat hij me niet rechtstreeks had gevraagd om Sanchez en zijn team onschuldig te verklaren. Hij had alleen laten doorschemeren dat het iedereen heel goed zou uitkomen.

Nou ja, je kon hem niet kwalijk nemen dat hij een open deur intrapte. En hoe kon Jeremy Berkowitz weten wat de president elke ochtend deed? Zelfs de vrouw van de president wist nog niet de helft van wat hij in de Oval Office uitspookte.

De volgende morgen werd ik fris en energiek wakker. Ik stond zelfs te zingen onder de douche, totdat de man twee hokjes verder me bekogelde met een stuk zeep. Tegen de tijd dat ik bij ons kleine kantoortje aankwam, nam ik me zelfs voor om vriendelijk te zijn tegen Delbert, een duidelijk bewijs hoe schuldig ik me voelde over al mijn duistere gedachten van de vorige avond.

Toen ik binnenkwam, viel het me op dat de anderen zwijgend en somber achter hun bureaus zaten. Heel somber zelfs, alsof er iets verschrikkelijks was gebeurd. En zwijgend, alsof niemand wist wat hij moest zeggen.

Ik zag ook twee grote, forse MP's, die koffie stonden te drinken bij de deur van mijn kamer.

'Neem me niet kwalijk. Majoor Drummond?' vroeg de grootste van de twee, en hij maakte zich los van de muur. Hij had de strepen van een kapitein en volgens zijn naamplaatje heette hij Wolkowitz.

'Wat kan ik voor u doen, kapitein?' vroeg ik.

'We willen u spreken.' Hij wierp een blik door het kantoor en zijn gezicht nam een gewichtige uitdrukking aan. 'Onder vier ogen als het kan.'

We stapten mijn kantoor binnen en ik bood hem en zijn sergeant beleefd een stoel aan. Ze bedankten allebei – een beetje te bruusk. De sergeant haalde een opschrijfboekje uit zijn zak, hield zijn potlood gereed en keek me aan alsof ik de wurger van Boston was. Die aanpak kende ik.

Ik ging achter mijn bureau zitten en probeerde een ontspannen indruk te maken.

'Kunt u ons vertellen waar u tussen 2400 uur en 0500 uur vanochtend was?'

'Nee, dat kan ik niet. Dat wil zeggen, ik kán het wel, maar dan zult u me eerst een goede reden moeten geven.'
Hij keek me aan met een blik van 'O god, toch niet weer zo'n eigenwijze advocaat?' Alle smerissen, ook de militaire politie, wennen zich die blik al heel vroeg aan.
'Kent u een zekere Jeremy Berkowitz?' vroeg hij.
'Nogmaals, kapitein, waarom vraagt u dat?'
'Dat vraag ik omdat Berkowitz vannacht is vermoord.'
Ik staarde hem aan en hij staarde terug.
'Dan vraag ik het u opnieuw,' zei hij. 'Kende u Jeremy Berkowitz?'
'Ik heb hem gisteren hier gesproken.'
'En waar was u vannacht?'
'Ik lag op bed in mijn tent en probeerde te slapen.'
'Deelt u die tent met iemand?'
'Nee.'
'Er zijn dus geen getuigen die uw verklaring kunnen bevestigen?'
'Kapitein eh... Wolkowitz...' Ik sprak zijn naam overdreven zorgvuldig uit, alsof ik hem uit mijn hoofd wilde leren, 'hebt u enige reden om mij te verdenken van de moord op Jeremy Berkowitz?'
Hij aarzelde, en dat was zijn eerste grote fout.
Ik stond op en sloeg met mijn vuist op mijn bureau. 'Ik vroeg u wat, kapitein! U hebt twee seconden om te antwoorden, anders gaat u op rapport wegens het weigeren van een dienstbevel!'
Hij deinsde achteruit. 'Majoor, ik...'
'Wat is uw onderdeel?' blafte ik.
'Het 502de Militaire Politie Bataljon. Maar, majoor, ik...'
'Krijg ik nu antwoord op mijn vraag of moet ik de telefoon pakken en uw commandant bellen?'
Hij was nu zo ver teruggedeinsd dat hij met zijn rug tegen de wand van het kantoortje stond. Blijkbaar was hij er niet aan

gewend dat zijn verdachten – of wat ik dan ook was – frontaal in de aanval gingen. 'Majoor, ik zal...'
'U zult helemaal niks, kapitein! Ik neem aan dat u ook mijn staf hebt ondervraagd?'
Zoals de meeste mensen in paniek had hij zijn reacties niet onder controle, dus keek hij schichtig naar de deur. Foutje nummer twee.
Ik sloeg weer op mijn bureau. 'Dit is toch niet te geloven!' bulderde ik, drie octaven lager, maar twintig decibel zo luid. 'Zie je mijn kraag, Wolkowitz? Weet je waarom ik hier in Tuzla ben? De onderminister van Defensie heeft me persoonlijk aangesteld als onderzoeksofficier volgens artikel 32! En u komt hier zonder permissie binnen om mijn medewerkers te verhoren?'
Ik stond me behoorlijk op te winden en opeens bedacht kapitein Wolkowitz dat ik advocaat was en dus van nature lang van stof. Ik zou zo nog urenlang kunnen doorgaan. Daarom nam hij een wijs besluit.
'Nee, majoor, u bent geen verdachte,' zei hij vriendelijk. Een teken van overgave. 'Tenminste, nog niet,' voegde hij eraan toe, om nog iets van het verloren terrein te herwinnen.
'Waarom stelt u me die vragen dan?'
'Omdat we uw naam hadden aangetroffen in de agenda van meneer Berkowitz.'
'Berkowitz was journalist en schreef over het leger. Waarschijnlijk stond de helft van de mensen in actieve dienst in zijn agenda. Hoeveel namen bent u verder nog tegengekomen?'
'Een heleboel... maar slechts een handjevol mensen op deze basis.'
De gouden regel van de militaire tactiek is dat je nooit het initiatief uit handen mag geven als je het eenmaal hebt. Eén aarzeling, en je wordt weer in het defensief gedrongen.
'Hoe is hij gestorven?' vroeg ik streng.
'Hij... eh...'

‘Hoe is hij gestorven, kapitein?!’
‘Hij is gewurgd, majoor.’
‘En hoe is hij gewurgd?’
‘Met een wurgstok. Zijn halsslagaders zijn doorgesneden, maar de feitelijke doodsoorzaak was verstikking.’
‘En waar is dat gebeurd?’
‘Hij had een kamer in het journalistenverblijf op het terrein van de afdeling voorlichting. Blijkbaar was hij midden in de nacht opgestaan om naar de latrine te gaan. Bij de pisbak is hij vermoord.’
‘Met een wurgstok, zei u?’
‘Inderdaad.’
‘Zelfgemaakt, of een professioneel wapen?’
‘Een professioneel product, zo te zien. Een metaaldraad met twee houten handvatten.’
‘Wie heeft hem gevonden?’
‘Een journalist van AP, een zekere Wolf. Hij zou vertrekken met het vliegtuig van vijf uur ’s ochtends. Toen hij naar de latrine liep om zich op te frissen, vond hij het lichaam.’
Ik keek de twee mannen een tijdje aan. Toen zei ik: ‘Sergeant, wilt u even naar buiten gaan?’
De sergeant keek naar zijn kapitein, die knikte. Ik wachtte tot de man verdwenen was, liep toen om mijn bureau heen en leunde ertegenaan. Het werd tijd om de vijandelijkheden te staken en de relatie met kapitein Wolkowitz te herstellen.
‘Hebt u de *Washington Herald* al gebeld?’ vroeg ik rustig en veel vriendelijker.
‘Ja, majoor. Ze zijn erg geschrokken. Dit wordt nog een hele rel.’
Ik grinnikte even. ‘Hun belangrijkste militaire verslaggever wordt vermoord terwijl hij staat te pissen in een Amerikaans legerkamp. Ik kan het ze niet kwalijk nemen. Verzin daar maar eens een goede krantenkop bij.’
Aangezien die arme kapitein Wolkowitz belast was met de

orde en veiligheid in dit kamp, kon hij daar de humor niet van inzien.
'Wist u wat Berkowitz hier deed?' vroeg ik.
'De persofficier zei ons dat hij aan een artikel over de bombardementen werkte.'
'Dat is nog maar de helft. Hij was ook bezig met een verhaal over mijn onderzoek.'
Wolkowitz krabde op zijn hoofd en zei: 'De *Herald* vertelde ons dat hij gisteravond omstreeks 2330 uur nog kopij had doorgegeven. Zo konden we het tijdstip van zijn dood beter inschatten. Ze zeiden niet waar het over ging.'
Nu werd het lastig. Als advocaat was ik ervan doordrongen dat het nooit verstandig is om de politie voor te liegen of te misleiden. God weet dat ik genoeg cliënten op het hart heb gedrukt om vooral de waarheid te spreken, omdat liegen op zichzelf al een misdrijf is – in elk geval volgens het militaire recht, dat nog wat strenger is dan het burgerlijk recht. Dus moest ik proberen een openhartige indruk te maken zonder al te veel te zeggen.
'Hij is hier gisteren geweest om mij te interviewen. Ik had de indruk dat hij een goed geïnformeerde bron had en op het punt stond iets belangrijks te onthullen.'
'Waarom dacht u dat, majoor?'
'Omdat hij er een paar keer op zinspeelde. Hij leek nogal opgewonden, alsof hij iets had ontdekt. Hij gaf ook met zoveel woorden toe dat hij een tipgever had die dicht bij het vuur zat.'
'En wat wilde hij van u?'
'Ik geloof dat het gewone journalistieke nieuwsgierigheid was. Routine. Hij wilde me de kans geven een paar bijzonderheden te bevestigen.'
'Maar hij gaf u geen aanwijzingen wie zijn bron zou kunnen zijn?'
Ik keek verontwaardigd. 'Hij zei letterlijk: ''Er is nog nooit

iets uitgelekt over een bron van mij.'' Daar leek hij erg trots op.'
'Was dat uw enige contact met hem?'
'Nee. Hij heeft me een paar dagen geleden ook vanuit Washington gebeld.'
'En waar ging dat over?'
'Dat weet ik niet. Ik heb opgehangen voordat hij het me kon vertellen.'
'Waarom hebt u opgehangen?'
'Omdat hij me wilde vragen om uit de school te klappen, en daar voelde ik eerlijk gezegd niet veel voor.'
Tot nu toe was het me gelukt om te liegen zonder de waarheid geweld aan te doen. Mijn docenten aan de rechtenfaculteit zouden trots op me zijn geweest. Maar als dit gesprek zo doorging, zou die grote kapitein me toch een paar vragen gaan stellen waarvan ik de betekenis niet kon verdraaien, en zou ik dus de wet moeten overtreden.
'Goed...' zei ik snel. 'Trouwens, wat is uw voornaam?'
'Paul. Maar mijn vrienden noemen me Wolky.'
Ik glimlachte warm, alsof ik een van die vrienden was. 'Oké, Wolky. Neem me niet kwalijk dat ik zo-even tegen je uitviel. Dat spijt me. Alleen... nou, ik sta onder grote druk. Ik ben hier als onderzoeksofficier en... de mensen zijn niet echt hartelijk tegen me, weet je.'
'Hé, dat begrijp ik wel,' zei Wolky, en dat was ook zo. Ik zei al dat advocaten niet echt populair zijn in het leger. Nou, de militaire politie staat nog veel lager aangeschreven. De enige reden waarom Groene Baretten militaire politiemensen in de kroeg toelaten is dat ze toch íémand moeten hebben om in elkaar te slaan als het drinken gaat vervelen.
'Zand erover?' vroeg ik, nog steeds met die onnozele grijns.
'Natuurlijk.'
'Mooi. Ik neem aan dat je de Criminal Investigation Division erbij haalt?'

'Er is al een team onderweg vanuit Heidelberg. Ze hebben me gevraagd om alvast te beginnen met het verzamelen van bewijzen en het afnemen van verklaringen.'
'Juist. Heel goed. Je moet het spoor nooit koud laten worden. Ik denk niet dat er enige reden is om een verband te veronderstellen tussen de moord op Berkowitz en mijn onderzoek, maar we mogen niets uitsluiten. Vraag de CID om even langs te komen als ze hier zijn. En hou me op de hoogte van alles wat je over die moord te weten komt.'
'Denkt u dat er een verband is?'
'Wolky, er zijn duizend redenen te bedenken waarom Berkowitz vermoord kan zijn. Hij verdiende zijn brood met het schrijven van negatieve artikelen over het leger. Bijna iedereen die ooit een uniform heeft gedragen had de pest aan hem. Of misschien kocht hij wel dope van een dealer in uniform en was hij achterop geraakt met zijn betalingen. Of was hij homo en werd hij betrapt toen hij in die latrine naar de pik van de verkeerde vent gluurde. Dat zou de eerste keer niet zijn. De afgelopen jaren zijn er minstens drie of vier homo's omgelegd in militaire latrines.'
Wolkowitz luisterde geïnteresseerd naar mijn stompzinnige theorieën, alsof het heel logisch was wat ik allemaal zei. Een aardige vent, maar hij had het buskruit niet uitgevonden. Natuurlijk was er een verband tussen mijn onderzoek en de moord op Berkowitz. Daar was ik zeker van. Hij had zijn verhaal naar Washington gestuurd, was wakker geworden door die kleine blaas van hem en vermoord door iemand die hem had opgewacht of naar die latrine was gevolgd.
Een wurgstok is geen wapen voor amateurs. Het is dodelijk effectief, maar niet eenvoudig in het gebruik. Je moet iemand van achteren besluipen en die korte draad in een perfecte lasso om zijn hals gooien. Tegelijkertijd moet je de twee handvatten met grote kracht en snelheid in tegengestelde richting trekken om het slachtoffer meteen zijn adem

af te snijden. Iemand die geen training of voldoende ervaring heeft, laat de draad achter de neus of de kin van het slachtoffer haken, of is niet snel genoeg, waardoor het slachtoffer zijn hand tussen de draad en zijn keel kan krijgen. En het is nog moeilijker als iemand rechtop staat, zoals Berkowitz. Dan moet je je knie stevig tegen zijn onderrug drukken, om te voorkomen dat hij begint te schoppen of zich omdraait, waardoor de aanslag gegarandeerd mislukt.

Het is niet het soort wapen dat een homohater in zijn zak heeft voor het geval er iemand in de plee staat die zich tot zijn piemel aangetrokken voelt. Het is ook geen wapen dat een nijdige drugsdealer zou gebruiken om een onwillige cliënt te straffen. De wurgstok is een professioneel wapen, bedoeld voor moord in koelen bloede.

Gewone soldaten kunnen een wurgstok nog niet van een diabolo onderscheiden. Maar bij de Special Forces is het een populair wapen, omdat zij soms tegenstanders geruisloos moeten uitschakelen. De moordenaar van Jeremy Berkowitz had zijn wapen met zorg gekozen. Hij wilde zijn handtekening achterlaten.

'Wolky, luister,' zei ik tegen mijn nieuwe makker. 'Ik heb nog een paar vergaderingen voor de boeg. Ik wil je niet haasten, maar ik zit met vijfendertig potentiële aanklachten wegens moord, en de hele wereld hijgt in mijn nek.'

Hij sloeg me hartelijk op de schouder. 'Geen punt, majoor. Ik zal die CID-jongens naar u toe sturen zodra ze hier aankomen.'

15

Ik vroeg Delbert en Morrow of ze om twaalf uur naar mijn kantoor wilden komen. Imelda's assistentes zaten nog druk te praten over de gebeurtenissen van die ochtend. Gisteren

nog hadden ze die dikke man op kantoor zien rondlopen en nu was hij voer voor de wormen. Wel een menu van minstens acht gangen, om Berkowitz niet te kort te doen.
Delbert kwam het eerst, gevolgd door Morrow, met nog meer begrip dan anders in die prachtige ogen. 'Heb je problemen?' vroeg ze. 'Kan ik iets doen om je te helpen?'
'Nee, niks aan de hand,' verzekerde ik haar. 'De militaire politie had gehoord dat ik het grootste genie van het kamp was en daarom wilden ze mijn mening horen over die dode journalist.' Ik keek op mijn horloge. 'Ik kan elk moment een bezoekje van de CID verwachten. Je hebt het heus niet makkelijk als iedereen weet hoe slim je bent.'
Delbert keek me verbijsterd aan, alsof hij zich afvroeg waarom de militaire politie en de CID wel met mij maar niet met hém kwamen praten. Hij had tenslotte aan Yale gestudeerd en hij was de beste aanklager van het hele leger. Maar Morrow keek me aan met die blik van een moeder naar een ondeugende peuter.
'Ik heb trouwens ook goed nieuws,' zei ik snel, om het gesprek op een ander onderwerp te brengen. 'Vanwege de ongelooflijke vorderingen die we hebben gemaakt heeft het leger besloten de beschikbare tijd voor het onderzoek te bekorten.'
'Tot wanneer?' vroeg Morrow.
'We hebben nog vier dagen, vanaf morgen.'
'Zo! Dat is kort,' zei Delbert. Open deuren intrappen was een van zijn vele onhebbelijkheden.
'Als we vandaag zouden moeten stemmen,' zei ik, 'wat zou de uitkomst dan zijn?'
Ze keken elkaar even aan. Morrow krabde aan haar kin, Delbert trok aan zijn oor. Morrow krabde nog eens aan haar kin en Delbert trok zijn oorlel er bijna af.
'Hé,' zei ik joviaal, 'zo moeilijk is het toch niet? Jullie hoeven je nergens op vast te leggen. Als je vandaag moest stemmen, wat zou je dan zeggen?'

‘Geen gronden voor een vervolging,’ verklaarden ze in koor.
‘Oké. Geen gronden omdat jullie denken dat ze onschuldig zijn? Of omdat we niet voldoende bewijzen hebben om er een zaak van te maken?’
‘Het eerste,’ zei Delbert.
‘Het eerste,’ beaamde Morrow. ‘En jij?’ vroeg ze toen.
‘Als ik vandaag moest stemmen, zou ik me onthouden,’ antwoordde ik.
‘Je kunt je niet van stemming onthouden,’ zei Morrow. ‘Volgens onze orders is het ja of nee.’
‘Goed, dan zou ik een lange brief schrijven en nee stemmen, wegens gebrek aan bewijs. Maar ik zou erbij zeggen dat ik het gevoel had dat we niet voldoende tijd hadden gekregen voor ons onderzoek. Mag dat wel, volgens de regels?’
We wisten alle drie dat de regels daar niets over zeiden. En ook dat zo’n opmerking van mijn kant het hele onderzoek zou ontkrachten. Als de leider van een artikel 32-onderzoek geen vertrouwen heeft in de uitkomst, verliest het rapport alle geloofwaardigheid. Niet dat het Delbert of Morrow een zier kon schelen. Ik bedoel, het zou pijnlijk zijn voor het leger, dat een heel nieuw onderzoeksteam zou moeten benoemen om weer van voren af aan te beginnen. Maar dat maakte Delbert en Morrow weinig uit. Zij hadden hun werk zo goed mogelijk gedaan. Eigenlijk waren ze allebei echte dienstkloppers, tot aan hun groene legerondergoed. Het leger had hen in een commissie benoemd en daarom vonden ze het hun plicht om met een unaniem oordeel thuis te komen. Daar konden ze niets aan doen. Zo zaten ze in elkaar.
‘Dan hebben we nog vier dagen om jou tot andere gedachten te brengen,’ zei Morrow. ‘Of onszelf, natuurlijk.’
‘Zo zie ik het ook,’ zei ik.
‘Wat is er voor nodig om jou van gedachten te laten veranderen?’ vroeg ze. Ik wist meteen wat er door haar hoofd speelde.

'Het onweerlegbare bewijs dat Sanchez en zijn mannen niet liegen.'
'Dat is er niet,' zei Morrow met tegenzin. 'Dat hebben we al besproken. Die negen mannen zijn de enige levende getuigen.'
Opeens gleed er een vreemde uitdrukking over Delberts gezicht. 'Misschien is er een alternatief voor een levende getuige,' zei hij, heen en weer wippend op zijn stoel als een opgewonden schooljongen die denkt dat hij het antwoord op de vraag van de meester weet.
'Wat dan?' vroeg ik.
'De NSA, of wie dan ook, moet satellieten boven Kosovo hebben. Ik heb zelf nog nooit een satellietfoto gezien, maar volgens de verhalen moet je zelfs de tekst op een kwartje kunnen lezen.'
'Delbert, je bent een genie!' riep ik uit. 'Je hebt helemaal gelijk.'
Ik kan hier onmogelijk beschrijven hoe pijnlijk het voor me was om dat te moeten zeggen. Niet alleen omdat ik vage vijandige gevoelens koesterde tegenover Delbert, maar ook omdat ik mezelf wel voor mijn kop kon slaan. Als íémand hieraan had moeten denken, was het toch wel de man die vijf jaar in de wereld van streng geheime operaties had doorgebracht, waar satellietfoto's als wc-papier werden gebruikt.
Ik keek op mijn horloge. Als ik meteen belde, moest ik Clapper kunnen bereiken op het moment dat hij op kantoor aankwam. Ik toetste het nummer en wachtte. Het toestel ging drie keer over voordat Clappers secretaresse Nora opnam.
'Hallo, Nora, met Drummond. Wat is er loos?'
'Hoezo?'
'Je nam pas op toen hij drie keer was overgegaan. Is de scherpte eraf?'
'Hoezo?' vroeg ze weer, met die droge, humorloze stem.
'Laat maar,' zei ik. Ik bedoel, waarom zou ik mijn spitsvon-

digheden verspillen aan dat blok ijs? 'Is de generaal er ook?' vroeg ik.

'De generaal is in bespreking en kan niet worden gestoord.'

'Dit is ontzettend belangrijk.'

'Die bespreking van de generaal ook.'

'Wat ik te zeggen heb is minstens zo belangrijk, durf ik te wedden,' hield ik vol.

'Majoor Drummond, ik weet wie u bent en aan welke zaak u werkt, en ik verzeker u dat deze bespreking dringender is.'

'Heeft het iets te maken met een zekere journalist die is gewurgd op de plee?' vroeg ik – meer een eenvoudige deductie dan een regelrechte vraag.

'Ik verbind u door,' zei ze.

Even later hoorde ik Clapper. 'Hallo, Sean.'

'Morgen, generaal. Mooie dag?'

'Ik heb geen mooie dag meer meegemaakt sinds ik dit baantje heb. Weet je, Sean, het wemelt in deze stad van grote, dure advocatenkantoren die de vennoten een miljoen dollar per jaar betalen. Als er hier nog één ding fout gaat, sta ik daar op de stoep.'

'Goh, u klinkt echt gedeprimeerd. Is dat niet een beetje drastisch?'

Hij kon er niet om lachen – een slecht teken. Of ik was niet zo geestig als ik dacht, of hij was echt in een pesthumeur. Het moest natuurlijk dat laatste zijn.

'Heb je het gehoord van die dode journalist?' vroeg hij.

'U bedoelt de vent die mij een paar dagen geleden belde?'

'Ja. Heb je hem nog ontmoet?'

'Hij kwam gisteren bij me langs. We hebben wat gepraat en hij is weer vertrokken.'

'De hoofdredacteur van de *Herald* heeft de voorzitter van de stafchefs gebeld. Hij zal een geweldige rel schoppen als wij de dader niet te pakken krijgen.'

'Ik kan het hem niet kwalijk nemen. Die arme vent staat bij

een pisbak en het volgende moment pist en bloedt hij tegen de muur terwijl iemand hem wurgt met een stuk ijzerdraad. Wat een wereld, niet? Hoor eens, ik bel eigenlijk omdat we misschien een goed idee hebben. Delbert heeft het bedacht. We willen weten of de NSA of een van die andere geheime diensten geen surveillancebanden of foto's heeft van Zone 3, voor de periode tussen de veertiende en de achttiende.'
'Een goed idee,' was alles wat hij zei.
'Kunt u een verzoek indienen, generaal? U kent die spionnen. Voor een gewone majoor maken ze de kluis niet open.'
'Ik zal vanavond bellen.'
'Dank u, generaal,' zei ik, en we hingen allebei weer op.
Ik had mijn verdenkingen over de moord op Berkowitz misschien met generaal Clapper kunnen bespreken, net als met Wolky. Maar vanaf het moment dat ik van Wolky had gehoord dat Berkowitz dood was, vertrouwde ik niemand meer die ik kende. Ik was ervan overtuigd dat de moord op Berkowitz op de een of andere manier verband met mij hield. Al die duistere gevoelens van paranoia die ik de afgelopen nacht met moeite had begraven spoelden weer als een vloedgolf over me heen.
Bovendien kostte het me grote moeite enig medeleven op te brengen met de recent verscheiden Berkowitz. Ik kon niet echt om hem treuren. Mijn relatie met de journalist beperkte zich tot een gemeen stukje op de voorpagina van zijn krant en een brutale poging om mij te chanteren zijn informant te worden. Ik had geen idee wie hem had vermoord, maar ik begreep onmiddellijk waarom mensen hem uit de weg hadden willen ruimen.
Het was net zo'n plaatje met allemaal losse stippen. Ik wist niet hoe ik ze met elkaar moest verbinden, maar mijn intuïtie zei me dat er een verband was. En als de NSA satellietfoto's of -banden had van wat zich in Zone 3 had afgespeeld, stonden we aan de rand van een grote doorbraak. Ik kon nauwe-

lijks wachten op de kopieën van die opnamen. Daarmee zou ik terug kunnen gaan naar Sanchez en zijn team. Ik verheugde me nu al op hun gezichten.
Er werd luid op de deur geklopt en toen ik opkeek zag ik Imelda binnenkomen met een vel papier in haar hand dat ze vasthield alsof het de heilige graal was.
'Hallo,' zei ik.
'Hier is de rekening voor de reparatie van dat gat dat je gisteren in de wand hebt gegooid, verdomme,' zei ze, wapperend met het papier in mijn gezicht.
'O, dat,' zei ik. 'Heel onhandig van me. Die telefoon vloog gewoon uit mijn handen. Ik probeerde hem nog te grijpen, maar hij was zo glibberig dat hij me ontglipte.'
'Ach, klets toch niet, majoor. Wie vernielt, betaalt de schade,' zei ze. Ze smeet het papier op het bureaublad en stak me een pen toe. Dit was trouwens een van haar favoriete uitdrukkingen.
'Tweehonderd dollar!' blafte ik.
Ze glimlachte zowaar. 'Dat is voor de wand en de telefoon samen.'
Ik zette een krabbel onder de nota's die Imelda aan de administratie zou doorgeven, zodat ze de tweehonderd dollar van mijn soldij konden afhouden. Imelda keek triomfantelijk toe. Ze behoorde nog tot de generatie van onderofficieren voor wie legereigendommen heilig waren. Wie die heilige relikwieën bevuilde, beschadigde of kwijtraakte verdiende een zware straf. Smeken of tegenspreken had geen zin.
Met een nijdig gezicht schoof ik de nota naar haar terug.
'Er zijn twee mannen in burger om u te spreken,' zei ze.
'De CID?'
'Ja.' Ze knikte.
'Kunnen jullie even buiten wachten?' vroeg ik aan Morrow en Delbert.
Ze vertrokken met Imelda en maakten plaats voor twee

jonge rechercheurs met stekeltjeshaar, die zoals de meeste militairen een goedkoop pak droegen dat niet goed zat. Hun dassen kwamen uit de *Twilight Zone* en hun overhemden waren van strijkvrij polyester. Ongetwijfeld in de uitverkoop bij de K-Mart gekocht.
Ze lieten me snel hun legitimatie zien en mompelden hun namen. David-nog-iets en Martie-nog-wat.
'Majoor, we hoorden van kapitein Wolkowitz dat u ons wilde spreken,' zei Martie nog-wat.
'Klopt. Heeft hij u verteld wat ik hier doe?'
'Ja.'
'En heeft hij u ook gezegd dat Berkowitz over mijn onderzoek schreef?'
'Ja,' zei Martie.
'Als goed opgeleide criminologen ziet u ongetwijfeld het mogelijke verband hier?'
Martie, die een groengevlekte das droeg op een roodgestreept overhemd, knikte peinzend en zei toen: 'Over verbanden gesproken – blijkbaar heeft Berkowitz drie of vier dagen geleden een stukje over u geschreven op de voorpagina van zijn krant, de *Washington Herald*.'
'Dat is zo,' gaf ik toe. 'Daarom heb ik hem vermoord.'
Ontsteld keken ze op.
'Grapje,' zei ik. 'Ik bedoel, hij heeft mijn naam verkeerd gespeld, maar verder had ik weinig aan te merken op zijn artikel. Hij vond dat het leger een hogere officier had moeten aanstellen als leider van het onderzoek.'
'Werd u daar kwaad om?'
'Dat meent u toch niet? Ik wou dat ik het zelf geschreven had. Heren, hoe zou ú het vinden om te moeten beslissen wat er met die negen man in de gevangenis op de vliegbasis Aviano moet gebeuren?'
'Is het zo lastig?' vroeg David. Hij was een watje met glimmend gepoetste legerschoenen, een bruin pak met een hel-

derrode das en een blauw overhemd. Ik kreeg kippenvel toen ik het zag.

Ik keek hem aan als de aardige grote broer die hij altijd had willen hebben. 'David, ik zal het je eerlijk zeggen, het is niet echt gezellig hier. Hoe je het ook bekijkt, je verliest altijd.'

'Het valt dus niet mee?'

Ik schudde mistroostig mijn hoofd. 'Gisteren vond ik nog een rotte kool in mijn slaapzak. Rotte kool!' kreunde ik. 'Elke avond is er wel wat.'

'Klootzakken,' mompelde hij, doelend op de Special Forces die je overal tegenkwam in Tuzla. Had ik al gezegd dat advocaten niet populair zijn en de militaire politie met de nek wordt aangekeken? Nou, CID-rechercheurs staan lager in aanzien dan welk levend wezen ook. Het is bekend dat ze informanten en verraders laten infiltreren en iedereen heimelijk in de gaten houden. Een democratisch leger mag er geen Gestapo op na houden, maar de CID komt aardig in de buurt. Ik heb meegemaakt dat soldaten CID-badges op schietschijven schilderden bij het oefenen.

'Ik weet nu hoe jullie je moeten voelen,' zei ik, en schudde meelevend mijn hoofd.

'Ja, het is niet makkelijk,' beaamde David, en Martie knikte.

'Als we de kans krijgen,' zei ik, 'laten we dan samen een borrel drinken. Ik zou graag van jullie horen hoe jullie met de druk en de spanning omgaan.'

'Best,' zei David, stralend als een poedel die juist haar kont heeft laten likken door een mooie Deense dog.

Tijd om de vruchten te plukken van mijn walgelijke onderdanigheid. 'Nou,' vroeg ik, 'heeft het onderzoek nog iets nieuws opgeleverd?'

'We hebben niet veel aanknopingspunten,' zei Martie.

'Kapitein Wolkowitz vertelde me dat het een professionele wurgstok was. Er zijn misschien maar één of twee fabrikanten die zulke wapens maken. Als ik jullie was, zou ik de naam van die fabrikant achterhalen en nagaan wie er de afgelopen twee jaar zo'n ding heeft gekocht.'

'Over die wurgstok gesproken...' zei Martie. 'We vragen ons af waarom de moordenaar het wapen om de hals van het slachtoffer heeft laten zitten.'

'Hmm,' zei ik, bewust weifelend, 'als je het mij vraagt, zou ik zeggen dat hij het ding moeilijk ergens kwijt kon. En bang was het bloed van het slachtoffer op zijn kleren te krijgen als hij het meenam. Er zaten zeker geen vingerafdrukken op de handvatten?'

'Nee. We gaan ervan uit dat hij handschoenen droeg. Dus u denkt dat de moordenaar de wurgstok heeft achtergelaten omdat hij niet wist hoe hij zich ervan kon ontdoen?'

'Nou, ik weet niet zoveel van dit soort zaken,' loog ik, 'maar een wurgstok is niet veel anders dan een wegwerpscheermes. Dat zal een van de redenen zijn waarom de moordenaar dat wapen heeft gekozen. Een pistool maakt lawaai en laat kogels na waarmee je het wapen kunt traceren. Bij een mes ken je het type en weet je dus waar je moet zoeken. Bovendien vormt een wurgstok ook een boodschap, in zekere zin. Misschien heeft de moordenaar het als waarschuwing bedoeld.'

'Klinkt logisch,' vond David. Ik zag dat hij me wel mocht.

'Hebben jullie voetafdrukken gevonden?' vroeg ik.

'We zijn nog mallen aan het maken. Het was een latrine, met veel voetsporen.'

'Ja, maar dit is het leger. En het was een openbare plee, die ook door de pers wordt gebruikt. We weten hoe bezorgd het leger is om zijn imago. Ik durf te wedden dat die latrine 's avonds wel is schoongeschrobd. Ga na wie dat heeft gedaan, en hoe laat. Bovendien kun je het onderzoek beperken tot schoenen met rubberzolen. De moordenaar moest zijn slachtoffer van achteren besluipen zonder te worden gehoord.'

'Goed punt,' zei David, die een opschrijfboekje had gepakt en druk zat te pennen. Deze jongens leerden in hun opleiding blijkbaar hetzelfde als een rechtenstudent, dacht ik. Was dat nou zo moeilijk te onthouden? Een wurgstok is een wegwerpwapen en de moordenaar droeg waarschijnlijk schoenen met rubberzolen.
'Was er veel bloed?' vroeg ik.
'Ja. Tegen de muur, over de pisbakken en op de grond. Alsof iemand het met een slang had rondgespoten,' zei Martie.
'Slagaderlijke bloedingen maken veel troep. Als je geluk hebt, heeft de moordenaar ook wat over zich heen gekregen.'
Dat noteerde David ook in zijn kleine boekje.
'Wat denken jullie?' vroeg ik. 'Zou de moordenaar hem hebben opgewacht in de latrine? In een van de hokjes, misschien? Of zou hij hem zijn gevolgd?'
Ze krabden allebei op hun hoofd.
'Ik hou het erop dat de moordenaar hem is gevolgd,' zei ik. 'Ik bedoel, misschien vermoedde hij of wíst hij zelfs dat Berkowitz een zwakke blaas had. De man was een dikzak en dikke mensen hebben vaak blaasproblemen. Maar als de moordenaar in die plee had staan wachten, zou hij misschien zijn opgevallen. Ik denk dat hij zich ergens buiten heeft verborgen en hem naar binnen is gevolgd.'
'Denkt u dat de moordenaar een bekende was?' vroeg Martie.
'Moeilijk te zeggen,' antwoordde ik. 'Je zou iedereen kunnen ondervragen die in of uit het persverblijf of de latrine is gekomen tussen tien uur en middernacht. Misschien hebben ze iemand gezien die stond te wachten of het gebouw in de gaten hield.'
Weer een aantekening in Davids boekje. Toen stonden ze allebei op.
'We moeten weer eens opstappen, majoor. Ik hoop niet dat u het ons kwalijk neemt, maar we hebben nog veel te doen.

Mogen we nog eens terugkomen?'
'Natuurlijk. Graag zelfs. Misschien kan ik helpen.'
'Ja,' zei Martie, duidelijk de leider van het tweetal.
'En vergeet die borrel niet,' riep ik hen nog na toen ze vertrokken, zo luid dat het hele kantoor het kon horen. Ik wilde iedereen laten weten dat dit een vriendschappelijk bezoekje was geweest.
Maar ik betwijfelde of mijn nieuwe, slecht geklede vrienden erg ver zouden komen met hun onderzoek. Ik had sterk het gevoel dat Berkowitz was vermoord door iemand met een goede training, die al vaker mensen had gedood. In Topeka, Kansas, zou dat een nuttige aanwijzing zijn geweest. Dan hadden we de lijst van mogelijke verdachten kunnen inkorten tot een overzichtelijk aantal. Maar op de luchtmachtbasis Tuzla, waar de hele Tenth Special Forces Group was gelegerd, kon je een steen een willekeurige kant op gooien en altijd een verdachte raken.

16

Generaal Chuck Murphy leek behoorlijk pissig, en dat kon ik hem niet kwalijk nemen. Niemand begint graag zijn dag met de aanblik van een paars aangelopen lijk in een met bloed besmeurde latrine, en Chuck Murphy besefte ook wel dat het einde van zijn glanzende carrière weer een stapje dichterbij was gekomen. Het leger verwachtte van zijn bevelhebbers dat ze orde en gezag handhaafden in hun kamp. Het lijk van een vermoorde, internationaal bekende journalist in een latrine paste niet helemaal in dat beeld.
'Goedemorgen, generaal,' zei ik, terwijl ik me in een stoel tegenover zijn bureau liet vallen.
'Majoor,' antwoordde hij, wat me nog meeviel. Een 'goedemorgen' kon er niet af.

'Het spijt me dat ik u moet lastigvallen, generaal. Ik neem aan dat u een drukke dag voor de boeg hebt, maar ik zoek de antwoorden op een paar vragen.'

'U kunt vrij over mijn tijd beschikken,' zei hij, met een ongeduldige blik op zijn horloge.

'Goed, het gaat hierom. We hebben Sanchez en zijn mensen nu allemaal ondervraagd en de operationele journaals doorgewerkt. We hebben de Servische lijken gezien. Maar wat ik nog steeds niet begrijp, is wat Sanchez en zijn team eigenlijk in Kosovo te zoeken hadden.'

'Hebben we het daar niet over gehad? Ze waren daar als ondersteuning. Een standaard militaire operatie. Wij trainen en bewapenen die Kosovaren om hun eigen oorlog uit te vechten.'

'Wie heeft dat bedacht?'

'Wie heeft wát bedacht?' vroeg hij prikkelbaar.

'De hele operatie. Ik bedoel, iemand heeft ooit gezegd: "Hé, ik heb een goed idee. We moeten de Tenth Group gebruiken om het UÇK te helpen." Elke militaire operatie heeft een opdrachtgever. Wie was dat?'

'Ik zou het werkelijk niet weten, Drummond. Die dingen ontstaan vanzelf. Zo zal het in dit geval ook wel zijn gegaan.'

'Van wie hebt u die orders gekregen, generaal?'

'Mijn orders waren ondertekend door generaal Partridge, de commandant van het JSOC, het Joint Special Operations Command.'

'Sorry, ik weet niet zoveel van die dingen. Ik dacht dat u onder de NAVO-commandant in Brussel opereerde. Hij heeft toch de leiding over Europa en die hele actie in Kosovo?'

'Dat is waar, maar de Special Forces werken zelden voor het plaatselijke commando. Meestal krijgen we onze orders rechtstreeks uit Fort Bragg. Een kwestie van delegeren.'

'O ja? Hoezo?'

'Vanwege het bijzondere karakter van onze operaties. Bevelhebbers van conventionele eenheden weten in het algemeen te weinig van onze unieke mogelijkheden, dus kunnen ze daar niet optimaal gebruik van maken. Dat is niets bijzonders, Drummond. Lees er de stukken maar op na. Zo ging het ook in Mogadishu en Haïti.'

'En van wie krijgt generaal Partridge zijn orders dan?'

'Van de generale staf.'

'Houdt hij rechtstreeks contact met het Witte Huis?'

'Waarom vraagt u dat?'

'Gewoon uit nieuwsgierigheid,' loog ik. 'Ik weet niet veel van die beslissingen van hogerhand, dus probeer ik erachter te komen hoe het zit.'

Hij keek me scherp en onderzoekend aan. 'Heeft dit iets met uw onderzoek te maken?'

'Ja, heel zijdelings. Kijk, Sanchez en zijn mannen beweren dat die hinderlaag van hen in feite zelfverdediging was. Ziet u het probleem? Sommige mensen zullen dat een kromme redenering vinden. Een hinderlaag is immers een soort aanval, niet? Dus probeer ik te bepalen wat zelfverdediging precies inhoudt. Daarvoor moet ik misschien praten met de mensen die deze operatie in eerste instantie hebben bedacht. Om erachter komen wat zíj onder zelfverdediging verstaan.'

'Het is niet iemand in het Witte Huis, dat kan ik u wel vertellen. Generaal Partridge werkt niet voor het Witte Huis. Nee... laat ik dat anders zeggen. Natuurlijk werkt hij voor de opperbevelhebber, die toevallig ook president is, maar verder loopt alles via de voorzitter van de stafchefs.'

'Dus misschien was dit idee afkomstig van iemand in het Pentagon, of een staflid van generaal Partridge zelf?'

'Ik denk het wel.'

'Hebt u nog tijd voor één vraag?' vroeg ik, omdat hij voortdurend op zijn horloge keek om me eraan te herinneren hoe ontzettend druk hij het had.

'Nog één, Drummond. Dan stop ik ermee,' zei hij hoofd-

schuddend. 'Je zult het niet geloven, maar ik heb nog andere dingen te doen.'
'O, dat geloof ik meteen, generaal. Ik ben elke dag weer dankbaar dat ik niet in uw schoenen sta,' zei ik. Hij keek me aan met een onderzoekende blik, alsof hij probeerde te raden wat ik daar precies mee bedoelde. 'Hoe vaak moesten Sanchez en zijn mannen een situatierapport aan uw hoofdkwartier doorgeven? Er was toch wel een standaardprocedure voor zulke dingen?'
'Dat weet ik niet, vrees ik.'
'Nou, ik heb net de orders voor Sanchez' operatie doorgelezen. Daar staat in dat hij twee keer per dag verslag moest uitbrengen: 's ochtends vroeg en als het donker werd.'
Heel even speelde er een gevaarlijk lachje om zijn lippen, dat meteen weer verdween. Als ik het antwoord toch al wist, dacht hij ongetwijfeld, waarom zat ik dan zijn tijd te verspillen? Die ouwe Chuck hield niet van een juridisch steekspel.
'Oké,' zei hij geërgerd.
'Volgens het operationele journaal heeft Sanchez tussen de veertiende en de achttiende drie keer verzuimd een rapport in te dienen. Wat leidt u daaruit af?'
'Misschien heeft hij ze wel ingediend, maar zijn ze niet door het operatiecentrum verwerkt. We hebben een goede organisatie hier, maar het operatiecentrum wordt geleid door militairen, en die kunnen ook fouten maken.'
'Natuurlijk, generaal, dat begrijp ik. Maar ik veronderstel dat die teams zich twee keer per dag moeten melden omdat ze achter de vijandelijke linies opereren. Dat is toch de enige manier om te weten of ze nog in leven zijn, niet? En als ze zich niet melden, wordt er meteen alarm geslagen, neem ik aan?'
'Dat hoeft niet,' zei de generaal. 'In de meeste gevallen zal het operatiecentrum niet onmiddellijk op de alarmknop drukken.'

'Waarom niet?'
'Stel dat het team 's ochtends geen rapport indient. Dan wachten we tot de avond. Als er dan nog geen melding komt, wordt er natuurlijk alarm geslagen.'
'En wat betekent dat? Wat gebeurt er als een team zich niet meer meldt?'
'Dan breiden we de luchtverkenningen boven de sector uit. Als dat ook niets oplevert, kunnen we een verkennersteam naar het gebied sturen om te zien wat er is gebeurd. We kennen de posities van de basiskampen, dus weten we ongeveer waar we moeten zoeken.'
'Maar dat is allemaal niet gebeurd toen Sanchez' team zich niet meldde?'
'Nee.'
'Had dat wel moeten gebeuren, generaal?'
Hij keek me behoorlijk pissig aan. 'Hoor eens, dat team is heelhuids teruggekomen. Niets aan de hand. We hebben nog nooit een team verloren, dus doen we het niet zo slecht, zou ik denken.'
Niemand houdt van kritiek, maar generaal Chuck Murphy kon er nog slechter tegen dan de gemiddelde mens. Dat is het probleem als je je hele leven hoort dat je zo geweldig bent. Dan ga je het zelf nog geloven. Die brede kin van hem stak nu naar voren als de boeg van een slagschip en zijn stemming was uiterst prikkelbaar. Ik zag dat ik niet meer welkom was. Nee, dat zeg ik verkeerd. Ik was vanaf het eerste begin niet welkom geweest.
Ik keek op mijn horloge. 'O jee. Ik moet nu echt weg, generaal. Ik moet nog iemand een verklaring afnemen.'
Dat was niet waar, maar ik kon de verleiding niet weerstaan om hem voor een keertje te vlug af te zijn. Ik vertrok zoals ik gekomen was, met een wijde boog om die grote, zware sergeant-majoor heen.
Ik liep snel terug naar het operatiecentrum, dat zich bevond

in een van die andere talloze barakken, ongeveer vijf deuren vanaf Murphy's hoofdkwartier. De wachtpost bij de ingang deed er een halve minuut over om me uit te leggen waarom ik dit streng geheime gebouw niet mocht betreden, totdat ik hem met de orders van de onderminister van Defensie om de oren sloeg. Volgens die orders mocht ik zelfs de Situation Room van het Witte Huis binnenkomen als ik wilde. Echt waar.

Daarna volgde ik een serie pijlen door een lange gang, een slecht verlichte trap af. In de kelder stond weer een wachtpost, voor een metalen deur, maar gelukkig had hij telepathisch contact met zijn collega boven, zodat ik alleen maar mijn pasje hoefde te laten zien om te bewijzen dat ik dezelfde klootzak met die lastige orders was die zijn maat al bij de voordeur had gesproken.

De metalen deur ging open en ik stapte de volgende eeuw in. De Special Forces hebben een bijna onbeperkt budget en de jongens van generaal Partridge hadden kosten noch moeite gespaard bij de inrichting van dit operatiecentrum. Een hele wand werd in beslag genomen door een grote elektronische kaart van Kosovo, met veel kleine, knipperende lichtjes – rood, groen en blauw. Drie hele batterijen Sun-microstations werden bemand door technici die grimmig over hun toetsenborden gebogen zaten. Tegen een andere wand waren hightech radioconsoles opgesteld, waar een stuk of tien verbindingsmensen scherp zaten te luisteren naar hun koptelefoons. Het leek wel een internationaal zenuwcentrum van AT&T, alleen droeg iedereen hier een camouflagepak en een kwieke groene baret. Nou ja, behalve ik dan.

Ik bleef een tijdje staan kijken en luisteren naar al die bedrijvigheid. Zoals in bijna alle operatiecentra waar ik ooit was geweest werd ook hier bijna alleen gefluisterd. Er klonk een constant gemurmel van menselijke stemmen, ratelende computertoetsen en radioberichten. Zo nu en dan liep er iemand haastig de ruimte door om iets te coördineren of een bericht naar een andere sectie te brengen. Een reus van een vent met de strepen van een sergeant-majoor zat achter een groot houten bureau in het midden. Hoewel er ook veel officieren rondliepen, was deze sergeant-majoor duidelijk de grote baas van deze machine en al zijn bewegende onderdelen.

Na een tijdje keek hij mijn kant op en zag hij me in de hoek staan. Blijkbaar wekte ik zijn nieuwsgierigheid. De volgende vijf minuten wierp hij regelmatig een blik in mijn richting, totdat hij eindelijk opstond, naar de hoek liep om zich een verse kop koffie in te schenken en naar me toe kwam. Toen zag ik pas dat hij twee koppen koffie had. En ook zijn handen vielen me op: grote, vlezige kolenschoppen waarin de kopjes niet groter leken dan vingerhoeden.

Zijn handen pasten bij de rest. Hij was een grote, ruige vent met een neus die al een paar keer gebroken moest zijn. Zijn grote lelijke kop leek rechtstreeks met zijn schouders verbonden omdat zijn nek de omtrek had van een boomstronk. Hij had het gebruikelijke stekeltjeshaar van de Special Forces, en flaporen, waardoor hij aan een olifant deed denken. Hij was bijna één meter negentig, met brede, zware schouders.

De reus tuurde naar mijn naamplaatje en het JAG-embleem op mijn kraag en begon toen breed te grijnzen. 'Bent u de man van het onderzoek?' vroeg hij.

'Ja. Bedankt,' zei ik en pakte haastig de kop koffie uit zijn hand, voordat hij kon besluiten dat hij niet met me wilde praten en iemand anders ging zoeken om de koffie aan kwijt te raken. Hij kon nu niet weglopen zonder de indruk te wekken dat hij als een loopjongen een kop koffie voor me had gehaald.

Op zijn naamplaatje las ik dat hij Williams heette. 'U bent de sergeant van de wacht, neem ik aan?'

'Juist. Welkom op mijn grondgebied.'

‘Mijn complimenten, sergeant-majoor. Een strakke organisatie, zo te zien.’
‘We doen ons best. Maar het wordt wel lastig als je Amerikanen en Kosovaren in het veld hebt en ook nog een oogje op de vijand moet houden.’
‘Goddank is dit geen oorlog.’
‘Zeg dat wel,’ grinnikte hij. ‘Als het er in de Golfoorlog zo was toegegaan, zouden de Irakezen nog altijd hotdogs grillen in Kuweit.’
‘Is het zo erg?’
‘Jezus, een klein meisje met één been zou de vijand nog meer schade kunnen toebrengen.’
‘Hoeveel teams zijn er nu?’
‘Op dit moment hebben we negen teams in Kosovo. En dan nog zestien Kosovaarse eenheden.’
‘Negen teams van de Special Forces en zestien van het UÇK?’
‘Nee, er werken negen UÇK-teams met onze eigen mensen samen, en zes UÇK-teams opereren zelfstandig.’
‘Ik wist niet dat er ook UÇK-eenheden zonder Guardian Angels opereerden.’
‘Wij noemen het VT’s... eh, volwaardige teams.’
‘Volwaardige teams?’
‘Ja. Elke UÇK-eenheid die voor het eerst teruggaat krijgt een team van babysitters mee, tot ze drie of vier missies met succes hebben volbracht. Daarna laten we ze los. We blijven ze bevoorraden en soms houden we nog contact, maar ze opereren min of meer zelfstandig.’
‘En doen ze het goed?’
Hij pakte me bij de arm en nam me mee naar de grote elektronische kaart aan de wand. Hij zocht even en wees toen naar een blauw lichtje in de noordoosthoek van Kosovo.
‘De rode lichtjes zijn de Serviërs, de groene onze eigen mensen en de blauwe het UÇK. Dat is VT-team 7, daar, een van

de eerste eenheden die we hebben opgeleid. Bijna al die mannen hadden ervaring in het Joegoslavische leger. De commandant was majoor bij de infanterie.'

'Ze zitten heel diep in het gebied,' merkte ik op.

'We proberen de nieuwe teams zo dicht mogelijk bij de Macedonische grens te houden. Als het dan misgaat, zijn ze zo weer terug.'

Ik keek naar het lichtje van team 7. 'Is dat een goede groep?'

'Verdomd goed.'

'Waar zijn ze mee bezig?'

'Op dit moment wijzen ze onze luchtmacht geschikte doelen aan. We hebben ze uitgerust met laser-aanwijzers. Ziet u die lijn daar?' Hij wees naar een serie knipperende rode lichtjes van het noordoosten naar het zuidwesten. 'Dat is de belangrijkste aanvoerlijn van de Serviërs. Ongeveer de helft van alle Servische munitie en voorraden komt daarlangs. Team 7 heeft mensen langs de hele route. Ze wijzen met hun lasers de doelen aan zodra er een F-16 rondvliegt die nog wat bommen of raketten over heeft.'

'Heel indrukwekkend,' zei ik.

'Ja, maar ze zijn wel de uitzondering. De meeste van die UÇK-teams zijn compleet waardeloos. Ze hebben nog helemaal niets gepresteerd sinds ze daar zitten. Als je ze orders geeft, seinen ze terug dat het te moeilijk is. Of ze beloven dat ze het zullen doen, maar als je dan de luchtfoto's ziet, is er helemaal niets van terechtgekomen. Verspilling van eten en munitie.'

Hij keek me voortdurend onderzoekend aan terwijl we praatten, met die aarzelende blik van mensen die zich iets proberen te herinneren.

'Wat weet u nog over het team van Akhan, sergeant-majoor?' vroeg ik.

'Ach, dat was verdomd jammer,' zei hij, terwijl hij peinzend over zijn wang wreef.

'Een goed team?'
'Daar zijn we nooit achtergekomen. Bij de training deden ze het voortreffelijk, maar ze zijn vernietigd voordat ze de kans kregen zich te bewijzen.'
'Ja, ze zijn uitgemoord toen ze dat politiebureau wilden overvallen.'
'Ellendige zaak,' zei hij, zonder het geringste spoor van spijt. Toen krulden zijn mondhoeken opeens omhoog. Hij hield zijn hoofd schuin en keek me aan. 'Hé, bent u ooit in Fort Bragg geweest?'
'Jaren geleden. Ik zat daar bij de infanterie.'
'Zie je wel, ik wist dat ik u eerder had gezien.'
'Vijf prachtige jaren bij het 82ste.' zei ik.
Hij liet zijn stem dalen. 'Ja, hoor. En ik was stuurman op de *Santa Maria* van Columbus, zullen we maar zeggen. U weet zeker niet meer wie ik ben?'
'Nee, ik ben bang van niet.'
Hij knipoogde. 'Natuurlijk niet. Ik herkende uw naam ook niet omdat het Regiment geen namen gebruikte bij de selectie. We gaven jullie allemaal een nummer, om zeker te weten dat niemand werd voorgetrokken of voordeel had van zijn rang. Maar ik vergeet nooit een gezicht.'
Ik keek Williams scherp aan en probeerde hem te plaatsen. Die stem was verontrustend bekend, net als de ogen, maar ik wist niet waarvan en dat beviel me niet.
'Het spijt me, sergeant-majoor, maar u hebt de verkeerde voor. Ik heb nog nooit van dat regiment gehoord.'
Zijn grijns werd nog breder. 'Herinnert u zich het krijgsgevangenkamp? Die grote, agressieve klootzak met een kap over zijn kop, die u helemaal in elkaar schopte?'
Ja, die herinnerde ik me maar al te goed. Om tot het Regiment te worden toegelaten moest je een selectie doorlopen die zes maanden duurde. Het was een ware beproeving. Maar één op de twintig kandidaten kwam er doorheen. Alle

rekruten zaten ook twee weken in een krijgsgevangenkamp, dat door de leiding zo realistisch mogelijk was gemaakt. We werden aan een derdegraadsverhoor onderworpen door een reus van een vent, die een heel onplezierige voorkeur voor mij ontwikkelde. Hij vond me zo aardig dat hij me elke dag een uur lang persoonlijk onder handen nam. Toen hij met me klaar was had ik twee gebroken ribben, een gebroken neus en twee tanden uit mijn mond als aandenken aan zijn attenties.
'Was jij dat, die klootzak?' vroeg ik.
'Hé, zand erover,' grinnikte hij. 'Ik deed gewoon mijn werk.'
'Je werk? Nou, je scheen er nogal plezier in te hebben.'
Weer grinnikte hij. 'Dat hoorde ook bij het werk. We moesten doen alsof we ervan genoten. Om jullie nog banger te maken.'
'En dat is gelukt,' zei ik doodernstig. 'Ik heb nog jaren van je gedroomd.'
Ik zei er niet bij dat het nachtmerries waren, maar dat had hij wel door.
'Je was een taaie, kleine klootzak. Je had moeten toegeven en me vertellen wat ik wilde weten. Dan had je jezelf heel wat pijn bespaard. En het maakte het er niet beter op dat je zo'n grote bek had. Wist je dat al die sessies op band werden opgenomen?'
'Dat is me ontgaan, geloof ik. Daar let je niet op als je tegen de muur wordt gesmeten en in elkaar geslagen. Je wist mijn aandacht aardig af te leiden.'
'Ja. Nou, er zat zo'n kleine camera in de hoek van het plafond. Kolonel Tingle, de kampcommandant, bekeek die banden elke avond en gaf me op mijn donder omdat ik me door jou liet afbekken. Na de eerste week zei ik al tegen hem dat je geen krimp zou geven, maar hij liet je steeds weer terugkomen.' Hij schudde zijn hoofd, alsof hij terugdacht aan een rampzalig verlopen blind date. 'Daarom hebben ze je bij

het Regiment toegelaten. Omdat je zo'n taaie etterbak was. Want volgens mij was je een waardeloze schutter.'
'Ja, schieten kan ik niet,' gaf ik toe.
'Dus je bent daar weggegaan om advocaat te worden,' zei hij.
'Ja. Na vijf jaar besloot ik dat het tijd werd om aan mijn geestelijke gezondheid te denken.'
'Dat begrijp ik. Ik heb er zelf zes jaar gezeten – één of twee jaar te lang, vrees ik. Die rol als bewaker in dat krijgsgevangenkamp was het laatste dat ik heb gedaan. Daarna lieten ze me gaan.'
'En sindsdien zit je hier?'
'Ja. En dit is zeker geen slechte groep. Het is niet het Regiment, maar ja, wat wél?'
'Nee, dat is zo. Bovendien worden we wat te oud voor dat gedoe.'
Ik slenterde naar de wand met radioconsoles en hij liep met me mee.
'Hebben jullie contact met alle teams in de zone?'
'Ja.'
'Ze moeten zich dagelijks melden, neem ik aan?'
'Twee keer per dag: 's ochtends vroeg en tegen de avond. Daarom hebben we tien van die radioconsoles staan. Dan kunnen we alle rapporten tegelijk ontvangen.'
'Verzuimen ze zich wel eens te melden?' vroeg ik.
'Heel zelden. En onze jongens nooit. Alleen het UÇK is soms slordig.'
'Wat doen jullie als een melding uitblijft?'
'Proberen contact te krijgen. Verder hebben we nog nooit hoeven gaan, want dat is altijd gelukt. Als we geen contact zouden krijgen, zouden we meteen een vliegtuig sturen. Levert dat ook niets op, dan sturen we er een verkennersteam naartoe. En snel.'
'Waarom wachten jullie niet gewoon tot het volgende rapport om te zien of ze weer contact maken?'

Hij keek me aan alsof dat een achterlijke suggestie was. 'Kom nou, je weet zelf hoe die dingen gaan. Die situatierapporten zijn hun enige houvast. Als ze er maar eentje overslaan, zullen we hemel en aarde bewegen om uit te zoeken wat er aan de hand is.'
'Had jij dienst toen Sanchez' team in de zone was?'
'Een deel van de tijd. Maar ik zeg erbij, majoor, als oude vrienden onder elkaar... we zijn gewaarschuwd om op te passen wat we daarover tegen je zeggen.'
Ik wist dat sergeant-majoor Williams en ik een paar heel intieme momenten hadden gedeeld. Ik bedoel, er ontstaat een speciale band tussen een beul en zijn slachtoffer. Daarom waagde ik het erop.
'Wie heeft jullie dat gezegd?'
Hij grijnsde opeens niet meer en schudde zijn hoofd. 'Daar kan ik geen antwoord op geven. Ik zeg je alleen dat je dit heel slim moet spelen, en niet zo koppig als ik me je van vroeger herinner. Het leek misschien niet zo, maar dat krijgsgevangenkamp was toch een spelletje. Dit is de boze buitenwereld.'
Op dat moment kwam er een kolonel naar ons toe met een gezicht alsof hij net in een grote, sappige citroen had gebeten. Hij wierp me een blik toe alsof ik zijn dochter had ontmaagd en pakte Williams bij zijn mouw.
'Neem me niet kwalijk, sergeant-majoor, maar we moeten nieuwe gegevens versturen aan team 4. Komt u even mee?'
De kolonel sleurde Williams mee naar een hoek en begon daar met een wijsvinger tegen zijn borst te priemen. Ik zag Williams met zijn voeten schuifelen en vermoedde dat hij behoorlijk op zijn lazer kreeg. Ik kan niet zeggen dat ik ermee zat. Ik bedoel, ooit had de vent me twee weken lang elke dag bont en blauw geslagen, ook al beweerde hij nu dat het gewoon zijn werk was geweest. Als iemand twintig uur bezig is je tot pulp te slaan, weet je heus wel of hij dat als zijn

werk of als sport beschouwt. Misschien was hij daarom na zes jaar bij het Regiment vertrokken. Omdat het Regiment besefte dat hij dreigde over de schreef te gaan. Als ze het mij toen hadden gevraagd, zou ik hebben geantwoord dat hij die grens allang was gepasseerd.

In elk geval hadden de waakhonden me in de gaten, dus zou ik hier niet veel wijzer van worden. Ik trok me geruisloos terug en dacht na over Williams' waarschuwing. Die kon je op veel manieren uitleggen. Misschien had iedereen opdracht gekregen uit mijn buurt te blijven omdat ik onderzoek deed naar hun kameraden en niemand iets wilde zeggen dat hen achter de tralies zou kunnen brengen. Zuiver juridisch gezien was dat een grootschalige samenzwering om de rechtsgang te belemmeren. Menselijk gesproken was het een heel begrijpelijke en in sommige opzichten zelfs prijzenswaardige reactie.

Wat het verdacht maakte, was die opmerking dat dit de 'boze buitenwereld' was. Ik bedoel, op dat moment lag er een groot, opgeblazen lijk in een gekoelde container achter in een C-130, op weg naar Washington. Dat was zeker de 'boze buitenwereld'.

Ik liet mijn hand zakken en tastte naar de .38 in de holster op mijn heup. Het werd tijd om munitie voor dat pistool aan te schaffen. Aan de andere kant was ik zo'n beroerde schutter dat ik waarschijnlijk een grotere trefkans zou hebben als ik een eventuele aanvaller het ding gewoon naar zijn hoofd zou gooien.

17

De man die op mijn kantoor op me zat te wachten zag eruit als een geheim agent. Misschien kwam het door al die James Bond-films of die spionageromans uit de tijd van de koude oorlog, maar een zonnebril en een regenjas waren het symbool geworden voor iedereen die iets met de inlichtingendienst te maken had. Toch kon ik me niet voorstellen dat iemand van de NSA als een gevaarlijke spion probeerde over te komen. Neem me niet kwalijk, maar bij de NSA voeren ze geen geheime missies uit in vijandelijk gebied. Hollywood schildert hen soms af als ongrijpbare intriganten, maar dat bewijst nog eens wat er gebeurt als je mensen als Oliver Stone een camera in zijn handen drukt, met toestemming om het universum naar zijn eigen idee te interpreteren. De NSA is een verzameling luistervinken. Ze doen hun werk met satellieten, speciale vliegtuigen en andere vreemde instrumenten. Maar goed, je kunt hen niet kwalijk nemen dat ze gebruik willen maken van dat onzinnige imago dat Hollywood voor hen heeft gecreëerd. Het is een goedkope manier om je wat sex-appeal aan te meten.

Hoe dan ook, de man die op een stoel naast de deur van mijn kantoor zat, met een regenjas over zijn schouders geslingerd en de *Washington Post* opengevouwen op zijn schoot, deed zijn uiterste best om nonchalant, trendy en flitsend over te komen. Dat lukte hem ook aardig. Hij was een knappe vent met achterovergekamd blond haar, grijzend aan de slapen, en een postuur dat heel wat uren in de fitnessruimte van de NSA verried. De meeste mensen bij de NSA zien er gewoon uit als ambtenaren met een dikke reet. Geen wonder, als je de hele dag via satellieten naar de wereld zit te turen.

'Hallo,' zei ik toen ik langs hem heen liep.

Hij vouwde meteen zijn krant dicht, kwam overeind en liep achter me aan. 'U bent majoor Drummond?'

'Zonet nog wel.'

Hij volgde me naar mijn honk, waar ik achter mijn bureau ging zitten. Mijn bezoeker bleef staan, viste zijn portefeuille uit zijn regenjas en sloeg hem open om me zijn legitimatie te laten zien. Hij probeerde het net zo snel te doen als sommige smerissen dat kunnen, maar ik had toch de letters NSA gelezen voordat hij de portefeuille met een haastig en agressief gebaar weer dichtklapte. Ik vroeg me af of hij anabolen gebruikte.

'U hebt mijn verzoek gekregen, neem ik aan?' vroeg ik.

'Ja. Het hoofdkantoor in Maryland. Zij vroegen me om contact met u op te nemen.'

'Mooi. Dan hebt u uw werk goed gedaan. We hebben contact.'

Mijn luchtige toon was verspild aan deze man. 'Ik doe mijn werk altijd goed,' zei hij. 'En u hebt geluk, majoor. We hadden inderdaad een satelliet boven Zone 3 tijdens de periode die u aangaf.'

'Geweldig. Wanneer kan ik de foto's krijgen?'

'Dat kan wel even duren, ben ik bang. Zone 3 is een groot gebied, bijna vijfhonderd vierkante kilometer. En er gebeurt van alles in die sector. We hebben de Tenth Group gevraagd om de coördinaten van dat basiskamp en de hinderlaag. Als we die weten, kunnen onze analisten wel een uitsnede maken. Wilt u films of foto's?'

'Allebei. Ik wil graag alles zien wat u heeft, dan kan ik mijn eigen conclusies trekken.'

'Goed.'

'Weten uw mensen dat er haast bij is?'

Op neerbuigende toon zei hij: 'Natuurlijk weten ze dat. Iedereen heeft altijd haast met ons materiaal. Ik weet niet of het u is opgevallen, maar er woedt een oorlog aan de andere kant van de grens.'

Er was iets aan deze vent wat me niet beviel. Zijn ogen bijvoorbeeld, die me deden denken aan een paar lichtblauwe knikkers in smalle oogkassen. Er zat geen leven in die ogen, alleen kleur, alsof ze kunstmatig waren. En er was nog iets anders, waar ik niet de vinger op kon leggen. Iets...

'Ik wist niet dat jullie rechtstreeks voor de Tenth Group werkten,' zei ik.
'Ja, hoor.'
'Hebben jullie een post hier in Tuzla?'
'Naast het C3I-gebouw van de luchtmacht. Een klein, maar goed beveiligd kantoor. Daar kunt u de opnamen bekijken.'
'En als ik foto's wil meenemen?'
Hij lachte een beetje schurkachtig. 'Nee... dat kan echt niet.'
'Waarom niet?'
'Omdat ze streng geheim zijn.'
'Hoor eens, meneer... ik heb uw naam niet goed verstaan.'
De glimlach veranderde in een zelfingenomen grijns. 'Dat was ook de bedoeling niet. Noem me maar Jones.'
'Heel origineel,' zei ik.
'Ja, met mij kun je lachen,' zei hij. 'Vraag het aan wie je wilt.'
Nu wist ik wat me niet aan deze man beviel. Ik had maar een klein kantoor, met nauwelijks genoeg zuurstof voor één eigenwijze klootzak. Hij zat me gewoon in de weg.
'Wat doen we dan als ik uw foto's nodig heb voor mijn bewijslast?'
'Dat is úw probleem. Ze gaan de deur niet uit.'
'Moet ik het hogerop zoeken?'
'Ga maar zo hoog als je wilt, vriend. Die opnamen zijn gemaakt door een splinternieuwe experimentele satelliet, met mogelijkheden die ik iemand als u niet ga beschrijven. De president zelf kan me niet eens opdragen die foto's vrij te geven.'
Daar dacht ik even over na. 'Hoe kan ik u bereiken?' vroeg ik ten slotte.
'Dat kunt u niet. U hoort het wel als ze klaarliggen.'
'Bent u hier gestationeerd?'
'Ja. Ik kreeg vanochtend een telefoontje van het hoofdkwartier om u te helpen. Als u nu braaf meewerkt, kunnen we dit pijnloos afhandelen.'

'Goh, bedankt hoor. Ik verheug me echt op de samenwerking,' zei ik toen hij weer vertrok.
Deze vent zat me dwars. Zijn ogen zaten me dwars. Zijn houding zat me dwars. Maar wat me nog het meeste dwarszat was die *Washington Post* onder zijn arm en die stompzinnige regenjas. Het had al dagen niet geregend in Tuzla. De zon scheen en iedereen liep te zweten. Ik stapte mijn kamer uit en zag Imelda, verdiept in de transcripties van de verklaringen die we in Aviano hadden afgenomen.
'Hé, Imelda, doe me een plezier.'
'Ik doe niemand een plezier,' mopperde ze. 'Ik voer alleen orders uit.'
'Goed, doe me dan een order. Bel Washington en vraag wat voor weer het daar is geweest, de afgelopen vierentwintig uur.'
'Waarom? Wil je gisteren op reis?' grinnikte ze. Ik moet toegeven dat het een van de leukste dingen was die ik haar ooit had horen zeggen. Misschien begon ik toch invloed op haar te krijgen. Nou ja, mijn flauwe kant dan.
'Nee, mijn auto staat op het parkeerterrein van de luchtmachtbasis Andrews,' zei ik, 'en ik herinner me net dat ik het raampje heb opengelaten. O... en nog iets.'
'Wat?'
'Waar berg je 's avonds onze stukken op?'
'In die kasten daar,' zei ze, wijzend op drie grote, grijze militaire dossierkasten.
'Vraag onmiddellijk een kluis aan. En zorg dat jij of een van de meiden naast die kasten slaapt totdat de kluis er is.'
Ze trok haar wenkbrauwen op, maar was verstandig genoeg om niets te vragen.
Ik liep weer terug naar mijn kamer en belde mijn nieuwe vriend Wolky, die ik heel vriendelijk vroeg om twee van zijn stoere militaire politiemensen 's avonds op wacht te zetten voor de deur van ons kantoor.

Even later kwam Imelda me vertellen dat het de afgelopen vierentwintig uur in Washington had gestortregend. Reagan National Airport was gesloten en vanaf Dulles werd alleen nog in noodgevallen gevlogen. Maar op mysterieuze wijze was Andrews voor de regen gespaard gebleven, dus mijn auto was veilig. Imelda rapporteerde het met een diepe frons. Een idioot die zijn autoraampjes open liet, verdiende in haar ogen beschimmelde stoelen en vernielde elektronica.

Natuurlijk stond mijn auto niet op Andrews. Ik vroeg me alleen af hoe onze vriend Jones – die zelfingenomen kleine leugenaar – zo snel hier was opgedoken. Hij kwam niet van de andere kant van de basis, hij kwam van Andrews.

Maar waarom had hij die lange reis gemaakt? En waarom deed hij zo geheimzinnig over zijn naam en had hij gelogen dat hij hier in Tuzla was gestationeerd? Mensen die er hun werk van maken om geheimen te verzamelen en te verhandelen zullen zelf ook wel achterbaks worden, maar Jones overdreef het toch.

Ik zat er nog over na te denken toen er op de deur werd geklopt en ik mijn twee CID-makkers Martie en David zag staan popelen om binnen te komen.

'Kom erin, kom erin,' zei ik, terwijl ik naar hen toe liep om hun de hand te drukken.

'Hallo, majoor,' zei Martie, 'we storen toch niet?'

'Welnee.'

'Mooi. David en ik wilden nog wat dingen met u bespreken.'

'Uitstekend.'

Ze lieten zich op een stoel vallen en aarzelden voordat ze terzake kwamen. Marties gezicht stond kil en afstandelijk, David keek alsof hij last had van een paar grote aambeien. Dat is wat professionele misdaadbestrijders een aanwijzing noemen. Hun stemming was duidelijk omgeslagen sinds die ochtend.

‘Hebt u die twee artikelen gelezen die vanochtend op de voorpagina van de *Herald* stonden?’ vroeg Martie.
Dat had ik niet, moest ik bekennen, dus gaf hij me twee gefaxte velletjes. Het eerste was een hoofdartikel over de moord op Jeremy Berkowitz. Een goed stuk, waarin hij werd geprezen als een van de belangrijkste militaire deskundigen van het land, een moedige en toegewijde journalist op wie helemaal niets aan te merken viel. Het was zo’n grafrede die journalisten altijd voor elkaar schrijven, eindigend met een huilerige alinea over alles wat Jeremy voor de wereld had gedaan en hoe vreselijk die wereld hem zou missen. Zoiets. Gelukkig wist ik droge ogen te houden.
De tweede fax was het laatste artikel dat Berkowitz had doorgegeven over mijn onderzoek. Alleen leek het totaal niet op het stuk dat ik gedacht had dat hij zou schrijven. Het was een oppervlakkig verhaaltje – dat het onderzoek nog gaande was, dat de onderzoekers onvermoeibaar doorwerkten, maar dat het veel tijd kostte om alle feiten boven water te krijgen. Ik probeerde mijn verbazing te verbergen.
Martie zat nu naar achteren geleund in zijn stoel, met een achterdochtige uitdrukking op zijn gezicht. ‘Was dat het stuk dat hij zou schrijven, volgens u?’ vroeg hij, bepaald niet vriendelijk.
Dat is het probleem met die jongens van de CID. Aan het begin van de ochtend was ik nog hun beste vriend geweest, nu behandelden ze me als de wurger van Boston.
‘Hij heeft me nooit verteld wat hij ging schrijven,’ antwoordde ik rustig.
‘Maar u zei...’
‘Ik zei dat hij een opgewonden indruk maakte en dat hij erop zinspeelde dat hij een geheime informant had. Hoe moest ík weten wat hij zou gaan schrijven?’
‘Volgens uw medewerkers heeft Berkowitz tien minuten met u gesproken. Vanochtend wekte u de suggestie dat hij even

langs was gekomen om een paar details te bevestigen.'
'Daar blijf ik bij. Verder hebben we wat gebabbeld over de situatie in Washington.'
'Zoals?'
'Hoe daar tegen het onderzoek wordt aangekeken, bijvoorbeeld. Hij zei dat het Witte Huis de zaak op de voet volgde.'
'En meer hebt u niet met hem besproken?'
'Nee.'
'Daar was tien minuten voor nodig?' vroeg hij sceptisch. Toen boog hij zich naar voren in zijn stoel. 'We hebben nu de tijd gehad om zijn notitieboekje uitvoerig door te nemen. Uw naam wordt daar vaak in genoemd.'
'Op welke manier?'
'Laten we zeggen dat sommige aantekeningen heel merkwaardig zijn.'
'Merkwaardig is een interessant woord,' zei ik. 'Merkwaardig in de zin van: "Ik denk dat majoor Drummond me vanavond met een wurgstok wil vermoorden"? Of in de sfeer van: "Drummond heeft de leiding van het onderzoek en hij lijkt me een geweldige vent, dus wil ik graag wat meer over hem weten"?'
Marties gezicht stond onbewogen. 'Daar ergens tussenin,' zei hij.
Martie had me zijn rang niet verteld, maar ik vermoedde dat hij en David adjudant waren. Dat is de rang van bijna alle CID-rechercheurs. Ze komen vaak van de politie en hebben zich kunnen opwerken, zoals een straatagent die bij de recherche komt.
Dit was misschien het juiste moment om hem te intimideren met een woedeaanval, maar toch deed ik dat niet. Hoe slecht hij zich ook kleedde, Martie was niet achterlijk. Hij had de juiste tactiek gevolgd om mij te ondervragen, door de ene onthulling na de andere te doen, in de hoop dat ik in de val zou lopen. In dat krijgsgevangenkamp tijdens de selectie

voor het Regiment deden ze dat ook – heel vriendelijk met je praten. Dat levert meestal meer op dan iemand in elkaar rammen, omdat harde jongens (zoals ik mezelf beschouw) niet altijd slim zijn en een vriendelijk gesprek een intellectuele krachtmeting is.

Natuurlijk kon Martie niet weten dat ik de hogeschool van de verhoortechniek had doorlopen, dus was hij in het nadeel. Op dit punt hoorde ik zenuwachtig te worden. De standaardreactie van een schuldige verdachte is alles ontkennen en proberen erachter te komen hoeveel de ondervrager weet. Zo ontstaat een duel met woorden, en dat is precies wat de ondervrager wil, want op die manier graaft de verdachte zijn eigen graf.

Dus stond ik op en liep ik zwijgend naar de deur. Ik was al bijna buiten toen Martie riep: 'Waar denkt u dat u naartoe gaat?'

'Ik ga een advocaat zoeken. Die lopen hier wel ergens rond.'

Dat was niet de reactie waar hij op gerekend had. 'Wacht eens even,' zei hij, zo streng mogelijk.

'Sorry, kerel,' zei ik. 'Je had een minuut, en die heb je verspeeld.'

'Wacht even, majoor,' zei hij, nu met een lichte aarzeling in zijn stem. 'Misschien hebt u een heel logische verklaring voor alles.'

'O, vast wel,' zei ik. 'Dat weet ik wel zeker. Maar jij en ik zijn uitgepraat.'

Hij keek me half-vermoeid, half-ongeduldig aan en zei: 'U kunt beter gaan zitten, dan komen we er wel uit.'

'Vergeet het maar,' zei ik. 'We weten allebei wat hier aan de hand is. Ze hebben jullie kloten in een bankschroef gelegd, omdat ze met een verdachte op de proppen willen komen. Het spijt me van jullie kloten, echt waar, maar dan moet je niet bij mij zijn.'

'Dat heeft er niets mee te maken.'

'Lul niet, Martie. Dat heeft er álles mee te maken.'
Martie draaide zich om naar David, die keek alsof de pijn van zijn denkbeeldige aambeien ondraaglijk was geworden.
'Zeg het maar,' zei ik. 'Verdwijnen jullie, of moet ik een advocaat erbij halen?'
Martie dacht even na. Toen stonden hij en David op en stampten ze mijn kamer uit. Dat was een foutje. Heel amateuristisch. Als hij echt iets had om me op te pakken, had hij moeten wachten tot ik een hele horde welbespraakte advocaten had verzameld om de zaak uit te vechten. Maar wat Berkowitz in zijn opschrijfboekje over mij had genoteerd was blijkbaar zo vaag of irrelevant dat Martie geen poot had om op te staan. Hij klampte zich aan strohalmen vast. Hij probeerde iedereen onder druk te zetten in de hoop dat het iets zou opleveren. Aan de boom schudden, noemen ze dat. Een goede techniek, tenzij er gorilla's aan de takken hangen. Dan is het minder verstandig.
Er werd weer op de deur geklopt, zachtjes nu. Toen ik opkeek zag ik Morrow staan, heel peinzend. Mooi, maar peinzend.
'Je hebt je dag niet, zo te zien,' zei ze.
'Onzin. Ik hoor net de uitslag van de loterij, en wat denk je? Ik heb de hoofdprijs! Tweehonderdvijftig miljoen dollar. Ik vroeg me net af wat ik met al dat geld moet doen.'
Ze kwam binnen en ging zitten. 'Nou? Wat wordt het?'
'Het gaat allemaal naar Moeder Teresa. Tot de laatste cent.'
'Eh... majoor, Moeder Teresa is dood.'
'O ja? Echt?' vroeg ik. 'Da's balen. Nou ja, dan geef ik het zelf maar uit.'
'Dat dacht ik al,' zei ze.
'Ja, ik ook. Ik zie het al voor me. Een groot huis aan het eind van de Florida Keys, een grote driemaster en een mooie rode sportwagen. Wat zou jij ermee doen?'
'Ik?' Ze streek met een lange, slanke hand door haar weelde-

rige dikke haar, alsof ze er nog nooit van had gedroomd zoveel geld te bezitten. Wees nou reëel. Iedereen droomt er wel eens van om net zoveel geld te hebben als Bill Gates. Maar niet zijn kop.

'Ik denk dat ik een mooi oud herenhuis in Cambridge zou kopen en een liefdadigheidsinstelling zou stichten.'

'Bah, wat erg,' zei ik.

'Helemaal niet. Het lijkt me een zinvolle manier om geld uit te geven dat je niet hebt verdiend.'

'Nee, ik bedoel een herenhuis in Cambridge. Met al die irritante linkse types van Harvard als buren. Dan kom je om in de geitenwollen sokken.'

'Je loopt achter, joh. Verschil moet er zijn, weet je nog? Harvard laat tegenwoordig zelfs Republikeinen toe. Niet in grote aantallen, dat is waar, maar als symbool.'

'Meen je dat? Wat voor Republikeinen? Echte kerels die vlees eten, of van die slappe types zoals Rockefeller?'

'Er zat zelfs een skinhead in mijn jaar.'

'Een skinhead?'

'Ja, compleet gestoord.' Ze rolde met haar ogen. 'Hij droeg alleen van die enge zwarte T-shirts, legerbroeken en soldatenkistjes. Hij studeerde constitutioneel recht. Na zijn studie wilde hij de rest van zijn leven het Hooggerechtshof bestoken met bezwaren tegen allerlei antidiscriminatiewetten. Meester Rambo noemden we hem.'

'Nou, dan had hij wel de juiste plek uitgekozen. Hoe heet die professor ook alweer, die zoveel bestsellers heeft geschreven en voortdurend processen voert tegen de regering?'

'Alan Dershowitz?'

'Ja, precies.'

'Alan mocht hem wel,' zei ze. 'Hij vond dat Rambo pit had, en *chutzpah*.'

'Kén jij Dershowitz?'

'Ja, heel goed. Alan was mijn mentor. En de beste advocaat

die ik ooit heb ontmoet. Ik heb al zijn colleges gevolgd.'
'Goh, ik dacht dat ík de beste advocaat was die je ooit had ontmoet.' Ik onderdrukte een grijns. In werkelijkheid probeerde ik alleen maar sluw te zijn en langs een omweg mijn twijfels over Morrow weg te nemen. Hád ze wel aan Harvard gestudeerd? Wás ze wel advocaat? Of was ze hiernaartoe gestuurd om mij te bespioneren en in het gareel te houden? Natuurlijk had ik dezelfde twijfels over Delbert, maar ik kreeg steeds meer behoefte aan iemand om in vertrouwen te nemen. Er gebeurden zoveel vreemde dingen dat ik een klankbord nodig had.
'Vind je het goed als ik even tegen je aan praat?' vroeg ik. Tegen een knappe vrouw moet je dat waarschijnlijk anders formuleren. Tientallen mannen hadden haar natuurlijk hetzelfde gevraagd, om daarna een lang verhaal te houden over hun vrouw die hen niet begreep, of hun seksleven dat niets voorstelde, of wat dan ook. Mooie vrouwen moeten veel bekentenissen aanhoren van mannen die alleen maar in hun broekje willen.
Ze trok een pijnlijk gezicht. 'Nou, als het moet, majoor...'
'Hou eens op met dat "majoor". Sean is goed genoeg.'
Dat maakte het nog erger, aan de weifelende uitdrukking op haar gezicht te zien. 'Goed hoor, Sean.'
'Ik wil even testen of ik nog bij mijn volle verstand ben.'
Ze keek verbaasd. Blijkbaar had ze iets anders verwacht. Tenzij dit een vreemde inleiding van mij was om doktertje te spelen. En als jongens en meisjes doktertje spelen...
Ze knikte en ik vervolgde: 'Er gebeuren hier rare dingen en ik weet niet wat ik ervan moet denken. Gisteren kwam die journalist Berkowitz langs om me wat vragen te stellen over het onderzoek. Vanochtend werd hij dood gevonden. Vermoord. Met alle kenmerken van een professionele moordaanslag door de maffia of de Special Forces – mensen die weten hoe ze met een exotisch wapen moeten omgaan.'

Lisa knikte. 'En jij denkt dat er een verband is?' vroeg ze, koel en afstandelijk.
Ze klonk net als een therapeute. Niet dat ik ooit in therapie ben geweest, natuurlijk. Nou ja, toen ik pas bij het Regiment weg was, ben ik een paar keer met een psycholoog wezen praten. Dat moest iedereen, echt waar.
'Ja, volgens mij wel,' zei ik ten slotte. 'Maar eerst iets anders. Vanmiddag had ik weer een gesprek met die grote aap, generaal Murphy. Ik vroeg hem wat er was gebeurd toen Sanchez en zijn team zich niet hadden gemeld. Helemaal niets, zei hij. Dat leek me niet logisch, omdat die teams zich juist moeten melden om het hoofdkwartier te laten weten dat ze nog in leven zijn. Dus vroeg ik hem wanneer er dán alarm werd geslagen.'
'En wat zei hij?'
'Dat het operatiecentrum meestal twaalf uur wacht, tot het volgende situatierapport. Als het team zich dan nóg niet meldt, wordt er actie ondernomen.'
'Dat klinkt niet zo vreemd,' vond ze.
'Jawel. Heel vreemd zelfs, als je weet hoe belangrijk die rapporten zijn. Zeker als je achter de vijandelijke linies opereert. Hoe dan ook, ik ben naar het operatiecentrum gegaan om informatie in te winnen. Ik vroeg de dienstdoende sergeant-majoor of hij zich gevallen herinnerde waarin teams zich niet hadden gemeld. Dat kwam bij het UÇK nog wel eens voor, zei hij, maar er had nog nooit een Amerikaans team verzuimd zich te melden. Daarna vroeg ik hem wat ze deden als ze het contact kwijt waren. Dan werd er onmiddellijk groot alarm geslagen, zei hij.'
'Dus we hebben een verschil van mening tussen een sergeant-majoor en een generaal.'
'Of we hebben een leugenaar.'
'Dat is wel een grote sprong naar een gevaarlijke conclusie.'
'Misschien. Maar diezelfde sergeant-majoor waarschuwde

me dat iemand bevel had gegeven om niet mee te werken aan ons onderzoek.'
Daarop reageerde ze in elk geval eerlijk, en niet als advocaat.
'Waarom vertelde hij je dat?' vroeg ze.
'Een vreemd toeval. Hij herinnerde zich mij nog uit de tijd dat ik in Fort Bragg zat, jaren geleden. We hadden dus nog een band van vroeger.'
'En je geloofde hem?'
'Even later werd hij door een kolonel onder handen genomen omdat hij met me had gepraat.'
'Nou ja, dat kan allerlei redenen hebben.'
'Ja, maar ik kan ze niet bedenken. En nu het derde vreemde incident. Toen ik terugkwam, zat er een vent van de NSA op me te wachten. We hadden geluk, zei hij, want een van hun satellieten had inderdaad boven Zone 3 gehangen. Hij zei erbij dat hij hier in het kamp was gestationeerd, maar wilde me zijn naam niet noemen. Merkwaardig genoeg had hij een *Washington Post* en een regenjas bij zich. En de afgelopen vierentwintig uur regende het pijpenstelen in Washington. Ik hoop dat je je portierraampjes hebt dichtgedraaid.'
Ze plukte even aan haar lip en leek alles te overwegen wat ik haar had verteld. Ze tuurde een tijdje naar de grond, en toen naar het plafond. Ze legde een potlood tegen haar lip en om de een of andere reden vond ik dat verdomd sexy.
'Het spijt me echt,' zei ze ten slotte, 'maar ik zie het verband niet tussen die dingen.'
'Tijd en plaats, Morrow. Er wordt een journalist vermoord. Een generaal zit te liegen, een legeronderdeel wil niet meewerken aan een onderzoek en er verschijnt een onbekende vanuit Washington. En dat allemaal binnen twaalf uur. Hier in Tuzla.'
'Op zichzelf kun je allerlei verklaringen bedenken voor die afzonderlijke gebeurtenissen.'

‘Of het is net als dat onkruid dat op verschillende plaatsen bloeit, maar één gemeenschappelijke wortel heeft.’
‘Als je een heel levendige fantasie hebt, ja.’
‘Misschien heb je gelijk,’ gaf ik toe. ‘Misschien ben ik paranoïde.’
‘Heb je daar een reden voor?’
‘Niet dat ik weet. Maar in een oorlog kijk je soms naar een heuvel en wéét je gewoon dat er aan de andere kant gevaar dreigt.’
‘Dit is geen oorlog.’
‘Zeg dat maar tegen Jeremy Berkowitz.’

18

Die avond had ik moeite om de slaap te vatten. Toen ik in bed lag probeerde ik al die kleine stukjes aan elkaar te passen, en eerlijk gezegd leek het resultaat nog het meest op een monster van Frankenstein: een afschrikwekkend gedrocht. En mijn monster had geen armen en benen, dus kon ik het niet tot leven brengen. Alles wat ik bedacht was zo absurd, dat ik het zelf niet kon geloven.
Clapper belde om twee uur in de morgen, maar ik was nog klaarwakker, dus deed ik er niet moeilijk over.
‘Verdomme, Drummond, wat gebeurt daar allemaal?’ begon hij het gesprek. Hij klonk echt kwaad – ook een reden waarom ik niet moeilijk deed.
‘Het gaat prima hier,’ zei ik. ‘Er is vandaag iemand van de NSA langs gekomen die zei dat we geluk hadden. Bedankt voor uw hulp.’
‘Dat bedoel ik niet. Ik heb net met generaal Murphy gebeld. Hij zegt dat je hem en zijn mensen probeert te intimideren. Dat je je niet professioneel gedraagt.’
‘Dat heeft hij niet tegen mij gezegd.’

'Hij heeft me een lange lijst met officiële klachten gefaxt: gebrek aan respect voor hogere officieren. Dreigementen om hogere officieren aan te klagen. Een officier beletten zijn advocaat te waarschuwen. Getuigen onder druk zetten en intimideren. En dan heb ik het nog niet eens over het feit dat je een operatiecentrum bent binnengedrongen om belangrijk personeel van hun werk te houden tijdens een operatie in het veld, waardoor je het leven van soldaten in de waagschaal stelde.'
'Hoor eens, generaal, dat is allemaal flauwe...'
'Hij heeft er een stapel getuigenverklaringen bij gedaan. Eens kijken, hier heb ik een verklaring van een luitenant-kolonel Smothers, en zijn raadsman, kapitein Smith. En een verklaring van een sergeant-majoor Williams en een kolonel Bitters... Moet ik doorgaan?'
'Nee, generaal. Ik kan het allemaal uit...'
'O, en deze, niet te vergeten. Van de aalmoezenier. Hij zegt dat je hem wilde dwingen zijn zwijgplicht te verbreken.'
'Ik heb met hem gepraat, maar...'
'Dus vraag ik het je nog één keer: waar ben je in vredesnaam mee bezig?'
Hij gaf me eindelijk een kans mezelf te verdedigen, maar ik had het te druk met ademhalen. Ik voelde me alsof ik in een ijskoud zwembad was gedoken, waardoor mijn ballen tot in mijn borst omhoog waren geschoten, op weg naar mijn keel. Eindelijk drong het tot me door dat ze me in alle opzichten te slim af waren. Ze hadden me te grazen genomen, vanaf het moment dat ik voet op het asfalt van Tuzla had gezet. Waar ik ook ging, met wie ik ook sprak, ik had altijd iemand achter me aan – of misschien wel vlak naast me. Hoe dan ook, ik had de tegenpartij schromelijk onderschat.
Bovendien was er die gulden regel van het leger dat een hogere rang altijd gelijk heeft. Dat leek misschien niet eerlijk,

maar het hele systeem zou in elkaar donderen als die regel niet in alle omstandigheden werd gehandhaafd.
Om nog maar te zwijgen over die andere gulden regel: dat je een zaak alleen kunt winnen met voldoende overtuigende bewijzen. Murphy had de moeite genomen om verklaringen te fabriceren en getuigen te verzamelen, terwijl ik niets anders had dan mijn woord als advocaat en officier. Wat dat ook waard mocht zijn.
'Ik weet zeker dat we dit kunnen ophelderen, als we er de tijd voor krijgen.'
'Je hebt gelijk. Als dit voorbij is, komt er een officieel onderzoek naar jullie optreden. Ik hoef je er hopelijk niet aan te herinneren dat Chuck Murphy misschien wel de meest gerespecteerde officier van het hele leger is. Aan West Point was hij de beste van zijn jaar. Hij was een football-held en hij heeft de Heisman Trophy gewonnen. Hij had een Rhodes-beurs, hij was een oorlogsheld. Zijn blazoen is smetteloos en zijn integriteit is boven alle twijfel verheven.'
Terwijl mijn reputatie en integriteit ernstige deuken hadden opgelopen.
'Dat begrijp ik,' stamelde ik. 'Maar...'
'En dan nog iets, verdomme. De reden waarom we een advocaat hebben aangewezen als leider van dit onderzoek was dat we iemand zochten met genoeg ervaring om die juridische valkuilen te omzeilen. Herinner je je de Vrucht van de Gifboom nog?'
'Natuurlijk,' zei ik. De Vrucht van de Gifboom is een juridische doctrine die leert dat een vormfout niet alleen het onderzoek ondermijnt, maar ook alle daaruit voortvloeiende bewijzen, die daarom nooit door de rechtbank zullen worden geaccepteerd.
'Als je nu tot een krijgsraad adviseert, zou de verdediging gehakt van je maken. Je hebt er een puinhoop van gemaakt.'
'Hoor eens, generaal, ik...'

‘En dan nog iets. Het hoofd van de Criminal Investigation Division was net bij me. Hij vroeg naar jouw militaire dossier. Hij stelt een onderzoek in naar je achtergrond. Wat moet ik daarvan denken? Wat heb jij met de moord op Berkowitz te maken?’

‘Niets, generaal, voorzover ik weet. Ik heb u al gezegd dat Berkowitz met me kwam praten, de dag voordat hij stierf. Daarna heb ik nog bezoek gehad van twee CID-inspecteurs. Ze hadden vragen over een paar merkwaardige notities in Berkowitz’ opschrijfboekje.’

‘Merkwaardig? Wat moet ik daaronder verstaan?’

‘Dat vroeg ik hun ook, maar dat was vertrouwelijke informatie.’

Er viel een lange, gespannen stilte. ‘Ik ben niet blij met je optreden, Drummond,’ zei hij toen. ‘Sterker nog, ik ben er heel ongelukkig mee.’

‘Ik ben er zelf ook niet tevreden over,’ gaf ik toe, hoewel om heel andere redenen dan hij.

‘Hou je aan de regels totdat deze zaak achter de rug is. Ik wil geen klachten meer van Chuck Murphy. Geen woord, van wie dan ook. Is dat goed begrepen?’

‘Jawel, generaal.’

‘Na afloop zullen we een onderzoek instellen,’ dreigde Clapper weer, voordat hij de hoorn op de haak smeet en ons gesprek – als je het een gesprek kon noemen – voorbij was. Zelf had ik niet veel anders bijgedragen dan ‘jawel’ en ‘maar, ik...’

Slapen was nu onmogelijk. Ik kwam uit bed, kleedde me aan en liep naar ons houten kantoortje. Voor de deur stonden twee van Wolky’s zwaarste MP’s. Ik liet hun mijn pasje zien en mocht naar binnen. Imelda zat op een veldbed bij de dossierkasten, met een zaklantaarn, verdiept in een van die dikke boeken waar ze zo dol op is. Ze keek op toen ze de deur open en dicht hoorde gaan en borg het boek haastig onder

haar slaapzak. Ze was een vrouw die het liefst zwaar onderschat werd.
'Wie is daar?' Ze knipperde met haar ogen in het donker.
'Ik ben het, Imelda.'
'O,' zei ze, 'Wat doe je hier, zo laat?'
'Ik kon niet slapen,' zei ik. 'Ik kwam wat vakliteratuur inzien.'
In werkelijkheid voelde ik me zo waardeloos dat ik mezelf wilde straffen, zoals die veertiende-eeuwse monniken die zichzelf met zwepen geselden als boetedoening voor hun zonden. Alleen had ik een nog wredere straf gekozen. Ik was van plan elk juridisch handboek te lezen dat ik te pakken kon krijgen.
'Het gaat niet goed, is het wel?'
'Nee,' gaf ik somber toe. 'Ik maak er een puinhoop van.'
Daar dacht ze even over na. In de loop van de jaren hadden we samen aan zo'n twee dozijn zaken gewerkt, en hoewel ik groot respect had voor Imelda, waren we nooit dieper op die zaken ingegaan. Ik liet de papierwinkel aan haar over en droeg haar de praktische klussen op. Zij had de leiding over het kantoor en zorgde ervoor dat ik goed voorbereid en op tijd in de rechtszaal verscheen.
'Denk je dat ze schuldig zijn?' vroeg ze.
'Eerlijk gezegd, ik weet het niet. Ik neem aan dat ze schuldig zijn, maar blijkbaar ben ik de enige die dat gelooft.'
'Volgens mij zijn ze zo schuldig als een stelletje zieke hoeren in een nonnenklooster,' verklaarde ze.
Ik weet niet of ik het heb verteld, maar Imelda kan op sommige momenten heel bloemrijke taal uitslaan. Ik leunde tegen de muur en sloeg mijn armen over elkaar. Ik was hier niet gekomen voor een lange discussie met Imelda, maar ik had toch niets beters te doen. Als je ooit een juridisch handboek hebt gelezen, weet je wat ik bedoel.
'Waarom denk je dat?' vroeg ik.

'Omdat ik alle getuigenverklaringen heb gelezen. Die lui liegen allemaal. Ze liegen dat ze barsten. Die kapitein... eh, Sanchez heet hij toch?'
'Ja. Terry Sanchez.'
'Ja. Volgens mij had die vent niet genoeg lef.'
'Sorry. Lef waarvoor?'
'Die adjudant en die twee sergeants maakten de dienst uit. Sanchez had geen flikker in te brengen.'
'Zou kunnen,' zei ik. 'Maar misschien wil het leger helemaal niet weten wat daar precies gebeurd is. Misschien hebben ze liever dat ik die jongens onschuldig verklaar. Dan is de zaak afgedaan.'
'Het leger snijdt zich soms in zijn eigen vlees.'
Ze zat daar op een slaapzak met een warrig hoofd, een gekreukt legergroen T-shirt, een verbleekt oud sportbroekje en witte sokken. Geen indrukwekkende bron van wijsheid, eerlijk gezegd.
'Dank je, Imelda,' zei ik.
'Geen punt. Dus hou op met zeuren en ga aan het werk.'
'Ja, mevrouw.'
Ik stapte mijn kamer binnen en deed de deur achter me dicht. Ik hoorde Imelda laden opentrekken en in dossiers snuffelen. Een paar minuten later kwam ze binnen met haar armen vol dossiers. Ze bracht ze naar mijn bureau en liet ze daar in een grote stapel vallen. Zonder nog een woord te zeggen vertrok ze weer.
Ik keek naar de dossiers. Ze had alle transcripties verzameld van onze gesprekken in Italië. Ik zocht even, vond de verklaring van adjudant Persico, en begon te lezen. Daarna werkte ik de verklaringen van alle andere teamleden nog eens door. Om zes uur was ik klaar. Imelda had gelijk. Al die verhalen hadden één ding gemeen: gebrek aan respect voor Sanchez. In Persico's geval was het nauwelijks te traceren, maar toch was het zo. Hij prees zijn teamleider, maar sprak steeds over

de UÇK-commandant als *kapitein* Akhan, terwijl hij Sanchez gewoon Sanchez noemde.
Sergeant Perrite was minder subtiel. Hij had opgemerkt dat Sanchez nog niet zijn eigen kont kon afvegen als Persico niet zijn hand vasthield. Maar dat was niet het enige. Toen Perrite en Machusco de Serviërs op de heuvel hadden ontdekt, had hij dat aan Persico gemeld. Daarom wist Sanchez misschien niet hoeveel struikeldraadlichtseinen er waren afgegaan of wat zijn achterhoede deed of zag. De sergeants van het team meldden alles aan Persico, alsof hij de commandant was en Sanchez slechts een meeloper.
Nu ik wist waar ik naar moest zoeken, in welke vorm dan ook, ontdekte ik de gemeenschappelijke noemer. Delbert en Morrow hadden niet erg diep gegraven in hun gesprekken, maar ook hun transcripties ademden dezelfde sfeer. Bijvoorbeeld het verhaal van de broertjes Moore, de tweeling, die verklaarde dat Persico hun had verteld welke posities ze bij de hinderlaag moesten innemen. Persico had hun bevel gegeven om te vuren en had het lichtsein ontstoken om het einde van de beschieting aan te geven. Graves, de hospik, zei dat Persico hem een veilige positie op een halve kilometer achter de hinderlaag had gewezen en hem de plaats had genoemd waar ze zich zouden verzamelen als de zaak verkeerd zou gaan en ze zich moesten verspreiden. Butler, een van de twee mensen die over de zware wapens gingen en het machinegeweer had gedragen, verklaarde dat Persico zijn richtpunten had gecontroleerd, hem had gezegd waar hij moest vuren en toezicht had gehouden op het leggen van de mijnen. Sergeant Caldwell had een soortgelijke verklaring afgelegd.
Tijdens het verhoor had ik Persico en Perrite een paar keer gevraagd hoe bepaalde beslissingen tot stand waren gekomen. Daar hadden ze vaag of onduidelijk op geantwoord. Op dat moment had ik al iets moeten vermoeden. Persico

had me verzekerd dat de operationele verantwoordelijkheid uitsluitend bij Sanchez had gelegen, maar toen ik de transcripties nog eens doorlas vond ik nauwelijks een aanwijzing dat Sanchez zelfs maar present was geweest.
Om halfzeven kwamen Delbert en Morrow binnen. Ik besloot hierover geen woord tegen hen te zeggen. Om te beginnen zouden ze het allebei beschouwen als weer zo'n tegendraadse poging van mij om toch een bewijs voor schuld te vinden, terwijl alle andere feiten naar de onschuld van de mannen wezen. Bovendien wilde ik niet dat dit via de 'mol' zou worden doorgegeven. Het belangrijkste voor de voortgang van het hele onderzoek waren nu de satellietfoto's van de NSA. Als daarop een Amerikaans team was te zien dat in koelen bloede vijfendertig Serviërs vermoordde, konden we een nieuwe weg inslaan. Als zou blijken dat Sanchez en zijn mannen voor hun leven hadden gerend en wanhopig hadden geprobeerd zich een weg uit de dodelijke omsingeling te vechten, was mijn interessante observatie over Sanchez' positie net zo relevant als een suspensoir in een meisjeskleedkamer.
Om acht uur belde er een vrouw namens Jones. Ze had een vriendelijke, zangerige stem en nodigde ons uit om over een uur naar het NSA-centrum in het kamp te komen voor een besloten presentatie. Ik sloot de deur van mijn kantoor en probeerde dat uur zo nuttig mogelijk te besteden. Ik ijsbeerde door de kamer, van links naar rechts, van de ene hoek naar de andere, tot ik er genoeg van had en weer ging zitten, starend naar de wanden.
Ik wilde niet dat Sanchez en zijn mannen schuldig waren, maar ik was het punt gepasseerd waarop ik me kon veroorloven hen voor onschuldig te houden. Op dit moment hing mijn hele carrière af van de vraag of ik gelijk zou krijgen. Clappers dreigement van een disciplinair onderzoek hing als een zwaard van Damocles boven mijn hoofd. Murphy

had precies het juiste moment gekozen voor zijn aanval. Als de banden zouden aantonen dat Sanchez' team onschuldig was, zou ik mijn koffers moeten pakken en op het eerstvolgende vliegtuig naar Washington stappen. Ik zou het misschien nog een dag of twee kunnen uitstellen om wat zaken af te wikkelen, maar een officieel onderzoek zou ik niet meer overleven. Delbert en Morrow zouden verklaren dat ik Sanchez' team tot elke prijs schuldig had willen verklaren, ondanks elk gebrek aan bewijs. En dan waren er al die verklaringen van Murphy en zijn mensen. Ik zou overkomen als een gestoorde kapitein Ahab, die uitviel en snauwde tegen iedereen in zijn buurt – en dat alles om een niet bestaande walvis. Ik hoefde niet bang te zijn voor een krijgsraad, maar mijn kansen om nog als jurist bij het leger te blijven waren net zo groot als die van een driebenig paard op de renbaan van Saratoga.

Om kwart voor negen haalde ik Delbert en Morrow op. We liepen naar het C3I-gebouw van de luchtmacht, waar een wachtpost ons de weg wees naar een metalen hut aan de linkerkant. Aan niets was te zien dat het om een NSA-centrum ging, waarschijnlijk omdat niemand mocht weten dat het er was.

Bij de deur stonden twee bewakers in uniform, wat me niet verstandig leek. Als een hypothetische spion vlak naast het C3I-gebouw een onopvallend kantoortje ontdekte met twee wachtposten voor de deur, zou hij zeker achterdochtig worden. Al die knappe koppen, en niemand die op het idee kwam dat het veel slimmer was om de wachtposten áchter de deur te zetten.

Hoe dan ook, de bewakers verwachtten ons al. Ik liet onze pasjes zien, met die hatelijke orders die ik van de onderminister van Defensie had gekregen, en ze wuifden ons naar binnen.

Er was nog een tweede deur, van zwaar metaal, met een bel

waar ik op drukte. In de hoek van het plafond zat een camera en waarschijnlijk werden we van binnenuit geobserveerd voordat we een zoemer hoorden. Ik duwde de deur open.
We werden ontvangen door een vrouw, dezelfde die ons had gebeld, nam ik aan.
'Goedemorgen, ik ben mevrouw Smith,' zei ze met een gekunsteld lachje. Ze had perfecte, stralend witte tanden, die op een subliem voorgeslacht of een zeer getalenteerde tandarts wezen.
Het viel me op dat iedereen die bij de NSA werkte blijkbaar Smith of Jones heette, of iets anders met één lettergreep. Waarom noemden ze zich niet Gwyzdowski of Petroblaski? Dan wist je tenminste niet meteen dat het een valse naam was. Tenzij je er een hele kudde tegelijk tegenkwam.
In elk geval kon mevrouw Smith aardig met mevrouw Morrow wedijveren in de categorie oogverblindend. Het verschil was dat mevrouw Smith een heel korte rok en een leuke strakke blouse droeg, waardoor je meteen wist waar je je tanden in zou zetten. De charmante mevrouw Morrow had haar aantrekkelijkheden verborgen in een wijd camouflagepak, hoewel groen, bruin en zwart wel goed kleurden bij haar gezicht.
'Hoe maakt u het, mevrouw Smith,' zei ik. 'U werkt samen met meneer Jones, neem ik aan?'
'Inderdaad. Ik ben zijn assistente.'
'Kijk eens aan,' zei ik. 'Welkom in Tuzla.'
'Dank u,' zei ze met dezelfde parelende lach. Mevrouw Smith was dus ook net uit Washington aangekomen.
'Waar moeten we heen?' vroeg ik.
'Volgt u mij maar.'
Ze nam ons mee naar een klein kantoor, met achterin een steile trap naar een ondergrondse ruimte.
Als een goede gids gaf ze onderweg uitleg. 'Deze ruimte is onder de grond aangelegd omdat we de wanden met lood moesten bekleden. Met moderne microgolfapparatuur kun

je alles afluisteren dat via een computer gaat. We gebruiken natuurlijk de nieuwste, beveiligde computers, maar we nemen liever geen risico en proberen ons zo goed mogelijk te beschermen.'
'Heel verstandig van u,' zei ik, en mompelde: 'Alsof je twee condooms draagt bij het vrijen.'
'Het is duur,' zei ze, 'maar het geld meer dan waard.'
'En wat doet u allemaal voor vreemde dingen in deze speciale ruimte?'
Ik keek naar haar blonde achterhoofd en kon haar gezicht niet zien, maar het duurde even voordat ze antwoord gaf.
'We voeren voornamelijk doelwitanalyses uit voor de bombardementen,' zei ze ten slotte, maar niet met overtuiging.
'Begeleidt u ook vliegtuigen van hieruit?'
'Niet dat ik weet.'
We waren nu in de kelder aangekomen en ik haalde haar in toen ze ons voorging door een lange, smalle gang.
'Dat is vreemd,' zei ik toen ik naast haar liep. 'Iemand... misschien meneer Jones wel... zei dat de U2's van hieruit worden gedirigeerd.'
'O ja, natuurlijk, dat is zo. Sorry, ik werk op de administratie. Dat soort dingen moet u mij niet vragen.'
'*Au contraire.* U bent heel behulpzaam,' zei ik, en daar moest ze weer om glimlachen. Ze lachte veel, mevrouw Smith. En ze loog ook veel.
We kwamen bij een volgende grote, metalen deur, waar ze handig een plastic kaartje door een slot haalde en zo de deur opende. Jones zat aan het eind van een lange tafel, met een kop koffie in zijn hand. Hij had zijn donkere pak en das verruild voor minder formele kledij. Hij droeg bijna hetzelfde als wat Berkowitz had gedragen, compleet met jagersvest. Ik vond het nogal pompeus, maar zoals gezegd was hij een knappe vent met veel spieren. Hij stond op en liep om de vergadertafel heen, terwijl ik Delbert en Morrow voorstelde.

Jones gaf Delbert snel en werktuiglijk een hand, maar hield die van Morrow veel langer vast en lachte haar toe. Misschien was het inbeelding, maar toen hij 'Aangenaam' zei, leek dat uit het diepst van zijn hart te komen, of uit een regio dichter bij zijn kruis. Wat dan ook.
Toen keek hij naar mij en wist ik meteen weer dat we elkaar instinctief niet mochten.
'U zei dat u de ruwe beelden wilde zien, majoor. Wat wij hier hebben zijn thermische opnamen vanaf een hoogte van twaalfhonderd meter. Dit zijn fragmenten, uiteraard, die uit een veel groter beeld zijn genomen en ongeveer negenhonderd keer vergroot. Het zijn thermische opnamen en daardoor nogal korrelig. Je kunt de personen niet identificeren.'
'Had u geen fotosatellieten boven Zone 3?'
'Blijkbaar niet. Om redenen die u niet aangaan is de dekking van Zone 3 beperkt. Thermische opnamen waren voldoende voor de eisen van de Tenth Group, en die hebben we gemaakt.'
'Dus u hebt geen foto's in het archief?'
'Een vlijmscherpe conclusie, majoor. Maar maakt u zich geen zorgen. Ik denk dat u hier heel tevreden mee zult zijn.'
Jones vroeg ons allemaal te gaan zitten, en ik zag dat hij zelf de stoel naast Morrow nam. Daarom ging ik maar naast de charmante, nog altijd glimlachende mevrouw Smith zitten. Die arme Delbert bleef geen andere stoel over dan naast... die arme Delbert.
De lichten werden gedimd door iemand in de projectiekamer achter ons en de film begon. Alles wat we zagen was groen, in verschillende gradaties, met een paar kleine, heldere stipjes die bijna doorschijnend leken. Die stipjes hadden zich verzameld tot een kleine groep. Eén of twee figuren bewogen zich, de rest niet. Het waren er zeven bij elkaar, met twee andere op enige afstand.
Jones had een notitieblok voor zich liggen en gaf uitleg.

'De opnamen zijn gemaakt op de veertiende, om één uur 's middags. De coördinaten komen overeen met de positie die we van de Tenth Group hebben doorgekregen voor het basiskamp van Sanchez' team. We nemen aan dat we hier de middagbezigheden zien: wapens schoonmaken, misschien een hapje eten, gewone kampactiviteiten.'
Hij wees naar de twee groene stipjes apart van de andere. 'Ziet u die stippen daar? Dat zijn volgens ons de mensen die voor de veiligheid van het team moesten zorgen.'
We keken nog twee minuten, totdat Jones zei: 'Deze band gaat tweeënvijftig minuten zo door. Als u wilt, kunt u hem helemaal bekijken, majoor, maar er verandert niet veel.'
'Nee, dit is wel genoeg,' zei ik tegen hem. 'Wat hebt u verder nog?'
'Blij dat u het vraagt. De volgende opnamen zijn gemaakt op de zeventiende. Ik wil niets verklappen, dus zal ik vragen om de band te starten.'
Het bleef even stil toen de banden werden verwisseld. Ik had de neiging om met mijn vingers op de tafel te trommelen, te fluiten of over de tafel heen te springen om Jones te wurgen. Maar ik bleef doodstil zitten. Het viel niet mee, maar ik ben heel gedisciplineerd.
Eindelijk werd het scherm weer groen. Het duurde even voordat ik begreep wat we zagen. Hier waren veel meer heldere groene stipjes te zien, die allemaal bewogen, sommige langzaam, andere sneller. Ik keek er twee minuten naar en voelde de moed in mijn schoenen zinken.
Ten slotte kwam de onverstoorbare Jones overeind en liep hij naar het scherm. Hij wees met zijn vingers en zei: 'Voor wie onze technologie niet zo goed kent – die kleinere stipjes zijn mensen. De grotere, zoals hier rechts, zijn afkomstig van sterkere warmtebronnen, in dit geval automotoren.'
'Waar is Sanchez' team in al die drukte?' vroeg Delbert.
'Goede vraag. Ik zou het zelf ook niet hebben geweten als ik

niet met de analisten had gesproken die dit werk hebben gedaan.'
Hij draaide zich om en haalde een infrarood-aanwijzer uit een van de vele zakken van zijn vest. Hij knipte hem aan en richtte de dunne rode lichtbundel op een kleine rij langzaam bewegende groene stipjes.
'Tel ze maar, dan ziet u dat dit zeven stippen zijn. Als we de band op hogere snelheid afspelen, is te zien dat ze zich in een colonne bewegen. Onze analisten begrepen het eerst niet, omdat ze opdracht hadden naar een groep van negen man te zoeken. Totdat een infanterie-officier van onze staf opperde dat ze misschien een achterhoede hadden, op enige afstand.'
Jones bewoog de lichtbundel naar twee kleine stippen achter de hoofdmacht van Sanchez' team. 'Dat moeten de twee mannen zijn die de achterhoede vormen. Op het scherm is de afstand ongeveer vijf centimeter, in werkelijkheid lopen ze bijna een halve kilometer achter de groep.'
'Dat zijn dus de sergeants Perrite en Machusco,' merkte Morrow op.
'Als u het zegt...,' zei Jones, met een glimlach die zoveel betekende als 'brave meid, ik wil nog steeds met je naar bed'. Hij ging weer verder. 'Als u wilt, kunnen we nog drie kwartier naar deze band blijven kijken, of ik kan u vertellen wat er gebeurt.'
'Vertel het maar,' zei ik, met een misselijk gevoel.
'O, en ik heb goed nieuws,' verklaarde hij met een arrogant lachje. 'We hebben ook geluidsbanden van dezelfde dag, gemaakt door een van onze andere installaties. Ze waren in code, en de taal was Servisch, maar onze analisten hebben ze voor ons ontcijferd en vertaald.'
Hij wachtte even, voor het dramatische effect.
'Wat we hier zien is een grootscheepse mensenjacht. Er was een Servische troepenmacht bij betrokken van in totaal bijna zevenhonderd man. Een Servische verkenningseenheid had

een Amerikaans A-team gesignaleerd om...' Hij zweeg en keek op zijn notitieblok. 'Even zien, om twee uur achtenvijftig in de middag. Meteen daarna werd het heel druk op de radio van de Servische militie. Er werden verschillende eenheden gemobiliseerd binnen Zone 3, zoals wij die noemen. De Servische militie noemt het anders: het Vijftiende Afdelingscommando. Het kostte wat tijd voordat al die troepen ter plaatse waren. De Servische militie in Kosovo opereert heel gedecentraliseerd, met kleine eenheden verspreid over grote gebieden.'

'Waarom?' vroeg Delbert.

'Om diverse redenen. Om te beginnen staan ze niet tegenover een grote vijandelijke troepenmacht die hen dwingt hun eenheden te concentreren. In de tweede plaats zouden ze dat ook niet willen. Door zich te verspreiden kan één enkele divisie een veel groter geografisch gebied bestrijken. En in de derde plaats hebben onze bombardementen hen waarschijnlijk gedwongen zich te verspreiden. Er zijn nu geen grote formaties meer die een aantrekkelijk doelwit voor onze vliegtuigen kunnen vormen.'

'Ga door,' zei ik, in een poging om geïnteresseerd te klinken. In werkelijkheid voelde ik me belazerd.

'Goed. De band waar we nu naar kijken is gemaakt omstreeks tien uur 's avonds, ongeveer acht uur voor de hinderlaag. Zoals u ziet was Sanchez' team al grotendeels omsingeld. Het mag een wonder heten dat ze er nog doorheen zijn gekomen. O ja, onze analisten hebben kaarten van het gebied over de film heen gelegd en hier...' hij zweeg en trok met de rode lichtbundel een streep over het scherm, 'lopen twee wegen die elkaar kruisen. Zo te zien zijn Servische voertuigen daar bezig een wegversperring op te werpen.'

'Kunt u ons laten zien waar die hinderlaag plaatsvond?' vroeg ik.

'Met alle genoegen, kerel.' Het rode stipje van zijn aanwij-

zer gleed naar een plek langs een van de wegen. 'Op het moment van de hinderlaag waren er geen satellieten boven het gebied, maar we hebben wel opnamen van de volgende dag, toen Sanchez en zijn mensen bijna de Macedonische grens hadden bereikt. Wilt u die zien?'
'Nee, niet echt,' zei ik.
Het licht ging weer aan. Morrow en Delbert straalden als twee kinderen onder een kerstboom.
Jones keek me aan met een treiterend lachje. 'Precies zoals je had gehoopt, vriend?'
Ik was zijn vriend niet, en ik had een bijna onstuitbare behoefte om hem dat duidelijk te maken, maar ik zei alleen: 'Ik mag die banden nog steeds niet meenemen?'
'Nee. Ze worden opgeslagen in het archief in Maryland. Als iemand ze wil zien, dan kan dat daar.'
Ik keek Delbert en Morrow aan. 'Hebben jullie nog vragen aan meneer Jones?'
'Nee, het lijkt me wel duidelijk,' zei Delbert.
Morrow draaide zich om naar Jones en zei: 'Hebt u ook audiotranscripties van de Servische reactie op de hinderlaag?'
'Ja, die hebben we. Een beetje vreemd, trouwens. Er is een transcriptie van een eenheid die meldt dat ze de lichamen hebben gevonden, en een andere transcriptie van het hoofdkwartier van het Vijftiende Afdelingscommando waarin alle eenheden bevel krijgen om op hun plaats te blijven en nadere instructies af te wachten. Maar dat is alles.'
'En wat leidt u daaruit af?'
'We vermoeden dat de Serviërs veel voorzichtiger werden toen ze beseften dat Sanchez' team hard kon toeslaan.'
Morrow knikte, alsof het precies zo gegaan moest zijn. Ik kon háár ook wel wurgen.
Toen vroeg ze: 'En geen andere geluidsberichten? Is dat niet vreemd?'

Jones knikte tegen haar alsof het een briljante vraag was en, tussen haakjes, hij wilde nog steeds met haar naar bed. 'Niet echt,' zei hij. 'De Serviërs weten dat ze worden afgeluisterd. Als ze dingen verborgen willen houden, sturen ze geen berichten maar boodschappers.'

'Maar u hebt wel een kopie van die transcriptie op het moment dat de plek van de hinderlaag werd ontdekt?'

'Wilt u die horen?'

'Graag.'

Hij bladerde een stapel computerprints door en haalde er een uit. 'Dit is hem. Het roepsein van de zender was Alfa 36, het ontvangende station was Foxtrot 90. We hebben Alfa 36 niet kunnen identificeren... waarschijnlijk een militiecompagnie... maar Foxtrot 90 is het hoofdkwartier van het Vijftiende Afdelingscommando. Het bericht ging ongeveer zo...'

'Wacht even,' zei ik. 'Lees het maar helemaal voor.'

Hij schudde zijn hoofd tegen me – een duidelijk bewijs dat hij niet met me naar bed wilde – en keek naar de pagina. 'Oké. Het was een serie van vier meldingen. De eerste luidde: "Foxtrot 90, dit is Alfa 36. We hebben een hinderlaag ontdekt op de coördinaten 23445590." De tweede melding: "Alfa 36, dit is Foxtrot 90. Beschrijf de situatie." Het derde bericht: "Foxtrot 90, dit is Alfa 36. Zeventien doden, dertien gewonden, vijf man ongedeerd." De vierde melding: "Alfa 36, dit is Foxtrot 90. Blijf waar u bent en wacht op nadere instructies".'

Hij keek op en zei: 'Dat was het. Daarna hebben we geen berichten tussen die twee stations meer onderschept.'

Delbert en Morrow slaakten bijna een onderdrukte kreet. Er waren nog achttien Serviërs in leven toen de plek van de hinderlaag was ontdekt. Sanchez en zijn mannen konden de overlevenden dus niet hebben vermoord. *Bingo!* Zij hadden allebei de hoofdprijs gewonnen.

Morrow keek me triomfantelijk aan en vroeg toen: 'U zei dat

de Serviërs radiostilte in acht nemen als ze gevoelige orders willen doorgeven?'

'Ja. De Serviërs hebben een grote ervaring in het ontwijken van onze afluisterapparatuur. In het begin van de oorlog in Bosnië luisterden we altijd mee als ze hun bloedbaden en massaverkrachtingen voorbereidden. Daar maakten we bandjes van, die grotendeels zijn gebruikt als bewijs tijdens de processen van het tribunaal in Den Haag. Heel jammer, eigenlijk. Wij protesteerden daartegen omdat we niet bekend wilden maken hoeveel we wisten, maar de president legde die protesten naast zich neer. Daarna bespraken ze hun wreedheden dus niet meer via de radio.' Hij zweeg en keek ons vragend aan. 'Hoezo? Is er iets dat ik moet weten?'

Morrow keek naar mij. Ik gaf haar toestemming met een knikje.

'Dat kun je wel zeggen,' zei ze. 'Iemand is naar de plek van die hinderlaag gegaan en heeft alle overlevenden door het hoofd geschoten.'

Jones haalde diep adem en staarde toen naar de tafel. 'Is dat zo? Hun eigen mensen? Waarom zouden ze hun eigen mensen vermoorden?'

'Om de Amerikanen een oorlogsmisdaad in de schoenen te schuiven.'

Jones knikte, alsof alles nu op zijn plaats viel. 'Die klootzakken! Ja, dat zou het verklaren. Geen wonder dat er geen berichten meer kwamen.'

Ik had niets meer te zeggen. De hoofdprijs en de jackpot. Morrow en Delbert konden de verleiding niet weerstaan om zo nu en dan triomfantelijk mijn kant op te kijken, en de beleefdheid vereiste dat ik teruglachte om deemoedig mijn ongelijk te erkennen. Zij hadden het met hun briljante inzicht bij het juiste eind gehad. Helaas was beleefdheid niet mijn sterkste punt. Ik keek nijdig terug en had zwaar de pest in.

Jones begon zachtjes met Morrow te fluisteren en mevrouw Smith besloot dat ik geen prettig gezelschap meer was. Ze stond op, liep om de tafel heen en begon een fluistergesprek met Delbert. Het leek wel of de winnaars hun eigen feestje bouwden, op veilige afstand van de sombere verliezer.

Ten slotte stond ik op en verdween zelf uit het NSA-gebouwtje. Ik had naar mijn kantoor kunnen sluipen, maar in plaats daarvan slenterde ik nog een uurtje door het kamp van Tuzla. Ik dacht veel na in dat uur. Hoe ik zo stom had kunnen zijn! En wat ik moest gaan doen als Clapper me uit het JAG-korps had getrapt en de militaire rechtspraak voorgoed taboe voor me zou zijn. Hoe zou het zijn om auto's te verkopen in een van die garages van mijn vader? Nou ja, ik had het verdiend. Een van de eerste lessen die je als rechtenstudent leert is dat je van feiten uit moet gaan, alleen van feiten. Deducties en instincten moet je mijden als de pest, en van ingevingen moet je je verre houden. Hoe hij het ook formuleert, elke rechtendocent probeert je dat al op zijn eerste college aan je verstand te brengen. Ik had precies het tegenovergestelde gedaan. Ik had een sprong gewaagd vanaf een duikplank van veronderstellingen, en toen ik neerkwam bleek het zwembad geen druppel bewijs te bevatten.

19

Tegen de tijd dat ik bij mijn kantoorbarak terugkwam maakte ik blijkbaar een diep verslagen indruk, want Imelda's meiden boden me allemaal koffie aan en vroegen of ze iets voor me konden doen. Ik was echt geroerd. Voordat ik wist had ik drie dampende koppen Java voor me en zat ik achter mijn bureau duimen te draaien, terwijl ik me afvroeg hoe het nu verder moest.

Het enige wat me nog te doen stond was mijn rapport afmaken. Daarna zou ik op het vliegtuig stappen, op weg naar Clappers disciplinaire onderzoek. Imelda en haar hofhouding hadden de transcripties van de verhoren al uitgetypt. Delbert en Morrow hadden alle ondersteunende documentatie voorbereid en een index gemaakt van de bewijzen. Het enige dat nog geschreven moest worden was de slotverklaring met onze conclusies en aanbevelingen. Ik overwoog om het zelf te doen, maar ik had er geen zin in. Bovendien zouden Delbert en Morrow het misschien niet op prijs stellen dat ik de eer voor mezelf opeiste.

Opeens kwam er een gedachte bij me op. Het rapport van de patholoog. Ik vroeg Imelda om me door te verbinden met doctor Simon McAbee en even later stak ze haar hoofd naar binnen om te melden dat hij aan de telefoon was. Ik nam op.

'Hallo, doc. Met Sean Drummond.'

'Morgen, raadsman.'

'Hoor eens, ik moet mijn excuses maken. Ik had al twee dagen geleden moeten bellen. Onze einddatum is vervroegd. We hebben de uitkomsten al morgen nodig.'

'O, dat is geen probleem,' verzekerde hij me. Hij had zo'n stem die droop van pedante efficiëntie. 'Ik was er drie dagen geleden al mee klaar,' voegde hij eraan toe.

'Mooi zo,' zei ik.

'Als ik het vragen mag, wat is de conclusie? Zuiver uit nieuwsgierigheid?'

'Wij zien geen gronden voor een krijgsraad.'

'Dat is zeker een hele opluchting?'

'Reken maar,' loog ik.

'En hoe verklaart u nu die kogels in het hoofd?'

'Dat hebben de Serviërs zelf gedaan. Geen twijfel mogelijk. We hebben het onweerlegbare bewijs dat er nog overlevenden waren toen de eerste Serviërs de plaats van de hinderlaag ontdekten.'

'Gelukkig maar,' zei hij. 'Je moet er toch niet aan denken dat

Amerikaanse soldaten zoiets barbaars zouden hebben gedaan.'

Ik kreeg genoeg van de stem van Simon McAbee. Zoals bij veel artsen had alles wat hij zei een betweterige echo. Dat kon ik me nog voorstellen bij dokters die met levende patiënten te maken hadden, maar bij lijkschouwers? Bovendien was ik zwaar gedeprimeerd. Ik wilde al ophangen toen ik in een opwelling vroeg: 'Hé, doc, nog één ding.'

'Ja?'

'Ik had u toch gevraagd of u kon schatten hoeveel Serviërs er waren omgekomen door andere verwondingen dan die kogels door het hoofd?'

'Ja.'

'Is dat nog gelukt?'

'Ik heb een schatting gemaakt. Even kijken...' zei hij, en ik hoorde het geritsel van papieren. 'O ja, hier. Misschien zullen er zo'n vijfentwintig zijn overleden aan de verwondingen die ze al hadden opgelopen voordat ze door het hoofd werden geschoten.'

'Vijfentwintig?' vroeg ik.

'Nou, pin me er niet op vast. Ik bedoel, ik had de lichamen niet hier voor een uitvoerig onderzoek.'

'Dus dat betekent dat vijfentwintig Serviërs toch al waren overleden?'

'O, wacht even. Misschien heb ik uw verzoek verkeerd begrepen. Vijfentwintig van die mannen zouden bijna onmiddellijk zijn overleden. En nog een aantal daarna. Maar in die grensgevallen speelden er te veel factoren een rol om een betrouwbaar oordeel uit te spreken, zoals de kwaliteit van de eerstehulp, de tijd die nodig was om een ziekenhuis te bereiken, en de medische voorzieningen daar.'

Mijn hart bonsde in mijn keel. 'Luister, doc. Ik wil dit volstrekt helder hebben. U bedoelt dat vijfentwintig van die mannen op slag dood waren?'

Hij aarzelde even en ik klemde mijn vingers om de rand van mijn bureau.
'Niet op slag, nee,' zei hij toen, en mijn hartslag werd weer normaal.
Na een paar seconden vervolgde hij: 'Ik zou het als volgt willen zeggen. Vijfentwintig van die Servische lichamen vertoonden zulke ernstige verwondingen dat ze binnen drie minuten na het oplopen van die wonden moeten zijn overleden. Dan waren er nog vier grensgevallen, maar u had me gezegd dat het exacte aantal Serviërs dat door Sanchez' mannen was gedood een belangrijk punt was in een eventuele rechtszaak. Daarom heb ik die vier er niet bij geteld. Met goede eerstehulp zouden een paar van hen het misschien langer hebben gered.'
Ik zweeg een hele tijd, totdat McAbee zei: 'Majoor, bent u er nog?'
'Ja, ik ben er, doc.'
'Het spijt me als ik iets anders heb onderzocht dan u wilde weten. Vertel me maar wat u precies wilt, dan werk ik desnoods de hele nacht door. Ik kan extra kantoorruimte...'
'Nee nee, doc. Dit was precies wat ik u had gevraagd. Bent u zeker van die getallen?'
'Natuurlijk. Ik heb het zelfs aan de veilige kant gehouden. Het is heel goed mogelijk, heel waarschijnlijk zelfs, dat er zeven- of achtentwintig Serviërs bijna op slag zijn gedood. Te oordelen naar de verwondingen was het een bijzonder gewelddadige hinderlaag.'
'Ik vraag het u nog eens, dokter. U bent zeker van uw getallen?'
Ik hoorde het ongeduld in zijn stem. 'Majoor Drummond, ik ben afgestudeerd aan de medische faculteit van Johns Hopkins. Ik ben al zestien jaar werkzaam als patholoog-anatoom. Ik neem toch aan dat ik kan bepalen wanneer weefselschade zo ernstig is dat het onmiddellijk de dood tot gevolg heeft.'

‘Dank u,’ zei ik.
Ik legde neer en staarde verbijsterd voor me uit. Nou ja, misschien niet verbijsterd, maar het scheelde niet veel. In elk geval begreep ik er niets meer van. Toen Alfa 36 bij de plaats van de hinderlaag aankwam, hadden ze volgens Jones hun afdelingshoofdkwartier gewaarschuwd en gemeld dat er zeventien doden en nog achttien overlevenden waren. Maar volgens McAbee hadden vijfentwintig van de vijfendertig Serviërs toen al dood moeten zijn. Dus waren er hooguit nog tien overlevenden geweest, of nog minder, afhankelijk van de toestand van die drie of vier grensgevallen. Het hadden dus ook maar vijf of zes overlevenden kunnen zijn.
Stel dat Alfa 36 meteen op de plaats van de hinderlaag was aangekomen, vlak nadat Sanchez’ team zich had teruggetrokken. Dat zou het verschil kunnen verklaren. Ik dacht erover na. Sanchez en zijn mensen waren de hinderlaag begonnen door twee mijnen te ontsteken die ze in de weg hadden begraven. Dat had de dood kunnen betekenen van de chauffeur van de truck en misschien een paar mannen achterin. Daarna had Sanchez’ team de colonne onder vuur genomen met M-16’s en machinegeweren. De Serviërs waren uit hun wagens gesprongen en hadden dekking gezocht achter hun voertuigen. Toen ging die dodelijke daisy chain van claymores af. Dat alles gebeurde binnen die eerste, angstige minuut. Bij een hinderlaag is de eerste minuut meestal beslissend. Dan vallen de meeste slachtoffers. Ik dacht terug aan de lichamen die ik in het mortuarium had gezien. Een groot aantal leek getroffen door granaatscherven van die claymores. Volgens Sanchez en zijn mannen had het vuurgevecht toen nog vijf tot zeven minuten geduurd. Daarbij konden nog een paar Serviërs zijn gedood. Maar inmiddels hadden de meeste Serviërs dekking gezocht en schoten ze driftig terug. Daardoor hadden de Amerikanen ook dekking moeten zoeken en minder accuraat kunnen vuren. Met Perrite op wacht

en Graves, de hospik, op veilige afstand, had Sanchez nog maar zeven schutters. Het aantal Servische doden bij dat laatste vuurgevecht kon dus niet groot zijn geweest.
McAbee was er zeker van dat vijfentwintig of misschien wel negenentwintig Serviërs binnen drie minuten aan hun verwondingen waren overleden. Hij was de deskundige. Hij wist welke organen moesten worden vernietigd, welke aderen doorgesneden en welke ledematen verbrijzeld voordat het menselijke hart en de menselijke hersenen niet langer functioneerden. Het was dus nauwelijks mogelijk dat Alfa 36 op tijd op de plaats van de hinderlaag was aangekomen om nog achttien overlevenden aan te treffen.
Hoe zat dat dan, verdomme? Een lastige vraag, met maar twee mogelijke antwoorden. McAbee was de meest incompetente idioot die ooit aan het Johns Hopkins was afgestudeerd, of ze hadden me belazerd. Handig, professioneel belazerd. Die transcripties van Servische radioberichten moesten vervalst zijn. En als dát vervalsingen waren, dan zou er misschien... nee, waarschijnlijk... ook iets niet kloppen met die satellietopnamen. Jones met zijn knikkerogen had een hightech goocheltruc bedacht.
Dat was een heel verontrustend scenario. Jones werkte niet voor zichzelf. Hij was hier omdat generaal Clapper de NSA officieel had verzocht aan mijn onderzoek mee te werken. Jones had het gezag om hier naar binnen te lopen en een NSA-centrum te gebruiken. En hij beschikte over de middelen om satellietbeelden in scène te zetten. Ik bedoel, ik had in mijn leven al aardig wat satellietfoto's en -films gezien, en wat me vanochtend in dat kantoortje was voorgeschoteld zag er verdomd echt uit. Aan de andere kant, met de huidige grafische mogelijkheden van de computer... Twee handige analisten met een Sun-computer en Corel Draw konden zoiets waarschijnlijk ook wel uit de hoge hoed toveren.
Ik kon me wel voor mijn kop slaan dat ik er zo was ingetuind.

Ik had het moeten zíén. Het zat zo mooi in elkaar! Eerst die verzonnen verklaring dat er geen fotosatellieten boven Zone 3 hadden gehangen, alleen een thermische camera die zulke vage, onherkenbare groene stipjes produceerde. Daarna de opnamen zelf, die alles bevestigden wat Sanchez en zijn mannen hadden beweerd. En toen, *voilà*, de radioberichten die heel toevallig door Jones en zijn NSA waren onderschept en het laatste mysterie oplosten: hoe de lichamen die gruwelijke kogelwonden in het hoofd hadden opgelopen.

Het ergste was nog wel dat Jones dit nooit had kunnen doen zonder hulp van iemand binnen mijn eigen team. Hij kende alle details van ons onderzoek, alle twijfels, alle onopgeloste vragen. Allemaal, op één na: het aantal doden vóór de schotwonden. Maar niemand wist dat ik dat in het mortuarium aan McAbee had gevraagd. Er had niemand meegeluisterd toen ik hem dat vroeg. Delbert en Morrow stonden te overleggen in een andere hoek. Jones en zijn mensen hadden vermoedelijk de oude vuistregel gehanteerd dat er op iedere dode op het slagveld meestal een of twee gewonden waren. Jones had gewoon het gemiddelde genomen. Het probleem is alleen dat dit cijfer bij de meeste hinderlagen – vooral als ze goed worden voorbereid en uitgevoerd – totaal anders ligt.

Maar wat schoot ik daarmee op? Ik was nu wel dichter bij de krokodillenvijver gekomen, maar ik had nog steeds geen enkel bewijs. Als ik Jones met mijn verdenkingen confronteerde, zou hij zich op zijn hoofd krabben en zeggen: 'Verdomd, kerel, dat is raar. Maar ik heb het werk niet zelf gedaan, dus je kunt beter met het hoofdkwartier bellen.' En iemand in Maryland zou antwoorden: 'Hé, een vergissing. Wat vervelend nou. Een van onze domme typistes moet een foutje hebben gemaakt toen ze de transcripties van die Servische radioberichten uittypte. U hebt volkomen gelijk, majoor Drummond. Alfa 36 had vijfentwintig doden gemeld.'

Bovendien wist ik nu zeker dat er een samenzwering moest zijn. Ik zag geen spoken. Ik wist niet hoe wijdverbreid dat complot was, maar opeens voelde ik weer de hete adem in mijn nek van types met staalharde ogen en Brooks Brotherspakken, die achter de schermen de werkelijke macht in handen hadden. Niet dat me dat genoegdoening gaf. Juist omdat het een samenzwering was, kon ik geen mens meer vertrouwen. Clapper? Die had me Jones op mijn dak gestuurd. Toeval? Dat leek me niet. En als ik hém al niet vertrouwde, waren Morrow en Delbert dus ook verdacht. Méér dan verdacht – ik had hen al veroordeeld. Nou ja, één van de twee. Maar wie? Was het Delbert, die het heldere idee had gekregen om naar satellietfoto's te kijken? Ik bedoel, hoe kwam hij daar zo bij? Zijn specialiteit was strafrecht, niet strategische informatie. Of was het Morrow, die de goede vragen had gesteld, zodat Jones zijn verhaal had kunnen afdraaien? Haar optreden deed me denken aan die in scène gezette gesprekjes tussen Ed McMahon en Johnny Carson. Hé, Johnny, slijm, slijm, waarom denk jij dat de Serviërs juist op dat moment met hun radioberichten zijn gestopt?
Het werd dus tijd om alles op een rijtje te zetten. Wat voor belang had ik bij dit onderzoek? Geen enkel. Het was mijn werk, en niets anders.
Wat kon het mij schelen of Sanchez en zijn mannen vijfendertig Serviërs hadden vermoord? Behalve de nabestaanden van die mannen was niemand daarin geïnteresseerd. Het was oorlog. Mensen sneuvelden. Niemand beweerde dat het er eerlijk aan toeging. Oorlogen waren nu eenmaal niet sportief. Bovendien, wie weet wat die Serviërs allemaal hadden uitgevreten voordat ze stierven? Hoeveel verkrachtingen en slachtpartijen ze op hun geweten hadden? Hoeveel steden en dorpen ze etnisch hadden gezuiverd?
Maar stel dat ik toch zo dom zou zijn om deze zaak tot op de bodem te willen uitzoeken. Waar moest ik dan beginnen?

Eerst zou ik extra tijd moeten winnen en wat meer speelruimte moeten krijgen. Daarna kon ik uitzoeken wie Jones en Smith werkelijk waren. Wie hen hiernaartoe had gestuurd. En waarom.
Dan kwam de vraag wie Jeremy Berkowitz had vermoord. Misschien had Berkowitz ontdekt dat er een samenzwering was. Misschien had hij één schandaal te veel willen onthullen. Misschien was hij te dicht bij de waarheid gekomen en had die lul van een Jones met zijn knikkerogen besloten hem uit de weg te ruimen. Het leek me allemaal niet waarschijnlijk, maar nu ik toch bezig was, moest ik alle opties openhouden. Ik bedoel, ik ben ook opgegroeid met televisie. Ik heb alles van Robert Ludlum gelezen en ik hou van die films van Oliver Stone, al spoort hij niet.
En natuurlijk de belangrijkste vraag die ik hier zogenaamd had moeten beantwoorden: wat had zich werkelijk afgespeeld met Sanchez en zijn team? Een smerig zaakje, anders had Jones niet die hele klucht in scène hoeven te zetten. Waar rook is, is vuur, en waar iets in de doofpot wordt gestopt, is er stront aan de knikker. Een mestkar vol.

20

Om tien uur waren Delbert en Morrow nog steeds niet terug op kantoor. Dat gaf mij de tijd om na te denken, tijd die ik dringend nodig had.
Bij de marine roepen ze dingen als 'dek vrij' of 'sluit de luiken' als voorbereiding op de strijd. Zoals wanneer je vader je in je arm knijpt en vraagt of je wel zo'n klein pakje in je achterzak hebt op je eerste afspraakje. Of als je moeder vraagt of je wel schoon ondergoed aanhebt als je de autosleuteltjes pakt. Een juiste voorbereiding is belangrijk, hoe dan ook.
Mijn twee collega's kwamen dansend binnen om kwart over

één, druk in gesprek en opgewonden omdat ze een groot deel van de dag hadden doorgebracht in het gezelschap van twee prachtige exemplaren van het andere geslacht. Ze hadden waarschijnlijk uitvoerig met Smith en Jones gesproken en waren daarna gaan lunchen met hun nieuwe – of oude – vrienden van de NSA.
Imelda zat te koken. Ze had een sterk plichtsbesef. Dus vond ze het een doodzonde om zonder goede reden uren weg te blijven van kantoor. Ik hoorde haar aan Delbert en Morrow vragen waar ze de hele ochtend hadden gezeten. Zoals gewoonlijk was Delbert te bedwelmd door de knoflook om een keiharde leugen of de keiharde waarheid te vertellen. Hij sputterde wat tegen en vond dat Imelda zich met haar eigen zaken moest bemoeien. Levensgevaarlijk! Misschien had hij gelijk en waren het Imelda's zaken niet, maar aan gelijk had je niet veel tegenover Imelda. Zij bepaalde zélf wel waar ze zich mee bemoeide. Als ze haar neus in mijn zaken stak, deed ik altijd een stap opzij om haar alle ruimte te geven.
Dit leek me het juiste moment om mijn kamer uit te komen en me in het kantoorleven te storten. De verleiding was groot om op afstand te blijven en van het vuurwerk te genieten, maar dat paste niet in mijn nieuwe strategie. Het was tijd om 'het dek vrij te maken', 'de luiken te sluiten', mijn achterzak en mijn ondergoed te inspecteren. Of zoiets.
'Wat gebeurt hier allemaal?' blafte ik.
Imelda stond met haar voeten enigszins uit elkaar en haar vuisten gebald. Haar lippen bewogen en er kwam donkere, nijdige rook uit haar oren. Ze stond op ontploffen.
Delbert priemde een bevende vinger in haar richting en riep op zijn boze, pedante toontje: 'Majoor Drummond, deze onderofficier is voor het laatst onbeschoft tegen mij geweest. Ik slinger haar op rapport.'

'Niets daarvan!' bulderde ik.
'Ze heeft de brutaliteit om mij te vragen waar ik ben geweest,' zei hij, wat deemoediger nu. 'Dat zijn haar zaken niet.'
'Daar vergist u zich in, kapitein. Ik heb haar de hele morgen achter haar vodden gezeten om erachter te komen waar u uithing. U was zonder toestemming afwezig, evenals kapitein Morrow.'
Imelda keek me over haar schouder verbaasd aan. Ik had de hele ochtend niet één keer gevraagd waar de anderen waren.
'Sorry,' zei Delbert. 'We waren bij Alice en Harry.'
'Alice en Harry? Wie zijn in godsnaam Alice en Harry?' vroeg ik hem.
'Smith en Jones,' antwoordde Morrow, met een perplexe uitdrukking op haar gezicht.
'Die twee klojo's? Hebben jullie de halve dag bij dat stel gezeten? Sociaal of zakelijk?'
'Allebei een beetje,' zei Morrow, die tenminste zo dapper was de waarheid te spreken. Maar de waarheid is niet altijd een excuus.
'Naar mijn kantoor, allebei!' beval ik kil. 'En zorg ervoor dat jullie kaarsrecht zitten als ik terugkom!' Dat had een oude instructeur ooit tegen mij geroepen, en ik had altijd gewacht op een kans om het zelf te zeggen.
Ze wisselden een snelle, geschrokken blik en slopen als gehoorzame kinderen naar mijn kamer. Imelda keek me onderzoekend aan en ik knipoogde naar haar. Ze grijnsde en knipoogde terug. Ze mocht het tweetal ook niet erg.
Ik liep naar het koffiezetapparaat en schonk een kop koffie in. Ik had geen haast. Rustig deed ik er suiker en melk in. Delbert en Morrow moesten maar even wachten.
Eindelijk liep ik terug naar mijn kamer en liet me op mijn stoel vallen. Op mijn gemak nam ik een of twee slokken, zodat ze weer wisten wie de baas was. Ik had altijd de pest ge-

had aan hogere officieren die je lieten wachten. Het is zo'n naakt vertoon van macht. Ha!
'Jullie denken dat dit onderzoek nu klaar is?' vroeg ik ijzig.
'Majoor, het spijt ons als we last hebben veroorzaakt,' zei Morrow, die de sfeer hoopte te verbeteren met een paar mooie woorden.
'Dat vroeg ik u niet, kapitein,' zei ik kil. 'Ik vroeg of u dacht dat dit onderzoek klaar was.'
Delbert slikte even en mengde zich in het gesprek. 'Majoor, eh... nou, vanochtend...'
'Wat is er met vanochtend?' vroeg ik met een vernietigende blik.
Weer keken Delbert en Morrow elkaar angstig aan. Je kon hun gedachten bijna lezen. Had deze boerenpummel vanochtend dan niet opgelet? Was hij soms achterlijk?
'Nou, eh... ja, volgens mij wel,' zei Delbert ten slotte.
'Dus alles is in kannen en kruiken?'
Morrow fronste haar voorhoofd en bestudeerde mijn bureaublad alsof het antwoord misschien te vinden was op mijn vloeiblad of in mijn postbakje.
'Kapitein Morrow,' vroeg ik, 'wat was de juiste chronologie van gebeurtenissen tussen 14 en 18 juni?'
'Chronologie, majoor?'
'Leren ze je dat niet op Harvard? Dacht u dat wij ons rapport konden indienen zonder een uitvoerige chronologie?'
'Eh... nee, majoor.' Ze knikte. Ach, natuurlijk! U hebt gelijk! Een chronologie. Wat heb je aan een rapport zonder chronologie?
Kijk, dat is ook zoiets van het leger. Als een hogere officier een volstrekt onnozel voorstel doet, dien je dat te verwelkomen als Einsteins relativiteitstheorie.
'En, Delbert,' vroeg ik, 'wat ontbreekt er nog meer?'
'Ik, eh...'
'Kalm aan, Delbert. Rustig nadenken. Wat verder nog?'

'Afgezien van de chronologie?' vroeg hij om tijd te rekken.
'Heel goed, jongeman.' Had ik dat echt gezegd? Ik maakte het nu te bont, dacht ik.
Hij bloosde. 'Misschien zouden een paar gesprekken nog nuttig zijn.'
'Natuurlijk hebben we nog wat gesprekken nodig. Een dik dossier is beter dan een dun. Zo gaat dat in de ambtenarij. Zo kun je laten zien dat je hard gewerkt hebt. Dat je ijverig bent geweest. Want we willen hogerhand toch bewijzen dat we *heel hard* hebben gewerkt en *heel ijverig* zijn geweest?'
'Eh, ja... natuurlijk, majoor. En we kunnen ook informeren of de andere teams ooit gedwongen zijn geweest om geweld te gebruiken,' zei hij, alsof hij in de stemming kwam.
'Je klampt je aan strohalmen vast, Delbert. Hoe zit het met de gedragsregels?'
'De gedragsregels?'
'Precies. Moet iemand niet naar Fort Bragg vliegen om uit te zoeken wat de bedenkers van deze operatie precies voor ogen stond? Of een hinderlaag een acceptabele vorm van zelfverdediging is?'
Hij streek over zijn kin. 'O ja, ik begrijp wat u bedoelt,' zei hij, alsof ik het grootste genie op aarde was.
Natuurlijk begreep hij wat ik bedoelde. Naast al zijn andere gebreken was deze jongen zo'n bruinwerker dat hij tot aan zijn knieën in mijn kont verdween.
'Goed, dan zijn we het allemaal eens,' verklaarde ik. 'Morrow, jij vliegt terug naar Aviano. Delbert, jij stapt vanavond nog op het vliegtuig naar Fort Bragg. En waag het niet om terug te komen zonder een antwoord op mijn vraag.'
Ze deinsden allebei geschrokken terug. Maar wie schrok het meest, vroeg ik me af. Moeilijk te zeggen. Morrow sperde haar ogen open en Delbert keek alsof hij een stomp in zijn maag gekregen had. Ik kon nog steeds niet bepalen wie van de twee was aangewezen om mij in de gaten te houden.

'En snel,' blafte ik. 'We hebben nog maar drie dagen.'
'En wat gaat u doen?' vroeg Morrow. Het was een heel brutale vraag, of zij was degene die verslag moest uitbrengen over mijn activiteiten. Hmm.
Hoe dan ook, ze vroeg erom. 'Ik schrijf de conclusie,' verklaarde ik, zo arrogant mogelijk. 'Ik heb erover gedacht om het aan een van jullie over te laten, maar het moet natuurlijk wel góéd gebeuren. We kunnen ons geen amateuristische fouten veroorloven, wel?'
Morrow had moeite om niet op te vliegen, maar ze slikte haar antwoord in. 'En wat wordt uw aanbeveling?' vroeg ze.
'Dat is toch wel duidelijk? En nu wegwezen, verdomme! Laat de deur niet tegen je achterwerk slaan.'
Dat was ook zo'n versleten kreet, maar heel toepasselijk, in deze omstandigheden. In minder dan twee seconden waren ze verdwenen. Ze zouden allebei uit Tuzla vertrokken zijn voordat de haan kraaide, of ging slapen, of wat hanen doen als het donker wordt. Op dit moment stonden ze op straat te overleggen en krabden ze zich op het hoofd om te verklaren wat er zojuist was gebeurd. Ze zouden wel concluderen dat ik een gifkikker was die zijn ongelijk niet kon verkroppen. Dat was wel zo, alleen hád ik geen ongelijk. Ik was belazerd. Delbert en Morrow zouden denken dat ik, zoals elke hogere officier, mijn frustratie op hen afreageerde. Dat ik mijn gezicht probeerde te redden door het rapport nog wat te verfraaien en zelf de conclusie te schrijven, alsof ik altijd al in de onschuld van Sanchez' team had geloofd. Want zo reageerde de gemiddelde hogere officier.
En wie van hen tweeën ook de mol was, zou aan Jones of generaal Clapper melden dat ik door de knieën was gegaan en dat we bezig waren met de laatste loodjes van het rapport. Daarna zou de mol op het vliegtuig stappen en was ik minstens een dag of twee van hem of haar verlost. Ik was redelijk trots op mezelf. Wat ben je toch slim, Sean

Drummond! Ik was op slag vergeten dat ik een paar uur geleden nog de grootste oetlul van de hele vliegbasis Tuzla was geweest.
Ik pakte de telefoon en belde mijn oude makker Wolky om hem te bedanken voor de wachtposten. Ik had hen niet langer nodig. Hij was me innig dankbaar. Sinds de moord op Berkowitz had hij bewaking moeten regelen voor iedere journalist in het persverblijf. En ze waren in grote drommen op de gewelddadige dood van hun vakbroeder afgekomen. Er was een verse groep gretige journalisten in Tuzla neergestreken, wat een ernstige aanslag betekende op Wolky's toch al beperkte middelen, klaagde hij. Ik was blij dat ik het probleem een beetje kon verlichten, zei ik.
Toen liep ik mijn kamer uit en knikte ik naar Imelda. Ze stond op van achter haar bureau en volgde me naar buiten. Ik keek een paar keer om me heen en gaf haar een teken om met me mee te lopen.
'Wat moet je?' vroeg ze.
'Ga naar mijn tent en haal een van mijn uniformen. Haal de insignes eraf en naai er sergeantstrepen op, met een naamplaatje van een van jouw assistentes.'
'Wat krijgen we nou?' vroeg Imelda.
'Imelda,' zei ik, 'ik zit diep in de puree en ik heb je hulp nodig.'
Haar kleine bruine oogjes werden nog kleiner, en ik legde haar uit wat er aan de hand was. Ik had haar er liever niet bij betrokken, maar ik had geen andere keus. Om te beginnen was ik niet handig met naald en draad. En bovendien zou ik veel hulp en een betrouwbare bondgenote nodig hebben. Imelda luisterde aandachtig, knikte zo nu en dan, blies een paar keer belletjes tussen haar lippen door, maar leek niet echt verbaasd.
'Dus een van die twee fijne advocaten heeft je bespioneerd?'
'Minstens één. Misschien ook wel een of twee van jouw mei-

den, Imelda. Alles wat ik deed hebben ze in de gaten gehouden en gerapporteerd, vanaf het moment dat ik uit het vliegtuig stapte. Ik denk dat onze telefoons ook worden afgeluisterd. Misschien wel het hele kantoor.'

Ze dacht even na. 'Dat kan ik zo controleren.'

'Niet doen! Laat ze maar denken dat alles nog normaal is. Ze moeten geloven dat ze gewonnen hebben.'

Ze stemde in op haar karakteristieke wijze, door binnensmonds iets te mompelen: 'Goed idee. Wat ben je toch een slimme vogel', of 'Aan m'n reet'. Zoiets.

Ik liep naar de mess voor een late lunch. Iedere veteraan kan je vertellen dat een maaltijd in de mess enige inleving vereist. Je moet er je fantasie voor aan het werk zetten.

De mess was een lang, smal houten gebouw, volgestouwd met hoekige houten tafels en stoelen. De inrichting beperkte zich tot een paar plastic planten en een stel wervingsaffiches van het leger aan de muur. Het nut van die affiches begreep ik niet erg. Wie wilden ze rekruteren in een eettent van het leger in Tuzla? Geen inspirerende omgeving, dat was duidelijk. Daarom verving ik in gedachten de affiches voor Rembrandts en een paar doeken van Degas, omdat de mess-sergeant – ik bedoel de Franse kok – een kunstliefhebber was met uiteenlopende voorkeuren. De plastic planten werden hoge, tropische varens die zich uitstrekten langs de muren, met lange, kronkelende stengels die zich om denkbeeldige mahoniehouten plafondbalken slingerden. Vandaag aten we in een tropisch paradijs.

Er waren al drie groepen hongerige soldaten voorbijgetrokken, dus veel keus was er niet meer. Ik schoof mijn blad langs een metalen rail en nam een uitgedroogde salade met bruine randjes, een pakje lauwe melk en een stuk vlees dat eruitzag als lever met spekjes. Een kok met een vuil wit schort stond loom toe te kijken en ik besloot maar niets over het vlees te vragen. Ik besloot het een pepersteak te noemen,

die goed paste bij mijn kreeftsalade, en de melk was een exotische kokoscocktail, het plaatselijke drankje.
Ik vond een tafel en ging zitten. Toen nam ik mijn eerste hap van het vlees. Het smaakte naar te lang gekookt leer, en mijn fantasie stokte. Opeens vroeg ik me af waar de jaargenoten uit mijn studietijd nu aten. Ongeveer een jaar geleden had ik geluncht met een jongen die ik nog van vroeger kende, ene Phil Bezzuto, die nu partner was bij een van de grote advocatenkantoren in Washington. Hij nam me mee naar zo'n duur en schitterend restaurant in Wisconsin Avenue, waar je werd omringd door rijke en beroemde mensen, die zich vreselijk superieur voelden omdat ze een lunch van honderd dollar konden betalen, die ze probeerden niet te morsen op hun stinkend dure pakken en hun schreeuwend dure dassen. Als je daar at, had je je fantasie niet nodig. Alle tafeltjes waren gedekt met witte linnen kleedjes, kristal en van die prachtige borden die echt braken als je ze liet vallen. Phil wreef het me wel in. Toen de rekening kwam, zwaaide hij met het kaartje van zijn kantoor en vroeg de ober het op zijn onkostenrekening te zetten. Niet dat hij het zelf niet kon betalen. Hij verdiende drie ton per jaar, vertelde hij me, met een bijna gegarandeerde winstdelingsregeling van dertig procent. Ik verdiende net geen vijftigduizend en het leger doet niet aan winstdelingsregelingen. Of aan onkostenvergoedingen. Hij deed onroerend goed en was vooral bang zich aan papier te snijden of op de ringweg een wegpiraat tegen te komen. Maar misschien was Phils glanzende nieuwe Mercedes 300SL wel kogelvrij. Wist ik veel.
Zo wentelde ik me heel pathetisch in zelfmedelijden terwijl ik mijn ondefinieerbare stuk vlees naar binnen werkte en warme melk dronk uit een pakje. Er zaten niet veel soldaten meer in de mess, maar de volhouders keken zo nu en dan mijn kant uit en mompelden wat tegen elkaar. Ik voelde me niet welkom.

Ik goot een halve fles vettige Italiaanse dressing over mijn bruingerande salade en dacht na over Jones met zijn knikkerogen en de lieftallige mevrouw Smith. Je moet je vijanden kennen voordat je de oorlog in gaat, leren ze je in het leger. Op dit moment kenden mijn vijanden mij wel, maar wist ik nog niets van hen. Nou ja, hun schuilnamen dan. En dat ze zogenaamd voor de NSA werkten. Jones was een zelfvoldane zeikerd en een rokkenjager. Heel dom van Morrow dat ze hem niet meteen doorhad. Ik wist dat mevrouw Smith opvallend blauwe ogen had, een pruilmondje, lange benen met slanke enkels, grote tieten – een D-cup, schatte ik – en dat ze mooie kleren en een duur Frans parfum droeg. Als het om vrouwen gaat is mijn observatievermogen scherp genoeg.

Zoals het er nu voor stond, waren Smith en Jones mijn beste kans. Als ik erachter kon komen wie ze werkelijk waren, zou ik misschien hun opdrachtgever kunnen traceren en ontdekken wat hierachter stak. Ik at mijn salade op en liep naar de toetjes, aan het einde van de balie.

Het enig overgebleven toetje was iets dat van een afstand op bruine pudding leek. Toen ik dichterbij kwam begon het steeds meer op de papperige inhoud van een vuile luier te lijken. Zelfs met mijn levendige fantasie kon ik er geen chocolademousse van maken. Ik besloot dat ik mezelf genoeg culinair verwend had voor één dag en ging weer aan het werk.

21

Om zes uur had ik positie gekozen bij het NSA-centrum, aan de overkant van de weg. Ik hield me schuil achter een ander houten gebouwtje, vanwaar ik de ingang in het oog kon houden. Mevrouw Smith, nu bekend als Alice Smith, kwam naar buiten en lachte stralend naar de twee bewakers, die vriende-

lijk teruglachten en haar nog een tijdje nakeken toen ze heupwiegend door de straat verdween. Niets mis mee. Een vloeiende beweging naar links, dan naar rechts, en dat bemoedigende huppeltje ertussenin.
Ik bleef achter de rij barakken en volgde haar op afstand. Zo nu en dan ving ik een glimp van haar op toen ze door het kamp liep.
Aan het einde van de stoffige straat sloeg ze links af. Ik ook. Ze liep nog zeven of acht barakken verder, sloeg opnieuw af en verdween in een klein houten gebouw van één verdieping. Op een bord boven de voordeur stond GEEN MANNEN. Het zou dus wel een vrouwenbarak zijn. Ik nam me voor om haar later nog een bezoekje te brengen en haastte me toen terug naar mijn schuilplaats tegenover het NSA-centrum.
Er waren niet meer dan vijf minuten verstreken, dus ik hoopte dat Jones nog achter zijn bureau of achter zijn vergadertafel zat. Veel bazen werken langer door dan hun personeel, en aan hun houding van die ochtend te oordelen was hij hoger in rang dan mevrouw Smith. Drie kwartier gingen voorbij. Ik liep wat heen en weer en droomde over de wiegende heupen van mevrouw Smith. Links, rechts, huppeltje. Eindelijk, ongeveer één minuut voor zeven, kwam Jones naar buiten. Hij negeerde de wachtposten en vertrok, de andere kant op dan mevrouw Smith. Hij had een arrogante manier van lopen. Ik volgde hem een minuut of vijf, tot ook hij links afsloeg en in een barak verdween. God zegene het leger omdat alles altijd wordt benoemd. Hier hing een groot bord boven de ingang, met in duidelijke letters het opschrift GASTENVERBLIJF OPPEROFFICIEREN.
Als Jones voor de regering werkte moest hij een hoge positie hebben, want opperofficieren zijn heel kieskeurig in wie ze toelaten om zich heen. Ik weet niet waarom. Misschien dat ze 's nachts allemaal in hun nakie door het gebouw dansen. Ik wachtte drie minuten om te zien of er in een van de kamers

licht aanging, maar er veranderde niets. Blijkbaar had Jones een kamer aan de achterkant.
Een van de nuttige dingen die we bij het Regiment hadden geleerd was sloten forceren. We hadden zelfs les gehad van ex-criminelen. Ik werkte samen met een vent die Harry G. heette. Geen achternaam, alleen Harry G.
Harry was 'een type', zoals mijn grootvader dat noemde. Hij was klein en gedrongen, met het postuur van een bougie, een glimmende kale kop en glinsterende zwarte oogjes. Als hij lachte, klonk dat als een paard met een hernia. Hij was in zijn leven maar één keer gepakt, hoewel hij duizenden kraken op zijn naam had staan. De regering wist dat hij een fortuin bij elkaar had gestolen en dreigde met een aanklacht wegens belastingfraude, naast al zijn andere juridische problemen, tenzij hij bereid was aan dit project mee te werken. Omdat Harry altijd in zijn eentje werkte, konden ze hem niet onder druk zetten om zijn maten te verlinken. Verlinken was trouwens een doodzonde in Harry's ogen. Omdat hij geen partners had, stemde hij toe in het project.
In ruil voor zijn medewerking bij de opleiding van overheidsagenten in zijn specialisme zou hij op vrije voeten mogen blijven. Bovendien moest hij beloven zijn leven te beteren. Harry vond het best, want hij had toch al een paar miljoen ergens weggestoken. En op deze manier had hij nog iets om de balans in evenwicht te houden als hij voor Hem daarboven moest verschijnen, zoals hij het uitdrukte. Zo kon hij nog iets terugdoen voor het land dat hem zoveel gegeven had. Hij wist nog wel tien van zulke redenen te bedenken, waar ik toen smakelijk om moest lachen.
Ik werkte een maand met Harry samen: twee dagen alarminstallaties uitschakelen, drie dagen sloten forceren, vijf dagen kluizen openen, enzovoort, enzovoort. Toen Harry met me klaar was, kon ik binnen een minuut een auto openbreken en starten. Het kostte me geen moeite meer om de eerste ver-

dieping binnen te komen van een redelijk beveiligd huis of een safe te kraken die vóór 1985 was gebouwd. Dat was namelijk het jaar waarin Harry door de regering uit de roulatie was genomen en hij moest spijtig bekennen dat hij de nieuwste ontwikkelingen niet zo had gevolgd.

Ik ging terug naar mijn tent, zette de wekker op één uur en viel in slaap. Toen de wekker ging, trok ik gympen en een legergroen sweatshirt aan, dat niet opviel tussen al die groene baretten hier. Ik pakte mijn zwarte handschoenen, een mes, een poncho en sneed kijkgaten in mijn zwarte militaire bivakmuts voordat ik hem achter mijn broekband stak.

Het was donker en ik zag weinig mensen meer. Ik begon te joggen als een sportfreak die 's nachts nog even een rondje rent. Dit was een legerkamp en veel mensen hadden late diensten, dus waren joggers ook 's avonds laat geen ongewoon gezicht. Niemand lette op me. Bij het gastenverblijf voor opperofficieren liep ik drie rondjes om het gebouw. Ik zag niemand en niemand zag mij.

Geruisloos liep ik door de voordeur naar binnen, een gang in. Er waren vier deuren, twee links en twee rechts. De dichtstbijzijnde twee konden het niet zijn, omdat die ramen aan de voorkant hadden en ik daar geen licht had gezien toen Jones naar binnen ging. De achterste twee bleven dus over. Ik had vijftig procent kans.

Ik liep de gang door en bleef staan bij de deur aan de linkerkant. Ik wachtte twee minuten om mijn ogen de kans te geven aan het donker te wennen. Daarna bukte ik me en bekeek ik het slot. Het was een eenvoudige tweewegtuimelaar. Fluitje van een cent, zoals Harry altijd zei. Ik pakte een rechtgebogen paperclip en ging aan het werk. Harry had me geleerd hoe ik het uiteinde van de paperclip naar binnen kon steken om vanaf links te beginnen. Toen het ijzerdraadje de eerste tuimelaar raakte, draaide ik het snel tegen de klok in en trok

het weer terug. Harry zou trots op me zijn geweest. In één keer raak.
Daarna bleef ik een volle minuut staan wachten. Sloten forceren maakt nu eenmaal geluid, dus wachtte ik op een mogelijke reactie uit de kamer. Als ik iets hoorde, zou ik naar buiten rennen en deze expeditie als mislukt beschouwen. Maar toen er niets gebeurde, duwde ik de kruk omlaag, glipte ik geruisloos naar binnen en trok ik de deur achter me dicht.
De kamer rook naar parfum en heel even sloeg de schrik me om het hart. Misschien had Jones gezelschap voor de nacht. Het kostte me bijna een minuut om de kamer door te lopen naar het bed. Er lag iemand onder de deken en ik hoorde een zacht gesnurk, maar de slaper was alleen. Een uniformjasje hing over de stoel voor het bureau en ik pakte m'n zaklantaarn om het te bekijken. Ik zag één ster op de kraag en een naamplaatje met de naam JACKSON.
Ik telde twee en twee bij elkaar op – de lucht van het parfum en de naam op het plaatje. Generaal Wanda Jackson had het gezag over de militaire kampwinkels. Ik nam aan dat ze op bezoek was om de service aan onze jongens en meiden in het veld te controleren. Het kostte me weer een volle minuut om terug te sluipen naar de deur. Ik opende de kruk, glipte naar buiten en trok de deur achter me dicht.
Ik wachtte twee minuten en begon toen aan het andere slot. Deze keer had ik er vier pogingen voor nodig. Ik was blij dat Harry er niet bij was. Hij had me stijf gescholden. Ten slotte sloop ik naar binnen; ik trok de deur weer dicht en snoof de geur in de kamer op. Dit klopte beter. Het rook er naar aftershave, dus het moest Jones' kamer wel zijn. Soldaten in het veld, zelfs opperofficieren, gebruiken geen aftershave. Burgers die zich populair wanen bij de dames doen dat wel.
Ik bleef even staan luisteren naar het ritme van Jones' ademhaling. Hij was een stille slaper – geen goed teken, omdat stille slapers vaak ook lichte slapers zijn. Ik sloop naar zijn

bureau. Het was een kleine kamer, maar ik bewoog me heel langzaam en voorzichtig, waardoor het me twee volle minuten kostte. Ik wist wat ik zocht; ik hoefde het alleen nog maar te vinden. Snel, en zonder ergens tegenaan te lopen.
Mijn hand gleed zachtjes over de vloer tot ik Jones' koffertje vond, tussen zijn bureau en het hoofdeinde van zijn bed. Ik kneep erin. Het was glad, misschien van suède of van heel fijn Italiaans of Spaans leer. Voorzichtig tilde ik het op en ik vertrok ermee zoals ik gekomen was. De deur liet ik van het slot.
Ik stapte de deur van de barak uit, strekte me een paar keer, zogenaamd als warming-up, terwijl ik beide kanten van de straat verkende. Niemand. Geen mens te zien. Toen rende ik naar de overkant en ik verdween tussen twee gebouwen. Ik had een poncho achter mijn broekband, die ik nu tevoorschijn haalde en opende. Ik kroop erin als in een tent, liet me op mijn knieën zakken en legde Jones' koffertje op de grond. Daarna pakte ik mijn zaklantaarn om mijn buit te inspecteren.
Het koffertje zat op slot. Het had zo'n klein combinatieslot, maar helaas niet van het goedkope type dat je meestal zag. Dit was van massief koper, met drie tuimelaars en tien cijfers. Jones had veel geld betaald voor dit koffertje. Jammer voor hem, want ik had niet de juiste instrumenten bij me om het te openen zonder het mechaniek te beschadigen. Niets aan te doen.
Ik haalde mijn mes tevoorschijn, maakte een gat, trok het terug, draaide het om en gebruikte de kartelrand om een lange snee te zagen aan de onderkant van het koffertje. Daarna zaagde ik verder langs de volgende rand. Ik schiep enig genoegen in het vernietigen van Jones' overdreven dure koffertje. Je moet genieten van je triomfen op momenten waarop het kan. Daarna stak ik mijn hand erin en zocht. Er zaten wat papieren en mappen in, maar Jones zou niet zo dom zijn

om geheime stukken in zijn kamer te bewaren. Bovendien zocht ik naar iets kleiners. Eindelijk voelde ik een dun boekje, dat ik eruit haalde.
Ik sloeg het open en daar zag ik Jones' knappe gezicht in zijn paspoort. Maar hij heette geen Jones. Zijn werkelijke naam was Tretorne, Jack Tretorne. Snel bladerde ik het paspoort door. Jack reisde veel. Het paspoort was pas anderhalf jaar geleden uitgegeven, maar bijna alle pagina's stonden al vol met visa en andere stempels – allemaal van Europese landen, voornamelijk op de Balkan. Het was geen officieel paspoort van het type dat vaak aan ambtenaren wordt uitgereikt. Dit was een gewoon burgerpaspoort. Misschien betekende dat iets, misschien ook niet. Na de golf van terreuraanslagen in de jaren zeventig en tachtig hadden veel ambtenaren op gevoelige posten een burgerpaspoort gekregen. Als Abdul de 747-kaper dan de paspoorten van de passagiers verzamelde om geschikte kandidaten te zoeken om neer te schieten en op het asfalt te smijten, waren ze niet zo gemakkelijk te herkennen.
Omdat ik toch al zijn koffertje had moeten vernielen, besloot ik zijn paspoort te houden. Het zou nog van pas kunnen komen. En zelfs als dat niet zo was, zou Tretorne een heleboel moeite moeten doen om een nieuw aan te vragen. Dat gunde ik hem van harte. Ik had zijn koffertje vernield en nu stal ik zijn paspoort. Ik zocht weer verder, nu naar een klein plastic kaartje. Dat duurde even, maar eindelijk voelde ik toch een harde plastic rand in een van die kleine vakjes waarvan zulke dure koffertjes rijkelijk zijn voorzien.
Ik haalde het eruit en bekeek het bij de smalle lichtbundel. Weer zag ik de knappe kop van Jack Tretorne, maar op dit kaartje stond niet zijn naam, alleen een lang nummer en de naam van de organisatie die het pasje had uitgegeven. O, en natuurlijk het trotse embleem van de CIA. Met dit pasje had Jack onbelemmerd toegang tot dat grote complex in

Langley, Virginia. Een NSA-medewerker? Vergeet het maar. Ik besloot het pasje ook te houden, voordat ik alles weer opborg en de straat overstak naar het gastenverblijf. Ik liep de gang door naar Tretornes kamer, glipte naar binnen en sloop net zo voorzichtig weer naar het bureau. Geruisloos zette ik het koffertje terug waar ik het gevonden had, met de opengesneden kant plat tegen het bureau, waar het niet meteen zou opvallen.

Toen vertrok ik weer en ik zette het slot op scherp, zodat de deur zich zou sluiten als ik hem dichttrok. Tretorne had zijn koffertje niet bij zich gehad toen hij twee dagen geleden op mijn kantoor was verschenen, en evenmin de vorige avond, toen ik hem naar zijn barak was gevolgd. Hopelijk was hij niet iemand die zijn koffertje overal mee naartoe sleepte. Ik wilde hem niet meteen alarmeren.

Ik besloot mevrouw Smith die nacht maar over te slaan. Ze zou ook wel voor de CIA werken, en het kon me eigenlijk niet schelen hoe ze heette.

Ik rende terug naar mijn tent en trok mijn camouflagepak aan. Daarna ging ik naar het hoofdkwartier van generaal Murphy. De sergeant van de nachtdienst vroeg me wat ik wilde. Ik wapperde met mijn orders en zei dat ik een privé-kantoor nodig had, met een beveiligde telefoon. Hij nam me mee de gang door naar het kantoor van de operatiesofficier. Met een sleutel opende hij een speciale metalen kast waarin nog een sleutel lag, waarmee ik de telefoon kon beveiligen. Hij overhandigde me de sleutel met het verzoek om geen rommel te maken en liet me toen alleen.

Kolonel Bill Tingle was een levende legende in het Special Operations-wereldje. Volgens de geruchten was de rol van John Wayne in *The Green Berets*, die actiefilm uit 1968, naar hem gemodelleerd. Tingle was allang de pensioengerechtigde leeftijd gepasseerd, maar een speciale Congrescommissie verlengde zijn termijn elk jaar opnieuw. Het zou me

niet verbazen als hij er al honderd jaar actieve dienst op had zitten. Hij was al kolonel in de Vietnam-oorlog en was het brein geweest achter de aanval op San Te, een heroïsche helikopteractie, diep in het vijandelijke Noord-Vietnam, om een groep Amerikaanse krijgsgevangenen te bevrijden. De operatie was vlekkeloos verlopen, op één probleempje na. Een paar weken eerder hadden de Noord-Vietnamezen alle krijgsgevangenen uit het kamp weggehaald. De Amerikaanse commando's overvielen het kamp en doodden een aantal vijanden, maar keerden met lege handen terug. Een foutje van de inlichtingendiensten, maar iedereen was het erover eens dat de actie zelf perfect was uitgevoerd.
Na de oorlog was het Tingles idee geweest om het Regiment te vormen, en sindsdien was hij er altijd bij betrokken gebleven als officieel adviseur. Het was werk voor jonge kerels, dus volgden de commandanten elkaar snel op, maar die oude Bill Tingle was er altijd, als de hoeksteen van een gebouw. Zelfs nadat ik was vertrokken belde ik Tingle minstens één keer per jaar, en we stuurden kaartjes met Kerstmis. Ik geloof dat hij het heel geestig vond dat iemand bij het Regiment was weggegaan om rechten te studeren en tot het JAG-korps toe te treden. Bill Tingle had de pest aan advocaten.
Ik toetste een speciaal nummer in dat alle veteranen van het Regiment bij zich moesten dragen in hun portefeuille. Als we ooit het vermoeden hadden dat onze vroegere connectie met het Regiment bekend dreigde te worden, moesten we dat nummer bellen. Een mannenstem antwoordde: 'Ling Hai, afhaalchinees.' Dat was het wachtwoord. 'Kan ik de stier spreken?' vroeg ik. 'Stier' was de codenaam van Bill Tingle. Ik hoorde wat klikken op de lijn en toen een diepe, schorre stem: 'Tingle.' Ik kan me niet herinneren dat ik Bill Tingle ooit zonder een brandende Marlboro in zijn mondhoek heb gezien. Dat zou wel de verklaring zijn waarom hij klonk als Darth Vader die op knikkers kauwde. Aan de andere kant

was hij de hardste militair die ik ooit had ontmoet, dus misschien was hij wel met die stem geboren.
'Hé, kolonel,' zei ik. 'Sean Drummond hier.'
'Drummond? Drummond? O ja, die zandhaas die is weggegaan om rechten te studeren.'
'Juist. Die Drummond dus. Hoor eens, ik moet u om een grote gunst vragen.'
'Een gunst? Dan zal ik je het nummer geven van Mays escortbureau. Die ouwe May zal je een gunst bewijzen die je nooit meer vergeet.'
Tingle had een belabberd gevoel voor humor. Ik lachte toch maar. 'Kolonel, ik wil het gesprek scramblen, als u het goed vindt.'
Tingle bromde wat en we gebruikten onze sleutels voor het ingewikkelde proces om de lijn te beveiligen. Daardoor klonk een gewone menselijke stem opeens zoals die van Tingle normaal al klonk. Kun je je voorstellen wat er met Tingles stem gebeurde. Alsof je de bedrijfsleider van het vagevuur persoonlijk aan de lijn had.
Dat kostte ongeveer dertig seconden. Toen ging ik verder: 'Kolonel, ik zit diep in de problemen en ik heb hulp nodig.' Bij Tingle kon je er beter niet omheen draaien.
'Goed. Laat maar horen, Drummond.'
Dus deed ik mijn verhaal. Ik vertelde hem alles wat er was gebeurd – ook dat ik in Jones' kamer had ingebroken en zijn paspoort en legitimatiebewijs had gestolen. Hij hoorde het aan en zweeg toen een tijdje.
'Hier weet ik helemaal niks van,' zei hij ten slotte.
'Dat dacht ik ook niet. En daar belde ik niet voor.'
'Waarvoor dan wel?'
'Ik wil meer weten over die Jack Tretorne.'
'En jij denkt dat ik je daarbij kan helpen?'
'Ja, kolonel. U hebt genoeg contacten daar. Misschien kunt u erachter komen wie of wat de oppositie is.'

Weer bleef het een tijd stil. Ik hoorde Tingle een paar keer hoesten. Door de scramble-telefoon klonk dat alsof er kleine mijnen in zijn keel ontploften. Hij moest echt stoppen met roken.
Ten slotte zei hij: ‘Goed, Drummond. Trouwens, heb je ooit van Operatie Phoenix gehoord?’
‘Vaag,’ zei ik. ‘Iets in Vietnam, geloof ik?’
‘Juist. Zoek het maar na,’ beval hij. ‘Je hoort nog van me.’
‘Kolonel,’ zei ik, ’neem me niet kwalijk, maar dat lijkt me geen goed idee. Ik denk dat mijn telefoons worden afgeluisterd. Ik bel u wel.’
‘Ook goed.’
‘O ja, ik ben hier nog een andere veteraan van het Regiment tegengekomen. Een sergeant-majoor Williams. Kent u hem nog?’
‘Williams? Daar hebben we er drie van gehad bij het Regiment. Eentje is er dood, natuurlijk. Mogadishu, geloof ik. Ja, Mogadishu. Arme klootzak.’
‘Nou, deze leeft nog. Hij was ondervrager in dat krijgsgevangenkamp toen ik bij de selectie zat. Hij zei dat u hem opdracht had gegeven om me zo hard mogelijk aan te pakken.’
‘O, die klootzak, ja. Blijf maar uit zijn buurt. Hij deugt niet.’
‘O nee?’
‘Een racist. Gestoorde figuur. Hij heeft zelfs in de rimboe van die fascistische knokploegen getraind. Williams was echt geschift. Daarom hebben we hem eruit geschopt.’
‘Hoe kwam u daarachter?’ vroeg ik.
‘We luisterden jullie telefoons af. Maar dat hebben jullie nooit gemerkt, is het wel?’
Ik probeerde me onmiddellijk alle telefoongesprekken te herinneren die ik ooit had gevoerd toen ik nog bij het Regiment zat. ‘Nee, kolonel,’ zei ik, wat moeizaam.
‘Ja, ja,’ zei hij, ‘ik heb elk woord gehoord dat je over me gezegd hebt, Drummond.’

'Ach, u weet hoe het is. Maar je wordt ouder en wijzer... dat soort gelul.'
'Oké, Drummond, doe je best. En wees voorzichtig, jongen. Vergeet niet om Operatie Phoenix op te zoeken.'
Ik legde neer, gaf de telefoonsleutel weer aan de wachtsergeant en liep terug naar mijn tent. Daar sliep ik nog drie uur voordat ik opstond om me te douchen, te scheren en aan te kleden. Toen weer terug naar ons kleine houten kantoortje.
Imelda lag toen ik binnenkwam nog te slapen op haar veldbed voor de dossierkasten. Ze had de wacht ook kunnen overdragen aan een van de andere meiden, maar dat was haar stijl niet. Ik liep zachtjes naar het koffiezetapparaat en zette een pot. Toen verdween ik naar mijn kantoor en wachtte tot de koffie klaar was. Imelda werd wakker toen ik een kop inschonk.
'Voor mij ook,' gromde ze.
'Melk en suiker?'
'Zwart. Pikzwart. Van suiker en melk ga je dood.'
'Ja, mevrouw,' mompelde ik en ik draaide me snel om, zodat ze niet zag dat ik een derde schep suiker in mijn koffie deed. Ik nam de twee kopjes mee. Imelda kroop uit haar slaapzak en ik wendde me beleefd af om haar wat privacy te gunnen. Na een minuutje hoorde ik haar kistjes op de vloer stampen en ik draaide me om met de koffie. Toen wenkte ik haar om mee te komen.
Ik ging achter mijn bureau zitten en begon op een notitieblok te schrijven terwijl ik vroeg: 'En, hoe heb je geslapen?'
'Redelijk. U?'
'Als een roos. Ik ben vroeg naar bed gegaan en heb eindelijk een hele nacht kunnen slapen, voor het eerst sinds we hier zijn,' zei ik, en ik hield het vel omhoog waarop ik had zitten schrijven.
Er stond: ZOEK VOOR ME OP: OPERATIE PHOENIX.

Ze haalde haar schouders op. 'Mooi zo. Dan kankert u misschien niet meer zo op mijn meiden.'
Ik schreef: VIETNAM-TIJD; MISSCHIEN TE VINDEN OP INTERNET.
'Vandaag wilde ik aan de conclusie werken. Ik heb Delbert en Morrow gezegd dat ik die zou schrijven.'
'Ja, oké,' zei ze, en ze knikte dat ze had gelezen wat er op het papier stond.
'Je weet hoe ik dat doe. Waarschijnlijk loop ik de hele dag in en uit om mijn gedachten op een rij te zetten.'
'Dat hoeft u mij niet te vertellen, majoor. Ik weet hoe u werkt.'
'Mooi. Bedankt, Imelda.'
'Geen punt,' zei ze, en ze vertrok weer uit mijn kantoor.
Omdat ik niet wist of een of meer van Imelda's meiden me misschien bespioneerden, begon ik voor de schijn maar aan een lange, wijdlopige verklaring waarom Sanchez en zijn mannen volkomen onschuldig waren aan alle aanklachten. Ik schreef haastig, zonder me te bekommeren om stijl of grammatica. Als het maar overtuigend genoeg was om iemand die het controleerde ervan te overtuigen dat ik mijn aandeel leverde aan de doofpotaffaire.
Ik werkte stug door. Na twee uur werd er op mijn deur geklopt. Toen ik opkeek, zag ik Martie-nog-wat en David het watje, mijn twee favoriete CID-agenten.
'Wat is er?' vroeg ik.
'Hebt u nog even tijd voor ons, majoor?' vroeg Martie.
Ik besloot beleefd te blijven. 'Goed, hoor. Willen jullie koffie?'
'Nee, dank u,' zei hij toen ze binnenkwamen en zich op de stoelen tegenover mijn bureau lieten vallen. 'We hebben er al zes op. Ik begin te trillen.'
Hun kledingkeuze was er de afgelopen twee dagen niet beter op geworden. Martie droeg nu een geruit pak met een geruit

hemd en een geruite das. Hij leek wel een wandelend schaakbord in drie tinten. David droeg een wat conservatievere, chintz-achtige blauwe blazer, met een donkerblauw hemd en een schreeuwerige das met pastelkleurige bloemen die leken te exploderen. Hij deed me denken aan een kruising tussen een maffioso en Pipo de clown. Het was moeilijk die jongens serieus te nemen.
'Hoe loopt het onderzoek?' vroeg ik.
'Ach, u weet wel. Stukje bij beetje. In dit soort zaken vind je zelden de gouden tip die alles oplost. Het is meestal een aaneenschakeling van kleine aanwijzingen.'
'Hebben jullie voetafdrukken gemaakt?'
'Ja. Die liggen nu in het laboratorium in Heidelberg.'
'Nog iets interessants gevonden in Berkowitz' opschrijfboekje?'
'Lastig te zeggen. Je komt veel over iemand te weten als je zijn dood onderzoekt. Neem Berkowitz. De man was ongelooflijk slordig. Overal vuile kleren en snoeppapiertjes in zijn kamer. En briefjes met aantekeningen. We zijn nog bezig alles uit te zoeken.'
'Ik hoorde dat er nogal wat journalisten zijn gearriveerd.'
'Een heel leger. Ze laten de persofficier geen moment met rust. En u weet hoe de pikorde ligt. Als zij hém onder druk zetten, zet hij óns onder druk.'
'Dat zal wel,' zei ik. 'Was er iets speciaals waar jullie over wilden praten?'
'Eh, ja.' Hij keek omhoog en staarde naar het plafond. 'Ik wilde u even zeggen dat er op dit moment twee agenten in uw tent zijn. Ik heb een huiszoekingsbevel van de militaire rechter om uw persoonlijke bezittingen te doorzoeken en uw gymschoenen te lenen.'
Dat beviel me helemaal niet. Ik nam een slok koffie en probeerde niets te laten merken. Dat viel niet mee. Ik maakte me ernstig ongerust. Ik weet niet waarom, maar het was zo.

Ik keek hem doordringend aan. 'Mag ik vragen waarom?'
'Een paar vreemde notities van Berkowitz. Maar u hoeft zich geen zorgen te maken. We lenen uw schoenen alleen om de zolen te vergelijken met de afdrukken die we in het laboratorium hebben.'
'Maar ik hoef me geen zorgen te maken?'
'Nee. Dat is routine. We verzamelen een heleboel afdrukken. U bent toch niet in die latrine geweest?'
'Nee,' zei ik.
'Dan hebben we u sneller van de lijst afgevoerd dan je Jack the Ripper kunt zeggen.'

22

Eén ding leer je wel als je strafrecht studeert. Zodra een politieman tegen je zegt dat je je geen zorgen hoeft te maken, wordt het pas echt link. Gelukkig of helaas had ik niet genoeg tijd en aandacht om te gaan zitten piekeren. Ik was nog steeds bezig met het schrijven van onze conclusie en wachtte op Imelda met informatie over Operatie Phoenix.
Om kwart over elf kwam ze binnenwalsen en liet ze een stapel computerprints op mijn bureau vallen.
'Waar heb jij gezeten?' bulderde ik.
Ze boog zich naar voren en begon op mijn notitieblok te schrijven.
'Ik was aan het werk,' zei ze. 'Voorraden inslaan. Ik moest het hele kamp afzoeken naar printcassettes, verdomme.'
Ik las wat ze schreef. 'Nou,' zei ik, 'ik heb flink doorgewerkt en ik wacht op iemand die het kan overtypen.'
'Wat mankeert jou?' snauwde ze. 'Zit je kont aan die stoel gelijmd? Kun je de meiden zelf niet vragen of ze het willen uittypen?'

Ze richtte zich op en ik las haar bericht: GEVONDEN OP INTERNET. VOOR DE VEILIGHEID HEB IK DE TERMINAL IN DE VOORRAADKAMER GEBRUIKT.
'Oké, oké,' mopperde ik. 'Neem maar mee wat ik gedaan heb en laat het uittypen.'
Ze verzamelde mijn stapel velletjes en vertrok. Ik verdiepte me in de computerprints die ze had achtergelaten. Het kostte me bijna een halfuur om alles door te lezen. Er was op internet heel wat te vinden over Operatie Phoenix: historische artikelen, verklaringen van veteranen die hadden deelgenomen en last hadden van hun geweten, maar ook wilde verhalen en beschuldigingen van pacifistische groeperingen. Een deel ervan was fascinerend om te lezen, maar er stonden ook dingen bij die je deden twijfelen aan het gezonde verstand van sommige mensen op het internet.
Operatie Phoenix was een gezamenlijke, geheime operatie geweest van de CIA en de Groene Baretten tijdens de oorlog in Vietnam. Ze hadden een geheim pact gesloten, los van de militaire bevelsstructuur. De stafchefs en generaal Westmoreland wisten er niets van.
Het was een standaard antiterreuroperatie, waarbij de CIA in een aantal communistische cellen in Zuid-Vietnam infiltreerde en de Special Forces het vuile werk opknapten door de verdachten te elimineren. Volgens sommige berichten die Imelda van het internet had geplukt hadden de Groene Baretten maar een paar dozijn mensen gedood, volgens andere schattingen waren het er duizenden geweest – vermoord zonder proces, zonder bewijs, alleen op aanwijzing van de CIA. Een 'sanctie' uitvoeren, was het steriele eufemisme dat daarvoor werd gebruikt.
In die tijd had ik waarschijnlijk te veel aandacht voor de anatomie van de cheerleaders bij ons op school om ergens anders op te letten, maar de operatie werd voor het eerst aan de kaak gesteld in het begin van de jaren zeventig, en nog

wat later, tegen het einde van de oorlog. Verschillende onderzoekscommissies van het Congres hadden het leger gretig geholpen feiten van fictie te scheiden, zoals generaal Partridge het uitdrukte. In wezen hadden de Groene Baretten zich schuldig gemaakt aan moord, terwijl de CIA voor God speelde. Het was oorlog, maar de mensen die zonder vorm van proces werden neergeschoten waren Zuid-Vietnamese burgers, dus technisch gesproken onze bondgenoten. En dat was een belangrijk onderscheid.

Ik begreep meteen waarom Bill Tingle me hiernaar verwezen had. Ik bedoel, het leek heel logisch. Jack Tretorne, alias Jones, deed zich voor als iemand van de NSA, terwijl hij in werkelijkheid probeerde een mogelijke massamoord door een team van Groene Baretten te verdoezelen. De parallellen lagen voor de hand. Toch leek het me te stom voor woorden. Operatie Phoenix was een geweldig schandaal geworden en ik kon niet geloven dat de mensen die er de eerste keer bij betrokken waren geweest dezelfde fout nog een keer zouden maken. Dat is zoiets als de Ford Motor Company die de Edsel weer op de markt brengt.

Bovendien was dit geen oorlog. Officieel niet, tenminste. Hier werd niet in communistische cellen geïnfiltreerd en werden geen verdachten vermoord. Dit was een politionele actie van de NAVO, of wat voor onnozele term ook werd gebruikt voor deze poging om de Serviërs tot de orde te roepen met zware bombardementen. Want zo simpel lag het.

Aan de andere kant was er de moord op Jeremy Berkowitz. Misschien had Tretorne generaal Murphy wel opgedragen een 'sanctie' tegen de journalist uit te voeren, hoe bizar dat ook klonk. Maar alles wat zich hier afspeelde, kwam me bizar voor. Dus waarom niet? Tretorne leek me precies zo'n figuur om iemand in koelen bloede te laten vermoorden. Er blonk geen sprankje leven of moreel besef in die ogen van hem. En als iemand bepaalde zaken in de doofpot probeerde

te stoppen, was dat al een ernstig vergrijp. Wat maakten een paar andere misdrijven dan nog uit?
Ik kon wel een verzetje gebruiken. De hele ochtend had ik een ander plannetje zitten uitbroeden, en dit leek me het geschikte moment. Het werd tijd om het wild op te drijven, zoals dat heet onder kwarteljagers.
Ik stapte naar buiten en liep naar het NSA-centrum. De wachtposten lieten me toe tot de volgende deur, waar ik aanbelde en mijn tong uitstak tegen de camera in de hoek. Soms vraag ik me af hoe ik ooit majoor ben geworden.
Even later maakte de deur een sissend geluid en ik duwde hem open. Mevrouw Smith stond te wachten. Ik grijnsde tegen haar en ze reageerde met zo'n prachtige plastic glimlach die ze op een dure kostschool in het noordoosten moest hebben geleerd. Ze herinnerde me aan die duizenden cheerleaders waar ik ooit van droomde.
'Hoe gaat het vandaag?' vroeg ik.
'Goed.'
'Mooi zo. Ik hoop dat ik niet ongelegen kom, maar ik wil meneer Jones even spreken.'
'Kom maar mee,' zei ze, en ik bewonderde haar soepele heupen toen ze me voorging naar het kantoortje en de trap achterin. We liepen de trap af en ik zag dat haar haarwortels bruin waren, niet blond. Hoe meer ik over deze vrouw te weten kwam, des te meer ze scheen te verbergen.
We kwamen weer bij de vergaderzaal aan het einde van de gang. Met haar lange, gemanicuurde vingers haalde mevrouw Smith heel elegant haar kaartje door het slot en ze duwde de deur open. In de kamer zat een man of vijf, allemaal rond de tafel, met Jack Tretorne aan het hoofd. Afgezien van Tretorne leek het een vergadering van techneuten – dikke brillenglazen, pennen in de borstzakjes en witte overhemden met korte mouwen. Dit waren NSA-mensen, geen twijfel mogelijk. Ze hadden die ondefinieerbare uitstraling.

Tretorne had zijn jagersvest weer aan. Hij leek hier totaal niet op zijn plaats, als een beroepssporter op een beurs van computerprogrammeurs. Hij keek op en er viel een stilte. Als ik beleefd zou zijn geweest zou ik hebben gezegd: 'Neem me niet kwalijk, ik zie dat ik stoor, dus ik ga maar weer. Wilt u me bellen als het uitkomt?'
Maar ik zei niets. Ik bleef staan. Tretorne nam me scherp op met zijn knikkerogen, hoewel ik geen idee had wat hij dacht. Toen keek hij de kamer rond en zei: 'Wilt u ons even excuseren? Majoor Drummond hier werkt aan een belangrijk project en ik moet hem even spreken. Alleen.'
De techneuten stonden op en verdwenen naar de gang. Uiteindelijk bleven we met ons drieën achter. Mevrouw Smith sloot de deur.
'Hallo,' zei ik.
Hij viel met de deur in huis: 'Wat wilt u?'
'Ik heb maar een paar minuutjes van uw tijd nodig. Ik ben bezig met onze slotconclusie en ik heb nog wat vragen. Dat zult u toch begrijpen?'
Ik liet me in een stoel vallen voordat hij kon antwoorden. Ik keek over mijn schouder. 'Mevrouw Smith, wees een brave meid en haal een kop koffie voor me. Drie klontjes en een wolkje melk.'
Het gezicht van de lieftallige mevrouw Smith stond opeens heel lelijk. 'Ik háál geen koffie. En noem me geen brave meid.'
Ik glimlachte. 'O, sorry. Ik had begrepen dat je Jones' assistente was.'
Ik zag dat Jones knikte en haar een teken gaf om te doen wat ik vroeg. Ze pruilde nog even, draaide zich op haar hakken om en verdween naar de gang.
'Nou, nou,' zei ik, 'wat een humeur! Hoe houdt u dat vol?'
Jones' ogen namen me koeltjes op. Het was hetzelfde gevoel als toen ik door die camera bij de voordeur was geobser-

veerd. 'Ze valt wel mee,' verzekerde hij me. 'Dit is het leger niet, Drummond. Wij halen hier onze eigen koffie. Wat wil je?'

'Weet u nog dat we gisteren die films bekeken en u daar uitleg bij gaf?'

'Natuurlijk weet ik dat nog.'

'Goed. Ik heb een verificatie nodig dat het om authentiek materiaal ging. U zei dat die opnamen in het archief van de NSA werden opgeslagen. Ik zal de naam of het nummer van dat dossier moeten vermelden in mijn rapport.'

'Dat kan ik u geven.' Hij glimlachte. 'Geen probleem.'

'Geweldig,' zei ik. 'En dan nog iets. Ik heb ook uw volledige naam en sofi-nummer nodig, en de afdeling waar u werkt bij de NSA.'

Dat was dus wél een probleem. Zijn glimlach maakte plaats voor een verbaasde blik. 'Hoezo?' vroeg hij.

'Ik mag die films en transcripties niet meenemen omdat ze streng geheim zijn. Daarom zal ik u moeten noemen als belangrijke getuige. Het is een bijzonder controversieel incident dat wij onderzoeken. Mijn rapport zal kritisch worden bestudeerd. Ik kan moeilijk schrijven dat ik een of andere eikel van de NSA heb gesproken die Jones heette, en het daarbij laten. Ik bedoel, hoeveel mensen werken er niet bij de NSA die Jones heten? Dat moeten er honderden zijn.'

Ik zag een strakke trek om Tretornes mond. Hij had maar weinig lichaamsvet in zijn gezicht en de spiertjes onder zijn oren begonnen te trillen als twee tijdbommetjes. Mijn getreiter drong eindelijk door de ijslaag heen.

Maar op dat moment werd hij gered door de bel. Mevrouw Smith kwam terug met mijn koffie in haar hand. Ze gaf me het kopje en ik nam een slok. De koffie was ijskoud en ze moest er een half kannetje melk en minstens tien grote scheppen suiker in hebben gedaan. Die meid liet zich niet kisten. Dat mocht ik wel.

Ik legde mijn hoofd in mijn nek en dronk het kopje in één keer leeg. 'Ha, lekker. Precies goed. Bedankt, schat.' Pak aan, kreng.

Mevrouw Smith probeerde me te negeren, maar stampte met haar voeten toen ze om de tafel liep en aan de andere kant ging zitten. Tretorne had zich weer hersteld.

Hij boog over de tafel heen en zei op nadrukkelijk beheerste toon: 'Luister eens goed, Drummond. Ik word niet in jouw rapport vermeld. Laat dat duidelijk zijn. Mijn werk is heel gevoelig; daar kan niet over gesproken worden. Je mag alleen de naam noemen van luitenant-generaal Foster, het hoofd van de NSA.'

Ik grijnsde. 'Hé, Jones, maak je niet druk, beste kerel. Er komt STRENG GEHEIM op mijn rapport te staan. Je hoeft niet bang te zijn dat je naam over straat gaat. En generaal Foster heeft hier helemaal niets mee te maken.'

Ik zag een rode vlek in zijn hals, die zich langzaam uitbreidde tot zijn gezicht. 'Hij weet hier alles van, Drummond. Doe nou maar wat je wordt gezegd.'

Aan Tretornes toon te horen was hij gewend om orders te geven en gehoorzaamd te worden.

Mijn grijns werd nog breder. 'Dat kan echt niet, beste jongen. Hoor eens, als je dat geruststelt wil ik je naam en gegevens wel vermelden in een speciale bijlage die alleen de minister van Defensie en de voorzitter van de stafchefs onder ogen krijgen. Meer kan ik niet voor je doen. Het punt is, Jonesy, dat je nu deel uitmaakt van mijn onderzoek. Je hebt jezelf uitgenodigd op het moment dat je mijn kantoor binnenstapte. Dat begrijp je toch ook wel?'

'Nee. En ik geloof er niets van.'

'Nou, je ziet maar,' zei ik, en ik stond op om te vertrekken.

'Waar ga je heen?' vroeg Tretorne, die er nu helemaal niets meer van snapte.

'Ik ga een militaire rechter bellen en hem vragen een rechter-

lijk bevel uit te reiken aan de directeur van de NSA om jouw naam en gegevens binnen zes uur aan ons bekend te maken.' Ik ging ervan uit dat Jack Tretorne geen jurist was en dus niet wist of ik daar het recht toe had.
'Dat lijkt me geen goed idee,' mompelde hij op dreigende toon.
'Meneer Jones, u probeert toch niet te dreigen? Ik kan het ook anders aanpakken. Ik ben ervan overtuigd dat die rechter jullie in staat van beschuldiging kan stellen wegens het achterhouden van belangrijke bewijzen in een strafrechtelijk onderzoek. Verdomme, misschien vraag ik hem wel om twéé bevelen.'
Hier dacht Tretorne iets meer van te weten. 'Je staat te bluffen!' snauwde hij. 'Daar zijn al duizenden proefprocessen over gevoerd. Niemand kan de regering dwingen geheime informatie prijs te geven.'
'Daar heb je gelijk in,' zei ik, 'maar je ziet het verkeerd. Al die zaken gingen om gewone burgers zonder bevoegdheid, die om vrijgave van vertrouwelijke informatie vroegen. Ik vertegenwoordig een overheidsdienst. En de informatie die ik opvraag zal alleen worden gebruikt in een streng geheim rapport.'
Hij sputterde nog tegen toen ik de deur al achter me in het slot trok. Een van de wetten van de oorlog is dat je je tegenstander uit zijn evenwicht moet brengen. Hij had me de vorige dag flink te grazen genomen, en ik wilde Tretorne laten zweten, zodat hij ook eens wist hoe dat voelde.
Natuurlijk zou hij meteen zijn advocaten bij de CIA bellen om te vragen of het waar was wat ik zei. Maar het waren juristen, dus zouden ze het in beraad houden. Dat doen juristen altijd, waar dan ook. Advocaten van civiele kantoren geven nooit meteen antwoord, want dan verspelen ze de kans om een paar uurtjes onderzoek op de nota te zetten. Juristen bij de overheid geven niet meteen antwoord omdat het bureau-

craten zijn en dus in principe nooit iets meteen doen. Bovendien beperken ze graag het risico door eerst met collega's te overleggen, zodat ze de schuld kunnen spreiden als ze het verkeerde antwoord geven.
Tretorne zou uiteindelijk ontdekken dat ik wel een rechterlijk bevel kon krijgen om hem te dwingen zijn naam prijs te geven, maar dat de juristen van de CIA en de NSA zich daar nog maanden tegen konden verzetten, tot het moment waarop het niet meer relevant was. Zijn advocaten zouden hem ook vertellen dat geen enkele militaire rechter een andere overheidsdienst kan dwingen om gevoelige, geheime informatie te verstrekken. Maar het zou nog wel even duren voordat hij die antwoorden kreeg, en misschien kon ik een reactie forceren.
Ik ging terug naar kantoor en boog me weer over mijn nepconclusie. Om vier uur liep ik naar het hoofdkwartier van generaal Murphy en vroeg ik een bereidwillige kapitein om een beveiligde telefoon in een privé-kantoor. Hij bracht me naar het kantoor van een officier die ergens de troepen aan het inspecteren was, gaf me de telefoonsleutel en liet me alleen.
Ik belde weer het nummer van de afhaalchinees en werd meteen doorverbonden met kolonel Bill Tingle.
Ik zei hallo, we schakelden over naar de scramble-modus en Tingle zei: 'Ik heb hem gevonden.'
'Mijn eeuwige dank, kolonel. Wie is het?'
'Tretorne is een GS-17 bij Operaties.'
Een GS-17 is een civiele rang die in militaire termen vertaald ongeveer tussen een twee- en driesterrengeneraal in ligt, en Operaties is de afdeling van de CIA die zich met veldwerk bezighoudt.
'Zo!' riep ik uit, omdat ik zo gauw niets beters wist te zeggen. Ik voelde me als de spreekwoordelijke visser in een klein houten bootje die net een mensenetende haai van drie ton aan zijn lijn heeft gekregen.
'Hij heeft het bevel over alle operaties op de Balkan,' ver-

volgde Tingle. 'Een beroepsagent. Niet zo'n politieke pinkelman.'
Ik wist eigenlijk niet goed wat een pinkelman was, maar Tingle gebruikte dat wel vaker voor mensen die hij niet mocht. Vooral voor advocaten. Toen ik hem jaren geleden had gezegd dat ik bij het Regiment wegging om rechten te studeren, had hij uitgeroepen: 'Welke gezonde, normale kerel wil nou voor pinkelman studeren?'
'Weet u verder nog iets van hem?' vroeg ik.
'Hij staat goed bekend. Iemand die dingen voor elkaar krijgt. En hij heeft aan West Point gestudeerd. Waarschijnlijk heeft hij een tijd in het leger gezeten en is hij toen overgestapt naar de CIA.'
'Heel interessant,' zei ik. 'Tussen haakjes, ik heb over Operatie Phoenix gelezen.'
'Geloof de helft maar niet. De andere helft wel. Die klopt.'
Tingle diende toen zelf in Vietnam, bij de Groene Baretten, dus ik veronderstelde dat hij op de hoogte was. Misschien had hij er zelf wel aan deelgenomen. Maar de gedachte dat Bill Tingle, die een soort persoonlijke held van me was, in koelen bloede mensen zou hebben vermoord beviel me niet erg, dus deed ik wat ik altijd doe als ik met onaangename feiten word geconfronteerd: ik besloot onmiddellijk dat het niet waar kon zijn.
'Zou dat hier ook kunnen spelen?' vroeg ik.
'Hoe moet *ík* dat weten, Drummond? Jij zit daar, ik niet.'
'U had toch een reden om me op Phoenix te wijzen, neem ik aan?'
'Hoor eens, jongen, ik ben al militair sinds 1950. Je hebt geen idee wat voor stommiteiten het leger soms uithaalt.'
'Oké,' zei ik. 'Ik kan u niet genoeg bedanken.'
'Best. Hé, nog iets anders. Als je die klootzak van een Williams weer tegenkomt, zeg dan uit mijn naam dat hij kan doodvallen.'

‘Dat zal ik zeker doen, kolonel.’
‘Nog één ding. Denk goed na voordat je iets doet, jongen. Wat verkeerd lijkt, kan achteraf juist goed zijn.’
‘Juist,’ zei ik, en ik legde neer.
Bill Tingle was een chagrijnige ouwe lul, maar in dit werk werd je niet oud als je niet je verstand gebruikte. Nadenken voordat je iets deed was een goed advies, maar dan moest je wel de tijd hebben om na te denken, en die had ik niet.

23

Ik ging terug naar kantoor en verruilde mijn camouflagepak voor het uniform waar Imelda nieuwe insignes op had genaaid. Volgens mijn nieuwe strepen en naamplaatje was ik sergeant Hufnagel. Harold, besloot ik. Sergeant Harold Hufnagel. Zeg dat tien keer snel achter elkaar en kijk wat er gebeurt.
Sergeant Hufnagel was een van Imelda’s assistentes, de vrouw die op een sabeltandtijger leek. Ik dacht niet dat ik haar of mezelf moeilijkheden kon bezorgen met deze vermomming. Als iemand onverhoopt in me geïnteresseerd raakte, zou hij het hele kamp kunnen uitkammen naar een mannelijke sergeant Harold Hufnagel zonder een steek verder te komen.
Ik vertrok, liep naar de voorraadkamer die Imelda had ingericht als haar officieuze verbindingscentrum en vroeg of ik de telefoon kon gebruiken. De dienstdoende soldaat vond het best. Ik belde de afdeling Voorlichting van de Tenth Group en een sergeant Jarvis nam op.
‘Sergeant,’ zei ik, ‘u spreekt met Barry McCloud van de redactie van de *Washington Herald*. U hebt daar een paar van mijn verslaggevers zitten.’
‘Klopt, meneer,’ zei hij heel beleefd. ‘Twee, om precies te zijn.’

‘Ik probeer ze te pakken te krijgen. We hadden hun nummers hier, maar een of andere zak van de nachtploeg is ze kwijtgeraakt. Kunt u me zeggen waar ze logeren en op welk nummer ik ze kan bereiken?’

‘Natuurlijk,’ zei hij. Ik hoorde het geluid van een toetsenbord toen hij de informatie opvroeg. ‘Ja, daar heb ik het,’ zei hij.

‘Mooi. Klaar voor notatie,’ zei ik.

‘Hé!’ grinnikte hij. ‘Dat zeggen wij ook zo, in het leger. Klaar voor notatie.’

Ik kon mezelf wel voor mijn kop slaan. ‘Ja, dat weet ik. Ik heb er ook wat jaartjes op zitten.’

‘O ja? Bij welk onderdeel?’ vroeg hij. Heel vriendelijk, echt waar.

‘O, hier en daar. Hebt u die nummers al?’

‘Ja, daar komen ze. Clyde Sterner heeft kamer 201. U kunt hem bereiken op nummer 232-6440. Janice Warner zit in kamer 106, dat is hetzelfde nummer, maar met een drie erachter. Nadat u het nummer voor de basis in Tuzla hebt gekozen, uiteraard.’

‘Geweldig. Bedankt!’ zei ik, en ik legde neer.

Wie moest ik bellen, Sterner of Warner? Ik gooide een muntje op en het was kop. Sterner, dus. Ik toetste het nummer van Janice Warner. Waarom zou ik een Clyde bellen als ik met een Janice kon spreken?

‘Janice Warner,’ antwoordde een interessante, zachte stem.

‘Eh, mevrouw... of juffrouw... Warner?’ vroeg ik handig.

‘Juffrouw. Wat kan ik voor u doen?’

‘U spreekt met sergeant Harold Hufnagel. Harry, voor mijn vrienden. Ik heb Jeremy Berkowitz gekend.’

‘Dat is mooi, sergeant. Ik kende hem ook.’

‘Ja, nou, een geweldige vent. Echt waar. Verdomd jammer dat het zo moest aflopen.’

‘Jeremy was helemaal geen geweldige vent, geloof me. Hij

was een klootzak. Maar het is jammer wat er is gebeurd, daar hebt u gelijk in. Waar belt u over?'

Ik mocht die meid wel. 'Nou, misschien weet ik iets over de reden waarom hij is vermoord.'

Het bleef een hele tijd stil voordat ze eindelijk zei: 'Dan moeten we misschien eens praten.'

'Ja,' zei ik, 'dat dacht ik ook. Maar dat is niet zo eenvoudig.'

'We vinden wel een oplossing.'

Ze had in het aas gehapt. 'Kijk, mevrouw Warner, het leger houdt er niet van als sergeants met journalisten praten. Zeker niet over zulke gevoelige zaken als moord.'

'Ik begrijp wat u bedoelt,' zei ze.

'We zouden elkaar in het geheim moeten treffen.'

'Kom maar naar het gastenverblijf voor de pers. Dan zal ik u naar binnen smokkelen.'

'Nee, nee. Daar staan wachtposten, die zouden ons zien. En als ze mijn naam weten, word ik binnen het uur door de kolonel op het matje geroepen.'

'Oké. Wat stelt u dan voor?'

'Vanavond om negen uur voor de ingang van de mess. En kom alleen, anders ben ik direct vertrokken.'

'Goed,' zei ze. 'O, sergeant Hufnagel? Ik draag een wapen en ik kan ermee omgaan. Duidelijk?'

'Natuurlijk. Geen haar op mijn hoofd die daaraan denkt.'

Haar stem klonk misschien zacht en aangenaam, maar de dame zelf was bepaald niet zacht. Janice Warner zou heel interessant kunnen zijn. Maar als ze verscheen in zo'n jagersvest zou ik mezelf door mijn kop schieten.

Ik had nog twee uur de tijd tot onze afspraak. Omdat ik niets anders wist te doen liep ik terug naar mijn schuilplaats tegenover het NSA-centrum. Daar bleef ik een uurtje staan wachten en kijken. Een paar van de techneuten die ik eerder in de vergaderzaal had gezien liepen in en uit, maar van Tretorne of mevrouw Smith geen spoor.

Ik wilde de moed al opgeven toen ik de overbekende lange gestalte van onze knappe held, generaal Chuck Murphy, naar buiten zag komen. Een kapitein van de Special Forces hield de deur voor hem open en liep met hem mee. Zijn adjudant, veronderstelde ik. Murphy moest zeker anderhalf uur binnen zijn geweest. Wat had hij daar te zoeken, en vooral zo lang? Misschien had hij satellietbeelden bekeken of transcripties van radioberichten doorgelezen. Nee, niet waarschijnlijk. Dat soort werk lieten brigadegeneraals meestal aan luitenants of kapiteins over. Het lag meer voor de hand dat die klootzak een uitvoerig gesprek had gehad met Tretorne. Misschien had hij een nieuwe lijst opgehaald van mensen tegen wie een 'sanctie' moest worden uitgevoerd. Of ze hadden over míj gesproken. Wie weet stond ik zelf wel op de dodenlijst.
Nee, dat zou heel dom zijn. Ik bedoel, hoe zouden het leger en de CIA de moord kunnen verklaren op de leider van het onderzoek naar het bloedbad in Kosovo? Waren ze zó onnozel? Of erger nog, zó wanhopig? Nee, besloot ik. Op dit moment dachten ze dat ze me hadden waar ze me hebben wilden. Nou ja, afgezien van mijn dreigementen aan Jones' adres. Maar zouden ze me daarom willen doden? Het was nu te laat om over zulke diepzinnige vragen na te denken. Ik had een afspraak met Janice en ik was benieuwd of haar stem het enige interessante aan haar was.
Ik jogde erheen en kwam twintig minuten te vroeg bij de mess aan. Ik vond een plekje ongeveer drie barakken verderop, waar ik de omgeving veilig in de gaten kon houden. Om kwart voor negen zag ik de koks naar buiten komen en de mess afsluiten, zoals iedere avond. Het gebouw was nu verlaten – de reden waarom ik deze plaats en tijd had gekozen. Zo kon ik beter constateren of Janice Warner gezelschap had meegenomen. Misschien was ik overdreven voorzichtig, maar ik had geen zin om naast Jeremy Berkowitz terecht te

komen in een gekoelde kist achter in een C-130.
Precies om negen uur zag ik een slanke vrouw in burger op haar gemak naar de ingang van de mess toe komen. Ze wiegde niet met haar heupen, maar liep heel gewoon en onopvallend. Ze bleef staan onder een lantaarn en leunde tegen de muur. Haar haar zag er lang en zwart uit, en ze droeg een spijkerbroek met een kort leren jasje. Ik was blij dat ze niet zo'n vest had aangetrokken, anders had ik mezelf van kant moeten maken.
Ik maakte een omtrekkende beweging langs de mess en verkende alle hoeken en gaten om te zien of iemand zich daar verborgen hield. Maar ik kon geen mens ontdekken. Ten slotte bleef ik staan bij de hoek van een barak op ongeveer veertig meter van de mess.
'Mevrouw Warner!' riep ik.
Ze keek op en ik slenterde naar de dichtstbijzijnde straat. Ze volgde me. Toen ze me had ingehaald, liepen we samen de straat door.
'Wat is de bedoeling?' vroeg ze.
'Je kunt tegenwoordig niet voorzichtig genoeg zijn.'
'Hebt u reden om bang te zijn?'
'Je kunt nooit weten.'
'Waar gaan we heen?'
'Ik wilde gewoon een eindje lopen. Goed voor de conditie,' zei ik. Voor het eerst nam ik haar aandachtig op. Ze had scherpe, oplettende ogen, geprononceerde jukbeenderen, brede lippen en een magere, pezige gestalte. Ze leek op dat meisje in je klas dat altijd hoge cijfers haalde, maar veel te afstandelijk en te intellectueel was om met domme sporters uit te gaan. Ik had nooit veel contact gehad met die types.
'Waar neemt u me mee naartoe?' vroeg ze.
'Nergens. Bent u voor het eerst in Tuzla?'
'Ja. Dit is mijn terrein niet.'
'Wat is uw terrein dan wel?' vroeg ik.

'De West-Europese politiek en economie.'
'Hm. Maar u bent hier nu om over de moord op Berkowitz te schrijven?'
'Gedeeltelijk. Clyde Sterner en ik hebben de opdracht overgenomen waar Berkowitz aan werkte – totdat de krant een permanente vervanger kan sturen.'
'En is dat een interessante opdracht?'
'Jazeker.'
En ik zou het nog veel interessanter maken, dacht ik. 'Ik heb begrepen dat u niet bevriend was met Jeremy?'
'Laten we zeggen dat we andere ideeën hadden over de journalistiek.'
Dat klonk veelbelovend. 'Wat is uw filosofie dan?' vroeg ik.
Ze keek me even aan met die oplettende ogen van haar. 'Ik betaal mijn bronnen niet. Als u het daar om te doen is, bent u aan het verkeerde adres. Probeer dan Sterner maar, die heeft een onkostenbudget, net als Berkowitz.'
'Nee, daar gaat het me niet om.'
'Waarom dan wel, sergeant?' vroeg ze met een toegeeflijke blik.
'Ik zou met u dezelfde regeling willen afspreken als met Berkowitz.'
'En dat was?'
'Wij wisselden informatie uit,' zei ik. Ik vond het niet nodig om erbij te zeggen dat dat maar één keer was gebeurd, of dat ik toen gelogen had en geprobeerd had hem erin te luizen. Waarom zou ik haar lastigvallen met onbeduidende details?
Ze bleef staan en keek me nu nog achterdochtiger aan. 'Waarom zou een sergeant geïnteresseerd zijn in informatie? Voor wie werkt u eigenlijk, Hufnagel?'
Janice Warner had een goed verstand, en ik had gehoopt dat ze deze conclusie zou trekken. Ik keek haar aan met een brede grijns. 'Hoor eens, zo ver zijn we nog niet. Gaat u akkoord met die afspraak, of niet?'

'En zo niet?'
'Dan zoek ik een andere journalist. Die lijklucht heeft een hele zwerm persmuskieten aangetrokken. Je breekt je nek erover.'
Ze dacht even na, maar aan de uitdrukking op haar gezicht te zien was ze niet overtuigd. Nog niet, tenminste.
'Goed, ga door,' zei ze.
'Het is heel simpel. U hebt wat informatie voor mij, dan heb ik wat informatie voor u. Als u het handig speelt, hebt u straks een verhaal dat een sensatie zal veroorzaken.'
'Ik ben niet achterlijk, Stupnagel.'
'Hufnagel. Harold Hufnagel,' zei ik. Heerlijk zoals dat van mijn tong rolde. 'Maar zeg gerust Harry.'
'Ben u een MP?'
'Ho, ho! Niet vragen voor je beurt.'
'Hoe weet ik dat u betrouwbare informatie hebt over Berkowitz' dood?'
'Omdat ik een van Jeremy's geheime bronnen was. Ik heb hem een belangrijke tip gegeven en daarna is hij vermoord.'
Ze knikte terwijl ze luisterde. 'Is dat alles?' vroeg ze aarzelend.
Ze speelde het goed. 'Toe nou, mevrouw Warner. Doet u mee of niet?'
Ze bleef staan en keek me onderzoekend aan. Ik had geen idee wat ze dacht. Zoals ik al zei had ze scherpe ogen, die dwars door je heen keken maar zelf niets verrieden.
'Goed, laten we het maar proberen,' zei ze. 'U vertelt mij iets, en daarna mag u mij iets vragen. Oké?'
Dat deed me weer denken aan een spelletje dat alle jongetjes en meisjes spelen: laat jij de jouwe zien, dan mag jij de mijne zien. Dat had ik één keer gedaan, toen ik zes was. Maar het meisje kreeg me zover dat ik eerst de mijne liet zien, waarna ze lachend wegrende om al haar vriendinnetjes te vertellen wat een sufferd ik was.

Die herinnering zat me nog steeds dwars, dus zei ik: 'Goed. U eerst.'

'Hebt u vragen op een bepaald terrein?'

'Ja. Ik weet toevallig dat Berkowitz aan een belangrijk verhaal werkte. Waarom was daar niets over terug te vinden in zijn laatste stuk?'

'Ik begrijp niet goed wat u bedoelt. Berkowitz werkte aan verschillende verhalen.'

'Toe nou, doe niet zo moeilijk. Het bloedbad in Kosovo.'

Ze leek het echt niet te begrijpen. 'Ja, daar heeft hij nog iets over gestuurd, de avond dat hij werd vermoord.'

'Precies,' zei ik. 'Maar het stuk dat de volgende dag in de krant stond was een losse flodder. Terwijl hij tegen me had gezegd dat hij een geweldige primeur had.'

Weer keek ze me onderzoekend aan, alsof ons gesprek een onverwachte wending had genomen en ze niet meer wist waar ze aan toe was. 'Was dat waar u Berkowitz mee hielp? Met zijn onderzoek naar het bloedbad in Kosovo?'

'Misschien,' zei ik.

Ze hield haar hoofd schuin. 'Ik weet niet wat er is gebeurd,' zei ze. En toen: 'Ik kan de krant wel vragen om het volledige artikel. Soms wordt het door de redactie sterk ingekort.'

Ik schudde mijn hoofd. Daar had ik niets aan. 'De redactie zou niet iets belangrijks schrappen.'

'Dat weet je maar nooit,' zei ze. 'Redacteuren zijn soms verdomd eigenwijs. Misschien vonden ze zijn bronnen niet volledig of betrouwbaar genoeg. Berkowitz beweerde soms maar wat.'

'Oké, doe dat maar,' zei ik. 'Maar wel snel.'

'Hoezo? Hebt u haast?'

'Ik heb mijn redenen. Maar nu is het mijn beurt. Berkowitz geloofde dat hier sprake was van een samenzwering. Ik zal u een naam noemen: Jack Tretorne. Ooit van gehoord?'

Ze schudde haar hoofd. Haar weelderige zwarte haar danste

heen en weer en ving het licht. 'Nee, zegt me niets,' antwoordde ze.

'Hij is iets hoogs bij de CIA. Hij heeft hier veel tijd doorgebracht in Tuzla en hij werkt samen met de Groene Baretten.'

'Heeft dat iets te maken met de moord op Berkowitz?'

'Er is een verband,' verzekerde ik haar.

'En wat moet ik nu doen?'

'Ik zou maar eens aan de boom schudden om wat meer over Tretorne en zijn bedoelingen te weten te komen. Maar wees voorzichtig met dat schudden. Er kan een gorilla aan de takken hangen.'

'Was dat alles?' vroeg ze, terwijl ze me onderzoekend opnam.

'Voorlopig wel. Ik zal u morgenochtend bellen, onder de naam Mike Jackson. Ik zeg dat uw bestelling klaar is en ik noem u een tijd waarop u hem kunt ophalen. Dat is de tijd dat ik u bij de ingang van de mess verwacht. Duidelijk?'

'Ja, hoor,' zei ze. Aan de toon waarop ze het zei was duidelijk te horen dat ze me vreemd of geschift vond met mijn wachtwoorden en geheime ontmoetingsplaatsen. Zij wist natuurlijk niet wat ík wist.

We waren nog maar één straat van de journalistenbarak verwijderd, dus liet ik haar daar achter en liep ik terug naar mijn tent. Er kwam schot in de zaak. Ik had een nietsvermoedende bondgenoot – en dat waren de beste, in zo'n krachtmeting als deze. Niets is zo belangrijk voor de CIA als geheimhouding. Hun ergste vijand is de openbaarheid. Een vent als Jack Tretorne zou verschrompelen en sterven als hij uit de schaduw het licht in werd gesleurd. Ik had zojuist Janice Warner en haar krant op zijn spoor gezet. Dat zou zijn leven wat onaangenamer maken. Heel wat onaangenamer, hoopte ik.

Ik wilde echt weten waarom Berkowitz nooit dat verhaal had gepubliceerd dat hij van mij had gehoord. Dat moest een belangrijk stukje van de puzzel zijn. Het scenario dat vorm begon te krijgen in mijn achterhoofd ging ongeveer als volgt: Tretorne had op de een of andere manier ontdekt dat Berkowitz op het punt stond een artikel te publiceren over het complot. Misschien was hij gewaarschuwd omdat de *Washington Herald* inlichtingen had ingewonnen bij de CIA in Langley. Ik ben geen expert op het gebied van de moderne pers, maar ik ga ervan uit dat kranten iemand in het algemeen de kans geven zich te verdedigen voordat ze hem op de voorpagina ergens van beschuldigen. Of misschien had de NSA in opdracht van Tretorne Berkowitz' elektronische berichten afgeluisterd, of zijn computer, en zo ontdekt wat hij wilde schrijven. Hoe dan ook, Tretorne had een 'sanctie' tegen Berkowitz uitgevoerd en de *Herald* een nepverhaal gestuurd onder Berkowitz' naam.

Het enige wat ik vreemd vond was dat Janice Warner absoluut geen idee leek te hebben van wat zich hier afspeelde. Toen ik over het bloedbad in Kosovo begon, reageerde ze oprecht verbaasd. Misschien was het Tretorne gelukt om haar krant op een dwaalspoor te brengen. Omdat Berkowitz nooit zijn oorspronkelijke artikel had doorgegeven, wist de *Herald* ook niet wat hij had ontdekt.

Toen ik terugkwam bij mijn tent, zag ik dat mijn bezittingen waren doorzocht. Die CID-jongens hadden wel hun best gedaan om alles achter te laten zoals ze het hadden gevonden, maar een paar dingen lagen toch anders. Bovendien waren mijn joggingschoenen verdwenen. En in die barre omstandigheden moest ik mijn werk doen!

24

Clapper belde die nacht om twee uur. Ik begon opzet te vermoeden bij al die late telefoontjes. Misschien hoorde dat bij de samenzwering, om me zo moe en suf te maken dat ik al

die onzin ten slotte zou accepteren om er maar van af te zijn en eindelijk rust te krijgen. Heel geniepig van die jongens.
'Waar ben je nu mee bezig?' vroeg Clapper. 'De laatste loodjes?'
'Ja, de puntjes op de i,' antwoordde ik, zo zelfverzekerd mogelijk.
'Ik werd gebeld door generaal Foster van de NSA. Hij is woedend. Je schijnt een van zijn mensen lastig te vallen, een zekere Jones. Hoe zit dat?'
Dat had ik kunnen verwachten. 'Ik wil gewoon redelijk met hem samenwerken,' zei ik. 'Hij is de man die ons de banden en transcripties heeft laten zien. Maar we krijgen geen kopieën. Het materiaal is te gevoelig, zegt hij. Dat vind ik best, als hij zijn naam en afdeling maar wil noemen, dan kan ik die in mijn rapport zetten.'
'Ach, dat hoeft niet,' zei Clapper. 'Nergens voor nodig. Die Jones heeft blijkbaar een heel gevoelige functie. Generaal Foster zei dat we zijn naam wel kunnen vermelden.'
'Maar generaal, het gaat om de bewijsvoering. Op zo'n manier krijg ik de bewijzen niet in handen. U kent de regels. Je moet met aantoonbare bewijzen komen.'
Dat was niet meer dan theorie, maar het lag dicht bij de werkelijke eisen voor een sluitende bewijsvoering, dus probeerde ik het maar.
Clapper trapte er niet in. 'Als je toch geen gronden ziet voor een vervolging, is het niet relevant. Dan komt er geen zaak van. Verdomme, Sean, zet toch gewoon Fosters naam erin.'
'Generaal,' zei ik, 'ik heb de leiding van het onderzoek. Het kan me niet schelen of het ooit tot een vervolging komt. Ik lever geen half werk. U kunt me wel adviseren, maar niet dwingen.'
Ik hoorde iemand diep zuchten aan de andere kant van de lijn. Clapper had normaal een heel gelijkmatig humeur, maar generaals stellen het meestal niet op prijs als lagere officie-

ren hen op de grenzen van hun bevoegdheid wijzen.
'Er staat je al een disciplinair onderzoek te wachten, dus maak het nou niet erger.'
'Sorry, generaal, ik doe het toch echt op mijn manier.'
'Je moet het zelf weten,' zei hij nog, voordat hij ophing. Hij klonk knap geïrriteerd.
Ik legde zelf ook neer en drukte op de stoptoets van de cassetterecorder die ik meteen had aangezet toen hij zijn naam noemde. Telefoongesprekken opnemen zonder toestemming van de andere partij is een vrij ernstige overtreding van de federale wetten, maar dat kon me niet schelen. Ik was niet van plan de opname in een rechtszaal te gebruiken, waar hij trouwens toch niet zou worden toegelaten. Maar ik kende mensen op de redactie van de *Washington Herald* die er graag naar zouden luisteren als het nodig was. Bovendien speelden zij – wie 'zij' ook waren – niet echt sportief, dus waarom zou ik me dan aan de regels houden?
Met die gedachte viel ik prettig in slaap, tot een hand me ruw bij mijn schouder schudde. Ik knipperde een paar keer met mijn ogen tot mijn oogleden open wilden blijven. Niet erg ver, maar ver genoeg om wat vage schimmen te kunnen onderscheiden. Martie-nog-wat stond over mijn bed gebogen en keek me aan. Achter hem doemden twee grote schaduwen op – militaire politie, raadde ik.
'Wilt u zich aankleden en meekomen?' zei hij.
Ik worstelde me uit mijn slaapzak en ging rechtop zitten. 'Ga je me nog uitleggen wat dit te betekenen heeft?' vroeg ik, zoekend naar mijn camouflagepak en mijn kistjes.
'Als we op mijn kantoor zijn.'
'Word ik gearresteerd?'
'U wordt in bewaring gesteld.'
Ik sliep nog half, dus besloot ik niets meer te zeggen voordat ik een kop koffie had gekregen en de cafeïne zijn werk had gedaan. Ik kleedde me haastig aan, stond op en sjokte achter

Martie aan, geflankeerd door twee MP's. Het viel me op dat Martie nog steeds dat rare ruitjespak droeg van de vorige dag. Hij moest de hele nacht hebben doorgewerkt.
Het was drie uur in de nacht, dus het kamp was donker en verlaten toen we naar zijn kantoor liepen. Ik hield Martie en zijn kompanen argwanend in de gaten. Voor hetzelfde geld werkten ze voor Tretorne of Murphy. Hoe meer ik erover nadacht, des te meer me dit een ideale smoes leek om zo'n akelige 'sanctie' uit te voeren. Ze konden me gemakkelijk naar een donker, afgelegen plekje van het terrein brengen om me een kogel door het achterhoofd te jagen. Aan de andere kant hadden ze me geen handboeien omgedaan en dat was een hoopgevend teken.
Pas toen we bij het kantoor van de militaire politie aankwamen, haalde ik verlicht adem. Ten onrechte. Wat Martie voor me in petto had, was nog erger dan een expeditie naar het bos om me te executeren.
'Ga zitten, alstublieft,' beval hij toen we rond een tafel in een verhoorkamertje stonden. Hij wees me op mijn rechten. Dat had ik zelf een aantal keren bij verdachten gedaan, maar het zweet breekt je op vreemde plaatsen uit als ze dat opeens tegen jóú zeggen.
Ik hoorde het aan, totdat hij vroeg: 'Wilt u zich laten bijstaan door een advocaat?'
Dat is altijd het kritieke punt. Ik had geen idee waar ik van werd verdacht en of ik in staat van beschuldiging zou worden gesteld. Waarschijnlijk had ik niet veel aan een advocaat. Ik bedoel, ik was er zelf een. Natuurlijk is dat een vorm van zelfoverschatting waardoor je je als advocaat diep in de nesten kunt werken. Als je zelf wordt ondervraagd door de politie ben je niet meer in staat tot dezelfde koele, afstandelijke, neutrale analyse als een ingehuurde raadsman.
Toch zei ik: 'Nu nog niet.'
Martie keek naar de twee MP's en gaf hun een teken om te

vertrekken. Ze deden de deur achter zich dicht. Daarna keek hij me een tijdje zwijgend aan, waarschijnlijk om me nerveus te maken. Er hing een grote spiegel aan de muur, zoals in de meeste verhoorkamertjes. Het zou wel een doorkijkspiegel zijn, met iemand aan de andere kant. Murphy, misschien. Of Tretorne. Of allebei.

'U hebt een ernstig probleem,' zei Martie ten slotte. 'De zool van uw joggingschoen komt overeen met een afdruk uit de latrine waar Jeremy Berkowitz is vermoord.'

'Dat kan niet,' zei ik. Natuurlijk waren dat de eerste woorden van iedere verdachte. Geen briljante juridische tegenzet.

Hij haalde zijn schouders op en leunde over de tafel. 'Hoor eens, majoor, als u die avond in de latrine was, kunt u dat beter toegeven. Hebt u hem daar soms ontmoet?'

'Ik ben die avond niet in de buurt van de latrine geweest.'

'U wilt me toch niet vertellen dat iemand anders uw joggingschoenen heeft geleend, Berkowitz heeft vermoord en de schoenen weer onder uw bed heeft gezet?'

'Ik vertel u helemaal niets. Ik ben niet in die latrine geweest en mijn joggingschoenen ook niet, tenzij ze pootjes hebben gekregen.'

'Hoe verklaart u dan dat uw afdrukken daar zijn gevonden?'

Dat was een bekende techniek. Ik had zelf genoeg cliënten verdedigd die erin waren getrapt. Hij wilde me verleiden om met excuses te komen, vervolgens mijn alibi onderuithalen en me tot een bekentenis dwingen.

'Ik hoef niets te verklaren. Ik ben niet bij die latrine geweest.'

Hij leunde naar achteren en speelde met zijn pen. 'Er is meer,' zei hij.

Als hij me zenuwachtig wilde maken, lukte dat niet erg. Ik keek hem geduldig en koeltjes aan.

Hij tikte met de pen tegen zijn kin. 'Bij de aantekeningen die we in Berkowitz' kamer hebben gevonden was ook een

briefje waarin u hem vroeg om u in de latrine te ontmoeten om één uur 's nachts.'
Opeens was ik niet zo koel en rustig meer. Dit was heel ernstig. Het bewijs van de joggingschoenen kon nog worden aangevochten in een rechtszaal. Het was altijd mogelijk dat de plaats van de misdaad was besmet door een verkeerde procedure, of dat het laboratorium in Heidelberg een fout had gemaakt. Verkeerde politie- en laboratoriumprocedures hadden al meer dan één zaak om zeep geholpen. Het was zelfs niet uitgesloten dat iemand met precies dezelfde schoenen en schoenmaat de moord had gepleegd. Niet waarschijnlijk, dat geef ik toe, maar ik had wel pleidooien op zwakkere argumenten gebaseerd en toch gewonnen. Ik bedoel, ik was niet bij die latrine geweest, dus moest iemand ergens een grote fout hebben gemaakt. Maar dat briefje was een ramp.
'Dat kan niet!' riep ik. Oeps, daar ging ik weer.
'We hebben twee deskundigen gevraagd uw handschrift te analyseren, majoor. Verdorie, u bent advocaat! Ik hoef het toch niet verder uit te leggen?'
Nee, hij hoefde het niet verder uit te leggen. Ik werd er ingeluisd. De tweede keer al, op de keper beschouwd. Ik wist niet hoe, maar het was de enige verklaring. Ik had nooit een afspraak met Berkowitz gemaakt en ik was nooit in die latrine geweest.
Ik was verbaasd hoe strak mijn lippen aanvoelden toen ik zei: 'Martie, ik zeg geen woord meer zonder een advocaat.'
Hij staarde me een paar seconden aan, stond toen op en liep naar de deur. Hij klopte en de twee MP's kwamen weer binnen. Martie gaf hun opdracht om me in staat van beschuldiging te stellen en in de cel te zetten. Dat deden ze. Eerst werd ik zwijgend naar een kamertje gebracht om mijn vingerafdrukken te nemen, hoewel ik geen idee had waarom. Het leger houdt kopieën bij van de vingerafdrukken en gebitsfoto's van al het personeel, met het oog op eventuele identificatie

van stoffelijke resten. Misschien wilden ze me gewoon vernederen. En daar slaagden ze ook in.
Ik moest mijn riem en mijn schoenveters afgeven en werd naar een cel gebracht. Ik wist dat ik de volgende morgen een helder hoofd nodig had, dus liet ik me op de brits vallen en probeerde weer te slapen. Dat lukt natuurlijk nooit als je het echt wilt. Een halfuur lang lag ik te bedenken hoe ongelooflijk stom ik was geweest. Veel te overmoedig. Ik had mijn eigen slimheid overschat en – erger nog – de tegenpartij voor de zoveelste keer ónderschat.
Ik kon niet bedenken hoe ze dit voor elkaar hadden gekregen. Zelfs als Martie voor Jones – alias Tretorne – werkte, hoe hadden ze dan zulke belastende bewijzen kunnen fabriceren?
Opeens hoorde ik het geluid van een slot dat openging, verderop in de gang. Daarna voetstappen. Er gingen geen lampen aan in de gang en mijn cel bleef donker. De voetstappen hielden halt voor mijn deur.
Ik rook de aftershave. Een prettige geur, als van een fris dennenbos. Een duur merk.
'Tretorne, klootzak,' zei ik.
'Zo'n cel past je wel, Drummond,' zei hij.
'O ja?' vroeg ik. 'Waarom kom je er niet gezellig bij? Dan ruk ik je de darmen uit je lijf.'
Hij grinnikte. 'Ik wist dat jij het was die in mijn kamer had ingebroken. Je hebt geen idee hoeveel dat koffertje heeft gekost. En ik zou graag mijn paspoort en legitimatie terugkrijgen. Het is zo'n gedoe om alles opnieuw aan te vragen.'
'Goh, Jack, dat spijt me nou. Echt,' zei ik, op meer verbitterde toon dan ik wilde. 'Wat vervelend dat ik je zoveel ongerief bezorg.'
'Dat doe je zeker, Drummond. Ik had er flink de pest in.'
'Dan staan we quitte. Laat me er nou maar uit.'
'Dat is niet meer zo eenvoudig, ben ik bang.'

‘Natuurlijk wel, Jack. Als ik de gevangenis in draai, neem ik heus geen geheimen mee.’
‘Jij kent geen geheimen. Dat dénk je maar.’
‘Ha!’ zei ik. ‘Ik weet precies wat jij en Murphy in jullie schild voeren. Als je mij er inluist, zal ik elke journalist bellen die ik ken. Geloof me, ik vind wel een manier. Denk daar maar eens over na.’
‘Dat heb ik al gedaan, Drummond. Dacht je dat ze naar je zouden luisteren? Niemand luistert naar een verdachte van moord die over samenzweringen en doofpotten begint te zwetsen. Denk na, Drummond. Je hebt geen bewijzen en geen macht.’
Hij had natuurlijk gelijk. Dat maakte me nog kwader. Hij stapte achteruit en ik zag hem tegen de muur leunen. Zijn gezicht lag volledig in de schaduw, waardoor hij extra sinister leek.
‘Los daarvan,’ zei hij op verdacht redelijke toon, ‘ben ik hier gekomen om iets te regelen. Dit is je enige kans. Wil je het horen?’
‘Ik heb toch niets anders te doen,’ zei ik.
‘Goed. Je houdt op met dat gelazer en je doet wat er van je verwacht wordt bij dit onderzoek. Dan praten we er niet meer over. Ik zal zelfs Clapper vragen dat disciplinaire onderzoek te schrappen, zodat je rustig verder kunt bouwen aan je carrière.’
‘Dat is het?’ vroeg ik.
‘Dat is het,’ zei hij.
‘En dan moet ik dat akkefietje van jou en de Groene Baretten maar vergeten?’
‘Daar komt het op neer.’
‘En Berkowitz? Moet ik vergeten dat jullie hem hebben vermoord?’
‘Wij hebben Berkowitz niet vermoord.’
Nu was het mijn beurt om te grinniken. ‘Klets toch niet.’

‘Het is waar. Ik weet niet wie dat heeft gedaan.’
‘Maar je probeert het mij in de schoenen te schuiven.’
‘Natuurlijk. Je hebt ons in een lastig parket gebracht, Drummond. Maar als hoofdverdachte in een moordzaak kun je moeilijk leider blijven van het onderzoeksteam. En je kunt ook niet meer naar de pers lekken, zoals je met Berkowitz probeerde. Handig gedaan, trouwens.’
Ik wist het nu zeker. Mijn kantoor werd afgeluisterd. Ze hadden mijn hele gesprek met Berkowitz gehoord. Ze luisterden naar alles.
En dat bevestigde ook iets anders. Ze hadden een dringend motief gehad om Berkowitz te vermoorden.
‘Toe nou, Tretorne. Wat was de reden? Kwam Berkowitz te dicht bij de waarheid? Had hij jullie door? Waarom heb je hem laten vermoorden?’
‘Ik zeg het je opnieuw, ik weet niet wie Berkowitz heeft vermoord. Wij niet, in elk geval. Ik zal er geen traan om laten, want hij was geen prettig mens. Maar zijn dood geeft me wel de kans om me van jou te ontdoen.’
‘Wat ben je toch een lul.’
‘Ik ben er niet trots op, maar ik doe dit voor mijn land.’
Ik schoot bijna in de lach. Dat zinnetje was echt het laatste excuus voor het grootste tuig. Ik had kunnen antwoorden dat Hitlers beulsknechten dat ook hadden gezegd bij de processen in Neurenberg, maar het was verspilde moeite.
Daarom vroeg ik: ‘Hoe heb je die bewijzen vervalst?’
‘Dat was niet zo moeilijk. Alles gaat tegenwoordig elektronisch, ook politiewerk. Het zou je verbazen hoe eenvoudig het is om de computer van een laboratorium te hacken en de opname van een schoenafdruk te veranderen, als je over de juiste technologie beschikt. De NSA kan wonderen verrichten.’
‘En het briefje dat ze in Berkowitz’ kamer hebben gevonden?’

'Iemand met de juiste geloofsbrieven heeft het gisteren daar achtergelaten. Met de juiste technologie kun je ook perfecte vervalsingen maken.'
Ik zei niets, dus vervolgde hij: 'Hoor eens, Sean, dwing ons niet om hiermee door te gaan. Ik heb bewondering voor je, echt waar. Ik weet dat je bij het Regiment hebt gezeten. Daar heb je moedige dingen gedaan en ook in dit onderzoek heb je koppig volgehouden. Maar ik kan niet toestaan dat je het land schade toebrengt. Maak er geen persoonlijke vete van.'
Toen ik nog met sergeant-majoor Williams door dat verhoorkamertje danste, tijdens mijn selectie voor het Regiment, was er een heel vervelende reflex bij mij ontstaan. Ik gaf hem voortdurend een grote bek, waardoor hij me nog harder sloeg en mijn tengere lijf nog zwaarder molesteerde. Na afloop dacht ik daar wel over na, vooral omdat ik de volgende dag weer aan de beurt was. Ik wist ook wel dat ik mezelf een heleboel pijn kon besparen door mijn mond te houden, maar zodra ze me in die gecapitonneerde cel smeten met dat sadistische monster, kon ik me niet meer beheersen. Dan vertelde ik hem weer wat ik van hem dacht, waardoor hij nog sadistischer tekeerging en me nog harder tegen de muren smeet.
Ik was nu twaalf jaar ouder, maar was ik ook twaalf jaar wijzer? Ik hoefde alleen maar akkoord te gaan met Tretornes voorstel, dan kon ik weer verder met mijn leven. Oké, dan had ik meegewerkt aan een doofpotaffaire, maar iedereen doet wel eens dingen waar hij niet trots op is. Daarom is de katholieke biecht ook zo'n doorslaand succes. Waarom was ik dan anders? Wat maakte mij zo onkreukbaar?
'Oké, Tretorne,' zei ik. 'Jij je zin.'
Hij zette zich af tegen de muur en kwam naar mijn cel toe. 'Ik hoop dat je het meent.'
'Ik zeg toch dat ik akkoord ga?' Ik klonk kwaad, want dat was ik ook.

Zelfs in het donker voelde ik zijn mechanische ogen op me gericht.
'Geef me je woord als officier,' zei hij. Hij had aan West Point gestudeerd, waar ze hem hadden geleerd dat het woord van een officier heilig was. Grappig eigenlijk. Hij besefte zelf niet hoe ironisch het was dat hij me dwong te zweren dat ik zou liegen in een officieel rapport.
'Je hebt mijn woord,' zei ik.
'Goed. Over een uur of twee komt generaal Murphy hier vertellen dat jij bij hem was op de avond dat Berkowitz werd vermoord. Dan moeten ze je wel vrijlaten. Maar als je me belazert, gooi ik je meteen weer in de cel. En je krijgt geen tweede kans.'
'Hoor eens, ik heb je mijn woord gegeven. Haal me hieruit, dan zal ik alles doen wat je wilt.'
'Goed,' zei hij.
En ik hoorde zijn voetstappen verdwijnen door de gang. Natuurlijk had ik gelogen. Zodra ik hier vandaan was, zou ik alles doen om Tretorne, Murphy en het hele Amerikaanse leger terug te pakken. Ik wist niet hoe, maar in elk geval zou dat niet lukken als ik in deze cel bleef zitten.
Je bent wie je bent, daar kun je niets aan veranderen. Deze jongens hadden me er ingeluisd en gechanteerd, en ik was blind van woede. Ik dacht nog maar aan één ding: wraak.

25

Om acht uur kwamen ze me halen, Martie en een MP met de sleutels. Hij had gedoucht en zich omgekleed. Hij droeg nu een streepjespak met een gestreept hemd en een gestreepte das met kleine sterretjes. Afgezien van zijn slechte smaak was hij ook nog kleurenblind. Het was allemaal rood, wit en blauw. Hij leek wel een wandelende Amerikaanse vlag. Hij zag er ook vermoeid uit, met slap haar en grote, donkere wallen onder zijn bloeddoorlopen ogen. En zijn gezicht stond niet vrolijk. Hij dacht al dat hij deze moord had opgelost, maar opeens stond de meest gerespecteerde Amerikaanse brigadegeneraal voor zijn neus om mij een alibi te geven. Die arme Martie was weer terug bij af. Alleen een heel stuk vermoeider.

Maar dat kon me weinig schelen. Ik bedoel, ik mocht Martie wel, maar niet genoeg om vrijwillig zijn verdachte te blijven. Ik ging terug naar mijn tent om me te douchen, te scheren en een schoon uniform aan te trekken. Delbert en Morrow waren er al toen ik op kantoor kwam. Niemand wist dat ik was gearresteerd en weer vrijgelaten. Tenminste, niemand liet iets merken. De mol zou het wel weten, maar was zo verstandig het voor zich te houden.

Ik vroeg hun allebei naar mijn kamer te komen. Daarna praatten we een uurtje over wat ze hadden ontdekt. In Fort Bragg had Delbert te horen gekregen dat een preventieve hinderlaag niet precies was wat ze in gedachten hadden toen ze de gedragsregels hadden geschreven. Maar toch viel het binnen de regels, vonden ze, als je die wat ruimer interpreteerde en het team inderdaad onder grote druk had gestaan. Dat was geen verrassing.

Morrow had een uitvoerige, ingewikkelde chronologie opgesteld die sterk aan Marties schaakbordpak van de vorige dag deed denken. Met de computer had ze een twintig pagina's lange spreadsheet gemaakt met kleine, kleurgecodeerde blokjes voor iedere man in Sanchez' team. Het was een indrukwekkend werkstuk. Je kon precies volgen wat iedereen gedaan had, vier dagen achtereen. Ik mompelde sarcastisch dat ik niet kon zien wanneer ze waren gaan poepen in het bos. Morrow keek me doodernstig aan en zei dat het in de bijlage stond, maar dat ze het wel in de algemene chronolo-

gie wilde opnemen als ik dat nodig vond. Ik had geen idee of ze het serieus meende.
Toen we klaar waren, stonden Delbert en Morrow op om te vertrekken. Bij de deur bleef Morrow nog even staan en ze vroeg of ze me kon spreken. Onder vier ogen, benadrukte ze. Ik knikte. Ze deed de deur dicht en ging weer zitten.
Ze keek heel zorgelijk, aarzelde even en zei toen: 'Ik heb me bedacht.'
'Waarover?' vroeg ik.
'Het is moeilijk uit te leggen. Meer een gevoel.'
'Een gevoel waarover?' vroeg ik weer.
'Ik geloof niet meer dat ze onschuldig zijn.'
Ik schudde mijn hoofd en vroeg me af of ik het goed had verstaan. 'Je maakt een grapje, zeker?'
Ze keek me recht aan. 'Nee. Toen ik met hen bezig was om die Chinese puzzel samen te stellen, kreeg ik het gevoel dat het allemaal bedacht was, dat het té goed klopte. Begrijp je wat ik bedoel?'
'Ik ben er niet bij geweest,' zei ik, irritant neutraal.
Ze stond op en begon te ijsberen. 'Hoor eens, ik heb in mijn werk elke dag met schuldige cliënten te maken. Soms wéét je het gewoon. Dan krijg je er een gevoel over. Nou, dat heb ik nu ook.'
'En waarom vorige week dan niet?'
'Ik geef het toe, ik ben van mening veranderd.'
Ze pakte een potlood en drukte het weer tegen haar lip. Ik weet niet waarom ik dat nou zo sexy vond.
'Luister, Morrow, we hebben nog twee dagen om de zaak af te ronden. Je hebt de satellietfoto's gezien en de transcripties gelezen.'
'Dat weet ik wel,' zei ze, terwijl ze nog steeds voor mijn bureau heen en weer liep als een van die eenden in een schiettent.
'Hoe wil je het dan verklaren?'

'Dat kan ik niet,' zei ze. 'Ik wéét het gewoon. Al die negen mannen waren perfect in staat om de gebeurtenissen van die vier dagen te reconstrueren.'
'Natuurlijk,' zei ik. 'Ze hebben het samen meegemaakt en alle tijd gekregen om er samen over te praten. Je kunt kwaad worden op die vette luchtmachtcipier die hun de kans gegeven heeft, maar dat maakt hen nog niet schuldig.'
'Negen mannen herinneren zich dingen niet zo nauwkeurig als ik de afgelopen twee dagen heb gehoord. Het klonk ingestudeerd, uit het hoofd geleerd. Als acteurs in een stuk op Broadway, oké? Acteurs leren ook de tekst van hun rol. Ze verschilden geen moment van mening. Ze hebben elkaar niet één keer tegengesproken.'
Ik keek haar ongelovig aan.
Ze bleef staan. 'En één ding deed voor mij de deur dicht.'
'Wat dan?'
'Ze wisten allemaal precies hoeveel van die lichtseinen er de lucht in waren gegaan. Zowel vóór- als nadat ze door de Serviërs waren ontdekt. Zie je dan niet wat hier gebeurt? Zelfs toen je die majoor had bevolen om hen gescheiden te houden, hebben ze elkaar op de een of andere manier toch weer gesproken en hun verhalen op elkaar afgestemd. Hun verklaringen weken op niet één punt af.'
Dat was echt ironisch. Ik had Sanchez en zijn mannen verdacht omdat ze elkaar tegenspraken op de detailpunten. Nu dacht Morrow dat ze schuldig waren omdat hun verhalen zo ongelooflijk goed op elkaar aansloten.
Toen pas drong het tot me door. Tretorne, de klootzak! De handige intrigant! Morrow was de mol. Hij had haar opgedragen om op het laatste moment zogenaamd van mening te veranderen, alleen om te zien hoe ik zou reageren. Of ik me aan mijn duivelspact met hem zou houden.
Nou, daar wist ik wel raad mee. 'Hoor eens, Morrow, dit kan niet. Het is... het is gewoon te laat.'

Ze draaide zich abrupt om, kneep haar ogen half dicht en keek me doordringend aan. 'Het is pas te laat als we onze handtekening hebben gezet.'
Ik deed mijn best om niet te grijnzen. Ze kon charmant acteren, maar ik trapte er niet meer in.
'En hoe wil je dat uitleggen?' vroeg ik spottend. 'Wil je een krijgsraad adviseren op basis van een zesde zintuig? Of met het argument dat de getuigenverklaringen te mooi waren om waar te zijn?'
'Ik zal adviseren wat mijn geweten me voorschrijft. Ik heb nog twee dagen om een besluit te nemen en ik laat me niet onder druk zetten.'
'Hé,' zei ik, 'ik probeer je gewoon tegen een pijnlijke fout te beschermen. Delbert en ik zijn er allebei van overtuigd dat ze onschuldig zijn. Dat weet ik echt zeker. Sterker nog, het zijn helden, die jongens. Ze zouden een medaille moeten krijgen voor wat ze hebben gedaan.'
Ze keek me onderzoekend aan, waarschijnlijk om te zien of ik het meende. Ik keek zo overtuigend mogelijk, met de blik die ik gebruikte om een krijgsraad te overreden als ik wist dat mijn cliënt zo schuldig was als de nacht. Soms werkte dat echt. Soms ook niet.
Ten slotte liep ze nijdig de kamer uit. Tretorne en Murphy konden trots op haar zijn. Een prachtige voorstelling, tot en met de finale.
Maar nu moest ik dringend bellen. Ik verliet mijn kantoor en zei tegen Imelda dat ik over een uurtje terug zou zijn. In mijn tent vermomde ik me als Harold Hufnagel en liep vervolgens naar de voorraadkamer. Dezelfde soldaat hing achterin op een stoel en luisterde naar een rapgroep met een nummer over smerissen die moesten worden neergeschoten en gecastreerd. Je zult het als politieman maar te horen krijgen op je autoradio. Gelukkig hadden ze het niet over advocaten. Ik vroeg de soldaat of ik weer even mocht bellen. Hij lag te wiegen op het

ritme van de rap en zijn hoofd deinde mee, wat ik als een bevestiging opvatte. Ik toetste het nummer van Janice Warner.
'Hallo,' nam ze op.
'U spreekt met Mike Jackson,' zei ik, tevreden over mijn wachtwoord.
'O, bent u het,' antwoordde ze. 'Is mijn bestelling klaar?' Ik hoorde aan haar toon dat ze moeite had met het toneelstukje.
'Ja. Kunt u het over vijftien minuten komen ophalen? Daarna ben ik een paar uur bezet.'
'Goed,' zei ze. 'Ik kom eraan.'
Ik koos positie halverwege de mess en de journalistenbarak. Na een minuut of vijf zag ik haar aankomen. Ik stapte de straat in om haar te onderscheppen. Even later pakte ik haar arm en we liepen samen verder.
Ze droeg een kakibroek, een blauw shirt en hetzelfde zwartleren jack. Bij daglicht zag ik ook iets anders: ze had een heel mooie huid, blank als albast. Haar ogen waren bijna zwart, net als haar haar, en ze had heel dunne, hoge wenkbrauwen, als kleine kromzwaarden. Mysterieus en aantrekkelijk.
'Hallo,' zei ik.
'Morgen, sergeant Stupnagel,' zei ze zonder enige warmte in haar stem.
'Hufnagel,' verbeterde ik haar. 'Harold Hufnagel. Harry voor jou.'
Ze rolde met haar ogen. 'Goed, hoor.'
'Heb je de redactie gebeld?' vroeg ik.
'Ja. Ze hadden geen idee wat je bedoelde. Berkowitz heeft nooit iets gezegd over een primeur. Of over geheime bronnen.'
'Dat is vreemd,' zei ik. 'Ik bedoel, toen ik hem voor het laatst heb gesproken ging hij er als de bliksem vandoor. Ik kan me niet voorstellen dat hij er niets over heeft geschreven.'
'Ik heb ook navraag gedaan naar Jack Tretorne. Onze man

die de CIA doet kende hem wel. Hij gaat over de Balkan en hij heeft zelfs een bijnaam: Jack van Servië.'
'Echt waar?'
'Ja,' zei ze doodernstig. 'Net als Lawrence van Arabië. Hij houdt zich al met Servië bezig sinds 1990, toen Joegoslavië uiteenspatte. Hij heeft een uitstekende reputatie – intelligent en deskundig. Hij schijnt het brein te zijn achter de meeste CIA-operaties.'
'Dus vraag je je af wat hij hier doet, nietwaar?' zei ik, met een sluwe, vertrouwelijke knipoog.
Ze keek me nog steeds bevreemd aan en ik begon me te voelen als Mel Gibson in die samenzweringsfilm.
'Wat hij hier doet?' vroeg ze. 'Er woedt een oorlog over de grens. Ik zou het vreemder vinden als hij in Nicaragua rondhing. Sterker nog, ik zou het vreemd vinden als hij hier níét zou zijn.'
Ik kreeg de indruk dat ze haar geduld begon te verliezen. 'Dus je wilt beweren dat Berkowitz niemand iets bijzonders over dit onderzoek heeft verteld?'
'Ja. Maar dat bloedbad in Kosovo was ook niet de belangrijkste reden van zijn komst.'
Dat verbaasde me, totdat ik erover nadacht. Toen leek het heel logisch. Natuurlijk! Het ging Berkowitz waarschijnlijk om die samenzwering tussen de CIA en de Special Forces. Met mijn verhaal over het bloedbad zou hij wel aardig kunnen scoren, maar als hij een moderne versie van Operatie Phoenix aan de kaak zou kunnen stellen, had hij de Pulitzer-prijs niet mis kunnen lopen. Misschien had hij er zelfs een boek over kunnen schrijven, dat later zou zijn verfilmd, net als het Watergate-schandaal met Woodward en Bernstein. Maar wie zou Berkowitz moeten spelen? Dom DeLuise?
Er mankeerde maar één ding aan dit scenario: zijn eigen krant wist van niets.
Op dat moment zei Warner: 'Hoor eens, sergeant Stupnagel,

ik moet u eerlijk zeggen dat ik dit niet serieus kan nemen.'
'Nee, luister, mevrouw Wiener...' begon ik.
'Warner,' verbeterde ze snel.
'Ja, en ik heb u al vier keer gezegd dat ik Hufnagel heet. Harry Hufnagel.'
Ze keek me aan met zo'n blik alsof ik een tweedehands-autoverkoper was. Zwarte ogen kunnen heel doordringend zijn.
'Dat is ook zoiets,' zei ze. 'Ik heb uw naam opgevraagd bij de afdeling Voorlichting. Er is maar één Hufnagel in heel Tuzla, en zij is juridisch assistente in tijdelijke dienst.'
'Een roos is een roos, hoe je haar ook noemt,' zei ik.
'U bent geen roos. Wie bent u wél?'
Mijn eerste neiging was om weer te liegen en een krankzinnige naam te verzinnen als Godfrey Gommeners. Ik begon toch al genoeg te krijgen van Harold Hufnagel. Aan de andere kant, waarom zou ik haar niet vertellen wie ik werkelijk was? De zaak stond toch op springen en ik hoefde niet bang te zijn om nóg dieper in de puree te raken.
'Goed. Ik ben majoor Sean Drummond en ik heb de leiding van het onderzoek naar het bloedbad in Kosovo.'
Ze keek me stomverbaasd aan, alsof ik opeens een heel nieuwe dimensie had gekregen. 'Kunt u dat bewijzen?'
'Als u erop staat. Ik heb wel zo'n militair pasje, maar dat ligt in mijn tent. Ik kan u ook meenemen naar mijn kantoor, maar dan krijg ik problemen, want ik mag niet met de pers praten.'
'Wat was dan de bedoeling van deze maskerade?'
'Ik denk dat de moord op Berkowitz op de een of andere manier verband houdt met mijn onderzoek.'
'En u wilde mij gebruiken om een paar witte plekken in te vullen?'
'Eh, ja. Dat was de bedoeling.'
'Maar ik mocht niet weten wie u was? Vandaar dat toneelstukje?'
Ik deed alsof ik het heel pijnlijk vond, en dat was niet moei-

lijk, want dat vond ik ook. 'Hoor eens, Berkowitz had me afgemaakt op de voorpagina van uw krant. Hij heeft ook geprobeerd me te chanteren. Dus vandaar...'
Ze leek teleurgesteld in me. De kromzwaarden van haar wenkbrauwen gingen omlaag in een afkeurende frons. 'Maar u hebt geen concrete aanwijzingen over de moord op Berkowitz. Of wel?'
'Ik kan u wel zeggen dat het een professionele moord was. En dat het te maken had met het artikel waar hij aan werkte – en, zoals gezegd, ook met mijn onderzoek.'
Ik zei er maar niet bij dat ze hadden geprobeerd mij de moord in de schoenen te schuiven. Of dat mijn kantoor werd afgeluisterd en dat mijn gesprek daar met Berkowitz de reden kon zijn geweest om hem uit de weg te ruimen. Per slot van rekening had ik haar vertrouwen nodig en stond ik in dat opzicht al niet sterk.
'Dat is het?' vroeg ze.
'Nou,' zei ik, 'waarom denkt ú dat hij vermoord is?'
Ze aarzelde een paar seconden. Waarschijnlijk gooide ze in gedachten een muntje op. Ik hoopte dat het gunstig voor mij zou vallen en keek haar zo vriendelijk mogelijk aan, wat wisselende resultaten oplevert, net als mijn overtuigende blik.
'Majoor Drummond,' zei ze eindelijk, 'ik weet niet wat u in uw schild voert, maar ik heb er nog steeds moeite mee u te vertrouwen.'
'Dat is mijn makke,' zei ik. 'Dat zeggen alle knappe vrouwen die ik tegenkom.'
Ze grinnikte even, wat de spanning brak.
'Hoor eens, Janice,' zei ik, met al mijn overredingskracht, 'wij hebben hetzelfde belang. Ik ben officier en ik heb grote moeite met de gedachte dat iemand in uniform een journalist met een wurgstok zou hebben vermoord. Bovendien ben ik jurist, en het klinkt misschien ouderwets, maar ik vind dat een misdaad moet worden bestraft.'

'Goed, goed,' zei ze. 'Maar ik geloof niet dat ik u kan helpen. Als wij enig idee hadden waarom Berkowitz was vermoord, had u dat wel op de voorpagina van de *Herald* gelezen. Hij volgde uw onderzoek en schreef ook wel eens een artikeltje over die operatie in Kosovo. Daar kunnen wij geen reden in ontdekken waarom hij vermoord zou zijn.'
'Was er dan niets anders?' vroeg ik.
'Nou, hij deed ook een onderzoekje naar neonazi's en blanke racisten in het leger. Een beetje onzinnig. Een persoonlijke obsessie van hem, waar hij al jaren aan werkte. Berkowitz was een jood, weet u. Zijn grootouders waren omgekomen in de nazikampen.'
Ik had grote moeite om mijn gezicht strak te houden. 'Wat voor onderzoek?'
'Hij was iets op het spoor gekomen in Fort Bragg. Ik weet er niet veel van. Een groep soldaten die een stelletje boeren trainden om synagogen en zwarte kerken op te blazen en in brand te steken. Niemand nam het erg serieus. Wat ik ervan hoorde, was dat hij altijd nieuwe sporen vond, die één voor één doodliepen.'
'En daarom was hij hier?'
'Volgens Bob Barrows, zijn redacteur, was dat een van de dingen die hij wilde uitzoeken. Herinnert u zich nog die serie kerkbranden, een jaar geleden? Berkowitz dacht dat hij de schuldige hier zou kunnen vinden.'
'Dat meent u niet,' zei ik.
'Jawel,' zei ze.
Bijna had ik gezegd: 'U zult het niet geloven, maar ik weet precies wie hij zocht.'
Maar dat deed ik niet. Deels omdat ik bliksemsnel nadacht. Het zou een ongelooflijk toeval zijn, maar het lot was me wel een meevaller schuldig. Sergeant-majoor Williams was een expert met de wurgstok, omdat iedereen bij het Regiment had geleerd hoe je dat gruwelijke ding moest gebruiken.

Hij was eruit geschopt omdat hij zich had ingelaten met een stelletje racisten op het platteland. Hij had een opvliegend karakter en een neiging tot wreedheid. Daar kon ik over meepraten, tot in alle details. Maar moord? Ja, ik kon me heel goed voorstellen dat die klootzak iemand zou vermoorden. En met een wurgstok. Waarschijnlijk met een grijns op zijn smoel.

Opeens viel er nog een stukje van de puzzel met een luide klap op zijn plaats. Misschien was Berkowitz daarom op de hoogte geweest van het bestaan van het Regiment. Misschien had hij een informant die hem had ingelicht over Williams – en over mij.

Ik werd in mijn overpeinzingen gestoord door Janice Warner, die me bij mijn arm pakte. 'Weet u hier meer van?'

Ik probeerde zo onschuldig mogelijk te kijken. 'Nee, niet echt. Ik bedoel, zulke figuren glippen soms door de mazen van het net, maar ik denk dat u gelijk hebt. Het zal wel een obsessie zijn die nergens op sloeg. Maar ik wil mijn voelhoorns wel eens uitsteken.'

Ze keek teleurgesteld. Haar mondhoeken zakten een beetje toen ze zei: 'Ik moet eerlijk zeggen, toen u me belde dacht ik dat het hierover ging. Hufnagel is van oorsprong een Duitse naam en u zei dat u sergeant was. Ik bedoel, dat leek te kloppen, en...'

Ik wilde haar niet achterdochtig maken, maar ik keek toch op mijn horloge en zei: 'Is het al zo laat? Hoor eens, ik moet weer een getuige ondervragen. Zal ik u bellen zodra ik wat meer weet?'

Ze was niet achterlijk. Ze kneep haar ogen tot spleetjes en keek me bijna loensend aan. 'Ja, doe dat maar,' zei ze, toen ik me haastig uit de voeten maakte.

Het is een oude militaire wijsheid dat je nooit in je eigen etensblikje moet schijten, maar ik kon haar toch moeilijk iets vertellen over mijn oude vriend, sergeant-majoor Williams.

Om te beginnen was zij journaliste en had ik niets anders dan een vermoeden, gebaseerd op een merkwaardig toeval. Een heel sterk vermoeden, maar toch... Bovendien had ik andere plannen met deze nieuwe wending in de gebeurtenissen.

De val die Tretorne en Murphy voor me hadden gezet vertoonde misschien toch een fatale zwakte. Ze zouden hun macht over me kwijt zijn als ik kon bewijzen dat Berkowitz was vermoord door Williams. Die gedachte sprak me wel aan. Williams was me nog steeds twee kronen schuldig, en een maand bloed pissen vanwege mijn half gescheurde nieren. En met Tretorne en zijn gevolg had ik ook nog een appeltje te schillen. Ik zou een nieuwe slotconclusie schrijven om hen erbij te lappen. Ik zou verklaren dat Tretornes intriges en Murphy's manipulaties de waarheid hadden verdoezeld en dat de directeur van de National Security Agency niet alleen de zaak in de doofpot had willen stoppen maar zelfs bewijzen had vervalst. Ik wist niet zeker of Clapper erbij betrokken was. Zijn telefoontjes waren steeds op heel strategische momenten gekomen, maar dat was op zichzelf geen bewijs. Nou ja, ik zou wel een manier vinden om hem terug te pakken.

26

Lisa Morrow zat nog steeds te mokken toen ik terugkwam op kantoor. Ze zat aan haar bureau voor de deur van mijn kamer en wierp me een giftige blik toe. Je moest het haar nageven, ze gaf niet op.

Ik schreef een kort briefje aan sergeant-majoor Williams en vroeg Imelda of ze een van haar meiden wilde vragen om het hem te bezorgen in het operatiecentrum. Daarna vertrok ik weer en liep ik naar het kantoor van de MP. Martie en David

hadden een vergaderzaaltje achterin gekregen, naast de kamer van kapitein Wolkowitz.
Ik klopte en iemand riep 'Binnen'. Ze zaten met hun drieën rond de tafel: Martie, David en Wolky. Op een wankele metalen ezel hadden ze hun eigen Chinese puzzel opgesteld, met veel vierkantjes, voorzien van namen en allerlei verbindingslijnen tussen de ene verdachte en de andere, met alle mogelijke motieven. Het leek me een hopeloos schema.
Er lagen tientallen witte koffiebekertjes door de kamer verspreid en Martie en David hadden hun stropdas losgetrokken en hun hemdsmouwen opgerold. De kamer rook sterk naar zweet, en mijn gevoelige neus bespeurde ook iets van wanhoop. Ik had mijn eigen lichaam de afgelopen dagen vaak genoeg geroken om die geur te herkennen.
'Hé, mannen!' zei ik met mijn vrolijkste lach. In elk geval waren er mensen in het kamp die nog minder slaap kregen dan ik.
Ik liet me in een stoel tegenover hen vallen. 'Nog nieuwe verdachten gevonden?' vroeg ik.
Natuurlijk waren ze niet van plan om zulke vragen te beantwoorden van een man die 's ochtends zelf nog een verdachte was geweest – of dat misschien nog wás, in hun koortsige fantasie, ondanks het alibi dat generaal Murphy me had verschaft. Martie staarde me aan met een wazig soort onverschilligheid.
'Er zit schot in,' zei hij, maar het klonk niet overtuigend.
'Mooi zo,' zei ik. 'Dan zal ik jullie tijd niet verspillen door jullie te vertellen wie de moordenaar is.'
Wolky was de eerste die zich herstelde en zijn mond opendeed. 'Is dat leuk bedoeld, majoor?'
'Nee, hoor. Hebben jullie de *Herald* ooit gevraagd aan welke artikelen Berkowitz precies werkte?'
'Natuurlijk,' zei Martie. 'Maar ze zeiden alleen dat hij bezig was met de oorlog in Kosovo. Ze wilden niets loslaten over

bronnen of artikelen, dus we kregen geen details. Dat hij ook in uw onderzoek geïnteresseerd was weten we alleen omdat hij er een stukje over heeft geschreven. En omdat u het zelf toegaf, natuurlijk.'
'Het blijkt dat hij nog met een derde onderwerp bezig was. Hij probeerde een netwerk van blanke, racistische neonazi's bloot te leggen.'
Ze bogen zich alle drie naar voren, met hun handen onder hun kin, hun ogen wijd opengesperd en hun mond half open. Een prachtige aanblik.
'Blijkbaar wist Berkowitz van een tipgever dat er hier iemand was gelegerd die misschien betrokken was geweest bij die branden in de zwarte kerken, ongeveer een jaar geleden.'
'Hoe weet u dat?' vroeg Martie.
'Ik heb ook mijn bronnen.'
Hij wilde iets zeggen, maar ik was hem voor. 'Vergeet het maar, Martie. Ik ben advocaat, weet je nog? Ik kan me blijven beroepen op een vertrouwensrelatie tot we allebei tandeloze ouwe lullen zijn.'
'Dus de moordenaar heeft u benaderd en u gevraagd om met ons te onderhandelen?' raadde Martie.
'Fout. Maar ik weet vrij zeker wie de moordenaar is. En ook als hij het zelf niet heeft gedaan, moet hij er iets mee te maken hebben.'
Martie keek naar Wolky. 'Weet jij iets van blanke racisten hier?'
Wolky haalde zijn schouders op. 'Nee,' zei hij.
Dat verbaasde me niet. Tuzla was een tijdelijke operationele basis. De MP had hier niet dezelfde greep op de mannen als in een permanente situatie. Eenheden kwamen en gingen, raddraaiers arriveerden en vertrokken weer. Maar ik was blij dat Martie het had gevraagd. Nu wisten ze dus dat ze me nodig hadden.

‘Willen jullie mijn voorstel horen?’ vroeg ik.
‘Voorstel? Wat bedoelt u met “voorstel”?’ vroeg David. Hij kon dus toch praten.
Ik leunde naar achteren in mijn stoel, legde mijn handen in mijn nek en mijn voeten op de tafel. ‘Om verschillende redenen heeft jullie hoofdverdachte een speciale behandeling nodig.’
‘Wat voor redenen?’ vroeg David. ‘Wat voor speciale behandeling?’
‘Jullie houden hem aan en sluiten hem op in een aparte cel, waar niemand in zijn buurt kan komen. Binnen een dag komt hier iemand die hem overneemt. Dan wordt hij weggehaald, misschien met jullie hulp als dat nodig is, en dat is het einde van jullie bemoeienis met de zaak. Jullie vergeten dat het ooit is gebeurd.’
Ze keken me alle drie aan alsof ik gek was.
‘Zoiets krankzinnigs heb ik nog nooit gehoord,’ zei Martie.
‘Graag of niet,’ antwoordde ik. ‘Als jullie niet meewerken, zoek ik wel iemand anders.’
‘Wat is er zo bijzonder aan die vent?’ vroeg Wolky.
‘Sorry, Wolky, dat kan ik je niet vertellen.’
‘En wie komt hem halen?’
‘Mannen in donkere pakken, met speciale orders, getekend door de minister van Defensie. Meer hoeven jullie niet te weten.’
De werkelijke reden waarom Clapper me zo bereidwillig naar de universiteit had gestuurd om rechten te studeren was dat hij zo een lastig probleem voor het leger kon oplossen. Het Regiment was een van de ‘zwarte eenheden’. Samen tellen ze een paar duizend geheime commando’s, en waar een paar duizend militairen zijn, vind je onvermijdelijk ook raddraaiers.
Dit soort organisaties trekt natuurlijk vreemde figuren aan, die vaak criminele neigingen vertonen. Je kunt iedereen tes-

ten zoveel als je wilt, maar er glippen altijd moordenaars, verkrachters, dieven en ander tuig door de mazen van het net. Als ze over de schreef gaan en worden opgepakt, kunnen ze niet voor een gewone krijgsraad verschijnen omdat het Regiment dan niet langer geheim zou zijn. De oplossing die het leger had bedacht was een permanent 'zwart hof', een besloten krijgsraad op een kleine, geheime basis in het noorden van Virginia. De militaire rechter die het hof voorzat was speciaal gescreend, evenals de advocaten en aanklagers. Het hof viel onder het militaire recht, maar het bestaan ervan en de zaken die er dienden waren net zo geheim als het Regiment zelf. Er was zelfs een 'zwart' hof van appèl, om het hoger beroep te behandelen. Uiteraard was dat mijn werk geweest, totdat ik plotseling was opgeroepen om dit onderzoek te leiden.

Vanwege zijn achtergrond bij het Regiment zou Williams door ons worden berecht. Het spoor van zijn misdaad ging immers terug tot de tijd dat hij bij ons had gediend. Natuurlijk zou hij dreigen het bestaan van het Regiment openbaar te maken als hij dacht dat hij daar iets mee opschoot. Het was de eerste reactie van bijna iedereen die bij een geheim onderdeel had gezeten en later voor een vergrijp werd aangehouden. Ik kon dat niet toestaan.

Martie, David en Wolky begrepen al snel dat hun handen gebonden waren. Ze argumenteerden en protesteerden nog een tijdje, maar ik ontweek elke vraag die ze stelden. Als ze wilden, zei ik, kon ik een nummer bellen en zouden ze een viersterrengeneraal uit Washington aan de lijn krijgen die hun zou opdragen mijn instructies uit te voeren. Ten slotte kozen ze voor de enige manier om deze zaak op te lossen en eindelijk rust te krijgen: ze gingen akkoord.

Alleen moesten we nog wel bewijzen dat Williams schuldig was. Daar twijfelde ik niet aan, want alle feiten wezen in zijn richting. Maar de rechter zou wel bewijzen willen zien, en die hadden we nog niet.

Ik vertelde hun zoveel als ze over sergeant-majoor Williams moesten weten, en meer ook niet. Daarna vroeg ik Martie om het laboratorium in Heidelberg te bellen en hun te vragen om de grootste schoenafdruk te sturen die ze op de plaats van de moord hadden aangetroffen. Williams was een grote vent, bijna één meter negentig, en ik had ooit twee weken lang naar zijn voeten zitten staren. Een van zijn ondervragingstechnieken was mij te dwingen naar de grond te kijken, als een berouwvolle monnik. Steeds als ik per ongeluk mijn ogen opsloeg, kreeg ik een dreun op mijn hoofd. Ik herinnerde me dat hij heel grote voeten had. En grote handen. Sterke handen.

Even later kregen we de afdruk opgestuurd, compleet met de maat, het type schoen en de fabrikant. Het was een Adidas joggingschoen, Excelsior, maat 46. Martie vertelde me dat er op de avond van de moord een journalist van de *Los Angeles Times* in de journalistenbarak logeerde die ook maat 46 had. Ze waren ervan uitgegaan dat het zijn schoenen waren geweest. Omdat de journalist een burger was, hadden ze niet de bevoegdheid hem te ondervragen of zijn schoenen te inspecteren, en de volgende dag was hij al naar Los Angeles teruggevlogen. Martie wees zijn naam aan op het lijstje met mogelijke verdachten op hun schema. Hij had zelfs de politie van Los Angeles een telegram gestuurd om inlichtingen te vragen over de man. Hij wachtte nog steeds op antwoord.

Ik vroeg hem de militaire rechter van deze sector te bellen en hem om een huiszoekingsbevel te vragen om de kamer van sergeant-majoor Williams te doorzoeken, zodat we zijn schoenen konden bekijken. Niet dat ik veel hoop had. Als hij zijn joggingschoenen naar de latrine had gedragen, zouden ze met bloedspatten zijn bevlekt en had hij ze natuurlijk weggegooid. In elk geval hadden we dan zijn schoenmaat, dacht ik. Dat was een stap in de goede richting, overdrachtelijk gesproken.

De vraag was natuurlijk hoe Williams had geweten dat Berkowitz hem op het spoor was.
'Misschien dat Berkowitz' tipgever van twee walletjes at en ook Williams heeft gewaarschuwd,' opperde David.
Dat zou kunnen, maar het was niet waarschijnlijk, besloten we algauw. Waarom zou een tipgever Williams aan Berkowitz verraden, en Berkowitz aan Williams?
'Of Berkowitz heeft daadwerkelijk met Williams gesproken en gedreigd hem aan te geven,' zei Wolky.
Dat leek logischer. 'Werd sergeant-majoor Williams nergens genoemd in Berkowitz' aantekeningen?' vroeg ik.
'Nee,' zei Martie. 'We hebben elke bladzij en elk velletje papier in zijn kamer wel twintig keer doorgenomen. Die naam kwam niet voor.'
Ik keek naar David. 'Bel de operatiesofficier en vraag of Williams die avond dienst had.'
Hij liep de kamer uit en wij praatten over het weer totdat hij terug was. Het was mooi weer, vonden we. Een beetje warm, maar mooi.
David kwam weer binnen. 'Hij had overdag dienst,' zei hij, een beetje buiten adem. 'Hij was in het operatiecentrum van zes uur 's ochtends tot zes uur 's avonds, behalve van twaalf tot één, om te lunchen.'
Dus hij had geen dienst gehad op het tijdstip dat Berkowitz werd vermoord. Dat gaf hem dus geen alibi. Er werd geklopt en een MP kwam binnen met een paar heel grote joggingschoenen. Ze leken splinternieuw, waardoor de maat gemakkelijk te lezen was. In zwarte cijfers stond het op de binnenkant van de tong: maat 46. We knikten allemaal. Nieuwe schoenen. Hmm, mompelden we. En dezelfde maat als de afdruk. Dat leek veelbelovend.
Maar het bewees nog niets. Als er nog iemand in het kamp was met die maat, konden we Williams weinig maken. En we wisten dat er in elk geval een journalist in Los Angeles

rondliep met dezelfde schoenmaat.
We bogen ons weer over de vraag hoe Williams had ontdekt dat Berkowitz achter hem aan zat. Ze moesten elkaar hebben ontmoet of in elk geval gebeld.
We staarden een tijdje naar het tafelblad. Hoe zou Berkowitz erachter zijn gekomen waar sergeant-majoor Williams werkte, vroeg ik me af. Ik bedoel, aangenomen dat zijn tipgever hem Williams' naam had genoemd en hem had verteld dat hij nu bij de Tenth Group op de vliegbasis Tuzla zat, had Berkowitz hem toch zelf moeten opsporen. Misschien had hij bij de afdeling Voorlichting geïnformeerd, zoals Janice Warner naar Harry Hufnagel had gevraagd.
Ik liep naar de telefoon en belde de persafdeling. Dezelfde vriendelijke sergeant, Jarvis, nam weer op.
'Hé, sergeant Jarvis,' zei ik. 'Met majoor Sean Drummond.'
'Morgen, majoor. Waar kan ik u mee helpen?'
'Een paar dingen. Wie geeft antwoord op vragen van de pers?'
'Ze komen eerst bij mij. Ik zoek ze uit en deel ze rond.'
'Dus als een journalist belt of een briefje stuurt, weet u dat altijd?'
'Dat klopt. Maar ik beantwoord alleen de eenvoudige vragen. Als ze lastiger zijn, geef ik ze door aan de voorlichtingsofficier, majoor Lord. Die legt ze voor aan degene binnen de Tenth Group die er het meest van af weet. Daarna krijgen wij het antwoord, dat we terugsturen naar de journalist.'
'Oké,' zei ik. 'Stel dat een journalist iemand van de Tenth Group zou willen traceren. Wie gaat daarover?'
'Ik. Dat is niet zo moeilijk. Ik vraag gewoon de personeelslijst op.'
'Weet u nog of Jeremy Berkowitz u heeft gevraagd iemand te traceren?'
'Ja. U, bijvoorbeeld.'
'Goed, dat is waar. En verder nog?'

'Eén momentje, majoor. Ik hou een logboek bij van alle vragen. Dat is de standaardprocedure.'
Ik hoorde zijn vingers over een toetsenbord gaan toen hij een bestand opriep. 'Ja, hier heb ik de lijst.'
'Kunt u die voorlezen, alstublieft?'
'Ja, hoor. Even kijken... kolonel Thomas Weathers... majoor Sean Drummond... kapitein Dean Walters... sergeant-majoor Luther Williams...'
'Stop maar,' zei ik. 'Hebt u hem verteld hoe hij Williams kon bereiken?'
'Ja. Maar hij vroeg me of ík hem wilde bellen met het verzoek of Williams hem wilde terugbellen.'
'En hebt u dat gedaan?' vroeg ik.
'Ja, majoor. Het staat hier allemaal. Even kijken... ik heb sergeant-majoor Williams gebeld in het operatiecentrum, de ochtend van de negende, om 1030 uur.'
'Heel goed. Wilt u nu een kopietje van die lijst op een diskette zetten en die naar het MP-bureau brengen? Spreek er met niemand over, breng ons alleen die diskette. Vraag naar kapitein Wolkowitz als u hier aankomt.'
Sergeant Jarvis was een verstandige jongen, die ongetwijfeld al vermoedde dat dit iets met de moord op Berkowitz te maken had. 'Ik kom eraan,' zei hij half buiten adem. 'Over tien minuten.'
Binnen een paar uur hadden we nu een motief en al een aardige hoeveelheid aanwijzingen. Het is verbazingwekkend wat je kunt bereiken als je eenmaal weet wie de moordenaar is en je alleen de witte plekken nog hoeft in te vullen. Zeker op een legerbasis.
Wat we niet hadden, was een concreet bewijs. En wat ik vooral niet had was meer tijd om een goede argumentatie op te bouwen.
We konden bewijzen dat Berkowitz hiernaartoe was gekomen voor een verhaal over blanke racisten. Dankzij de af-

luisterapparatuur konden we aantonen dat Williams connecties had met die ultrarechtse groepen op het Amerikaanse platteland. We konden bewijzen dat Berkowitz contact had gelegd met Williams en dat Williams dezelfde schoenmaat had als een van de afdrukken die op de plaats van de moord waren teruggevonden. Geweldig allemaal, theoretisch gesproken.
Wat we niet konden bewijzen, was dat Williams inderdaad de moordenaar was. Een vervelend detail.
Het was bijna twaalf uur. 'Ik wil een zendertje mee,' zei ik tegen Martie. 'En bel de rechter om toestemming te vragen om een gesprek met Williams op te nemen. Je hebt een redelijke verdenking.'
Hij belde de rechter. Het duurde ongeveer tien minuten voordat de rechter het bevel had uitgeschreven.
Ik had Williams al een briefje gestuurd met de vraag of hij om 1230 uur naar mijn kantoor wilde komen en had Imelda opgedragen om ervoor te zorgen dat iedereen dan verdwenen was, zodat het gebouw verlaten zou zijn.
Een rechtstreekse confrontatie met sergeant-majoor Williams leek me geen slecht idee. Hij kon niet ontsnappen. De vliegbasis Tuzla werd zwaar bewaakt en zelfs als Williams uit het kamp wist te vluchten, zou hij niet ver komen zonder paspoort. Hij kon niet verdwijnen onder de bevolking, want hij sprak geen Servo-Kroatisch.
Voor het geval onze man toch gewelddadig zou worden vroeg ik Wolky een paar van zijn stevigste MP's in de buurt te posteren, zonder banden om hun arm, zodat ze niet herkenbaar waren. Williams was bijna één meter negentig en woog zeker honderd kilo. Ik ben maar één meter vijfenzeventig en weeg nog geen tachtig kilo. Ik kon mijn vuisten aardig gebruiken, maar daar versla je de wetten van de fysica niet mee.
Daarna ging ik terug naar kantoor voor mijn confrontatie met de man die – daar was ik van overtuigd – Jeremy Berkowitz

had vermoord. Imelda had gedaan wat ik haar had gevraagd en de barak was verlaten. Ze had ook een verse pot koffie voor me gezet. Ik hield van die vrouw! Ik schonk een kopje in en nam het mee naar mijn kamer.
Twee minuten te laat kwam sergeant-majoor Williams binnenstampen. Ik stond op om hem te begroeten en bood hem koffie aan. Hij knikte en ik bracht hem een kopje. Dat was ik hem nog schuldig, dus stonden we nu quitte. Nou, niet helemaal, want hij had nog een tiental afranselingen van me tegoed. Hij liep met me mee naar mijn kamer en ging zitten in een stoel tegenover mijn bureau.
'Zo, hoe gaat het?' vroeg hij met een grijns. Hij had van nature al een arrogante houding, maar in mijn geval voelde hij zich helemaal superieur omdat hij me ooit twee weken lang tot moes geslagen had.
'Ik vertrek morgen,' zei ik. 'Ik ben klaar met mijn onderzoek en ik heb de rest van het kantoor maar vrijgegeven, dus heb ik nog wat tijd over. Omdat we oude makkers zijn, leek het me leuk om nog even te praten.'
Hij keek me nieuwsgierig aan en dronk van zijn koffie.
Ik nam ook een slok en zei: 'Denk je nog wel eens terug aan het Regiment?'
'Natuurlijk. Mooie tijden waren dat. We hebben de gekste dingen gedaan.'
'Ja, zeg dat wel. Als ik niet voor die rechtenstudie was uitgekozen, zou ik nu nog... Nou ja.' Ik maakte de zin niet af. 'Waarom ben jij eigenlijk weggegaan?'
'Ach, je weet wel. Het was op. De boog kan niet altijd gespannen blijven.'
'Vreemd,' zei ik, 'ik heb een ander verhaal gehoord. Je zou moeilijkheden hebben gekregen.'
Ik zag dat hij verstrakte. 'O ja? Waar heb je dat gehoord?'
'Hier en daar. Je zou zo'n stelletje idioten in North Carolina hebben getraind.'

Ik had nu zijn onverdeelde aandacht. Hij keek me scherp aan om erachter te komen wat hier aan de hand was. 'Dan heb je de verkeerde mensen gesproken,' zei hij. 'Daar is niets van waar.'
'Wist je dat het Regiment al onze telefoons afluisterde?' vroeg ik. 'Nee, zeker? Ik weet het zelf ook pas een paar dagen.'
Hij leunde naar achteren in zijn stoel en haalde diep adem. 'Is dat wettelijk toegestaan?' vroeg hij.
Hij dacht snel na, dat moest je de man nageven. Hij probeerde meteen gratis juridisch advies te krijgen. Hij wilde weten of die bandopnamen door de rechter zouden worden toegelaten als hij ooit werd aangehouden voor de moord op Berkowitz.
'Het Regiment zal wel een rechterlijke instructie hebben om dat mogelijk te maken,' antwoordde ik. 'Zoals de CIA ook haar personeel aan de leugendetector mag leggen. Unieke privileges voor unieke organisaties.'
'Hmm,' zei hij. 'Nou ja, het is lang geleden.'
'Ja, dat is het,' beaamde ik. 'En je bent er waarschijnlijk mee opgehouden toen je wegging.'
'Dat zal wel,' zei hij.
Ik nam nog een slok koffie, en hij ook. Hij wist nu dat dit niet zomaar een vriendschappelijk gesprekje ging worden.
'Hé,' zei ik, 'heb je ooit die journalist ontmoet die is vermoord... hoe heette hij ook alweer... Berkowitz? Ja, Jeremy Berkowitz.'
Hij kneep zijn ogen tot spleetjes en leek op zijn hoede. 'Nee, ik geloof het niet.'
'Vreemd. Ik heb hem nog gesproken, op de dag dat hij is vermoord. 's Ochtends. Toen zei hij dat hij rond lunchtijd een afspraak met je had,' loog ik.
'O ja?'
'Dat zei hij.'

'Nou, ik weet van niets. Ik had nooit van hem gehoord totdat hij werd vermoord.'
'O ja, dat is ook zoiets. Die sergeant van de afdeling Voorlichting, Jarvis... die heb ik vanmorgen nog gesproken. Aardige vent. Hij zegt dat hij een ontmoeting tussen jullie tweeën had geregeld.'
'Dan liegt hij,' gromde Williams.
'Hij heeft een officieel journaal om het te bewijzen. Elke keer dat een journalist hem vraagt om contact op te nemen met iemand van het personeel, moet hij dat noteren.'
'Is dat zo?' vroeg hij, een beetje te nonchalant. Hij had grote moeite zijn driftige karakter in toom te houden.
'Ja, dat is zo. En nog iets.'
'Wat?'
'Weet je,' zei ik, 'de CID komt hier regelmatig langs om gegevens uit te wisselen. Tot nu toe dacht iedereen dat die moord iets te maken had met mijn onderzoek. Dat denkt de CID nog steeds, trouwens. Hoe dan ook, ze hebben voetafdrukken van die klootzak die Berkowitz heeft vermoord. Hij droeg joggingschoenen, om Berkowitz van achteren te kunnen besluipen. Een ongelooflijke lafaard, natuurlijk. Hij heeft Berkowitz geen enkele kans gegeven. Dat is hetzelfde soort tuig dat kerken in brand steekt.'
Hij haalde zijn schouders op, maar ik wist wat hij dacht en voelde. Hij was ooit mijn beul geweest. Iedereen die langere tijd gemarteld is zal je vertellen dat dat een merkwaardig intieme ervaring is. Je komt dichter tot elkaar dan geliefden. De ondervrager probeert je lichamelijke en mentale breekpunt te vinden, terwijl je zelf wanhopig probeert in zijn hoofd te kruipen om te ontdekken hoe je hem kunt laten stoppen. Het is heel fysiek. Je bestudeert elk gebaar, elke verandering in zijn spieren of zijn stem, elke blik in zijn ogen – alles wat je kan waarschuwen voor de volgende klap. Je leert hoe je hem kunt behagen of kwaad maken. Op een weerzin-

wekkende manier kende ik sergeant-majoor Williams misschien wel beter dan elke andere man die ik ooit had ontmoet.
'De moordenaar gebruikte een wurgstok,' vervolgde ik. 'Bij het Regiment vonden we dat altijd een wapen voor een psychopaat. Je weet wel, iets wat een gefrustreerde flikker zou gebruiken. Of iemand met een seksuele afwijking. Ik bedoel, wie gebruikt nou zo'n wapen om iemand te vermoorden?'
'Ik heb er nooit over nagedacht,' zei hij. Zijn knokkels waren spierwit.
'O ja, nog iets anders. Uit die afdrukken bleek dat de moordenaar een grote, onhandige vent was met spreidvoeten.'
'Is dat zo?' vroeg hij.
'Maatje 46. Hé, jij hebt ook van die grote, brede poten. Ik heb het niet tegen de CID gezegd, maar ik herinner me dat ik er steeds naar zat te staren toen jij me in elkaar sloeg. Welke maat heb jij eigenlijk?'
'Ik ben niet bij die latrine geweest,' zei hij.
'Weet je,' zei ik, 'er werden steeds kinderen lastiggevallen in die woonwijk van Fort Bragg, maar toen jij vertrok was dat opeens afgelopen. Die jongetjes konden weer in hun eentje naar de bushalte lopen zonder dat hun ouders mee hoefden.'
Hij keek me ziedend aan. Zoals veel grote kerels kon hij er niet tegen om getreiterd of uitgelachen te worden. En in die twee weken in de verhoorcel had ik ook ontdekt dat hij heel gevoelig was op het punt van seksuele afwijkingen. Als hij me in elkaar sloeg, schold ik hem uit. En ik kwam er algauw achter dat hij vooral de pest had aan scheldwoorden als flikker, pedofiel en varianten daarop. En waar rook is, is vuur, zeggen ze. Ik had altijd het vermoeden gehad dat er in die grote kop van hem een vreemde seksuele voorkeur schuilging waar hij niet voor uit wilde komen of niet aan herinnerd wilde worden. Veel perverse figuren zijn zo. Ze hebben grote moeite met hun eigen smerige neigingen.

'Luister goed, klootzak,' zei hij dreigend, 'dit hoef ik allemaal niet te pikken.'

Ik keek hem doordringend aan. 'O jawel. Dit is niet de selectie voor het Regiment. Ik ben een majoor en jij bent een onderofficier. Ik beveel je om te blijven zitten waar je zit. Trouwens, als je nu vertrekt, ga ik rechtstreeks naar de CID met mijn verdenking.'

Er kwam een moordlustige blik in zijn ogen.

'De enige reden waarom ik nog niets tegen de CID heb gezegd,' vervolgde ik, 'is dat ik eerst zekerheid wilde hebben. Maar toen ik aan je voeten dacht, aan wat sergeant Jarvis me had verteld, de reden waarom je uit het Regiment was geschopt, de laffe manier waarop Berkowitz is vermoord en wat een zielige, zieke lafbek je eigenlijk bent... toen twijfelde ik niet meer.'

Ik kende de signalen. Omdat hij altijd een masker had gedragen toen hij me in Fort Bragg in elkaar sloeg, had ik vooral geleerd op zijn ogen te letten. Op dit moment zag ik een berekenende, sluwe blik, omdat hij dacht dat ik de enige op de basis was die hem van de moord verdacht. En verdomd... hier zaten we op mijn kantoor, zonder iemand in de buurt, alleen wij tweeën, net als vroeger. Behalve dat er geen camera aan het plafond hing om opnamen te maken die kolonel Tingle later te zien zou krijgen. Goed, er zat een microfoontje onder mijn hemd, maar dat wist hij natuurlijk niet.

'Weet je wat ik denk, Williams?' grinnikte ik. 'Ik denk dat je Berkowitz nog hebt geneukt voordat je hem vermoordde.'

Hij sprong uit zijn stoel, dook over het bureau heen en bracht zijn gezicht vlak bij het mijne. 'Ik heb die dikke jood niet geneukt,' zei hij.

'Als je hem nooit hebt ontmoet, hoe weet je dan dat hij dik was?' vroeg ik.

Ik zag de klap aankomen, maar te laat om hem nog te ontwijken. Williams was het niet verleerd. Hij sloeg me in één keer

uit mijn stoel en ik kwam op de grond terecht. Ik zag sterretjes en hoorde een luid gezoem in mijn oren.
Hij schoof het bureau opzij en kwam me achterna. Hij sleurde me aan mijn kraag omhoog. Ik was vergeten hoe ongelooflijk sterk hij kon zijn als hij kwaad werd. Ik voelde me een ledenpop. Hij smeet me door de kamer en ik stuiterde tegen de muur. Maar dit waren niet de zachte, gecapitonneerde muren van de verhoorcel bij het Regiment. Dit waren gewone, keiharde wanden, die geen millimeter meegaven. God, wat deed dat pijn. Hij stormde op me af, rukte me aan mijn haren omhoog en begon me heen en weer te meppen, terwijl ik brulde: 'Je hebt hem genaaid, smeerlap! Vuile klootzak!'
Hij was nu buiten zinnen, doldriftig, net als zoveel jaar geleden. Hij trok mijn gezicht naar het zijne toe en siste: 'Ik heb hem niet genaaid! Ik heb die wurgstok gebruikt omdat ik die vuile jood niet wilde aanraken!'
Hij smeet me weer de kamer door, tegen een andere muur. Ik voelde iets breken, misschien een rib, of een bot in mijn arm. Alles deed pijn.
Hij rende achter me aan. 'Heel stom van je, Drummond! We zijn hier helemaal alleen. Ik maak je dood, maar eerst zal ik je laten bloeden!'
Hij maakte maar één fout. Hij stond met zijn benen gespreid toen hij zich bukte om me weer overeind te sleuren. Misschien was hij te woedend om op zijn verdediging te letten. Of misschien was hij diep in zijn geheugencellen nog geprogrammeerd om mij als een hulpeloze, weerloze gijzelaar te zien. Ik schopte hem naar zijn kloten. Het was een heerlijke, bevredigende sensatie om mijn hak diep in zijn kruis te begraven. Als je iemand in zijn ballen schopt, schakel je hem niet onmiddellijk uit. Een trap tegen de schenen, een klap in het middenrif of een tik tegen de adamsappel heeft onmiddellijk effect. Maar de uitwerking van een trap tegen de kloten heeft een seconde of twee nodig om tot de hersens door te

dringen. Misschien hebben vrouwen toch gelijk en zitten er heel kleine hersenen dicht in de buurt, die alle signalen van dat orgaan eerst moeten verwerken.

Maar mij kwam het goed uit. Hij had me weer tot ooghoogte omhooggetrokken op het moment dat zijn hogere brein het bericht ontving dat zijn linkerteelbal was gescheurd en zijn rechter ernstig gekneusd. Zijn ogen werden opeens heel rond, zijn handen verslapten en hij liet mijn nek los.

Williams klapte dubbel, totaal machteloos door de pijn. Ik wist dat de MP's de geluiden van de vechtpartij moesten horen via het zendertje, en al onderweg moesten zijn om me te redden. Ze konden elk moment binnenstormen.

Normaal zal ik iemand niet schoppen als hij al in elkaar zakt, maar in dit geval maakte ik een uitzondering. Ik was woedend en ik zon op wraak. Mijn linkerknie kwam omhoog en raakte Williams recht in zijn gezicht. Ik hoorde zijn neusbeen krakend breken toen zijn hoofd weer omhoogknakte. Mijn rechtervuist ging naar zijn middenrif, waardoor hij opnieuw dubbelklapte. Daarna kwam mijn rechterknie omhoog en hoorde ik weer iets breken – zijn kaak, deze keer, of misschien een paar tanden.

Opeens vloog de deur open, en ik deed een stap terug. Drie reusachtige MP's doken naar binnen en sprongen boven op Williams, die zich probeerde om te draaien in een trage, pijnlijke dans. Maar ze smeten hem door de lucht en hij kwam terecht tegen mijn bureau, waar hij bijna zijn nek brak. Dat was het einde. De klap was net niet dodelijk, maar hoofdwonden veroorzaken altijd heel veel bloed.

Dat was ongeveer het punt waarop ik niet langer oplette. Nu pas voelde ik de heftige pijn links in mijn borstkas, en mijn gezicht leek wel in brand te staan. Bloed droop over mijn voorhoofd, uit mijn neus en uit mijn mond. Als je tweeëntwintig bent, kun je zo'n afranseling nog wel verdragen zonder ernstiger gevolgen dan wanneer je door een auto wordt aangereden.

Maar ik was zesendertig en ik had het gevoel dat ik door een stoomwals dwars door het wegdek was geramd. Ik zakte in elkaar en bleef liggen in een poel van zelfmedelijden.
Martie en Wolky kwamen binnen op het moment dat de MP's metalen handboeien om de polsen van sergeant-majoor Williams sloten. Hun blik gleed door mijn kantoor en ze zagen alle bloed, op de wanden waar Williams me als een basketbal tegenaan had gesmeten, en op de vloer, waar Williams en ik rijkelijk met ons kostbare vocht hadden bijgedragen. Ze grijnsden allebei.
Ik wist niet of de bekentenis die ik Williams had ontlokt als bewijs zou worden geaccepteerd. Ik was onderzoeksofficier, maar ik had hem niet op zijn rechten gewezen. Een handige advocaat zou kunnen volhouden dat ik Williams op onwettige wijze in de val had gelokt. Dat zou ík tenminste doen, als ik Williams moest verdedigen. Aan de andere kant had Williams me aangevallen met de bedoeling me te vermoorden, zoals hij zelf had geroepen. Dat bewijs was in elk geval toelaatbaar. Ik ben officier, en het militair wetboek staat niet toe dat onderofficieren proberen officieren te vermoorden. Het vermeldt ook nog een stuk of twintig andere vergrijpen waarvan Williams kon worden beschuldigd, variërend van het toebrengen van lichamelijk letsel tot merkwaardige zaken als een 'oneerbiedige houding', wat erop neerkomt dat ik als hogere officier kon beweren dat hij naar me had gekeken op een manier die me niet beviel. Die bepaling bestaat echt, ik zweer het.
Nu Williams was aangehouden, konden we op zoek gaan naar meer bewijzen voor de moord op Jeremy Berkowitz. Bovendien werd hij ook beschuldigd van het in brand steken van die kerken. En door mijn toedoen waren er zoveel aanklachten bijgekomen dat een handige aanklager nu genoeg materiaal in handen had als wisselgeld voor een volledige bekentenis.

Daarom stonden Wolky en Martie te grijnzen. Ik had me in elkaar laten slaan om hún zaak rond te krijgen, terwijl ze zelf aan de overkant van de straat achter een kop koffie hadden gezeten, luisterend naar de klappen die ik kreeg.

27

De dokter had twee uur nodig voor het inspecteren en herstellen van de schade die Williams bij me had aangericht. Ik had niet één, maar twee gebroken ribben, en ik had achttien hechtingen nodig, ongeveer gelijk verdeeld over drie verschillende, diepe vleeswonden. Williams werd behandeld in de aangrenzende kamer en de dokter vertelde me opgewekt dat ze voor hem de naaimachine nodig hadden. Hij probeerde me zeker op te beuren, in de stijl van 'moet je die andere vent eens zien'. Maar hij hoefde me niet op te peppen. Ik was al vrolijk genoeg.

Terwijl de dokter naar hartelust bezig was met verbinden, hechten en foto's maken, lag ik te bedenken hoe ik Tretorne, Murphy en Clapper moest aanpakken. Dat waren gladde jongens, zoals mijn grootvader zou hebben gezegd. Dat had niets te maken met Richard Nixon, zoals ik eerst dacht, omdat zowel mijn vader als mijn grootvader Nixon als een godsgeschenk beschouwden. Nee, een gladde jongen was net zoiets als een pinkelman, maar dan glibberiger.

Hoe dan ook, ik kon me niet veroorloven hen nog eens te onderschatten. Ze waren niet zo gevaarlijk als ik eerst had gedacht, want uiteindelijk hadden ze Berkowitz niet vermoord. Maar vervalsing van bewijzen, chantage en belemmering van de rechtsgang waren ook niet niks. Bovendien had Tretorne me gewaarschuwd dat ik geen tweede kans zou krijgen, en hij leek me geen type voor loze dreigementen. Zodra de dokter me liet gaan liep ik naar een telefoon en belde ik die kleine basis in Arlington, Virginia, om met de speciale rechter te spreken die daar zat. Ik legde hem alle feiten voor die we tegen Williams hadden en vroeg hem een team te sturen om de gevangene op te halen. Binnen tien uur kon ik hen verwachten, beloofde hij. Ze hadden een snelle jet die de DEA ooit in beslag had genomen van een drugsbaron uit Florida en aan Defensie had overgedragen. Met wat vingervlugheid was het toestel van de inventarislijst verdwenen en sindsdien behoorde het tot deze geheime rechtbank.

Daarna zag ik erop toe dat Williams veilig werd opgeborgen in zijn eigen cel. Hij liep op krukken omdat zijn kloten waren opgezwollen tot de omvang van biljartballen. Hij zag er wel grappig uit, zo wijdbeens als hij liep, om zijn dikke dijen bij zijn kruis vandaan te houden. Eén ding was zeker: hij zou niet wegrennen.

Ik gaf de bewakers bevel om uit zijn celblok vandaan te blijven. Ik liet hen zelfs oordopjes dragen, omdat je nooit voorzichtig genoeg kon zijn.

Daarna ging ik naar Imelda's tent en vertelde haar wat er ging gebeuren. Samen liepen we terug naar kantoor. De voorbereidingen namen bijna drie uur in beslag.

Ik liet haar daar achter en liep zelf naar het NSA-centrum. Daar moest ik weer het bekende ritueel afwerken: mijn orders laten zien, op de bel drukken en in de camera kijken. Mevrouw Smith deed open en verwelkomde me. Ik was nog te beurs en had nog te veel pijn voor mijn gebruikelijke irritante conversatie.

Ze keek naar het verband om mijn hoofd, mijn blauwe oog, mijn gezwollen lippen en de andere kneuzingen en vleeswonden die ik had opgelopen. Erg meelevend leek ze me niet. Sterker nog, ze lachte. En niet dat gekunstelde lachje dat ik van haar kende, nee, ze lachte écht.

'Ik moet Tretorne spreken,' zei ik.

'Het spijt me,' antwoordde ze met gespeelde verbazing. 'Die naam ken ik niet. Bedoelt u soms meneer Jones?'
'Hoor eens, dame, ik wil je baas spreken: Jack Tretorne, of Jack van Servië, of Clyde Smothersmith-Blakely of welk stompzinnig alias hij vandaag ook gebruikt. En tussen haakjes, ik vind jouw schuilnaam ook geen succes.'
Ze draaide zich hooghartig om en liep weer met tikkende hakken voor me uit naar het kantoortje, de trap af. Ik was zelf ook in een prikkelbare stemming. Een beetje verongelijkt haalde ze haar kaartje door het slot van de deur van de vergaderkamer en duwde me bijna fysiek naar binnen. Tretorne en generaal Murphy zaten aan de tafel, met stapels papieren om zich heen.
'Neem me niet kwalijk, meneer Jones, generaal,' zei mevrouw Smith met een hoge, benepen stem, 'maar deze officier wil iemand spreken die Jack Tretorne heet. Ik heb hem al gezegd dat hier niemand met die naam te vinden is.'
Ze wilde me blijkbaar op mijn nummer zetten waar een generaal bij was, in de hoop dat ik diep onder de indruk zou zijn. Tretorne maakte een beweging met zijn hoofd in haar richting – zoiets als 'wegwezen'. Ze maakte een grimas toen ze langs me heen liep en ik had medelijden met elk land dat mensen zoals zij bij zijn inlichtingendiensten had.
Tretorne droeg deze keer niet zijn jagersvest. Hij zag er keurig uit in een perfect gesneden pak van donkerblauw kamgaren en een gesteven wit overhemd met Franse manchetten, bijeengehouden door twee presidentiële manchetknopen, waarmee hij zichtbaar pronkte. Nou, ik was niet onder de indruk. Eigenlijk wel, maar dat liet ik niet merken.
'Allebei hier,' zei ik. 'Dat komt goed uit. Dat scheelt weer een wandeling.'
'Wat wilt u, majoor?' vroeg Murphy.
Er is een manier om iemands rang uit te spreken die bedoeld is om hem zijn plaats te wijzen. Daarbij leg je de klemtoon

op de eerste lettergreep en slik je de rest half in. Ongeveer als 'Wat wilt u, *ma*joor?' Dat leren ze je bij de eerste les aan West Point, en Murphy was een goede student geweest.

Het enige probleem was dat het me niet kon schelen. Ik was in een opstandige bui en trok me nergens meer iets van aan.

'Jullie mooie plannetje dreigt mis te lopen, mensen,' zei ik. 'De CID heeft zojuist de werkelijke moordenaar van Berkowitz gearresteerd.'

Tretorne leek niet blij met dat bericht. Hij speelde met een van zijn manchetknopen met het presidentiële zegel en keek toen op. 'Dat maakt niets uit, Drummond. Je hebt je woord gegeven. Onvoorwaardelijk.'

'Dat is waar,' zei ik. 'Onvoorwaardelijk. Net als toen ik de eed aflegde als officier. Dat was ook onvoorwaardelijk. Of toen ik de eed aflegde voor de rechtbank. Ook onvoorwaardelijk. Dat zijn twee onvoorwaardelijke eden tegen één. Dus jij verliest.'

'Begin er niet aan, Drummond,' zei Tretorne. 'Als je me dwingt, kom ik wel met iets anders. Je kunt het nooit winnen.'

Daar had ik op gewacht. Ik had allerlei fraaie antwoorden klaar, maar ten slotte koos ik toch voor die klassieker uit mijn jeugd.

'De ballen,' zei ik. 'Je doet je best maar, dan doe ik het ook. Ik kwam je vertellen dat ik al ben begonnen. Ik heb net een lange conclusie geschreven waarin alles uit de doeken wordt gedaan. Jullie komen er allebei prominent in voor. Net als Clapper en generaal Foster. Als ik niet over veertig minuten een bepaald nummer bel, komt die verklaring terecht bij de *Herald*, de *Post*, de *Times* en *Newsweek*. Zelfs jullie dure NSA-technologie kan daar niets meer aan veranderen.'

Tretorne schudde zijn hoofd. 'Je hebt geen idee waar je mee bezig bent. Hoe ernstig dit is. Wat er op het spel staat.'

'O, jawel,' verzekerde ik hem. 'Jij en je lange vriend hier zitten zwaar in de problemen. Jullie moorden Serviërs uit en dat is inderdaad heel ernstig.'

Ze keken elkaar geschrokken aan. Murphy was zo ontsteld dat hij me niet eens een uitbrander gaf omdat ik hem Tretornes lange vriend noemde. West Point zou het niet waarderen dat hij daar zo laks in was.

'Ga zitten. Alsjeblieft,' zei Tretorne.

Het klonk meer als een uitnodiging dan als een bevel. Nou ja, wat gaf het ook, dacht ik. Zolang hij het maar vriendelijk vroeg. Het was het eerste teken dat ik eindelijk aan de winnende hand was. Ik had moeite niet te grijnzen.

Hij wachtte tot ik was gaan zitten en vroeg toen: 'Wat dénk je dat hier gebeurt? Wat wij hier doen?'

'Ik weet wat jullie doen,' zei ik. 'Jullie gebruiken de Groene Baretten om Serviërs te vermoorden. Een soort moderne versie van Operatie Phoenix. Een ''sanctie'' noemden ze dat toch, als eufemisme?'

'Je zit ernaast,' zei Murphy. 'Je zit er helemaal naast.'

'O ja?' vroeg ik.

Murphy krabde zich met zijn grote hand op zijn grote hoofd.

'Om te beginnen was Operatie Phoenix het resultaat van een officieuze handdruk tussen de Special Forces en de CIA. Officieel was er niets over bekend en was er ook nooit toestemming voor gegeven. Wij opereren met presidentiële goedkeuring. Weet je wat dat betekent? Dat deze operatie de volledige steun heeft van de president en bekend is binnen een selecte commissie van het Congres.'

Dat had ik niet verwacht. Misschien was het een leugen, maar dat spreekwoordelijke stemmetje dat we allemaal in ons achterhoofd hebben zei dat hij niet zo stom zou zijn om over zoiets te liegen. Dat stemmetje had makkelijk praten. Ik wilde bewijzen zien.

'En we zijn niet bezig om Serviërs te vermoorden,' voegde hij eraan toe.

'Sorry,' zei ik. 'Ik geloof er niets van.'

Murphy keek me doordringend aan en zei toen: 'Wil je even op de gang wachten? Een momentje maar. Dit is geen truc, dat verzeker ik je. Jack en ik moeten overleggen.'

Het beviel me niet, maar ik deed toch wat hij vroeg. Wat maakte het uit? Ik had niets te verliezen. Imelda en haar vijf assistentes hadden posities ingenomen op verschillende plaatsen in het kamp, allemaal over een fax gebogen, allemaal klaar om op de knop te drukken. Ze hadden alle zes een verzegelde envelop in hun hand met een kopie van de verklaring die ik had geschreven. Over minder dan veertig minuten zouden die enveloppen worden geopend, zou de techniek haar werk doen en kon het feest beginnen. Tretorne, Murphy en de NSA konden daar niets meer tegen doen.

Er gingen ongeveer vijf minuten voorbij. De vergaderzaal had speciale, geïsoleerde deuren, wat me erg tegenviel omdat ik mijn oor tegen de kier had gedrukt maar geen woord kon verstaan. Toen de deur weer openging, gaf Murphy me een teken om binnen te komen. Ik volgde hem en ging op dezelfde stoel zitten.

'Jack en ik zullen je officieel op de hoogte brengen van deze operatie,' zei Murphy.

'Daar trap ik niet in,' zei ik. 'Ik ga geen eed van geheimhouding afleggen.'

Murphy knikte naar Tretorne. Blijkbaar hadden ze dat al verwacht. Ik had het liefst een lange neus tegen hen gemaakt of mijn broek omlaaggetrokken en me naar hem omgedraaid – alles om hen te verrassen. Tot nu toe hadden ze al mijn reacties nauwkeurig voorspeld.

'Het punt is dat we deze oorlog aan het verliezen zijn,' zei Tretorne, 'omdat dit een NAVO-operatie is en de handen van de president gebonden zijn. Onze bondgenoten willen onder geen beding grondtroepen sturen. We mogen alleen maar bombarderen.'

Als bij een estafette nam Murphy het van hem over: 'Je kunt geen oorlog winnen met bommen alleen. Daarom kwamen we met het idee om het UÇK op te richten. Die zouden we als grondtroepen kunnen inzetten, maar dat bleek een grote teleurstelling. Zes of zeven UÇK-eenheden hebben goed werk gedaan, maar de rest is waardeloos. Ze weten niet wat ze doen. De meeste teams houden zich gewoon verscholen in de bossen en hopen dat de oorlog snel voorbij zal zijn. Een paar UÇK-eenheden zijn vernietigd en de rest is gedemoraliseerd.'
'Dat is geen rechtvaardiging,' zei ik. 'Moord is tegen de wet.'
'Wij vermoorden helemaal niemand,' zei Tretorne vermoeid. 'Guardian Angel is een schuilnaam voor een operatie die in werkelijkheid Avenging Angel heet, of "Engel der Wrake". Sommige teams van de Special Forces die wij met het UÇK meesturen naar Kosovo voeren de missies uit die het UÇK eigenlijk zelf had moeten uitvoeren.'
'Wat voor missies?' vroeg ik.
'Overvallen, hinderlagen, het doorsnijden van aanvoerlijnen. Een paar keer ontdekten we dat de Serviërs weer een nieuw bloedbad voorbereidden en hebben we ze naar de kampen gestuurd om de Kosovaarse gevangenen te bevrijden. Heel voorzichtig, geloof me. Geen moordaanslagen of grof geweld.'
'O ja?' vroeg ik. 'Wat is er dan met Sanchez' team gebeurd?'
Ze keken elkaar weer aan, alsof ze opeens geen energie meer hadden. Murphy's gezicht veranderde in een grimas.
'Dat weten we niet,' zei hij.
'Dat weten jullie niet?'
'Nee. Het UÇK-team dat ze escorteerden, Akhans groep, is uitgeroeid. We weten nog steeds niet precies hoe.'
'Maar Sanchez en zijn mensen zijn helemaal niet door de Serviërs ontdekt, is het wel? En ze hebben niet gehandeld uit zelfverdediging?'

'Daar zijn we nog niet achter,' zei Tretorne.
'Gelul.'
'De satellietbanden en de transcripties die we jullie hebben laten zien waren nep,' zei hij. 'Op de een of andere manier ben je daar zelf ook achtergekomen. Op de echte beelden van die dagen zijn helemaal geen vreemde activiteiten van Sanchez' team te zien. We hebben opnamen van hen in het basiskamp, of onderweg, maar uit niets blijkt dat ze waren ontdekt of werden achtervolgd.'
'Maar waarom...'
'Omdat we Avenging Angel niet in gevaar konden brengen,' zei Murphy.
'Ik begrijp het niet.'
Tretorne trommelde met een vinger op de tafel. 'Toen Sanchez' team weer terug was, hebben ze helemaal niets over die hinderlaag gezegd. We hoorden het pas drie dagen later, toen Milosević die persconferenties hield.'
Ik hoorde stukjes van de puzzel op hun plaats vallen.
'Dus hebben jullie Sanchez en zijn mensen gearresteerd.'
'Precies,' zei Murphy. 'Toen kwamen ze met dat verhaal dat ze waren ontdekt en opgejaagd. Jack liet de NSA-beelden controleren, maar daarop was niets te zien dat hun verklaring ondersteunde. Ook niets dat het tegendeel bewees, trouwens.'
'Waarom hebben jullie mij er dan bijgehaald?'
'Dat is in Washington besloten. Dat bloedbad kreeg opeens veel internationale aandacht. Wij dachten dat het de beste oplossing zou zijn om een serieus onderzoek in te stellen. Sanchez' mensen kregen opdracht zich bij hun verklaring te houden en er een overtuigend verhaal van te maken.'
'Waar werd dát besluit genomen?' vroeg ik.
Tretorne gaf geen antwoord. Tenminste, hij zei niets, maar hij wees wel naar zijn manchetknoop.
Ik schudde mijn hoofd. Misschien was Oliver Stone toch niet zo achterlijk als ik altijd had gedacht.

'Dus jullie hebben het op een akkoordje gegooid met Sanchez' team,' zei ik met zoveel mogelijk minachting in mijn stem. 'Als ze dat bedrog zouden volhouden, kwamen ze er zonder kleerscheuren van af.'
Murphy leek zich niet te schamen om dat volmondig toe te geven. 'Klopt,' zei hij. 'Maar je vergeet wel één ding. We hebben geen enkel bewijs dat ze zich ergens aan schuldig hebben gemaakt. Misschien is het inderdaad zo gegaan als ze zeiden.'
'Echt?' zei ik. 'Ik ben in dat mortuarium geweest en heb die Servische lijken gezien. Hoe verklaar je dan die kogelwonden in de hoofden?'
Tretorne hield op met trommelen. 'Geloof me, daar wisten we niets van totdat jij het aan Clapper rapporteerde. En toen was de hele zaak al in gang gezet.'
'Maar jullie hebben niets ondernomen toen jullie dat hoorden. Jullie bleven proberen de zaak in de doofpot te stoppen.'
'We hadden onze redenen,' zei Murphy. 'Maar we zijn nu bereid een afspraak met je te maken.'
Ik keek op mijn horloge. Over zevenentwintig minuten zouden Imelda en haar meiden op een paar toetsen drukken om een heel leger hongerige verslaggevers op dit tweetal los te laten. Ze konden waarschijnlijk wel raden wat ik voor hen in petto had. Het leek op een spelletje poker waarbij ze wisten dat ik een winnende hand had en vroegen of ze nog snel hun geld uit de pot konden halen voordat ik mijn kaarten op tafel legde. Ze hadden wel lef, die jongens.
Ik grinnikte en schudde mijn hoofd. 'Laat maar horen.'
'Wat ons betreft kun je doorgaan met het onderzoek. We zullen je geen strobreed in de weg leggen en geen spelletjes meer met je spelen. Je krijgt de echte gegevens en bandopnamen. We zullen je alles vertellen wat we weten en je moet zelf maar zien of je de waarheid kunt ontdekken.'
'Wat aardig van jullie,' zei ik.

Tretorne negeerde mijn sarcasme en zei: 'Maar op twee voorwaarden.'
'En die zijn?' snauwde ik. Ik bedoel, hij was niet echt in een positie om nog voorwaarden te stellen.
'Je gaat nu nog niet naar de pers. Als je klaar bent, kom je eerst met ons praten.'
Het was een verrassend aanbod, dus ik dacht er even over na. Misschien probeerden ze gewoon tijd te winnen om een nieuw plan tegen mij te beramen. Dat zou natuurlijk heel dom zijn. Ze hadden net alle details van hun samenzwering toegegeven. Oké, misschien was het geen herhaling van Operatie Phoenix, maar zo'n geheime oorlog als deze was ook geen kattenpis. Bovendien hadden ze zelfs bekend dat de orders van het Witte Huis kwamen.
Dit waren geen domme jongens, bedacht ik. Dat wist ik maar al te goed. Ze beseften heus wel dat ze me nu nog meer munitie in handen hadden gegeven als ik toch naar de pers zou lopen om de zaak te onthullen.
'Dat is het?' vroeg ik.
'Als je na dat gesprek toch nog naar de media wilt gaan, is dat je eigen keus. Wij houden je niet tegen.'
Ik stond versteld, dat geef ik eerlijk toe. Ik had verwacht dat ze nog een wanhoopspoging zouden doen om me de mond te snoeren. Misschien was dit dat wel. Misschien zaten ze keihard te liegen om tijd te winnen en een waterdichte zaak op te bouwen tegen Sean Drummond en zijn brave filosofietjes. Maar ik zag niet in hóé. Ik zou het complot elk moment aan de kaak kunnen stellen.
Nu was het mijn beurt om met een paar eisen de temperatuur van het water te testen. 'Mijn telefoon en het kantoor worden niet meer afgeluisterd? Ik word niet meer geschaduwd?'
Tretorne grijnsde. 'Dat had je in de gaten?'
'Ja.'
'Akkoord,' zei Tretorne.

'O, en die mol van jullie vertrekt,' zei ik. 'Morrow stapt op het eerstvolgende vliegtuig.'
Tretornes grijns werd een glimlach. 'Dat zou je misschien jammer vinden.'
'Nou!'
'Want ze werkt niet voor ons.'
Ik hield mijn hoofd schuin en grinnikte. 'Is het dan die klootzak Delbert?'
'Floyd Collins, heet hij eigenlijk. En hij is militair jurist. Heel ambitieus, maar zijn staat van dienst is lang niet zo goed als in het dossier staat dat jij over hem hebt gelezen.'
Soms ben je slimmer dan goed voor je is, dacht ik. Delbert of Floyd was zo'n voor de hand liggende verdachte dat ik hem nooit serieus voor de mol had aangezien.
'Goed. Hij vertrekt dus,' zei ik. 'Ik wil geen stroman van jullie om me heen.'
'Akkoord,' zei Tretorne.
'En ik wil Morrow vertellen hoe de vork in de steel zit, dus zij moet ook een vrijwaring krijgen.'
'Oké.'
Ik stond op en wilde vertrekken. Toen ik bij de deur was, zei Murphy: 'Nog één ding, majoor.'
Ik draaide me naar hem om. Zijn grote, knappe gezicht keek naar me op.
'Die principes die ze je op West Point leren over plicht, eergevoel en trouw aan je land...' zei hij, 'die botsen soms met elkaar. De wereld is niet zo mooi en zuiver als ze op West Point soms denken. Er zijn gevallen waarin je moet beslissen welk van die principes het belangrijkst is en welke je moet opofferen.'
Ik keek hem strak aan. Ik wist dat hij zijn eigen onbetrouwbare gedrag probeerde te rechtvaardigen en ik voelde me opeens heel nobel en moreel verheven.
'Ik heb niet aan West Point gestudeerd,' zei ik, 'dus dat weet

ik allemaal niet. Maar één ding weet ik wel: waarin wij van de Serviërs verschillen. Wij vertroetelen onze moordenaars niet. Wij liegen niet tegen de wereld als onze soldaten een bloedbad aanrichten. Wij houden de vuile was niet binnen. Dat is plicht, eergevoel en trouw aan je land – alles in één.'
Hij schudde zijn hoofd, op een neerbuigende manier, alsof ik er niets van begreep. Maar daar vergiste hij zich in. Hijzelf begreep het niet. Tenminste, dat vond ik.

28

Een nacht goed slapen deed wonderen voor mijn humeur, maar niet voor mijn lijf. Mijn kneuzingen en gebroken ribben leken versteend, en de pijn was door een paar extra lagen weefsel heen gesijpeld. Ik was zo stijf als een plank en het deed overal zeer toen ik wakker werd. Ik strompelde naar de latrine, nam een lange, hete douche, in de hoop dat het warme water de pijn wat zou verzachten. Ik hield er wel gerimpelde vingers aan over, maar mijn breuken en kneuzingen werden er niet beter op. Ik stierf nog van de pijn.
Clapper had me die nacht niet om twee uur uit mijn bed gebeld. Hij schaamde zich zeker. Delbert was al vertrokken toen ik op kantoor kwam. Hij had een briefje in mijn postbakje achtergelaten, 'SORRY!', ondertekend met Floyd G. Collins, kapitein, JAG. Het was maar beter dat Murphy en Tretorne hem midden in de nacht hadden afgevoerd. Als ik Floyd nu tegen het lijf was gelopen had ik misschien iets doms gedaan, bijvoorbeeld zijn neus dwars door zijn kop geramd. Hij had me aan alle kanten belazerd en zijn eed als officier en advocaat te grabbel gegooid. Ik heb de slechte gewoonte om dingen heel persoonlijk op te vatten. Dat hadden Tretorne en Murphy waarschijnlijk al gemerkt.
Morrow zat achter haar bureau heel druk te schrijven. Ze ne-

geerde me koel toen ik binnenkwam. Ik liep naar het koffiezetapparaat en schonk een beker in. Ik maakte zoveel mogelijk geluid, sloeg met mijn lepeltje tegen de mok, rammelde met de koffiepot en slurpte irritant om te proeven of ik genoeg melk en suiker had. Maar ze bleef me negeren. Daar was ze heel goed in. Zelf houd ik meer van driftbuien en confrontaties. Een klap kun je altijd nog ontwijken.

Ik liep naar haar toe en keek treiterig over haar schouder om te zien wat ze deed. Ze ging door met schrijven en boog zich nog dieper over haar werk. Ik botste onhandig tegen haar stoel aan. Ze trok hem weer recht en werkte koppig door.

'Je wilt zeker niet weten wat er met Delbert is gebeurd,' zei ik ten slotte. 'Waarom hij niet meer onder ons is. Of hoe ik de einddatum voor het rapport vijf dagen heb kunnen opschuiven.'

Ik draaide me om, liep naar mijn kamer en deed de deur achter me dicht. Ik keek op mijn horloge. Precies zesendertig seconden later klopte ze aan. Nieuwsgierigheid blijkt toch veel sterker te zijn dan woede.

Ik riep 'Binnen' en vroeg haar te gaan zitten. Daarna had ik een halfuur nodig om uit te leggen wat zich hier werkelijk had afgespeeld, terwijl zij in haar onschuld dacht dat we op zoek waren naar de waarheid. Zo nu en dan onderbrak ze me met een vraag, maar het grootste deel van de tijd zat ze zwijgend te luisteren. Ik zag een heel scala van emoties over haar mooie gezichtje glijden, van verbazing tot vijandigheid, verontwaardiging en uiteindelijk weer nieuwsgierigheid, waarmee de cirkel rond was.

'Waarom heb je me dat allemaal niet verteld?' vroeg ze.

Voor die vraag was ik al bang geweest. Ik staarde naar het blad van mijn bureau.

'Klootzak! Jij dacht dat ik voor Tretorne spioneerde, is het niet?'

Ik maakte een grimas. 'Nee, dat heb ik nooit gedacht,' loog

ik. Het klonk mij ook niet overtuigend in de oren. 'Ik bedoel, ik was er niet zeker van,' herstelde ik. 'En wat doet het er nog toe? We kunnen nu onze gang gaan.'
Het waren heel wat verontrustende feiten om in één keer te verwerken en ze had tijd nodig om erover na te denken. Ze was woedend – op hen, maar ook op mij, omdat ik haar niet had vertrouwd. Maar ze was ook advocaat en had dus geleerd haar emoties in bedwang te houden.
'Waarom houden we geen persconferentie om alles bekend te maken?' vroeg ze ten slotte.
Eigenlijk wist ik daar geen goed antwoord op. Als we slim waren, zouden we dat inderdaad zo doen. Ik had een pact gesloten met de duivel, en dat loopt nooit goed af, zoals iedereen weet. Nu Morrow ook bij het complot betrokken was, kreeg ze een stem in het geheel. En ze had bedenkingen. Zoals ik die ook had gehad. Maar ik had me weer bedacht.
'Dat is altijd nog mogelijk,' zei ik. 'Als ze ons belazeren, halen we de pers erbij.'
Ze knikte.
'Ik zie niet hoe ze ons opnieuw zouden kunnen pakken,' zei ik, niet alleen tegen haar, maar ook tegen mezelf.
Ze knikte weer. 'Misschien heb je gelijk.'
'Ben je niet nieuwsgierig?' vroeg ik. 'Wil jij niet weten of Sanchez en zijn mannen echt schuldig zijn?'
'Ik denk het wel,' zei ze, maar het klonk niet overtuigend.
'Nou, dan doen we het zo,' besloot ik haastig, voordat ze van gedachten kon veranderen. Of ik.
Ik liep naar de deur en riep Imelda. Ze stormde naar binnen en ik zei: 'We hebben nog vijf dagen extra gekregen. Regel een vliegtuig naar Aviano, voor vanmiddag. Als er geen vliegtuig gaat, laten ze er dan een klaarzetten. En bel het kantoor van kolonel Smothers om hem te zeggen dat kapitein Morrow en ik over een uurtje langskomen.'
'Goed,' zei ze.

'En nog iets,' zei ik heel luid. 'Vraag iemand om dit kantoor te onderzoeken op verborgen microfoons. Ik wil niet dat we worden afgeluisterd door zo'n zeikerd in een lullig vest.'
De verwijzing naar een vest ontging haar, maar ze knikte toch. Het leek me een goede manier om Tretorne eraan te herinneren dat ik scherp zou controleren of hij zich aan zijn afspraken hield.
Ik was weer in mijn element – orders uitdelen en mezelf belangrijk maken. Dat voelde heel prettig. De claustrofobie was verdwenen. Toen we onze koffers hadden gepakt en dozen met documenten hadden klaargezet, vertrokken Morrow en ik voor een gesprekje met luitenant-kolonel Will Smothers, de bataljonscommandant van Sanchez en zijn mannen.
Toen we zijn kantoor binnenkwamen zag ik dat hij een advocaat bij zich had, dezelfde kapitein Smith die een klacht tegen mij had ingediend. Smith grijnsde zelfvoldaan en we wisselden een paar venijnige blikken, zoals vijandige advocaten doen.
'Wat doet hij hier?' vroeg ik aan Smothers, wijzend naar Smith.
Smith reageerde woedend toen hij dacht dat hetzelfde spelletje weer helemaal opnieuw zou beginnen. Maar voordat hij zijn mond kon opendoen zei Morrow tot mijn stomme verbazing: 'Wegwezen, Smith. Als hij een advocaat nodig heeft, hoor je het wel.'
'Ik eh, ik...'
Ik maakte een dreigende beweging zijn kant uit. 'U kunt niet langer als zijn advocaat optreden. Ik behoud me het recht voor u aan te klagen wegens betrokkenheid bij een samenzwering om de rechtsgang te belemmeren. En als je nou niet binnen twee seconden vertrokken bent, gooi ik je het raam uit.'
Smith keek even naar het raam, en toen naar de zwellingen en blauwe plekken op mijn gezicht. Hij woog zijn kansen.

'Ik ga de rechter weer bellen,' dreigde hij.
'Doe dat!' blafte ik. 'En zeg hem dat ik hem ook zal noemen als medeplichtig aan obstructie als hij ook maar één vinger naar me uitsteekt.'
Smith keek schichtig om naar zijn cliënt, die hem op dat moment juist om advies wilde vragen. Ze hadden weinig aan elkaar, zoals Smith ten slotte ook concludeerde. Hij stond haastig op en verliet het kantoor. Hij was toch slimmer dan ik dacht.
Ik keek Smothers aan met dezelfde blik van 'wat-let-me-of-ik-bijt-je-strot-af', maar iets minder fel dan bij Smith. 'Het spel is uit, kolonel. Als u nog één keer durft te liegen, beschuldig ik u van medeplichtigheid aan moord. Is dat duidelijk?'
Hij knikte.
'Goed, dan gaan we terug naar het begin. Wat was uw rol in Operatie Avenging Angel?'
Hij keek naar Morrow, die op de een of andere manier haar begripvolle blik had uitgeschakeld. Ze leek zelfs behoorlijk agressief.
'Oké,' zei hij. 'Mijn bataljon, het First Battalion... wij zijn de Avenging Angels. Murphy heeft u over die operatie verteld? Wij zijn ervoor aangewezen. Ik heb een of twee teams in elke zone. Wij knappen het vuile werk op.'
'Waarom alleen uw bataljon?' vroeg Morrow.
'Omdat we ons natuurlijk geen fouten kunnen permitteren en mijn teams de meeste ervaring hebben.'
'Heeft geheimhouding er ook iets mee te maken?' raadde ik.
'Ja, ook,' gaf Smothers toe. 'Hoe minder mensen ervan weten, des te kleiner de kans op een lek.'
'Vertel eens wat meer over Sanchez,' vroeg ik hem.
Hij keek me aan en haalde even zijn schouders op. 'U had al een vermoeden,' gaf hij toe. 'Ik heb waarschijnlijk een fout gemaakt. Terry is een goede jongen, een heel aardige jongen,

en hij had deze benoeming nodig om te worden bevorderd. Hij had goed werk gedaan op het operatiecentrum en ik vond dat hij een kans verdiende. Helaas is een stafofficier niet altijd een goede commandant in het veld.'
'Maar u hebt hem die post toch gegeven?' vroeg ik. Het was eigenlijk geen vraag, maar een veroordeling.
'Ja.' Hij knikte somber. 'Als ik hem het sterkste team van het bataljon zou geven, dacht ik, zou het wel goed komen. Persico is waarschijnlijk de beste adjudant van de hele Tenth Group. Hij heeft veel ervaring en hij weet precies wat hij doet. Hij zou Terry er wel doorheen slepen, dacht ik. Zijn sergeants zijn geen makkelijke jongens, maar Persico houdt ze onder de duim.'
'En Sanchez' optreden sinds dat moment?'
'In het gunstigste geval is hij hooguit middelmatig. Niet uit luiheid, zeker niet! Jezus, ik zou willen dat sommigen van mijn jongens met meer talent dezelfde ijver aan de dag zouden leggen.'
'Dus is het een kwestie van talent?'
'Sommige jongens hebben er aanleg voor. Terry moest er elke minuut hard voor werken. Zulke figuren worden bang en hun mannen ruiken dat.'
'Wat gebeurde er toen Akhans team was vernietigd?' vroeg Morrow.
Smothers dacht diep na. Hij kneep zijn ogen tot spleetjes en wreef over zijn lippen. 'Dat was op de veertiende, 's ochtends geloof ik. Sanchez meldde zich via de radio, om een uur of twaalf. Het enige wat hij zei was dat Whisky 66... dat was Akhans roepsein... dat Whisky 66 op zwart was gegaan. Begrijpt u dat?' vroeg hij.
Morrow schudde haar hoofd.
'Het is een kleurcode die we gebruiken om de sterkte van de eenheden aan te geven. Groen betekent dat de eenheid op volle sterkte is. Rood is vijftig procent. Zwart is nul procent.

Er zijn wel meer UÇK-eenheden die grote verliezen hebben geleden, maar dit was de eerste keer dat een hele compagnie van vijfennegentig man binnen een paar uur van groen naar zwart ging.'
'Vertelde hij ook wat er was gebeurd?' vroeg Morrow.
'Alleen dat ze met een operatie bezig waren geweest. Dat zat ons niet lekker, want we hadden helemaal geen operatie goedgekeurd voor Akhans team.'
'Volgens de verklaring die hij ons gaf, wilden ze een politiebureau aanvallen in het stadje Piluca,' zei ik.
'Ja, dat zei hij ook tegen ons. Maar dat was vreemd, want Piluca stond niet op onze lijst van goedgekeurde doelen.'
'Neem me niet kwalijk,' onderbrak ik hem, 'maar wat is dat voor een lijst?'
'We krijgen een lijst van potentiële doelwitten, goedgekeurd door de generale staf in het Pentagon. Op die manier moeten we vergissingen voorkomen.'
'Dat zijn dus de missies die u onder de teams verdeelt?'
'Precies. De teams van Avenging Angel mogen niet zomaar willekeurige doelen uitkiezen. Het is een strak geleide operatie, ziet u?'
Ja, dat begreep ik. Als de Avenging Angels een fout maakten, zoals toen de luchtmacht die Chinese ambassade raakte of die colonne Kosovaarse vluchtelingen bombardeerde, zou hun geheime oorlog meteen bekend zijn.
'Oké,' zei ik. 'Dus Sanchez meldde dat zijn UÇK-compagnie was vernietigd. En toen?'
'Ik gaf hem bevel om terug te komen.'
'Generaal Murphy zei tegen ons dat ze opdracht hadden gekregen om te blijven,' zei ik.
'Dat is niet juist. We hebben dat wel overwogen, maar ik was ongerust.'
'Waarover?' vroeg Morrow.
'Over Sanchez, denk ik.'

‘Waarom speciaal over Sanchez?’
‘Als onze teams een UÇK-compagnie trainen, krijgen ze vanzelf de rol van ‘‘grote broers’’, begrijpt u? Niet alleen hier. Zo ging dat ook in het noorden van Irak, met de Koerden. En in Bosnië. Die jongens zijn zo verdomd hulpeloos en gretig. Daar kunnen Amerikaanse soldaten geen weerstand aan bieden.’
‘Dus u was bang dat Sanchez de situatie niet in de hand zou kunnen houden?’
‘De Kosovaarse compagnies van twee andere A-teams hadden ook zware verliezen geleden en we moesten onze mensen terugroepen en met de psychiater en aalmoezenier laten praten om hen eroverheen te helpen. Er komen hevige emoties en schuldgevoelens naar boven. Dus is er een sterke leider nodig om de groep bijeen te houden en... ja, ik was bang dat Terry niet sterk genoeg was.’
Ik keek hem strak aan. ‘Hebben die zelfmoord en poging tot zelfmoord zich toevallig voorgedaan bij die twee andere teams?’
Hij knikte, met een pijnlijke, spastische beweging van zijn hoofd. ‘Ja. De emoties kunnen soms heel heftig zijn, zoals ik al zei.’
‘Maar Sanchez en zijn groep kwamen niet terug?’ vroeg ik.
‘Nee, niet op het moment dat ik daar bevel toe gaf. Twee dagen lang meldden ze verhoogde Servische activiteit in hun sector. Sanchez vond het te gevaarlijk om naar het zuiden te vertrekken.’
‘En hoe reageerde u daarop?’
‘Wat kon ik doen? Hij was de man ter plaatse. Ik vroeg het NSA-centrum hier om de surveillance boven Zone 3 uit te breiden, zodat we konden zien wat er aan de hand was.’
‘En deden ze dat?’ vroeg Morrow.
‘Elke dag hebben ze twee uur lang thermische beelden gemaakt. Daarop zagen we Sanchez en zijn team in het basis-

kamp, maar geen tekenen van ongebruikelijke Servische activiteit. Toch hadden we geen andere keus dan hem te geloven.'

Nu begreep ik waarom de NSA in die periode thermische beelden van Zone 3 had gemaakt. Ze zochten niet naar doelen die een visuele analyse nodig hadden. Ze waren op zoek naar menselijke warmtebronnen, zoals Servische soldaten in de bossen.

'En uiteindelijk kwam zijn team vier dagen later terug?'

'Ja. Maar het was natuurlijk wel anderhalve dag of twee dagen lopen naar de grens. Dan blijven er dus twee dagen over waarvoor we geen verklaring hebben.'

'Hebben ze die hinderlaag gerapporteerd toen ze terug waren?'

'Nee,' antwoordde Smothers met enige woede in zijn stem. 'Wij debriefen elk team als het terugkomt. Ze hebben er geen woord over gezegd. Ze hielden vol dat het wemelde van de Serviërs en dat het daarom zoveel tijd kostte om terug te komen.'

'En drie dagen later begon Milosević met zijn persconferenties,' zei ik. 'Wat deed u toen?'

'Ik ben naar generaal Murphy gegaan en heb hem gezegd dat Sanchez' team misschien verantwoordelijk was. Het was immers hun sector, en het gebeurde drie dagen nadat Akhans team was vernietigd. Dat klopte allemaal.'

'Laten we nog eens teruggaan naar Akhan en zijn mensen,' zei Morrow. 'Hebben Sanchez en zijn team verteld wat er daar precies gebeurd is?'

'Dat kwam ter sprake bij de debriefing.'

'En wat zeiden ze erover?' vroeg Morrow.

'Ze verklaarden allemaal dat Akhan zelf het besluit had genomen om dat politiebureau aan te vallen. Ze konden hem niet tegenhouden. Zone 3 was het gebied waar de meesten van zijn mannen vandaan kwamen. De commandant van

dat politiebureau in Piluca scheen een gewelddadige klootzak te zijn, die sommige familieleden van het team had vermoord of gemarteld. Dat klonk ons niet onbekend in de oren. Er zijn wel meer UÇK-teams die persoonlijke wraakacties hebben uitgevoerd.'
'Laat een van uw mensen zo snel mogelijk een transcriptie van de debriefings naar mijn kantoor brengen,' zei ik.
'Oké.'
'Is het niet veel prettiger om de waarheid te vertellen?' vroeg ik.
Hij wierp me een vreemde blik toe. 'Nee, niet echt,' zei hij. 'Niemand vond het prettig om tegen u te liegen, maar we geloven in wat we daar doen.'
Zo bleef er weinig over van waarheid en gerechtigheid als hoogste Amerikaanse ideaal. Ik draaide me naar Morrow toe, die aangaf dat ze verder geen vragen meer had. Toen keek ik Smothers lang en plechtig aan. Hij doorstond mijn blik met heldere ogen, niet in het minst ontdaan door het feit dat hij betrokken was geweest bij een grootscheepse doofpotaffaire of dat hij had gelogen in een officieel onderzoek. Die jongen zou het nog ver schoppen, dacht ik. Hij was een ware gelovige.
We lieten hem achter en reden naar het vliegveld, waar een C-130 met draaiende motoren stond te wachten.

29

We stopten voor de marmeren ingang van hetzelfde Italiaanse hotel op de heuvel, en het water liep me in de mond. Morrow en ik kregen aangrenzende kamers en brachten onze koffers naar boven. Mijn kamer had zo'n gezellig Duits donzen dekbed, dus misschien hield God toch nog een beetje van me. En er was een minibar. Een goed voorziene minibar.

Mijn lijf deed nog overal pijn en ik staarde naar de kleine flesjes Dewar. Dokter Drummond riep dat de pijn nodig verzacht moest worden. Maar ik weerstond de verleiding en nam de lift naar de lobby.

Imelda en twee van haar assistentes hadden kamers op de verdieping beneden ons en huurden een hele suite als kantoor. Toen Morrow en ik naar buiten stapten om met het busje naar de vliegbasis te rijden, waren Imelda en de anderen nog bezig om computers en dozen papier de trappen van het bordes op te sjouwen naar de lift. Imelda bulderde dat ze moesten opschieten en de meiden giechelden. Ze hadden haar door, dat kon niet anders. Imelda had maar een heel klein hartje, net als honden die wel hard blaffen maar niet bijten.

De rit naar de gevangenis op de luchtmachtbasis duurde een kwartier. Dezelfde mollige luchtmachtmajoor stond klaar om ons te begroeten. Hij was heel voorkomend en behulpzaam, op het kruiperige af. Waarschijnlijk wilde hij geen slechte aantekening in ons rapport. Ik reageerde koeltjes en Morrow volgde mijn voorbeeld. We lieten de man nog even zweten.

Morrow en ik hadden lang over onze volgende zet nagedacht. Onze eerste neiging was om de nieuwe gespreksronde te beginnen met Sanchez. Eén van die negen mannen moest doorslaan, en Sanchez kwam dan als eerste in aanmerking. We hadden er maar eentje nodig. Als het eerste schaap over de dam was, zou de rest wel volgen, zoals bij de meeste samenzweringen. Dan konden we hen tegen elkaar uitspelen, dreigementen uiten of voorstellen doen, tot we het hele verhaal hadden – en iedereen tegen elkaar zou kunnen getuigen. Maar hoe langer we erover praatten, des te meer we tot de overtuiging kwamen dat Sanchez niet onze man was. Hij had het blijkbaar op een akkoordje gegooid met zijn mensen. Wat daar ook was misgegaan, hij was uiteindelijk verant-

woordelijk en had dus het meeste te verliezen. En elke aanklager wist dat degene die het meeste te verliezen had, pas als laatste zou bekennen.
Daarom stelde Morrow voor om met Persico te beginnen. Dat vond ik een slecht idee. In eerste instantie, tenminste. Maar hoe langer ik erover nadacht, des te beter het me beviel. Binnen elke organisatie heb je twee soorten leiders. De officiële leider wordt aangewezen door het systeem, in dit geval Sanchez, de officier met het mandaat van de Amerikaanse Senaat en twee zilveren strepen op zijn kraag. Dan was er de leider die werd aangewezen door de mannen zelf, in dit geval Persico, de man met de Zilveren en Bronzen Ster op zijn borst. Als hij ging praten, zou de rest wel volgen.
Maar er was nog een andere reden. Op een gegeven moment, daar in Kosovo, was de officiële commandostructuur van Sanchez' team uiteengevallen. Dat had Imelda ontdekt in de verklaringen. Misschien was er zelfs muiterij uitgebroken. Het was niet meer dan intuïtie, maar uit die eerdere gesprekken bleek nergens dat Sanchez daadwerkelijk het bevel had gehad. En daar moest een reden voor zijn. Waarschijnlijk had het team al die tijd al getwijfeld aan Sanchez, maar soldaten – vooral onderofficieren – houden zich meestal aan de regels van het leger. Tenzij er iets dramatisch gebeurt, waardoor alles verandert.
En dat moest hier het geval zijn. Iets heel dramatisch. Ik vermoedde dat het ergens rond de veertiende moest zijn gebeurd, want vanaf dat moment was het team zich vreemd en onverklaarbaar gaan gedragen. Dat was de dag waarop Akhans compagnie was vernietigd en Sanchez via de radio had verklaard dat ze zich niet konden terugtrekken. Dat was het begin geweest van een reeks gebeurtenissen die uiteindelijk hadden geleid naar een smalle weg tussen de heuvels, waar vijfendertig mannen waren afgemaakt. Het was maar een gevoel, maar ik was er redelijk zeker van dat Per-

sico op de veertiende het bevel over het team had overgenomen.

Morrow en ik installeerden ons in de verhoorkamer en zetten de tafels en stoelen zo neer dat het een beetje op een rechtszaal leek. Een paar minuten later verschenen Imelda en haar twee meiden. Ze hadden een computer en een stenografeermachine bij zich. Morrow en ik hadden bewust besloten om een formele atmosfeer te scheppen, zodat de omgeving zoveel mogelijk aan een rechtbank zou doen denken. Dan konden de getuigen vast een idee krijgen van wat hen te wachten stond.

Toen we eindelijk klaar waren, vroeg ik Imelda de eerste getuige te halen. Dat duurde een paar minuten, en we wachtten zenuwachtig af.

Ten slotte ging de deur open en kwam Imelda weer binnen, gevolgd door adjudant Persico. Ze kondigde hem formeel aan, alsof ze een parketwachter was. Persico keek om zich heen, gespeeld nonchalant, en liet de nieuwe omgeving op zich inwerken. Weer had ik de indruk van een man die een slagveld inspecteerde en zijn kansen woog.

'Gaat u zitten, adjudant,' zei ik, wijzend naar de stoel die we midden in de kamer hadden gezet, zonder het beschermende comfort van een bureau of een tafel.

Hij ging zitten, sloeg zijn benen over elkaar en keek even naar Morrow, die een cassetterecorder klaarzette. Toen gleed zijn blik naar mij. 'Hebt u er bezwaar tegen als ik rook?'

De eerste keer dat we hem ondervroegen had hij niet gerookt. Ondanks zijn koele houding had ik toch de indruk dat hij nu nerveuzer was.

'Als u wilt,' zei ik.

Hij stak een hand in zijn zak, haalde een pakje Camels zonder filter tevoorschijn, klopte er een sigaret uit, tikte er een paar keer mee op de palm van zijn hand en stak hem op – dat alles in één soepele, vloeiende, bijna instinctieve beweging.

'Wilt u ons uw volledige naam en rang noemen?' zei ik.
Hij blies een rookwolk uit en zei: 'Michael John Persico, adjudant Special Forces.'
'Dank u,' zei ik. 'Ons laatste gesprek was een informele oriëntatie, een verkenning van de gebeurtenissen zoals die zich tussen 14 en 18 juni 1999 hadden afgespeeld. Het doel van dit gesprek is uw officiële verklaring over die periode vast te leggen. Weet u zeker dat u niet gebruik wilt maken van uw recht op een advocaat?'
'Dat weet ik zeker,' zei hij.
'In ons eerste gesprek vertelde u dat u en uw team in Kosovo deelnamen aan Operatie Guardian Angel. Dat was een leugen, nietwaar? U nam deel aan Operatie Avenging Angel, bedoeld om gevechtsmissies uit te voeren tegen de Servische troepen in Kosovo. Is dat juist?'
Morrow en ik hadden besloten om meteen frontaal in de aanval te gaan. Dat leek ons de beste manier om Persico aan te pakken. We wisten nu waarom hij en de rest van het team met zoveel overtuiging hadden gelogen. Ze hadden de steun van de Amerikaanse regering. Wie zou er geen grove leugens durven te vertellen als de NSA bezig was de bewijzen ervoor te fabriceren, de CIA achter je stond en het Amerikaanse leger je ondervragers onder druk zette? Ik kon zelfs aardig liegen zonder al die hulp.
Persico nam een flinke trek van zijn sigaret. Verder vertoonde hij weinig tekenen van schrik of zenuwen. Ten slotte zei hij: 'Ik heb niet het flauwste idee wat u bedoelt.'
'Jack Tretorne en generaal Murphy hebben kapitein Morrow en mij ingelicht over de details van Avenging Angel. Ik verzoek u vriendelijk de vraag te beantwoorden, anders moeten we u van obstructie en meineed beschuldigen, naast alles wat er vandaag verder nog aan de orde komt.'
Hij dacht even na. 'Oké,' zei hij toen, 'wij maakten deel uit van Avenging Angel.'

'En nu een andere leugen,' vervolgde ik. 'Toen de groep van kapitein Akhan het politiebureau van Piluca overviel, was dat een legitieme en goedgekeurde operatie?'
'Nee,' zei hij.
'Waarom hebt u gelogen tegen kolonel Smothers over wat er die dag is gebeurd?'
'We hebben niet gelogen,' zei hij kalm.
Ik pakte de transcriptie van de debriefing van het team die ik van Smothers had gekregen en deed alsof ik de tekst doorlas. Ten slotte keek ik op. 'Op de negentiende meldde u aan majoor Grenfeld, de operatiesofficier van uw bataljon, dat u en kapitein Sanchez op de dertiende juni de hele dag hadden geprobeerd om kapitein Akhan te weerhouden van die overval op het politiebureau van Piluca. Blijft u bij die verklaring?'
Hij nam nog een lange trek van zijn sigaret, keek rond of hij een asbak zag en tikte toen de as maar op de vloer. Toen draaide hij zich weer naar mij toe. 'Ja,' zei hij. 'Ik heb alles geprobeerd om te voorkomen dat kapitein Akhan dat politiebureau zou aanvallen.'
'U hebt alles geprobeerd? En kapitein Sanchez?'
'Eh... nou, die heeft het ook geprobeerd.'
'Wat?'
'Hoor eens,' zei Persico, 'het was een gevaarlijke operatie.'
Een aardige poging om het gesprek op een ander onderwerp te brengen, dacht ik. 'Waarom was het gevaarlijk, adjudant?'
'Dat lijkt me nogal logisch als je ziet wat er is gebeurd, niet?'
'Ja. Maar u zei dat u alles had geprobeerd om hem tegen te houden. U had daar dus goede redenen voor. Zoals?'
'Het doelwit was niet goedgekeurd door de Tenth Group. Is dat geen reden genoeg?'
'Maar er was meer, nietwaar, adjudant?'
'Misschien.'
'Wat dan? Waarom verzette u zich zo tegen die overval?'
'Allereerst moet je nooit aan een operatie beginnen die niet

goed is voorbereid. Je kon niet eens zeggen dat deze actie slecht was voorbereid – ze was helemáál niet voorbereid.'
'Geen goede voorbereiding, dus?'
'Precies. Kapitein Akhan en zijn mannen wilden er gewoon op af. Zonder verkenning, zonder oefening. Omdat het geen goedgekeurd doelwit was, hadden we ook geen informatie van de NSA of de CIA, zoals anders. Ze wilden gewoon dat politiebureau bestormen en die lui een lesje leren.'
'Waarom hebt u het operatiecentrum niet gewaarschuwd toen Akhan zijn plan toch wilde doorzetten?'
'Dat was Sanchez' beslissing. Dat moet u hem maar vragen.'
Ik waagde een intuïtieve gok. 'Omdat Sanchez wél akkoord ging met die overval? Was dat de reden waarom u het operatiecentrum niet hebt gewaarschuwd?'
Hij aarzelde, en dat was zijn eerste fout. 'Dat vraagt u aan de verkeerde,' zei hij. 'Ik kan geen gedachten lezen.'
'Maar u hebt er toch met kapitein Sanchez over gesproken?'
'Goed,' zei hij. 'We hebben erover gesproken. Waar wilt u heen?'
Dat was heel handig. Hij wist niet hoeveel ik wist. Misschien zat ik te hengelen of probeerde ik het huis vanaf de blauwdruk op te bouwen. Daarom daagde hij me uit.
Ik kon niets anders doen dan weer een gok wagen. 'Waar ik heen wil, is dat Sanchez wél vond dat Akhan die overval moest uitvoeren, en u niet. Toen ze allemaal werden gedood, gaf u Sanchez de schuld.'
Ik had gelijk. Ik zag het aan zijn ogen. Ik had gelijk.
Maar hij zei alleen: 'Zo is het niet gegaan, meneer de advocaat. U zit hier op uw kont in een prettige warme kamer en probeert te verzinnen hoe de dingen gaan in het heetst van de strijd. Maar u hebt geen idee.'
Hij was kwaad, en daar kon volgens mij maar één reden voor zijn. 'Daarna hebt u Sanchez het commando ontnomen. Was er sprake van muiterij?'

Hij zocht in zijn zak en haalde het pakje Camels weer tevoorschijn. Hij had zijn vorige peuk net met zijn hak op de vloer uitgedrukt, maar hij pakte meteen de volgende en tikte ermee op zijn handpalm – zo hard dat de sigaret brak. Hij smeet hem op de grond en pakte er nog een.
Toen hij die had opgestoken zei hij: 'Hoor eens, ik had geen problemen met Sanchez. Zoals ik al zei, hij is een beste vent.'
Dat negeerde ik. 'Daarna gaf kolonel Smothers uw team opdracht om zich terug te trekken. Dat was op de veertiende, omstreeks twaalf uur 's middags. Om 1800 uur sprak Sanchez met het operatiecentrum. Hij zei dat het wemelde van de Serviërs en dat hij het niet verstandig vond om in beweging te komen.'
'Klopt,' zei hij. 'Dat gesprek herinner ik me.'
'De volgende morgen herhaalde hij dat in het situatierapport van 0600 uur. En opnieuw in het bericht van 1800 uur op de avond van de vijftiende.'
'Klopt.'
'Wie constateerde al die Servische activiteit?'
'Perrite en Machusco liepen wacht, zo nu en dan afgelost door de broertjes Moore, om Perrite en Machusco wat rust te gunnen.'
'Dus Perrite en Machusco rapporteerden grote Servische activiteit in uw sector?'
'Ja. Na die overval van Akhan kregen de Serviërs waarschijnlijk het vermoeden dat er een basiskamp in de buurt moest zijn vanwaar uit Akhans compagnie had geopereerd. Daar gingen ze dus naar op zoek.'
'Maar u had uw kamp al ergens anders opgeslagen?'
'Ja, maar niet ver weg. Nog steeds in dezelfde sector.'
'Wat voor activiteiten rapporteerden Perrite en Machusco?'
'Ze zagen patrouilles en ze hoorden zware voertuigen op de wegen in de buurt.'

'En toen, op de morgen van de zeventiende, zagen ze de Servische verkenningseenheid die zogenaamd uw basiskamp in de gaten hield?'
'Ja. Niks ''zogenaamd''.'
'Hoe weet u dat, adjudant? U hebt het toch niet zelf gezien?'
'Nee, maar Perrite en Machusco maken geen fouten. Als Perrite mij komt vertellen dat we in de gaten worden gehouden, dan is dat zo.'
'Waarom kwam hij dat eigenlijk aan ú vertellen, adjudant? Waarom niet aan kapitein Sanchez?'
'Geen idee.'
'Maar u hebt bevel gegeven dat het team moest vertrekken?'
'Dat klopt,' antwoordde hij weer, en dat was zijn volgende fout. Als Sanchez nog het bevel had gevoerd, had híj die order moeten geven.
'Toen zijn jullie de hele dag onderweg geweest, tot omstreeks middernacht, toen jullie een tijdelijk kamp opsloegen en besloten een hinderlaag te leggen voor een Servische colonne.'
'Dat hebben we toch allemaal al besproken? Ik ga heus mijn verklaring niet veranderen.'
Ik negeerde hem weer. 'Nog één laatste serie vragen, dan zijn we hiermee klaar.'
'Oké,' zei hij, terwijl hij nog een sigaret pakte. Hij rookte snel en aan één stuk door. Er hing al een kleine blauwe rookwolk tegen het plafond boven zijn hoofd.
'De andere leden van het team hebben allemaal verklaard dat u het bevel had op de plaats van de hinderlaag zelf. U hebt ze hun posities gewezen, de richting bepaald waarin ze moesten vuren en de plaatsen aangegeven waar de mijnen moesten liggen. U gaf het bevel om te vuren en later ook om te stoppen. Dat verbaast me nogal. U hebt me zelf verteld dat Sanchez de operationele leiding had.'
Hij leek even in de war en probeerde haastig een antwoord te bedenken. Zijn blik gleed zoekend over de vloer.

‘Sanchez voelde zich niet zo goed,’ zei hij toen. ‘Hij had al twee dagen niet geslapen, daarom bood ik aan hem te helpen.’

Ik glimlachte bijna. ‘Heel vriendelijk van u,’ zei ik. En nog mooier was dat hij ons de opening had gegeven die we zochten.

Ik draaide me naar Morrow toe, die knikte. Zij had het ook begrepen.

‘Dank u, adjudant,’ zei ik. ‘We zullen u later opnieuw oproepen om te getuigen, misschien vanavond nog, misschien morgenochtend. En ik raad u dringend aan om de volgende keer een advocaat mee te nemen.’

Hij plantte zijn ellebogen op zijn knieën en wist heel overtuigend een verongelijkte uitdrukking op zijn gezicht te toveren. ‘Wanneer zijn we nou eindelijk klaar met dat gezeur? Ik zit al twee weken in die klotecel en ik wil eruit. U hebt me al twee keer ondervraagd.’

‘Als u ophoudt met tegen ons te liegen,’ zei ik. ‘Morgenochtend weten we de volledige waarheid. Hoe dan ook.’

De verongelijkte uitdrukking verdween en met een ondoorgrondelijk gezicht stond hij op om te vertrekken.

‘O ja,’ zei ik, en hij draaide zich naar me om. ‘Die afspraak die u met Tretorne en Murphy had is van de baan. Ik heb een volledige volmacht om alles te adviseren wat ik wil, en daar zal ik gebruik van maken.’

Hij draaide zich weer naar de deur toe en verdween. Maar ik had het in zijn ogen gezien. Hij had het geluid gehoord van de muren die om hem heen begonnen in te storten.

30

‘Sergeant eersteklasse François Perrite,’ kondigde Imelda aan, heel formeel en met een opvallend heldere uitspraak.

Morrow keek verbaasd op. Als ze wilde, kon Imelda net zo spreken als de Engelse koningin.
Perrite liep nog net zo stoer als ik me van de vorige keer herinnerde. En weer viel het me op hoe geruisloos en katachtig hij zich bewoog, alsof hij een deken van lucht onder zijn voeten had.
Het was mijn idee geweest om Perrite als tweede te nemen. Hij was het heethoofd van het team. En hij was ook betrokken geweest bij vrijwel alles wat er was gebeurd. En nog belangrijker: hij was duidelijk favoriet bij adjudant Persico, en omgekeerd. De twee mannen hadden een band, en daarin konden ze zowel sterk als kwetsbaar zijn.
Ik wees hem de stoel die Persico een halfuur geleden had vrijgemaakt. Toen legde ik nog eens het doel van deze zitting uit en ik zei dat hij mocht roken als hij wilde. Dat wilde hij, en snel haalde hij een pakje Camels zonder filter uit zijn zak. Een van hun overeenkomsten was dat Persico en hij hetzelfde merk rookten. Rookmaatjes.
Ik tuurde naar een stapeltje papieren op mijn tafel tot hij zijn sigaret had opgestoken en ontspannen zat. Hij grijnsde geamuseerd, alsof we dit allemaal voor zíjn plezier hadden georganiseerd.
Ik keek op. 'Sergeant Perrite, we hebben al vastgesteld dat u en andere leden van dit team meineed hebben gepleegd. We weten dat kapitein Sanchez instemde met het plan van kapitein Akhan om het politiebureau in Piluca aan te vallen. We weten ook dat het vertrouwen in Sanchez' leiderschap na die aanval totaal verdwenen was en dat adjudant Persico in feite het bevel overnam. We weten dat de plaats van uw kamp nooit door de Serviërs is ontdekt. En we weten dat de hinderlaag niets met zelfverdediging te maken had. Het was een daad van zuivere vergelding.'
Die laatste twee dingen wisten we niet, en een paar andere punten namen we voorlopig maar aan, maar ik gooide hem

alles opzettelijk voor de voeten om te zien hoe hij zou reageren.

Hij sprak me niet tegen, maar keek me aan, krabde aan zijn gezicht en grijnsde. 'Waar hebt u mij dan nog voor nodig?'

'We willen u ondervragen over uw rol in die gebeurtenissen.'

'O, juist.'

'Begint u maar met de ochtend van de veertiende, toen u met Machusco naar Piluca ging. Wat kwam u daar tegen?'

Hij bukte zich en gebruikte zijn rechterhand om zijn sigaret uit te drukken op de vloer, naast de drie peuken die Persico had achtergelaten. Hij had de sigaret nog niet eens voor een kwart opgerookt, dus ik nam aan dat hij zich alleen maar bukte om het merk te zien van de peuken rond zijn stoel. Zo zijn echte verkenners. Altijd nieuwsgierig.

Toen hij zich weer oprichtte, zei hij: 'Val dood. Ik heb helemaal geen reden om uw vragen te beantwoorden.'

'Ja, die hebt u wel,' zei ik. 'Hoe oud bent u?'

'Drieëndertig.'

'Hebt u al met een advocaat gesproken?'

'Natuurlijk. Er kwam zo'n dik wijf bij me langs. Ik heb haar gevraagd om op te lazeren. Ik hou niet van advocaten, dat zei ik al. Ik krijg er jeuk van.'

'Voordat ze vertrok, heeft ze hopelijk nog de tijd gehad om u uit te leggen dat ik u allerlei dingen ten laste kan leggen, nu u al op één punt in staat van beschuldiging bent gesteld. De rechter zal de krijgsraad instrueren om elk van die aanklachten afzonderlijk te beoordelen. Begrijpt u wat dat inhoudt?'

'Nee.'

'Dat betekent dat u voor elke aanklacht afzonderlijk wordt gestraft,' zei ik zakelijk. 'Alles wordt bij elkaar opgeteld. Zelfs als u totaal onschuldig zou blijken aan wat er in Kosovo is gebeurd, kunt u toch worden veroordeeld voor extra punten, zoals het weigeren van een dienstbevel, gebrek aan

respect, obstructie en meineed. Die aanklachten worden allemaal gewogen en apart bestraft. Begrijpt u het nu?'
Hij knikte. Het was een onwillig, nauwelijks waarneembaar knikje, maar toch.
'Kijk, sergeant, u bent hier om te onderhandelen over een groot aantal jaren van uw leven, dus trek uw kop uit uw reet. U moet zich ernstig afvragen of u uw hele middelbare leeftijd de wereld tussen tralies door wilt bekijken.'
'Ja, majoor,' zei hij, op een toon alsof een majoor iets was wat zo snel mogelijk door de plee moest worden gespoeld. Maar in elk geval wist hij nu wat er op het spel stond.
'Goed,' zei ik, 'dan vraag ik u opnieuw wat u aantrof toen u en Machusco in Piluca aankwamen.'
'Wilt u dat echt weten?' vroeg hij.
Ik knikte.
'Goed, dan zal ik het u vertellen,' zei hij, maar op nijdige toon, alsof ik het dan zélf maar moest weten. Hij boog zich naar voren in zijn stoel en steunde met zijn ellebogen op zijn knieën. Zijn blik gleed door de kamer, terwijl hij ons één voor één bestudeerde en een beetje minachtend knikte, alsof we het niet waard waren, maar vooruit dan maar.
Toen keek hij me weer aan. 'Om te beginnen waren het niet alleen Machusco en ik. Brian Moore was er ook bij, omdat hij de taal spreekt. We vertrokken om een uur of tien. Het was er heel stil, maar er hing een vreselijke stank.'
'Wat voor stank?'
'Twee dingen, eigenlijk: bloed en kruit. En het was er zo stil omdat iedereen vertrokken was. Er hing veel rook en sommige gebouwen stonden in brand of smeulden nog na. Er waren veel huizen met kogelgaten, zoals je ziet na een hevig vuurgevecht. Hier en daar zagen we zelfs grote gaten door de inslag van tankgranaten. Ik zei tegen Machusco en Moore dat we daar als de sodemieter vandaan moesten. Ik bedoel, het zag er niet naar uit dat Akhan had gewonnen. Maar Ma-

chusco zei dat de ouwe ons toch weer terug zou sturen om uit te zoeken wat er was gebeurd. En Persico kennende, had hij gelijk. Dus gingen we door.'

Hij zweeg om nog een Camel op te steken. Hij tikte ermee op zijn handpalm, net als Persico had gedaan. Ongelooflijk.

'Wat er daarna gebeurde,' vervolgde hij, 'is dat we door een paar zijstraten slopen. Moore gaf mij en Machusco dekking en zo kwamen we in de buurt van het plein – zo'n pleintje dat je in al die Kosovaarse stadjes hebt. Daar stond het politiebureau. Machusco en ik kwamen zo dichtbij als we durfden en doken toen een huis van drie verdiepingen binnen. We liepen de trappen op, klommen uit een raam en hesen ons op het dak.'

Hij wuifde met zijn handen en armen, ter illustratie. 'We konden het hele plein en het politiebureau zien. Heel duidelijk. Het wemelde er van de Servische soldaten. We zagen ongeveer tien tanks, oude T-34's, op een rij. De bemanningen klommen eroverheen voor het onderhoud en om de schade te herstellen. We zagen ook een enorme stapel lijken. We hadden verrekijkers bij ons, dus die haalden we tevoorschijn om de lijken te inspecteren. We lagen er zo dichtbij dat we door de kijkers de gezichten konden zien. Een paar daarvan kenden we niet; waarschijnlijk dorpelingen die in het spervuur terecht waren gekomen. Maar de meeste gezichten herkenden we wel. Toen porde Machusco me in mijn zij en hij wees naar iets bij het politiebureau. Dus ik keek. Er was een hoge paal in de grond gestoken, vlak bij de voordeur. En boven op die paal zat een zwart en druipend voorwerp: het hoofd van kapitein Akhan. Ze hadden het afgehakt en op die paal gestoken als een trofee.'

Hij zweeg om ons aan te kijken en ons ervan te doordringen hoe gruwelijk het was geweest.

'Daarna,' ging hij verder, 'klommen we van dat dak af en maakten we dat we wegkwamen. Even buiten het stadje vonden we sporen, die we volgden. Na ongeveer vijf kilometer stuitten we op een paar dorpelingen die zich in het bos hadden verscholen. Ze waren die ochtend na het gevecht uit het stadje gevlucht. Ze zeiden dat de Serviërs door het dolle heen waren en dat niemand zich meer veilig voelde. Het waren twee oude vrouwen, een oude man en ik denk zo'n drie of vier kleine kinderen. Ze waren allemaal doodsbang. We gaven ze wat te eten en Moore ondervroeg ze een minuut of twintig. Ze zeiden dat de Serviërs de vorige dag, vlak voor het donker, met een grote troepenmacht het stadje waren binnengekomen. Het waren misschien wel zeshonderd man, die zich verborgen op verschillende plaatsen in het stadje. Ze parkeerden de tanks in schuren en de meeste soldaten verscholen zich in de huizen. De hele nacht waren ze bezig met munitie klaar te leggen, verbindingen te organiseren en stellingen op te bouwen. Ze verwachtten iets, dat was duidelijk. Toen, om ongeveer zes uur 's ochtends, vertelden ze ons, leek het hele stadje te exploderen. Er werd hevig geschoten. Het vuurgevecht duurde wel twee uur. Er werd flink geschoten, niet alleen in het stadje zelf, maar ook verder naar het noorden, hoorden ze. Daar had Akhans achterhoede zich opgesteld, dus waarschijnlijk kwam het daar vandaan.'

'En wat dachten jullie dat er was gebeurd?' vroeg ik.

Zijn gezicht liep rood aan en hij kon zijn woede nauwelijks meer de baas.

'Wat er was gebeurd? Dat was wel duidelijk, verdomme! De Serviërs wisten dat Akhan zou komen. Ze hadden hem opgewacht met zes- of zevenhonderd man. En nog een andere groep, de versterkingen, om Akhans achterhoede af te maken. Die arme klootzakken hebben nooit een kans gehad. Ze zijn afgeslacht. Een van die oude vrouwen vertelde ons dat ze het laatste halfuur van het gevecht alleen nog Servische soldaten zag rondrennen, op jacht naar de laatste overlevenden. Ze vonden er tien of vijftien, die ze naar het plein brachten. Daar werden ze doodgestoken met bajonetten. Ze zou de doodskreten van die mannen nooit meer vergeten, zei ze.'

Door de manier waarop Perrite het vertelde maakte het verhaal veel indruk. Misschien door zijn eenvoudige, rechtstreekse beschrijving. Of door de gewelddadige realiteit ervan en het afschuwelijke besef van wat er met Akhan en zijn mannen was gebeurd. Zelfs Imelda en haar meiden hadden zich naar voren gebogen en konden hun ogen niet losmaken van Perrites verwrongen gezicht.

Perrite was zelf ook hevig geëmotioneerd. Hij had ons willen shockeren, maar daarvoor had hij het hele tafereel weer in gedachten moeten doorleven. Hij had een strakke trek om zijn mond en zijn ogen glinsterden van woede.

'Houdt u kapitein Sanchez daarvoor verantwoordelijk?' vroeg ik.

'Natuurlijk houd ik die achterlijke klootzak daarvoor verantwoordelijk!' viel hij uit. 'Die etterbak wilde alleen maar een goede aantekening in zijn dossier, om promotie te maken. Persico heeft hem gezegd dat hij Akhan niet mocht laten gaan. Hij heeft hem gewaarschuwd. Ik hoorde hem zelfs schreeuwen tegen Sanchez. Hij had hem een dag eerder meegenomen naar het bos, waar hij dacht dat niemand het kon horen, maar ik hoorde ze ruziemaken. Sanchez wilde niet luisteren. Hij zei maar steeds dat het een geweldig succes zou zijn als Akhan en zijn mannen dat politiebureau zouden overvallen. Het zou het hele gebied weer nieuwe moed geven, beweerde hij. De domme lul.'

'Wat gebeurde er toen u met Machusco en Moore weer terugkwam bij het team?'

'Nou, eh... eerst gingen we naar de ouwe. Ik was niet in de stemming om met Sanchez te praten, begrijpt u? Machusco en ik hadden hem het liefst verrot geslagen of hem een kogel door zijn stomme donder gejaagd. Daarom vond Moore dat we beter eerst naar de ouwe konden gaan. Dan moest hij het maar regelen.'

'En wat deed adjudant Persico?'

'Hij was kwaad en verdrietig. Kijk, hij zei het niet, maar ik wist dat hij Sanchez had gewaarschuwd om dit niet toe te staan. En de ouwe voelde zich ook schuldig. Ik bedoel, zo is hij nou eenmaal. Hij had alles gedaan om het te voorkomen, maar hij voelde zich toch verantwoordelijk.'

'En confronteerde hij kapitein Sanchez ermee?'

'Niet dat ik weet. Misschien heeft hij iets tegen hem gezegd toen er niemand bij was, maar de ouwe kan een heleboel opkroppen en gewoon doorgaan.'

'Oké,' zei ik, 'dan zal ik het anders vragen. Hebt u daarna een duidelijke verandering in de leiding opgemerkt?'

'Nee.'

'Van wie kreeg u uw orders?'

'Meestal van Sanchez, soms van de ouwe. Niet anders dan normaal.'

'Maar in uw vorige verklaring zei u dat u alleen maar rapport uitbracht aan adjudant Persico. Waarom was dat?'

'Omdat ik niet met Sanchez wilde praten. Ik weet wel dat het niet professioneel is en zo, maar het was zijn schuld dat al die jongens dood waren. Ik wilde niet in zijn buurt komen. Dan had ik misschien iets gedaan waar ik later spijt van had gekregen.'

Hij zat weer te liegen, maar ik wist niet hoe of waarom. Een gevoel, meer niet. Misschien probeerde hij Persico te dekken.

'Wat kunt u ons vertellen over de uitvoering van die hinderlaag?'

'Niet veel, eigenlijk. Zoals ik de vorige keer al zei hield ik de wacht aan de linkerflank, een halve kilometer verderop. Ik had niets te maken met het besluit om een hinderlaag te leggen en ik heb ook niet gezien wat er is gebeurd.'

Ik draaide me naar Morrow toe, maar zij schudde haar hoofd, als teken dat ze geen vragen meer had. Ik zei tegen Perrite dat hij naar zijn cel kon teruggaan en knikte naar Imelda, die hem escorteerde.
Toen hij vertrokken was, nam de spanning voelbaar af.
'Poeh!' zei Morrow en ze trok haar wenkbrauwen op. 'Er begint nu schot in te komen, niet?'
'Ja, tot aan de middag van de veertiende. Wat er daarna is gebeurd, is nog steeds niet duidelijk.'
Ik gaf Imelda en haar assistentes een paar minuten pauze om naar de wc te gaan, een sigaretje te roken, even op verhaal te komen of wat ze maar wilden.
Morrow en ik staken de koppen bij elkaar om onze volgende zet te bespreken. We waren nu op het punt waarop het alle kanten op kon. Het verhaal begon los te komen en we moesten de stroom volgen. Met elke getuige kwamen we weer iets meer te weten over wat zich werkelijk had afgespeeld en dat moesten we gebruiken als uitgangspunt voor het volgende teamlid dat we in ons web van bekentenissen verstrikten.
'Ik vind dat we nu Brian Moore moeten ondervragen,' zei Morrow.
Daar dacht ik over na, maar ik vroeg me af wat hij nog kon toevoegen. 'Noem eens een andere naam,' zei ik tegen haar.
'Goed. Ezekial Graves, de hospik.'
'Waarom?'
'Hij heeft het minst te verliezen. Hij heeft niet deelgenomen aan die hinderlaag.'
'Dus weet hij er ook het minste van.'
'Maar hij kan de leemte invullen tussen de veertiende en de hinderlaag.'
Daar had ze natuurlijk gelijk in. We gingen een kop koffie halen terwijl ik zonder succes met haar flirtte. Ze reageerde er niet op. Misschien was ze te veel bezig met het werk. Of ze was nog kwaad omdat ik haar voor de mol had aangezien.

Tien minuten later trad Imelda weer op als parketwachter en kondigde ze sergeant Ezekial Graves aan. Ze werd er steeds beter in. Ik had kunnen zweren dat ze van haar nieuwe rol genoot.
Sergeant Graves was een magere, knappe vent met een lichtgetinte huid. Hij had grote, vochtige, bruine ogen, een regelmatig gezicht en een lange, smalle kin. Voor het medisch korps kiest het leger altijd soldaten met een redelijk hoog IQ. Dat is een van de dingen die het leger goed doet. Niemand wil morfine krijgen van een idioot die niet kan tellen, of bij een slagaderlijke bloeding een tourniquet krijgen omgelegd door iemand die zich niet meer precies herinnert hoe dat moet.
Ik stelde mezelf en Morrow voor en vertelde Graves wat de bedoeling was. Hij leek wat nerveus, hoewel ik me herinnerde dat Floyd, alias Delbert, hem een taaie rakker had genoemd. Natuurlijk had Floyd geprobeerd het onderzoek te saboteren, dus misschien was dat geen objectief oordeel geweest. Ik had het sterke vermoeden dat sergeant Butler misschien de taaie rakker was en dat Delbert ons bij Graves uit de buurt had willen houden.
Ik vertelde Graves hoeveel we al wisten over wat er was gebeurd, aangevuld met de laatste details die we van Perrite hadden gehoord. Daarna maande ik hem om vooral de waarheid te spreken, en ik zei erbij dat hij weinig te vrezen had omdat hij niet aan de hinderlaag had deelgenomen. Aan zijn gezicht te zien had hij dat zelf ook al bedacht. Zoals ik al zei, ziekenverplegers zijn niet dom.
Daarna vroeg ik: 'Zou u ons kunnen vertellen wat er gebeurde nadat Perrite, Machusco en Moore uit Piluca terugkwamen met hun verhaal over het lot van Akhan en zijn mannen?'
Hij beet op zijn lip en keek de kamer rond. Hij was het nieuwste lid van Sanchez' team en bovendien de hospik.

Dat versterkte elkaar. In principe voelde hij de minste loyaliteit tegenover het team. Aan de andere kant was het mogelijk dat hij juist daarom zijn best deed om er vooral bij te horen. Hij keek niet langer rond, maar begon aan zijn handen te plukken. 'Ik weet niet precies wat u bedoelt, majoor.'
Hij wist verdomd goed wat ik bedoelde, maar hij aarzelde nog of hij iets moest vertellen of niet.
'Luister, sergeant Graves,' zei ik, 'we hebben al een heleboel gehoord. U kunt het niet meer geheim houden. De anderen beginnen te praten en het zou jammer zijn als u zichzelf in de problemen zou brengen voor niets. Was er ruzie? Veranderde er iets in het moreel of in de houding van het team?'
Ik probeerde mijn woorden zorgvuldig te kiezen, omdat een advocaat later zou kunnen beweren dat ik hem eerst had verteld dat hij waarschijnlijk niet vervolgd zou worden en hem nu discreet of indiscreet suggereerde wat hij moest zeggen als hij met rust gelaten wilde worden.
'Nee, majoor,' antwoordde hij, 'er was geen ruzie. Het duurde even voordat het bericht de ronde had gedaan over wat zich in Piluca had afgespeeld. Sergeant Machusco en sergeant Perrite liepen zo'n beetje rond om het iedereen te vertellen.'
'Gaven ze kapitein Sanchez de schuld?'
'Ja, majoor. Maar dat was niet nodig, want dat wisten we allemaal al. Zo'n klein team is net een familie. Er gebeurt niet veel waar niet iedereen iets van weet.'
Ik knikte, maar ik zei niets. Hij wachtte op de volgende vraag, maar die kwam niet.
'Het was geen muiterij of zoiets, majoor,' zei hij ten slotte. 'Echt niet, dat zweer ik.'
Ik vond het interessant dat hij opeens met die ontkenning kwam.
'Wat was het dan wel?' vroeg ik.
'U moet goed begrijpen, majoor, dat we kapitein Akhan en

zijn jongens allemaal graag mochten. Heel raar, eigenlijk. We hadden niet veel met ze gemeen, met Akhans team. De meesten spraken geen Engels. Het waren boeren, slagers, winkeliers, een paar onderwijzers. Ik weet niet hoe ik het moet uitleggen. Hetzelfde wat je voor een enthousiast jong hondje voelt. Maar begrijp me niet verkeerd; zo dachten we niet over kapitein Akhan. Nee, majoor. Die was heel anders... heel anders dan de rest van zijn mannen.'

'In welk opzicht?' vroeg Morrow.

'Weet u wat hij in het gewone leven deed?' vroeg Graves.

Morrow schudde haar hoofd.

'Hij was dokter. Hartchirurg, zelfs. Hij had medicijnen gestudeerd aan Harvard. Zo leerde ik hem goed kennen. 's Avonds na de training nam hij me mee naar de medische tenten van de NAVO. Daar lagen alle gewonden en zieken die uit Kosovo kwamen, en daar werkten we elke avond nog zeven of acht uur. Ik weet niet hoe hij dat volhield. Hij stond elke morgen om halfzes op voor de training, en omdat het hele programma maar zes weken duurde, pakten we ze hard aan in die korte tijd. Als we ze weer lieten gaan, meestal rond vijf uur 's middags, wankelden zijn mannen naar de messtent om wat te eten en gingen dan meteen naar bed. Ik bedoel, ze waren afgepeigerd. Akhan sloeg het eten over en werkte tot één, twee of drie uur in de nacht. Ik weet niet hoe hij dat deed. Maar u had hem moeten zien met de mensen in die tenten. Hij was niet alleen arts, hij was een soort heilige. Er lag een kleine jongen met een gebroken been en granaatscherven in zijn lijf, jammerend van de pijn, totdat Akhan kwam. Hij praatte met dat jochie op een ongelooflijk geruststellende toon terwijl hij hem opereerde, zodat het kind ophield met huilen en zich liet behandelen. Niemand van de andere dokters had dat talent.'

Graves wachtte even en je zag dat hij zich verloor in zijn eigen herinneringen.

Ten slotte zei hij: 'Ik bedoel, kapitein Akhan had hier helemaal niet hoeven zijn. Zijn ouders waren al lang geleden naar Amerika geëmigreerd. Wist u dat hij Amerikaans staatsburger was? Hij had een vrouw en drie kleine kinderen, en een huis in Boston, waar hij in een groot ziekenhuis werkte. Toen deze oorlog uitbrak liet hij alles voor wat het was, hij betaalde zijn eigen reis en kwam hiernaartoe. De VN vroeg hem om hele dagen in een kamphospitaal te komen werken. Maar dat deed hij niet, omdat hij dat een laffe uitweg vond. Hij wist niets van het leger, maar hij was slim en iedereen keek als vanzelf tegen hem op.'

Graves' gezicht was een studie in menselijk verdriet geworden. Het was duidelijk dat hij, net als Persico, een diepe affectie voor kapitein Akhan had gekoesterd.

'Het spijt me,' zei Graves toen. 'Het is moeilijk te beschrijven als je hier in deze kamer zit, met u, maar hij was... nou, ánders dan iedereen die ik ooit heb ontmoet. Ik kan er niet de juiste woorden voor vinden. Het leek alsof hij een soort kracht uitstraalde. Je móést hem wel aardig vinden. Iedereen vond hem aardig.'

Ik opende mijn mond om nog een vraag te stellen, maar hij was me voor. 'Nee,' zei hij, 'dat is te zwak uitgedrukt. De mensen vonden hem geweldig. Ik wel, tenminste. En ook de andere jongens in het team, zelfs Machusco en Perrite, die toch keihard zijn, hielden van hem. Zelfs de ouwe, geloof ik. Ik bedoel, de ouwe toont nooit veel emotie, zo is hij niet. Maar als hij met Akhan was, merkte je dat ze een speciale band hadden. Heel vreemd, eigenlijk. Ik bedoel, de ouwe is een militair in hart en nieren, en Akhan was eigenlijk arts. Je zou niet hebben gedacht dat ze zulke dikke vrienden zouden worden.'

'Wat gebeurde er?' vroeg ik. 'Als het geen muiterij was, wat dan wel?'

'Eh... ik denk dat we gewoon besloten dat we kapitein San-

chez niet meer wilden volgen. Niemand zei er iets over, het was meer een gevoel. Maar er kwam geen muiterij, majoor, dat zweer ik.'
'Hoewel het effect hetzelfde was?'
'Ja, in feite wel. Maar ook dat was raar, want zelfs kapitein Sanchez leek eraan mee te doen. Begrijpt u dat?'
'Nee. Leg het eens uit.'
Hij staarde omlaag naar de vloer en fronste toen hij naar de juiste woorden zocht. 'Hij vervaagde als het ware. Hij was er nog wel, maar hij gaf geen orders meer. Misschien was het schuldgevoel, ik weet het niet. De ouwe stapte in het gat en begon orders te geven.'
'Daarna bleven jullie nog anderhalve dag in het basiskamp, niet?'
'Dat klopt, majoor.'
'Wat deed het team al die tijd?'
'Wachten.'
'Wachten waarop?'
'Dat weet ik niet precies. Ik bedoel, ik was de hospik en de nieuwe man, begrijpt u? Als ze ziek waren of pijn hadden praatten ze wel met me, maar niemand vroeg mijn mening over de operaties. Perrite, Machusco en de broertjes Moore gingen op patrouille en bedachten hoe het nu verder moest, neem ik aan. Na wat er met kapitein Akhan en zijn groep was gebeurd, wilden we er niet zomaar met de staart tussen de benen vandoor gaan.'
'Werd uw kamp door de Serviërs ontdekt?'
'Niet dat ik weet. Ongeveer twee dagen later vertrokken we. Dat weet ik nog, want dat was de ochtend dat sergeant Caldwell met een bijl zijn eigen voet raakte. Hij was hout aan het hakken. Het was een flinke snee, die ik moest hechten.'
'Hoe kwam die hinderlaag tot stand?'
'Dat weet ik niet, majoor. Ik weet alleen dat we die avond haastig ons kamp opsloegen. Het was al laat en we hadden

de hele dag gelopen. Daarna kwam het bevel om onze munitie te controleren en de wapens schoon te maken voor een gevecht. Als hospik hoefde ik mijn wapen niet schoon te maken of mijn munitie te controleren, dus viel ik in slaap. Sergeant Caldwell maakte me wakker toen het tijd was om in actie te komen. Hij wilde nog wat aspirine omdat zijn voet pijn deed en we weer gingen lopen.'

Ik keek op mijn horloge. Het was zeven uur en we hadden niet meer gegeten sinds het ontbijt. Ik had niet veel honger, maar een gouden regel van het leger is dat je je troepen moet voeden. Ik bedankte sergeant Graves voor zijn informatie en vroeg Imelda om hem terug te brengen naar zijn cel.

Morrow en ik liepen samen naar buiten. We zeiden niet veel totdat het busje ons weer voor de ingang van het hotel had afgezet. Ik denk dat we allebei verdiept waren in onze eigen gedachten. Tot dat moment hadden we ons beziggehouden met de technische aspecten van een juridische zaak, met de bewijsvoering en al die andere kille, rationele elementen waar een advocaat rekening mee moet houden. Maar nu begonnen de details van een ongelooflijke menselijke tragedie zich voor onze ogen te ontvouwen en dat hakt er meestal diep in.

'Eten?' vroeg ik.

'Wie betaalt?' pareerde ze.

'Dat hangt ervan af.'

'Waarvan?'

'Als dit een afspraakje is, betaal ik. Is het een zakelijk etentje van twee collega's, dan ligt dat natuurlijk anders en betalen we voor onszelf. Er is een vent geweest die iets op een paar stenen tafelen heeft gebeiteld, en onderaan staat: Gij zult alleen voor afspraakjes betalen die enig perspectief op een verovering bieden.'

'Dan betalen we dus voor onszelf,' zei ze toen ze de trap op liep. Ik bleef ontmoedigd achter.

Ik had me eerder omgekleed dan zij en liep haastig naar beneden om een tafeltje te zoeken. Ik vond een mooie plek in de hoek, bij het grote raam dat uitkeek over het dal beneden. Overal brandden lichtjes, zover als het oog reikte.
Maar ik had niet veel aandacht voor het landschap. Snel en schuldig sloeg ik twee dubbele whisky's achterover en ik besloot haar niet te zeggen dat ik al begonnen was. Maar mijn ribben deden pijn en die verdienden wel iets prettigs. Ik vroeg de ober om de bewijzen weg te halen voordat ze arriveerde.
Hij liep net weg met de glazen toen ze binnenkwam. Als dit geen afspraakje was, had ze zich er toch op gekleed – of juist niet, of allebei. Ze droeg een korte, dunne blauwe rok tot tien centimeter boven haar knieën, met een prachtige blouse met een heel diepe hals, om het maar netjes uit te drukken. Opeens kon je bijna alles zien wat ze al die weken onder haar camouflagepak verborgen had gehouden. Mijn eerste neiging was om te fluiten, maar daar ben ik veel te beheerst voor, dus beperkte ik me tot zwaar hijgen en loeren.
Ik vroeg me af wat de bedoeling was. Misschien wilde ze me laten zien wat ik miste. Hé, jongen, dit had van jou kunnen zijn als je me niet voor Tretornes spion had aangezien. Of misschien was het zo'n onderbewuste impuls om te bewijzen dat mevrouw Smith in Tuzla niet de enige was met wat mijn grootvader mooie stelten zou noemen. Ik wist natuurlijk exact wat stelten waren en die van Morrow waren prachtig, geloof me: lang, slank en goed gevormd tot aan de sierlijke enkels. En mooie koplampen, bovendien. Dat was ook zo'n uitdrukking van mijn grootvader, en ik wist wat hij ermee bedoelde.
Toen ze door de eetzaal liep, trok ze veel aandacht in de vorm van nog meer loerende blikken. Twee Italiaanse heren kwamen zelfs haastig naar ons tafeltje om haar stoel gereed te houden. Ze ging zitten en bedankte hen heel parmantig.

De twee mannen bleven nog even staan, met open mond. Niemand wist hoe het nu verder moest. Ik zag dat een van hen over haar schouder naar haar koplampen tuurde, en ik keek hem nijdig aan. Hij glimlachte tegen me en verdween. De andere man bleef staan tot de ober onze bestelling kwam opnemen. Toen werd het hem toch te druk en liep hij terug naar zijn tafeltje. Een dame, vermoedelijk zijn vrouw, veegde hem in het Italiaans de mantel uit.
'Er gaat niets boven een rustige, onopvallende entree,' zei ik. Ze lachte beleefd en bloosde een beetje. 'Ik had niks anders meer om aan te trekken. Als ik niet gauw naar de wasserette ga, heb ik ook geen schoon ondergoed meer.'
Er schoten me tien geestige, dubbelzinnige antwoorden te binnen, maar dit was een zakelijk etentje van twee collega's, wat mijn libido me op dit moment ook toeschreeuwde.
'Geen punt,' verzekerde ik haar, met een klopje op haar arm als van een brave superieur die zich bekommert om het welzijn van de troepen. 'Als het echt een probleem wordt, leen je maar wat van mij.'
Gelukkig was ze zo vriendelijk om te giechelen. 'Bestellen we een fles chianti?'
'Ga je gang,' zei ik. 'Ik heb twee gebroken ribben en een lichaam dat schreeuwt om echte medicijnen.' Ik keek op en knipoogde naar de ober. 'Ik wil graag beginnen met twee whisky's, voor het eten.'
'En een fles chianti graag,' zei ze.
Er viel een lange, ongemakkelijke stilte. Ze rook echt fantastisch. Niet die flauwe lelietjes-van-dalen, maar iets veel sterkers. Een ondeugend muskusluchtje.
Het is verdomd moeilijk om iets intelligents en zakelijks te zeggen als je tegenover een mooie vrouw zit met een interessant decolleté en een bedwelmend geurtje. Probeer dan maar ergens anders aan te denken dan aan haar boudoir en wilde spelletjes onder de zijden lakens.

‘Met wie wil je morgenochtend beginnen?’ vroeg ze ten slotte.
Met tegenzin trok ik de deur van het boudoir achter me dicht en ik dacht een tijdje na over haar vraag. ‘Waarom Sanchez niet?’
‘Wil je daar niet mee wachten tot we nog meer weten?’
‘Wat moeten we dan nog weten?’
‘Is er muiterij geweest? Wie heeft die hinderlaag bedacht? Wat was de werkelijke reden? Waarom hebben ze die Serviërs door het hoofd geschoten?’
‘En wie moet ons dat vertellen?’
‘We hebben nog vier man over.’
Ik zag de ober de zaal oversteken met onze drankjes. ‘Ik heb gewoon het gevoel dat Sanchez de snelste route is om achter de waarheid te komen, en we hebben genoeg breekijzers om die uit hem te krijgen.’
De glazen werden neergezet en ik probeerde niet te schielijk mijn eerste whisky te grijpen, die eigenlijk mijn derde whisky was, om een flinke slok te nemen. Voordat ik het wist was het glas al leeg. Het waren trouwens grote, hoge glazen en de barman was niet zo’n kinderachtig type dat de drankjes aanlengde. Om de een of andere reden deden mijn ribben weer gemeen pijn. Dat zou haar parfum wel zijn, dacht ik.
Ze draaide haar wijnglas rond met slanke vingers. ‘Het is een verschrikkelijk verhaal, vind je niet? Het raakt je echt heel diep.’
‘Ja,’ zei ik. Ik begon nu toch het effect van de whisky te voelen. ‘Maar wat had je verwacht? Je dacht toch niet echt dat het negen boosaardige schurken waren die bij elkaar waren gekomen om een gruwelijk misdrijf te beramen?’
‘Nee, maar ik heb zo’n zaak nog nooit bij de hand gehad. Het is heel verwarrend, niet echt zwart-wit.’
‘O, jawel. Daar vergis je je in. Die knapen zaten helemaal fout,’ zei ik, terwijl ik aan mijn volgende glas begon en al-

weer twee vingers naar de ober opstak om versterkingen te laten aanrukken. 'Een van de redenen waarom het leger zo de nadruk legt op discipline is om dit soort situaties te voorkomen. Officieren zijn ook mensen. Ze maken fouten en dat zien hun ondergeschikten. Daarom is er structuur en discipline nodig. Persico is een ouwe rot. Dat wist hij. Dat wisten ze allemáál, verdomme.'

'Dat begrijp ik wel,' zei ze, terwijl ze nog steeds haar wijnglas ronddraaide, 'maar het was wel Sanchez' schuld dat al die jongens zijn afgemaakt. Ik weet wel wat de regels voorschrijven, maar ik kan me ook voorstellen waarom die mannen hem niet meer als commandant accepteerden. Bovendien klinkt het alsof hij zelf geen orders meer gaf. Alsof hij in een soort coma was geraakt.'

Mijn glas was leeg, maar de ober stond al klaar met twee nieuwe. Ik grijnsde hem gelukzalig toe.

'Gaat het?' vroeg Morrow.

'Heel best,' verzekerde ik haar. 'Ik neem gewoon wat pijnstillers. Hoor eens, er is nog genoeg gelegenheid om schuldigen aan te wijzen. Smothers had Sanchez nooit mogen benoemen,' zei ik, terwijl ik nog een grote slok nam. 'Sanchez had zijn rug recht moeten houden toen het verkeerd ging. Zijn mannen hadden hem moeten steunen. Zelfs Hollywood weet dat. Heb je ooit *De muiterij op de Bounty* of *De muiterij op de Caine* gezien? Geweldige films, allebei. Herinner je je nog die scène met commandant Queeg, die marinecommandant uit de Tweede Wereldoorlog, die in de beklaagdenbank zit met die kogellagers in zijn hand, tierend wie zijn aardbeien gestolen heeft? Dat was Humphrey Bogart op zijn best, een prachtige rol van een keiharde klootzak die zijn mannen meedogenloos voortdrijft, tot zijn eerste officier hun kant kiest en zijn gezag begint te ondermijnen, wat uitmondt in een muiterij. De advocaat weet de eerste officier vrij te pleiten, maar in de laatste scène zegt hij de man toch

dat hij van hem walgt omdat hij iets heel ernstigs heeft gedaan. Het systeem heeft regels, waaraan iedereen moet gehoorzamen.'
'Vreemde woorden uit jouw mond,' zei ze, terwijl ik mijn vingers om mijn glas klemde en nog wat naar binnen goot.
'Hoezo? Omdat ik een eigenwijze klootzak ben? Omdat ik weinig respect toon voor het systeem? Maak jezelf niks wijs, Morrow. Ik ben opgevoed als een kind van het leger,' zei ik, met een pauze voor nog een slok pijnstiller. 'Ik heb mijn hele leven nog nooit één hap genomen die niet door het leger was betaald. Ik heb mijn vader drie keer de oorlog in zien gaan. Als het leger je vader naar de andere kant van de wereld brengt, waar ze op hem schieten, denk je heel veel na over het leger en wat het betekent. Ik ben zelf ook een paar keer beschoten. Dat zet je ook aan het denken, zo nu en dan. Ik geloof in het leger en in al die domme regels. Ik ben er niet blij mee, maar God weet dat we heel wat oorlogen hebben gewonnen. Blijkbaar doen we dus iets goed.'
Morrow keek me verbaasd aan en ik besefte dat ik te veel dronk en te veel kletste. Maar mijn ribben deden nog steeds pijn, dus nam ik trouw mijn medicijn. Bovendien zou het zonde zijn om zo'n kostelijke whisky te verspillen.
Ze nam zelf een slok van haar wijn en bestudeerde de blauwe plekken en kneuzingen op mijn gezicht. 'Je hebt een paar zware weken gehad,' zei ze.
'Ik klaag niet,' zei ik. Moest ik nog een vinger opsteken voor een volgend glas? De ober liep bijna te zweten van al het heen en weer geren, en mensen aan andere tafeltjes keken mijn kant op.
'Doen je ribben nog pijn?'
'Gelooftwel,' gaf ik toe.
Ze giechelde een beetje.
'Hè?' vroeg ik. 'Waszograppig?'
Nu pas merkte ik dat mijn ribben zo'n pijn deden dat mijn

tong ervan opzwol. Tot dat moment had ik nooit geweten dat mijn ribben met mijn tong waren verbonden.

'Laten we maar snel wat te eten bestellen, dan heb je wat stevigs in je maag,' zei ze, met die prachtige, begripvolle ogen van haar.

Dat was ook het moment waarop ik me realiseerde dat eten niet meer tot de mogelijkheden behoorde. Toen ik naar mijn bestek keek, bleken er minstens tien vorken klaar te liggen. Welke moest een beschaafde gentleman nu kiezen?

'Dachtmmnietmeer,' zei ik, of zoiets.

Morrow stond op en liep om het tafeltje heen. Ze pakte me bij mijn arm en ze was verdomd sterk, want ze hees me uit die stoel alsof ik een slappe pannenkoek was. Toen legde ze mijn linkerarm om haar schouder en nam ze me mee de eetzaal uit. Mijn linkerhand bungelde recht boven haar linkerkoplamp en haar ondeugende parfum prikkelde mijn neus. Ik zou best eens in die mooie bollen willen knijpen, maar mijn lichaam luisterde niet langer naar mijn brein.

Ze zette me tegen de wand van de lift en ik neuriede tevreden een wijsje toen we opstegen naar de tweede verdieping. Voor de deur van mijn kamer aangekomen zocht ze in mijn zak naar de sleutel. Daarna bracht ze me naar het bed. Dat was het moment waarop ik had gewacht. Ze dacht natuurlijk dat ik bezopen was – een ongevaarlijke, machteloze, dronken eunuch die hem niet meer overeind kon krijgen. Hè, hè, hè.

Ik sleepte me naar het bed en trok haar mee.

'Klimmaaropdestang,' zei ik, 'danrijikjenaarhuis.' Gelukkig verstond ze geen woord van wat ik zei, want dat soort dingen doen nette meisjes meestal niet.

Voordat ik het wist begon de wekker op het nachtkastje te loeien en hoorde ik iemand op mijn deur kloppen. Ik kwam moeizaam mijn bed uit en strompelde naar de deur om open te doen. Die verrekte Morrow had dat leuke rokje uitgetrok-

ken en zich weer in een camouflagepak gehesen. Hoe had ze dat zo snel gedaan?
Ze liep vlug langs me heen naar mijn badkamer, terwijl ik onnozel bleef staan. Ik keek naar de wekker. Het was 0740 uur. Ik had hem op zes uur gezet. Ik hoorde de douche en Morrow liep naar de telefoon om roomservice te bellen. Ze bestelde een dubbel ontbijt en beloofde stijlvol een fooi van tien dollar als het binnen tien minuten boven was.
Toen legde ze neer en zei: 'Je hebt vijf minuten om te douchen en je te scheren. En kom niet naakt de badkamer uit. Het handboek schrijft voor dat hogere officieren hun pinkelman niet aan lagere officieren laten zien. Mij kan het niet schelen, maar jij vindt die voorschriften erg belangrijk, zei je.'
Verdomme, dus dát was een pinkelman, dacht ik toen ik haastig naar de badkamer liep. De douche voelde heerlijk aan en de pijn in mijn ribben viel mee. Dokter Drummond had weer wonderen verricht met zijn whiskykuur. Ongeveer zeven minuten later stapte ik geheel gekleed de badkamer weer uit. Morrow stond bij de deur en betaalde de piccolo voor het ontbijt.
Ik móést het vragen: 'Waar heb jij dat woord pinkelman vandaan?'
'Wat?'
'Pinkelman? Hoe kom je daaraan?'
Daar moest ze lang om grinniken. 'Van de privé-school waarop ik zat. Dat woord gebruikten we voor... nou, je weet wel. Maar alleen voor een kleintje. Een grote noemden we een plokworst.'
Daar dacht ik even over na. Ik nam een hap van mijn eieren en spoelde die weg met een slok koffie. 'Dan ben ik geen pinkelman,' verklaarde ik.
'Mij best, hoor,' zei ze met een lachje. 'Maar we zijn al te laat, dus eet een beetje door.'

'Oké,' mopperde ik. 'Als je maar onthoudt dat ik geen pinkelman ben. Ik mag misschien geen plokworst wezen, maar *ik ben geen pinkelman!*'
'Eten,' beval ze.
'Ik kan beter andere broeken gaan dragen,' mompelde ik.
Ze grijnsde nog toen we naar buiten liepen en in de auto naar de vliegbasis stapten.

31

Terry Sanchez leek magerder geworden en had een hol gezicht, met zulke diepe, donkere wallen onder zijn ogen dat het leek alsof zijn oogbollen alle huid naar zich toe hadden gezogen. Zijn ogen zelf deden denken aan brosse kristallen die elk moment uiteen konden spatten. Hij slofte met zijn voeten en zijn armen hingen slap langs zijn lichaam. Ik kreeg de indruk van een man met wie het snel bergafwaarts ging.
Ik wees naar de stoel in het midden van de kamer en vroeg hem te gaan zitten. Hij liet zich op de stoel vallen en staarde me met nietsziende ogen aan. Net als de vorige dag legde ik uit wat de bedoeling was en ik vertelde hem wat we aan nieuwe feiten over de gebeurtenissen in Kosovo te weten waren gekomen.
Zijn blik dwaalde door de kamer terwijl ik aan het woord was en hij leek zelfs te lusteloos om te schrikken van alles wat we nu over die gruwelijke zaak hadden ontdekt.
Ik zweeg een moment, maar voordat ik verder kon gaan zei Morrow opeens: 'Terry?'
Hij keek haar aan. Haar stem klonk heel zacht, vriendelijk en geruststellend, als een viool die een slaapliedje speelde. Of als de stem van een bezorgde moeder tegen een kind dat pijn heeft.
'Terry, we weten nu wat daar gebeurd is. Maar we willen

graag jouw kant van het verhaal horen. Begrijp je wat zich daar heeft afgespeeld?'

Zijn dwalende blik richtte zich nu op Morrow. Hij keek haar recht aan. 'Ja.'

'Goed,' zei ze, met een lieve lach. Ze nam de ondervraging over.

'Het is belangrijk voor je om te weten dat we nog geen oordeel hebben gevormd. Dit soort dingen is nooit zwart-wit. Je stond onder grote druk en je probeerde je werk zo goed mogelijk te doen. Daarom willen we jouw verhaal horen.'

Hij keek haar nu in haar ogen, alsof zij het reddingsvlot was waaraan hij zich kon vastklampen.

'We zullen je een paar lastige vragen stellen,' vervolgde ze. 'Dit is geen doofpotaffaire meer. Jack Tretorne en generaal Murphy hebben ons gevraagd om de hele waarheid te achterhalen. De andere leden van het team hebben allemaal eerlijk antwoord gegeven. Nu is het jouw beurt, Terry. Oké?'

Hij knikte, maar zijn ogen lieten de hare niet los. Hij leek wel betoverd. Op dat moment wist ik dat ik nooit zou kunnen doen wat Morrow nu deed. Ze voelde aan dat Terry Sanchez dreigde te verdrinken. Ze voelde aan dat hij vanbinnen één grote maalstroom was en dat hij een luisterend oor nodig had omdat hij anders totaal zou instorten. En begrip is niet mijn sterkste kant.

'Goed, Terry. Laten we beginnen met het plan van kapitein Akhan om dat politiebureau in Piluca te overvallen.'

Hij bevochtigde een paar keer zijn lippen en ik moest denken aan een man in de woestijn die naar een verre oase staarde. Zijn enige gezelschap van de afgelopen weken waren dezelfde mannen geweest die hem verweten wat hij in Kosovo had gedaan. Een deel van hem smeekte om een kans zich te rechtvaardigen tegenover iemand die er niet bij was geweest. Dat had Morrow scherp gezien.

'Ik weet wat de anderen daarover hebben gezegd,' zei hij.

'Maar ze vergissen zich. Zo is het niet gegaan.'
'Wil je ons vertellen hoe het dan wél is gegaan?' vroeg Morrow.
'Akhan smeekte me om toestemming om dat politiebureau aan te vallen,' zei hij. 'Veel van zijn mensen woonden in en om Piluca en zetten hem onder druk. Ik denk dat hij niet sterk genoeg was om nee te zeggen. Hij was eigenlijk geen militair, weet u. Er was een Servische commandant, een zekere Pajocović, die dat stadje al een jaar lang terroriseerde. Een aantal van Akhans mannen had daar gewoond. Sommigen hadden familieleden die door hem waren gemarteld of gedood. Begrijpt u waarom ze dat politiebureau wilden aanvallen?'
'Natuurlijk,' zei Morrow. 'Dat is heel begrijpelijk. Maar het stond niet op de lijst van goedgekeurde doelen, is het wel?'
'Dat zei ik ook tegen Akhan, dat zweer ik, maar hij vond dat die lijst voor hem en zijn mannen niet gold. Die lijst was alleen bedoeld voor ons eigen team, zei hij. En in feite had hij gelijk.'
'Ja, Terry. Volgens de regels had hij gelijk. Vond jij dat hij dat politiebureau in Piluca moest overvallen?'
'Ja. Ik begreep heel goed hoe zijn mannen erover dachten.'
'Maar...'
'Nee, wacht,' zei Sanchez. Hij kwam bijna overeind uit zijn stoel. 'Dit moet u goed begrijpen! Niemand begrijpt het. Mijn vader en moeder komen uit Cuba. Ze zijn in 1961 gevlucht, met de eerste grote groep. Mijn vader is door de CIA gerekruteerd om terug te gaan. Hij was een van de eersten die op de kust landden. Zijn vrienden sneuvelden om hem heen, maar hij heeft drie dagen gevochten, totdat de Amerikaanse schepen waarmee ze waren gekomen zich terugtrokken en hen aan hun lot overlieten. Daarna vertrokken ook de Amerikaanse vliegtuigen en hadden ze geen kans meer. De Varkensbaai, weet u nog? Mijn vader heeft drie jaar in een Cu-

baanse gevangenis gezeten. Ten slotte hebben we hem en de anderen vrijgekocht voor een paar tractors.'
Morrow luisterde en knikte weer vriendelijk. Ze boog zich naar voren en liet haar kin op haar handen rusten alsof het allemaal heel logisch klonk wat hij zei. Eerlijk gezegd vond ik het een warrig verhaal. Ik vroeg me af of Sanchez nog wel helemaal helder was.
'Begrijpt u?' ging hij verder. 'Maar hij heeft ze nooit beschuldigd. Het was tenslotte zijn eigen land. Dat is mijn familie dus overkomen. Ik begreep hoe die Kosovaren zich moesten voelen. De anderen, de rest van het team... die begrepen dat niet. De Kosovaren vochten niet voor Amerika, maar voor de bevrijding van hun eigen vaderland. Wij konden hun niet vertellen wat ze moesten aanvallen en wat niet.'
Opeens besefte ik dat Terry Sanchez zich aan strohalmen vastklampte. Het Varkensbaai-incident en de oorlog in Kosovo waren niet met elkaar te vergelijken. Maar hij probeerde zijn schuldgevoel weg te redeneren met een rationalisatie, of wat dan ook, om glad te strijken of te rechtvaardigen wat hij had gedaan. Geen boetedoening, maar een vlucht.
'Was die operatie van Akhan goed voorbereid?' vroeg Morrow.
'Ja, hoor. Ik heb er twee dagen met hem aan gewerkt. Ik zei hem dat we geen vinger konden uitsteken om hem te helpen, omdat het geen goedgekeurd doelwit voor ons was, maar ik legde hem wel uit hoe hij het moest aanpakken. Ik liet hem zelfs een dag van tevoren drie mannen naar het stadje sturen om poolshoogte te nemen. Het enige wat ze tegenkwamen was een stel dronken Servische politiemannen. Het had geen enkel probleem moeten zijn.'
'Maar wat gebeurde er, Terry?'
'Ik weet het niet zeker. Dat weet niemand. Ik denk dat er een verrader onder Akhans mannen school. Dat is bij andere teams ook gebeurd, weet u. De Serviërs sturen spionnen naar de

kampen, die ze laten rekruteren door het UÇK. Dat zal hier ook wel zijn gebeurd. Een van zijn mannen moet de Serviërs hebben gewaarschuwd. Daar kon ik niets aan doen. Ze lagen hem op te wachten. Als hij in problemen kwam, konden wij hem niet redden, dat had ik hem duidelijk gezegd, en dat begreep hij ook. Het was mijn schuld niet. Ik had hem gewaarschuwd.'
Morrow was één en al begrip. Ze knikte en tuitte haar lippen, maar Sanchez was nog niet klaar. Zijn stem werd luider, bijna fanatiek.
'Dat kon ik de mannen van mijn team maar niet aan hun verstand brengen, ziet u? Het was niet mijn schuld dat Akhan was gedood. Ik had hem geen bevel gegeven om dat politiebureau aan te vallen. Ik had hem niet gedwongen. De verrader die de Serviërs had gewaarschuwd, dat was de schuldige! Ik had Akhan en zijn mannen alleen toestemming gegeven om te doen wat ze zelf wilden. Dat begrijpt u toch wel?'
'Dat begrijp ik,' zei Morrow. 'Wat gebeurde er toen Perrite, Machusco en Moore uit Piluca terugkwamen?'
'Wat er gebeurde?' herhaalde hij. 'Ze keerden zich allemaal tegen mij. Ze mochten me toch al niet, vanaf de eerste dag dat ik het team overnam. Persico, Perrite, Machusco, Caldwell en Butler waren al meer dan tien jaar samen. De broertjes Moore zaten er al zes jaar bij. Het was alsof ik me bij een familie aansloot, maar het verkeerde bloed had.'
'Is er muiterij geweest? Hebben ze je benaderd? Wat is er precies gebeurd, Terry?'
Eindelijk verbrak hij het oogcontact met Morrow. Hij keek naar Imelda en haar meiden alsof hij hen voor het eerst zag. Toen begon hij met zijn handen over zijn benen te wrijven, niet om ze te masseren, maar met een trage, systematische beweging met stijve vingers en zijn handen helemaal plat. Het leek een onbewuste, mechanische reactie.
'Persico nam me mee het bos in. Daar vertelde hij me wat de

verkenners in Piluca hadden gevonden. Hij bleef heel rustig, maar hij beschuldigde me wel. Begrijpt u wat ik bedoel? Hij keek me aan alsof ik een monster was. Alsof het allemaal mijn schuld was.'

Hij zweeg een moment, maar bleef over zijn benen wrijven.

'Ze waren allemaal dol op Akhan, weet u. Hij had iets, ik weet niet wat, maar ze aanbaden hem. Ik geloof dat ze dachten dat ik hem bewust in de val had gelokt om hem te laten sneuvelen. Alsof ik jaloers was, of zo. Maar dat is achterlijk. Hij was niet eens een echte militair. Bovendien mocht ik hem ook graag. Ik zou zoiets nooit hebben gedaan. Toen we terugkwamen uit het bos keken ze me allemaal zo aan. En ze begonnen me te mijden.'

'Maar het was geen openlijke muiterij?' vroeg Morrow.

'Nee, niet zoals je wel eens op een schip hebt, zo niet. Maar natuurlijk wás het wel muiterij. Ja, dat was het. Want ik wist dat ze niet meer naar me luisterden. Begrijpt u wat ik bedoel? Ze wilden mijn commando's niet meer opvolgen. We zaten midden in vijandelijk gebied en ik kon helemaal niets doen. Dat ziet u toch ook wel in?'

'Terry,' zei Morrow, 'om 1200 uur meldde je aan kolonel Smothers dat Akhans team op zwart was. Hij gaf je bevel om terug te komen. In het situatierapport van 1800 uur die avond meldde je dat er te veel Servische activiteit was om veilig te kunnen terugkomen. Dat herhaalde je nog eens de volgende morgen, in het rapport van 0600 uur, en in de melding van 1800 uur 's avonds. Waarom zei je dat?'

Ik was zo verdiept in de manier waarop Lisa Morrow hem aan de hand meenam door die tocht, en hoe Terry Sanchez geestelijk begon in te storten, dat het niet onmiddellijk tot me doordrong wat een briljante vraag dat was. Als er muiterij was geweest, waarom had Sanchez dan meegewerkt aan de pogingen om het team in Kosovo te houden? Had iemand soms een pistool tegen zijn hoofd gedrukt?

'Omdat ik dat moest zeggen van Persico.'
'Het spijt me, Terry, dat begrijp ik niet. Wát moest je dan zeggen van adjudant Persico?'
Hij wreef nu nog heftiger over zijn benen. 'Ja.'
'Nee, ik vroeg wát je van hem moest zeggen.'
'O, sorry.' Hij leek in de war. 'Hij zei dat ik tijd moest winnen.'
'Waarom, Terry? Tijd winnen waarvoor?'
'Om het te organiseren. Tijd voor de voorbereiding.'
'Maar jullie hadden bevel om terug te komen. Wat viel er dan nog te doen?'
'Nou, u weet wel...' zei hij, terwijl hij haar blik ontweek.
'Nee, Terry, dat weet ik niet. Vertel het dus maar.'
'Om Pajocović te grazen te nemen.'
'Pajocović? Dat was toch die Servische commandant in Piluca?'
Hij keek haar aan alsof hij dacht dat ze dat al wist. Als ik me niet vergiste, had Terry Sanchez steeds meer moeite om greep op de werkelijkheid te houden.
'Ja,' zei hij, duidelijk ongeduldig. 'Voor wie anders was die hinderlaag bedoeld, dacht u?'
Opeens viel een hele lawine van puzzelstukjes op hun plaats. De colonne die ze in een hinderlaag hadden gelokt was niet uitgekozen vanwege zijn omvang, maar om de man te straffen die Akhan had gedood en zijn hoofd op een paal had gestoken.
Morrow verblikte of verbloosde niet en vroeg zonder hakkelen: 'Dus jij en adjudant Persico hielden het team in het basiskamp terwijl Perrite en Machusco weer teruggingen om die Pajocović te zoeken? Is het zo gegaan?'
'Ja. Alleen heb ik ook Moore met hen meegestuurd. Ik had zelf bedacht dat we dit alleen een beetje konden goedmaken door te doen waar Akhan voor gekomen was. Het enige probleem was dat Pajocović en zijn eenheid uit Piluca waren

vertrokken. We hadden geen idee waar ze naartoe waren. Daarom had ik Brian Moore teruggestuurd, met Perrite en Machusco. Zij gingen op verkenning uit in een paar dorpjes in de buurt. Iedereen in onze zone kende Pajocović. De Hamer, noemden ze hem allemaal. Moore vroeg de mensen of ze wisten waar de Hamer was. Ten slotte hoorde hij van een oude man dat Pajocović met zijn mensen in het gehucht Ishatar zat. Zo opereerde hij. Soms trok hij naar een dorpje, waar hij een paar dagen de bevolking terroriseerde, voordat hij weer terugging naar zijn basis in Piluca. Toen nam ik het besluit wat er moest gebeuren.'

'Sorry, Terry, maar je zei "nam *ik* het besluit". Bedoel je dat adjudant Persico dat besliste, of jullie allebei?'

'Nee, ikzelf. Persico kwam naar me toe en ik zei hem dat we het zo zouden doen.'

'Juist,' zei Morrow.

'Toen gingen we op weg en ik organiseerde die hinderlaag langs de weg tussen Piluca en Ishatar. De avond ervoor, omstreeks middernacht, kwamen we daar aan. Dat gaf ons genoeg tijd om alles voor te bereiden. Daarna wachtte ik en...'

'Terry,' viel ze hem in de rede. Hij zweeg en knipperde een paar keer met zijn ogen.

'Wil je een glas water?' vroeg ze hem.

Hij wreef nog steeds over zijn benen. 'Eh... ja. Alstublieft.'

Morrow schonk een glas in en liep om de tafel om het hem te brengen. Ik dacht dat ze een grote blunder maakte door hem midden in zijn verhaal te onderbreken. Maar ze pakte een stoel en zette die pal voor hem neer. Toen ging ze zitten en boog ze zich naar hem toe, met haar gezicht vlak bij het zijne. Hij keek weer in haar ogen.

'Hoe gaat het nou?' vroeg ze.

'Gaat wel.'

'Terry,' zei ze, 'je hoeft tegenover ons niets te bewijzen. We willen alleen de waarheid horen. God weet dat we je niet ver-

oordelen. Wij zijn advocaten. We hebben nog nooit zoiets meegemaakt als jij hebt moeten doorstaan.'
Ze stak haar arm uit en legde haar hand op de zijne. 'Vertel ons nou maar de waarheid, oké?'
Hij bleef haar aankijken, zoals een angstig klein kind zijn moeder aankijkt. 'Oké,' zei hij.
'Wie nam al die beslissingen, Terry? Jij toch niet?'
'Nee,' zei hij. 'Persico en Perrite.'
'En wat deed jij?'
'Ik deed wat ze zeiden.'
'Heb je geprobeerd hen tegen te houden? Of heb je hen aangemoedigd?'
Dat was heel belangrijk, want het raakte de kern van de vraag wie er verantwoordelijk was geweest voor de moord op de Serviërs. Maar ik denk dat Sanchez zich niets meer aantrok van de juridische aspecten. Hij zat gevangen in een wanhopige poging om een plausibel alibi te construeren voor zichzelf. Hij schaamde zich diep en hoopte ergens vergiffenis te kunnen vinden. Ik denk dat hij op een vreemde, berouwvolle manier graag zelf bevel zou hebben gegeven tot de hinderlaag, omdat hij zo nog iets van zijn eer had kunnen redden.
'Ik heb ze hun gang laten gaan,' mompelde hij ten slotte.
'En hoe is die hinderlaag verlopen?'
'Nou, er was veel verkeer op de weg. We hebben gewacht tot bijna acht uur. Perrite stond op de flank, tussen ons en Ishatar in. Hij had een nachtkijker, weet u wel? Hij keek of hij de colonne uit Piluca zag aankomen. Die wagens van Pajocović hadden de naam van het bureau op de zijkant, in het Servisch. Brian Moore had het op een papiertje geschreven, zodat Perrite de juiste colonne kon herkennen.'
'Wat gebeurde er toen?' vroeg ze, nog altijd met haar hand op de zijne.
'Tegen acht uur gaf hij Persico het teken dat ze eraan kwamen. Persico dirigeerde het vuur en wachtte tot de voorste

wagen over de twee antitankmijnen reed die we in de weg hadden begraven. Door de explosie vloog de grote truck door de lucht. Ik weet nog dat ik hem over de kop zag gaan, als een speelgoedauto.' Hij gebaarde met zijn handen om het te demonstreren. 'Het was een ongelooflijk gezicht, echt waar. Daarna openden we het vuur. Dat duurde ongeveer zeven of acht minuten, en toen vertrokken we.'

Morrow stond op en liep terug naar haar plaats aan tafel, naast me. Niemand zei iets. Ik dacht na over wat hij ons had verteld. Alles was nu duidelijk. Nou ja, niet alles.

'Terry?' zei ik.

Hij keek me aan. Ik probeerde net zo'n vriendelijke en geruststellende toon te vinden als Morrow.

'Iemand is na die hinderlaag de weg langs gelopen en heeft de Serviërs door het hoofd geschoten. Was jij dat?'

Hij keek me geschrokken aan.

'Nee,' zei hij.

'Weet je het zeker?' vroeg ik.

'Ik zweer het.'

'Weet je dan wie het wél was?'

'Niemand van ons. Ik heb gewoon geschoten, zoals iedereen. Maar zodra Persico dat struikeldraadlichtsein afvuurde als teken dat we moesten stoppen, zijn we allemaal gestopt. Daarna renden we zo snel mogelijk naar het verzamelpunt, ruim een kilometer voorbij de plaats van de hinderlaag.'

'En waren er toen nog Servische overlevenden?' vroeg ik.

'Ja. Daar heb ik nooit over gelogen. Er waren er nog een paar die terugschoten.'

Ik begreep het niet. Dit was heel vreemd. Als er nog overlevenden waren geweest die vuurden toen het hele team al naar het verzamelpunt rende, wie had de Serviërs dan door hun hoofd geschoten? We zwegen allemaal. Ik staarde een minuut lang naar de muur en probeerde een volgende vraag te bedenken.

Opeens kwam Imelda overeind uit haar stoel en liep ze naar Morrow en mij toe. Bij de rand van de tafel boog ze zich naar ons toe alsof wij de rechters waren en zij een advocate die wilde overleggen in de rechtszaal.
'Vraag hem hoelang de Serviërs nog vuurden. Vraag hem dat maar.'
Toen liep ze weer terug naar haar plaats. Morrow en ik keken elkaar aan.
'Terry,' zei ik, 'kun je je herinneren hoelang die Serviërs nog hebben geschoten toen jij en de rest van het team naar het verzamelpunt renden?'
Hij steunde met zijn kin op zijn hand, met zijn elleboog op zijn knie, en staarde naar de grond. Het was dezelfde pose als van *De Denker* van Rodin, alleen vertoonde zijn gezicht geen zuivere contemplatie, maar angst en ellende.
'Een tijdje,' zei hij ten slotte.
'Wat is een tijdje?' vroeg ik. Eindelijk begreep ik waar Imelda op doelde.
Hij wreef met zijn handen over zijn gezicht. 'Dat weet ik niet. Misschien twee minuten. Daarna was er een pauze, en toen hoorden we weer schoten, in de verte. Maar we waren al een eind weg, het terrein was heuvelachtig, en het klonk als korte, droge knallen die tegen de heuvels weerkaatsten. Misschien waren het niet eens schoten, begrijpt u?'
'Laten we ervan uitgaan dat het wél schoten waren. Waarom vuurden ze nog steeds, denk je?'
'Geen idee. Misschien omdat het een hinderlaag was en we goed verborgen hadden gelegen, zodat ze dachten dat we er nog waren.'
'Oké,' zei ik.
'We hebben nog maar een paar vragen voor je, Terry,' zei Morrow. 'Hoe voel je je?'
'Goed, hoor,' zei hij, maar hij leek vreselijk opgelucht dat het bijna voorbij was. Hij begon weer over zijn benen te wrijven.

‘Waarom hebben jullie besloten om te liegen bij de debriefing toen jullie in Tuzla terug waren?’
Opeens zag hij er nog zieliger en wanhopiger uit, zó wanhopig dat hij geen antwoord leek te willen geven.
Toen wist ik het zeker. ‘Terry,’ zei ik, ‘heb jij iets afgesproken met je mensen daar?’
Hij bleef naar de vloer staren en wreef nog heviger over zijn benen. Nu pas begreep ik waarom hij dat deed. Het was zijn geweten dat hem ertoe dreef. Hij probeerde de schuld van zijn handen te wrijven, zijn ziel schoon te poetsen.
‘Terry, geef antwoord, alsjeblieft. Heb je iets afgesproken met je team?’
Hij mompelde iets wat ik niet kon verstaan.
‘Wat zeg je?’ vroeg ik.
‘Ja, we hadden een afspraak gemaakt.’
‘Ben je daarom akkoord gegaan met die hinderlaag, Terry? Heb je daarom geprobeerd tijd te winnen bij Smothers? Jij wilde dat ze die hinderlaag zouden uitvoeren, is het niet? Je wist dat het tegen jullie orders was en dat ze voor de krijgsraad zouden komen als ze Pajocović en zijn mannen zouden doden. Als ze dat deden, zouden ze net zoveel te verbergen hebben als jij. Je wist dat ze jou dan zouden dekken, omdat ze jou nodig hadden om hén te dekken.’
Hij staarde nog steeds naar de vloer. Het antwoord was duidelijk. Morrow en ik keken elkaar weer aan. Het had geen zin om nog verder met Terry Sanchez te praten. Hij had ons alles verteld. We wisten nu wat er was gebeurd, op één belangrijk punt na.
Wie had de laatste Serviërs gedood?

32

Nadat Sanchez door Imelda naar zijn cel was teruggebracht, hadden we allemaal grote behoefte om even te ontspannen. Dus laste ik een pauze in. Imelda en haar dames gingen op zoek naar een koffieautomaat. Ik vroeg haar om twee kopjes extra mee te brengen, voor Morrow en voor mij. En om de gevangeniscommandant te zeggen dat ik hem wilde spreken.

Morrow en ik waren half versuft. Bij de meeste rechtszaken gaat het er lang niet zo emotioneel, theatraal en hysterisch aan toe als in al die films en tv-series die erover gemaakt worden. In werkelijkheid is een rechtszaak zelden een gevecht. Het lijkt meer op het bevriezen van water tot ijs. Meestal is het net zo goed georkestreerd als een Kabuki-dans en verveel je je een ongeluk. Een verstandige advocaat weet dat je altijd vroeg naar bed moet gaan voor een dag op de rechtbank, omdat de kans anders groot is dat je in slaap sukkelt, wat de rechter niet op prijs zal stellen. Als hij tenminste wakker is om je te betrappen.

Alles is zo strak geregeld omdat het laatste waar een advocaat behoefte aan heeft een improviserende getuige is. Een beetje spontaniteit maakt het proces misschien interessanter, maar advocaten willen helemaal geen interessant proces. Ze willen wínnen. Trouwens, zelfs mensen die zonder enige coaching in de getuigenbank verschijnen zijn zelden interessant, gewoon omdat er niet zoveel interessante mensen zijn. Vaak zijn ze zelfs nog minder interessant dan anders, omdat advocaten en rechters van hen eisen dat ze zich beperken tot de feiten en zich onthouden van de overdreven beschrijvingen en levendige opinies die een alledaags gesprek nog wat kleur geven. Bijna alles wat moet worden uitgezocht, is al

uitgezocht voordat de zaak voorkomt, dus zijn verrassingen maar dun gezaaid.
Bovendien is een van de regels van de advocatuur om nooit woorden van één lettergreep te gebruiken als je kunt volstaan met een deftiger woord van vijf. En vertoon van emotie is al helemaal uit den boze. Dat wordt er in het tweede jaar van je rechtenstudie al uit geslagen, anders mag je niet verder. Ik bedoel, ga maar na hoeveel echt interessante advocaten je in de loop van je leven hebt ontmoet. En het wordt heus niet beter als je er twee of meer samen in een rechtszaal zet.
Dat was de wereld waar Morrow en ik elke dag in verkeerden. Een wereld van weinig verrassingen en schaarse dramatiek, een saaie wereld waarin je emoties bijna onder nul zakken. Dus voelden we ons nu een beetje vreemd en verward, zoals iemand die zijn hele leven op een driewieler op stille landweggetjes heeft gereden en opeens achter het stuur van een twaalfcilinder Maserati de snelweg op wordt gestuurd.
Het was één ding om verdenkingen te koesteren over wat daar in Kosovo was gebeurd, maar iets heel anders om het in geuren en kleuren te horen uit de mond van een hevig geëmotioneerde ooggetuige – zeker een getuige die leed aan koudvuur van de ziel. Koudvuur stinkt, het dringt je mentale neusgaten binnen en blijft daar nog een hele tijd hangen.
We bleven een paar minuten zwijgend achter ons tafeltje zitten. Toen pas haalde Morrow haar onafscheidelijke notitieblok tevoorschijn en begon ze aantekeningen te maken.
Ik keek een paar minuten hoe ze schreef en zei toen: 'Het spijt me van dat pinkelman-verhaal, vanochtend.'
Ze giechelde even, maar niet met overtuiging.
'En het spijt me ook van gisteravond,' voegde ik eraan toe. 'Ik had te veel gedronken. Ik heb me toch niet eh... onbetamelijk gedragen toen we in mijn kamer kwamen?'
Ik hoopte dat ze zou zeggen: 'Nou, reken maar, heel onbetamelijk. En wel vier of vijf keer achter elkaar, beest dat je

bent. Maar ik vond het eigenlijk wel lekker en je moet het beslist nog eens doen.'
'Nee, hoor,' zei ze. 'Je snurkte al voordat je de lakens raakte.'
'Ja,' zei ik. 'God, wat had ik last van mijn ribben.'
'Dat waren je ribben niet,' zei ze, terwijl ze rustig verder schreef.
'Jawel.'
'Nee, dat was je geweten.'
'Niet waar,' loog ik. 'Het kwam door mijn ribben. Kijk, deze.' Ik wees naar mijn borstkas.
'Je bent helemaal niet zo keihard als je je voordoet,' zei ze, over haar notities gebogen. 'Je hebt wel sympathie voor deze mannen. Ze lijken op jou en daar heb je moeite mee. Geef het maar toe.'
Daar dacht ik even over na. Ik ben niet zo'n diep, beschouwend, gevoelig type. Bij elke poging die ik doe om mijn eigen psyche te doorgronden raak ik verdwaald als een rat in zo'n doolhof met allerlei bochten en doodlopende gangetjes. Maar goed, ze leken wel wat op mij, ja. Heel veel, misschien. Het verschil was alleen dat ik nog nooit aan muiterij tegen mijn meerderen had meegedaan, dat ik mijn mensen nooit iets had laten doen waarmee ik hen later zou kunnen chanteren, dat ik het nooit op een akkoordje had gegooid met mijn troepen en dat ik nog nooit een stel gewonde mannen had afgemaakt. En volgens mij waren dat toch belangrijke verschillen.
Ze legde haar pen neer en draaide zich naar me toe. 'Weet je, jij bent de juiste man om dit onderzoek te leiden, maar ook de verkeerde. Je hebt voor een deel dezelfde ervaringen als zij. Geen enkele gewone advocaat, zoals ik, had ooit kunnen begrijpen wat zich hier heeft afgespeeld. Maar dat is precies de reden waarom je hen niet objectief kunt beoordelen.'
Ik staarde haar aan. Dat klonk mij te veel als psychoanalyse

in de oren. Dat was Morrows probleem. Haar ogen stonden zo verdomd begripvol omdat ze zo verdomd veel begrip had, en op dit moment was ze op zoek naar een nieuwe klant.
'Droeg je daarom dat rokje, gisteravond?' vroeg ik.
'Wat?'
'Dat was het, waar of niet?' zei ik. 'Dat dunne rokje en dat sexy luchtje waarmee je je had besprenkeld. Jij dacht dat ik wat afleiding nodig had. Je wilde me redden.'
Ze bloosde een beetje. 'Nou, dat was toch zo? Je was al bezig jezelf een stuk in de kraag te drinken. Dacht je soms dat ik niet wist dat je er al een paar op had? Je adem stonk naar drank.'
'Mijn ribben deden pijn,' zei ik.
'Je ribben? M'n reet!' zei ze. 'Je zou je eigen gezicht eens moeten zien als die mannen hun verhaal vertellen. Je gaat er compleet in op. Dit is veel te persoonlijk voor jou.'
Gelukkig kwamen Imelda en haar dames op dat moment binnen, want ik deed net mijn mond open en ik wist niet eens of ik wel had willen horen wat ik te zeggen had. Imelda kwam met twee dampende koppen koffie naar ons tafeltje. De mijne was precies zoals ik hem graag had, met genoeg koffie als excuus voor mijn verslaving aan suiker en melk.
Voordat Imelda naar haar plaats kon lopen, greep ik haar bij de mouw. 'Hé, Imelda,' fluisterde ik.
'Wat?'
'Heb je ooit van een pinkelman gehoord?'
Ze snoof een paar keer. 'Ja, wie heeft er nou nog nooit van een pinkelman gehoord? Hoezo? Ben jij er een?'
'Helemaal niet,' zei ik nadrukkelijk. 'Ik ben een plokworst.'
'Hmm,' zei ze, terwijl ze terugliep naar haar stoel. Het was niet zo'n 'Hmm' als van 'Nou, ik heb je altijd al voor een plokworst aangezien', maar meer een ander soort 'Hmm'.
Morrow zat te grijnzen, toen er gelukkig op de deur werd ge-

klopt en ze zich moest verbijten om weer de nuchtere, zakelijke advocaat te spelen.
De deur ging open en de mollige gevangeniscommandant stak heel voorzichtig zijn hoofd naar binnen. Hij was als de dood voor me.
'U wilde me spreken, majoor?' vroeg hij.
'Reken maar! Kom binnen,' bulderde ik, en hij maakte bijna een sprong het zaaltje in. Heel behoedzaam kwam hij naar ons tafeltje toe, alsof er spelden door de zolen van zijn schoenen staken.
'Heeft deze basis ook een psychiater?' vroeg ik.
'Ja,' zei hij. 'Er werkt er een in het hospitaal, op de afdeling van de luchtmachtarts.'
'Haal hem hier vandaag nog naartoe. Hij moet met kapitein Sanchez praten. En ik wil dat u Sanchez in de gaten houdt vanwege het gevaar van suïcide. Daar zijn toch procedures voor?'
Hij knikte heftig.
Ik boog me naar voren en keek hem doordringend aan. 'Hebt u niet gezien dat hij ernstig is afgevallen?'
'Eh... nee, dat was me niet opgevallen.'
'Maar u merkt toch wel dat hij heel erg depressief is?'
'Eh, nee... dat was me ook ontgaan.'
'Luister dan goed. Als hij zichzelf van kant zou maken of nog maar één onsje gewicht verliest, klaag ik u aan wegens grove nalatigheid. Is dat goed begrepen?'
'Eh, ja, meneer... eh, majoor.'
'Wegwezen!' zei ik.
Hij haastte zich naar de deur. Zijn dikke reet trilde als pudding.
Meer kon ik niet doen voor Terry Sanchez. Ik wist niet of het zou helpen. Als iemand zijn zelfbeeld zo ziet afbrokkelen als hij, sterft er iets vanbinnen. Sanchez teerde weg van binnenuit, omdat hij bijna alle principes had geschonden waar hij ooit in had geloofd.

De schuld daarvoor rustte voornamelijk op zijn eigen magere schouders. Maar ook Smothers en Murphy viel veel te verwijten. Smothers omdat hij zijn professionele oordeel ondergeschikt had gemaakt aan zijn persoonlijke loyaliteit en Sanchez toch het bevel over een team gegeven had. Dat had hij nooit mogen doen. Het was zo'n bekend voorbeeld van een beslissing vanuit de beste bedoelingen, maar met rampzalige gevolgen. Het was een ernstige fout tegenover de manschappen, omdat Sanchez geen goede leider was geweest. En daarom ook tegenover Sanchez zelf. Hij was gedoemd te mislukken.
Murphy's schuld lag op een heel ander terrein. Hij had de Tenth Group de vrijheid gegeven om het eerste bataljon te blijven behandelen als een bevoorrechte privé-club, een exclusief gezelschap van veteranen. Omdat Persico en zijn sergeants allemaal het gevoel hadden dat ze waren uitverkoren en bovendien al zoveel jaar samen waren opgetrokken en lief en leed hadden gedeeld, zou iedere nieuwkomer, ook een nieuw benoemde teamleider, worden ontvangen als een buitenstaander die zich eerst maar moest bewijzen. De sergeants en adjudanten van het eerste bataljon zagen zichzelf als heel bijzonder. Ze hadden Terry Sanchez verstoten en geïsoleerd. Als dat isolement nog werd versterkt door de druk van een oorlogssituatie, zou dat ieder mens te veel zijn geworden – zeker iemand die toch al geen sterke persoonlijkheid bezat. Het resultaat was het meelijwekkende beeld van Terry Sanchez dat we zo-even hadden gezien.
Als we teruggingen en de officieren zouden ondervragen die vóór Sanchez het bevel over zijn team hadden gehad, zouden we echo's horen van hetzelfde verhaal, daar durfde ik iets onder te verwedden. En waarschijnlijk gold dat voor veel teams van het eerste bataljon, de Veteranenclub. Het was een situatie die tot grote ongelukken zou kunnen leiden.

Ik keek naar Imelda en vroeg haar om adjudant Persico te halen.

33

Persico had mijn advies in de wind geslagen. Hij had geen advocaat bij zich. Hij kwam in zijn eentje de kamer binnen, wat me nogal verbaasde. Hij moest nu toch weten dat we de waarheid bijna boven water hadden en dat hij dus van bijzonder ernstige misdrijven kon worden beschuldigd.

'Gaat u zitten, adjudant,' zei ik.

Hij nam dezelfde stoel en sloeg nonchalant zijn rechterbeen over het linker. Er was geen groter contrast denkbaar dan tussen deze grijsharige, getaande, zelfverzekerde militair en die arme, sidderende Terry Sanchez, die de hele tijd nerveus over zijn benen had zitten wrijven. Als ik sergeant was geweest in dat team had ik ook geen moment geaarzeld wie ik had willen volgen.

'Adjudant, ik zal eerlijk tegen u zijn,' zei ik. 'U zult mogelijk in staat van beschuldiging worden gesteld wegens meervoudige moord, insubordinatie, ophitsing tot muiterij, obstructie, meineed tijdens een officieel onderzoek en nog een hele rij kleinere vergrijpen. Ik raad u dringend aan om u te laten bijstaan door een advocaat. Ik ben bereid deze zitting op te schorten, als u daar extra tijd voor nodig hebt.'

Hij bleef roerloos zitten. 'Ik hoef geen advocaat.'

'Dat is uw goed recht, maar als u op enig moment van gedachten verandert, zullen wij de zitting alsnog schorsen om u in de gelegenheid te stellen een advocaat te laten komen.'

'Kunnen we nou beginnen?' vroeg hij.

'Natuurlijk.'

Voor ik verder kon gaan, vroeg hij: 'Mag ik zelf een paar dingen zeggen?'

'Als u wilt.'
Hij nam me aandachtig op. 'Majoor, ik zie aan uw badge dat u bij de infanterie hebt gediend en in oorlogssituaties bent geweest. Dat klopt?'
'Ja.'
'Waar?'
'Ik heb bij de 82ste Luchtlandingsdivisie in Panama gezeten, en in de Golf,' antwoordde ik, wat technisch gesproken juist was, omdat de 82ste Luchtlandingsdivisie op beide plaatsen aanwezig was geweest toen ik daar opereerde met het Regiment.
'En had u een bevelvoerende positie? In het veld?'
'Ja,' zei ik. Ook dat was waar, want net als Sanchez was ik teamleider geweest.
'Bent u beschoten?'
'Regelmatig,' gaf ik toe.
'Mooie oorlogen waren dat. Ja toch?' vroeg hij met een grimmige grijns.
'Het zou waarschijnlijk politiek correct zijn om te antwoorden dat een mooie oorlog niet bestaat,' zei ik, 'maar als oorlogen waren ze niet slecht. Kort, eenzijdig, en we hebben gewonnen.'
'Zo is het, verdomme,' zei hij met een knikje, terwijl hij me nog steeds scherp opnam. 'Ik ben ook in de Golf geweest. Niet in Panama. Maar wel in Haïti, Mogadishu en Rwanda. Bovendien heb ik nog een tijdje in Bosnië gezeten voor allerlei dingen. Dat hebt u dus allemaal gemist?'
'Tegen die tijd studeerde ik al rechten en zat ik bij het JAG-korps.'
Hij knikte peinzend. 'Ja,' zei hij. 'Ikzelf, Perrite, Machusco, Caldwell, Butler en de broertjes Moore... we zijn bijna al die oorlogen samen geweest. De broertjes Moore waren jammer genoeg te laat voor de Golf. Dus hebben ze nooit de ervaring van een echte oorlog meegemaakt. Ze zijn alleen naar al die

rampgebieden gestuurd waar we sindsdien hebben gevochten. Ze wéten niet eens hoe het voelt om te winnen, begrijpt u?'

Hij zweeg een moment en zijn grijze ogen gleden de kamer door. Hij keek ons één voor één aan. Bij Imelda wachtte hij even. Ze knikte zwijgend. Hij glimlachte tegen haar en zij knikte terug in een soort verstandhouding.

Maar toen verdween zijn glimlach en keek hij weer naar mij. 'Ik weet niet meer hoeveel vluchtelingenkampen we sinds de Golf vanbinnen hebben gezien. Je raakt de tel kwijt. Ik zweer u dat ik honderd miljoen van die ellendige gezichten heb gezien met van die lege ogen die alle vluchtelingen krijgen. Verminkte kinderen, verkrachte vrouwen, wezen, moeders met gestorven baby's, mannen die hun gezin niet onder ogen durven te komen omdat ze dit hebben laten gebeuren. Jezus, wat krijg je daar genoeg van. Ze sturen je erheen en je moet... ja, wat moet je nou eigenlijk? Ik bedoel, ze noemen het humanitaire missies, maar het zou pas echt humanitair zijn om erop af te gaan en die bandieten op hun sodemieter te geven. Of niet soms? Het is niet humanitair om pleisters te plakken als die mensen al op sterven na dood zijn. Het is humanitair om te voorkómen dat ze in die ellende raken. Vindt u ook niet?'

'Adjudant,' zei ik zo vriendelijk als ik kon, 'we zijn hier niet om de rechtvaardigheid van onze nationale politiek te bespreken. We zijn hier om te beoordelen wat er in Kosovo is gebeurd tussen 14 en 18 juni.'

'Wilt u dat weten?' vroeg hij koel, bijna zakelijk. 'Dan zal ik het u vertellen. Want dit is er gebeurd. Ik bedoel, het is toch een psychologisch spelletje? Als u wilt weten wat er werkelijk is gebeurd, zult u in onze hoofden moeten kruipen. Als je genoeg van dit soort operaties achter de rug hebt, bereik je een bepaald punt. Misschien kwam het door Akhan. Hebben de anderen u over Akhan verteld?'

Ik knikte.
'Goed, maar ik betwijfel of ze hem recht hebben gedaan. Jezus, ik zou zelf ook niet weten hoe. Ik ben in mijn leven prima kerels tegengekomen, maar niemand die aan hem kon tippen. Verdomd, ik zou zelf nog met die klootzak zijn meegegaan. Hij wist geen zak van oorlogsvoering, weet u. Hij had daar eigenlijk niets te zoeken. Hij was een briljante arts, echt begaafd. Ik hoorde een paar van die VN-artsen over hem praten alsof hij Christus zelf was, alsof hij wonderen kon verrichten. Alleen weigerde Akhan om in een of ander ziekenhuis te blijven om de gewonden te behandelen terwijl anderen de grens over trokken om te vechten. Hij wilde liever écht humanitair werk doen, begrijpt u?'
Hij keek me strak aan. 'Jezus, ik wou dat ik de woorden kon vinden om hem te beschrijven. Ik ben geen intellectueel of zo, dus ik kan u geen goed beeld van hem geven. Maar toch moet u weten wat voor een man hij was om te kunnen begrijpen wat er is gebeurd.'
Hij werd steeds levendiger, misschien uit frustratie dat hij de goede woorden niet kon vinden, of door zijn enthousiasme over deze buitengewone man. Ik had zelf ook een paar van dergelijke mannen ontmoet. Niet veel, maar een paar.
'Hij was nog jong,' vervolgde Persico. 'Begin dertig, denk ik. Een knappe vent, lang en mager, met holle wangen en een bijzondere rust in zijn ogen. Kunt u zich hem voorstellen?
Het punt is,' ging hij verder, 'dat Akhan nooit naar Piluca had mogen gaan. Maar Sanchez praatte hem ernaartoe. Ik bedoel, ik zag het al gebeuren bij de training. Iedereen had respect voor Akhan, weet u. Jezus, je moest wel. En Sanchez? Die kon geen greintje respect afdwingen. Een groepje mannen uit Akhans compagnie had het steeds over die Serviër, Pajocović. Ze hadden allerlei verhalen over hem en we begrepen hoe gehaat hij was. En Sanchez begon Akhan te stan-

gen dat hij maar beter niet achter Pajocović aan kon gaan, hoewel al zijn mannen dat wilden, omdat er misschien bloedvergieten aan te pas kon komen. Ik bedoel, hij begon al tegen kapitein Akhan nog voordat we met de groep naar Kosovo vertrokken. Hij probeerde hem een schaamtegevoel op te dringen omdat de UÇK bij Avenging Angel niet de gevaarlijkste klussen mocht opknappen. Dat wij met ze meegingen was eigenlijk onze dekmantel, zodat wij zelf de kastanjes uit het vuur konden halen. Maar ik wist dat Sanchez jaloers was op Akhan. Want Akhan kon goed met de mannen overweg, begrijpt u? Hij had een natuurlijk gezag. Sanchez moest er hard voor werken, en dan lukte het nog niet. Ik denk dat hij Akhan zware missies wilde laten doen, in de hoop dat hij zou mislukken. Klinkt dat logisch? Ik bedoel, Akhan had het talent, maar was er niet voor opgeleid. Sanchez had het talent niet, maar wel de training. Begrijpt u wat zich daar afspeelde?'

'Het klinkt begrijpelijk,' zei ik.

Hij keek weer naar Imelda, die nog eens knikte, met een strak maar trots gezicht.

'Hoe dan ook, toen Perrite, Machusco en Moore terugkwamen uit Piluca stortte alles in. Ik geloof niet dat Sanchez dat echt gewild had – dat ze allemaal werden gedood, bedoel ik. Daar had hij niet op gerekend. Maar hij was wel zelf de aanstichter. Ik nam hem mee het bos in en vertelde hem wat Perrite en de jongens hadden gezien. Hij begon te huilen. Echt te grienen, als een klein kind. De rest van het team kon het ook niet verwerken. Als ze geen militairen waren geweest, zouden ze Sanchez waarschijnlijk naar het bos hebben gesleurd om hem te lynchen. Het was echt een vuile streek van hem.'

'Hebt u Sanchez gezegd dat hij het team niet meer kon leiden? Was er een georganiseerde actie om hem zijn werk te beletten?'

‘Nee,’ zei Persico, heel onrustig, ‘maar ik heb er ook niets tegen gedaan. Ik wist wat er gebeurde, maar ik greep niet in. U kunt het de jongens niet kwalijk nemen. Zij hadden er niets mee te maken. Het was mijn schuld. Ik dwong ze niet meer om zijn orders op te volgen. En ik dwong Sanchez niet meer om zijn werk te doen. Ik bedoel, hij had bijna altijd een schop onder zijn reet nodig, maar ik zag dat hij het niet meer aankon, dus liet ik het maar zo. Begrijpt u? Ik deed er niets meer aan, ik had er gewoon geen zin meer in. Als u iemand van muiterij wilt beschuldigen, neem mij dan maar. Ik denk dat ik schuldig was aan muiterij.’
‘Wanneer besloot u om Pajocović en zijn eenheid in een hinderlaag te lokken?’ vroeg ik.
‘Die ochtend. Meteen al, eigenlijk.’
‘Waarom? Waarom trok u zich niet terug toen kolonel Smothers daar bevel toe gaf?’
Hij tastte naar zijn borstzakje en haalde de Camels weer tevoorschijn. Hij keek me aan. ‘Mag ik nog steeds roken?’
‘Ja, hoor.’
Hij haalde er een uit en tikte hem tegen zijn handpalm, starend naar zijn hand. Toen stak hij hem op, inhaleerde diep en hield de rook een tijdje in zijn longen voordat hij hem langzaam uit zijn neus liet kringelen. Hij kauwde even op zijn onderlip voordat hij antwoord gaf.
‘Daarom moet u begrijpen hoe het voelt om al die humanitaire missies uit te voeren. Dat wordt iets persoonlijks. Ze kunnen wel van die psychologen op je afsturen die zeggen dat je het van je af moet zetten, dat soort gelul, maar het wordt iets persoonlijks. Ik bedoel, wij zijn soldaten, geen dokters, begrijpt u? Ze hadden het hoofd van kapitein Akhan op een paal gestoken, als een soort trofee. Die Pajocović was een slachter. Hij had honderden mensen gemarteld en vermoord. Duizenden, misschien. Maar hoe het ook afloopt in Kosovo, niemand zou hem iets hebben gemaakt. Kijk maar

hoe het na Bosnië is gegaan, na Rwanda en Haïti. De doden worden begraven en vergeten, de moordenaars gaan weer gewoon verder met hun leven.'

'Dus besloot u hem te executeren?'

Hij staarde naar het brandende puntje van zijn sigaret. 'Ja, majoor, dat is precies wat ik besloot. En ik heb er geen spijt van. De mannen deden gewoon wat hun werd gezegd, dus die kunt u niet beschuldigen. Ik gaf de orders. Zij volgden ze op, zoals het hoort, volgens de regels. Zij hebben niets verkeerds gedaan.'

'Maar iemand wel, adjudant,' zei ik. 'Iemand is die rij langs gegaan en heeft de Serviërs door het hoofd geschoten. Kunt u ons vertellen wie dat was?'

Persico staarde nog steeds naar het puntje van zijn sigaret. Hij knipperde niet eens met zijn ogen. 'Ja,' zei hij. 'Dat was ik.'

Ik voelde iets in mijn keel en moest even stoppen om te slikken en adem te halen. Dat waren wel de laatste woorden die ik verwachtte of wilde horen.

'Hoe, adjudant?' vroeg ik ten slotte. 'Hoe hebt u het gedaan?'

'Het was eigenlijk heel eenvoudig. De meeste Serviërs waren al dood of gewond na die hinderlaag. Ik moet zeggen, majoor, het was een goed geslaagde hinderlaag. Snel en dodelijk. Ik wachtte tot er nog maar een man of drie, vier terugschoten voordat ik het lichtsein afschoot om het vuren te staken. Daarna gaf ik ze de opdracht om naar het verzamelpunt te gaan. Ze kwamen overeind en begonnen te rennen, maar ik gaf ze een kleine voorsprong en ging toen zelf de andere kant op. Ik liep naar het punt waar de weg een bocht maakte en stak daar over. Daarna rende ik aan de overkant de heuvel op. De laatste Serviërs zaten achter hun voertuigen weggedoken en vuurden nog op de helling waar wij hadden gelegen. Ze zaten met hun rug naar me toe. Het was kinderspel, eigenlijk. Ik schoot ze neer. Toen ging ik

naar beneden en vuurde ze allemaal een kogel door het hoofd.'
'Waarom, adjudant? Waarom hebt u dat gedaan?'
'Is dat niet duidelijk? Een van die kerels die nog terugvuurden had Pajocović kunnen zijn. En na wat ze hadden gedaan wilde ik het hele stel doden, allemaal. En ik wilde geen getuigen in leven laten, denk ik.'
Het was opeens doodstil in de kamer. Rustig rookte hij zijn sigaret op. Toen liet hij hem op de grond vallen en drukte hem uit, met vier of vijf bewegingen van zijn hak om zeker te weten dat hij gedoofd was. De fysieke metafoor was heel krachtig en overtuigend.
'Oké, adjudant, dat is alles,' zei ik.
Hij stond op en salueerde zelfs voor me. Ik beantwoordde het saluut. Toen liet hij zijn hand zakken en keek Imelda een hele tijd aan. Ze keek terug. Echte soldaten, de ware professionals, kunnen elkaar bijna rúiken. Ten slotte marcheerde hij de kamer uit, hij trok de deur achter zich dicht en liet ons verbijsterd en verdrietig achter.
Ik draaide me om naar Morrow, die vochtige ogen had. Imelda staarde me aan alsof ik het slijmerigste ongedierte was dat ooit de aarde had bevuild. Ik denk dat adjudant Persico de laatste was die iemand van zo'n verwerpelijk misdrijf had willen betichten, daarom verweet iedereen mij dat ik hem tot een bekentenis had gedwongen.
De spanning in de kamer was hoog opgelopen, dus laste ik een pauze van twintig minuten in. Zelfs Morrow stond op en verliet de kamer. Ik bleef eenzaam achter aan het kleine tafeltje. Er spookte iets door mijn achterhoofd, een ontbrekend stukje, en ik deed mijn uiterste best om het naar boven te halen. Een hele tijd zat ik naar de vloer te staren.
Een kwartier verstreek voordat Morrow weer binnenkwam, met twee koppen koffie.
'Dank je,' mompelde ik toen ze er een voor me neerzette.

Ze liet zich op haar stoel vallen en kreunde: 'God, dit is vreselijk.'
Daar kon ik niets op zeggen, dus knikte ik maar. Ik voelde me niet zo spraakzaam.
'Goddank is het nu eindelijk voorbij. Behalve dat we nog een beslissing moeten nemen.'
'Het is nog niet voorbij, Lisa,' zei ik.
'Voor mij wel. We hebben genoeg bewijzen voor ons advies. Ik wil hier niet blijven zitten om het hele verhaal nog eens te herkauwen met alle leden van het team.'
'Ik ook niet,' zei ik. 'We hebben er nog één te gaan.'
Ik stond op om Imelda te zoeken. Ik vertelde haar wat er gedaan moest worden, liep toen terug naar de verhoorkamer en wachtte rustig tot Imelda's meiden weer binnenkwamen en hun plaatsen hadden ingenomen.
Er verstreken twee minuten voordat de deur openging. Eerst kwam Imelda binnen, toen sergeant François Perrite.
'Ga zitten,' zei ik tegen hem.
Dat deed hij, maar toch nerveuzer, deze keer. Hij pakte meteen zijn sigaretten en klopte een verse tegen zijn hand.
'Moet ik u nog herinneren aan uw rechten?' vroeg ik.
'Nee, die ken ik nou wel.'
'U kunt me uw mening over advocaten besparen, maar weet u zeker dat u geen juridische bijstand wilt, sergeant? Ik zou u dringend adviseren een advocaat te laten komen.'
'Nee. Er zijn al genoeg van die klootzakken in deze kamer.'
'Ik spreek u niet tegen,' beaamde ik.
Toen keken we elkaar even in de ogen en hij wist dat ik het wist.
'Adjudant Persico is zojuist vertrokken,' zei ik. 'Hij heeft de verantwoordelijkheid op zich genomen voor alles wat er is gebeurd. Hij heeft alle beslissingen genomen, hij heeft de stille muiterij tegen kapitein Sanchez geleid, hij heeft beslo-

ten een hinderlaag te leggen en hij heeft de order tot terugtrekken gegeven.'

Hij knikte zwijgend toen ik alles opnoemde.

'Natuurlijk, sergeant Perrite, draagt u het grootste deel van de schuld. U bent degene die terugkwam en probeerde de mannen tegen Sanchez op te zetten. U wist dat ze hem toch al niet mochten en u hebt het vuurtje nog wat opgestookt. Het was uw idee om Pajocović te doden, nietwaar? Maar adjudant Persico heeft geprobeerd u te beschermen.'

Hij knikte niet en zei geen woord, maar keek me aan en luisterde.

Ik ging verder. 'Daarna bekende hij dat hij na de hinderlaag terug is gegaan om de Serviërs door het hoofd te schieten. Hij zei dat hij iedereen bevel had gegeven om naar het verzamelpunt te gaan en toen zelf de weg is overgestoken om de laatste overlevenden neer te schieten. Daarna is hij langs de heuvel afgedaald voor het genadeschot.'

Perrite staarde naar het puntje van zijn sigaret zoals Persico dertig minuten geleden naar het puntje van zíjn sigaret had zitten kijken. Het was gewoon griezelig. Perrite bewonderde de man zó, dat hij zelfs zijn maniertjes overnam.

'Het probleem, sergeant Perrite,' zei ik, 'is dat u en ik allebei weten dat hij dat niet heeft gedaan, nietwaar? Hij wilde iemand beschermen om wie hij heel veel geeft, en ik bid God dat die man net zoveel geeft om hém.'

Ik wachtte even. Hij keek nog steeds naar zijn sigaret.

Ten slotte zei ik: 'Het was u die hij wilde beschermen, is het niet?'

Perrite bleef roerloos zitten, starend naar zijn sigaret. Het leek een eeuwigheid te duren. Ik had geen idee wat hij dacht, omdat ik niet wist hoe mannen als hij in elkaar zaten.

Toen knikte hij zwijgend. Hij was bereid geweest om tot het eind te liegen, maar niet om Persico te laten opdraaien voor zijn misdaad.

'Dat is waar,' mompelde hij eindelijk. 'Ik heb het gedaan.'
'Vertel ons wat er is gebeurd.'
'Dat zou u niet begrijpen,' zei hij.
'Misschien wel. Probeer het maar.'
'Nee. Jullie zijn geen echte soldaten, jij en die andere advocaat daar,' zei hij met een minachtend gebaar naar Morrow. 'Jullie hebben geen idee hoe het werkelijk is. Wat je voelt voor de andere mensen in je team, dat je niet meer nadenkt als de kogels om je oren vliegen, dat je gewoon doet wat er in je opkomt.'
Opeens sprong Imelda van haar stoel, ze liep naar hem toe en bleef vlak voor hem staan. Haar lichaam was tot de laatste vezel gespannen en ze had haar vuisten gebald.
'Nou heb ik genoeg van dat gelul, sergeant! U weet niet waar u over praat!' schreeuwde ze. 'Ziet u dat embleem op de rechterarm van de majoor? En dat infanterie-insigne op zijn borst? Die heeft hij uit de oorlog meegenomen. Wat u niet ziet zijn drie Purple Hearts, twee Silver Stars en een Distinguished Service Cross die hij ook heeft verdiend. Weet u waarom hij advocaat is? Omdat hij na zijn laatste oorlog zes maanden in een ziekenhuis heeft gelegen. Daarna mocht hij niet bij de infanterie blijven. Dus denk maar niet dat u hem íéts te vertellen hebt over hoe het is daarbuiten, sergeant. Wees een vent en geef antwoord op zijn vragen!'
Perrite keek naar haar op en zag haar woedende blik. Hoe Imelda dat wist was me een raadsel. Mijn onderscheidingen lagen ergens in een stoffige la, omdat ik ze had gekregen voor operaties waar niemand iets van wist of van had mógen weten. Bovendien, wat deed het ertoe welke oorlogsmedailles een advocaat bezat? Aan de andere kant was Imelda natuurlijk een sergeant, en ik zei al dat sergeants verdomd handig kunnen zijn als ze ergens achter willen komen. Voor Imelda gold dat in het kwadraat.
Perrite keek me aan. Hij was niet alleen een militair van de

Special Forces, en dus een macho tot in zijn tenen, maar hij was ook een Cajun. Dat voegde nog een hele kruidenmix toe aan die machocultuur van de Special Forces. Imelda had de verhoudingen even rechtgetrokken.

'Is dat zo?' vroeg hij.

'Ja, dat zal wel,' zei ik.

Hij dacht even na en nam toen een besluit. 'Goed, majoor. Ik hield de wacht aan de flank, zoals ik al zei. Ik hoorde dat de hinderlaag begon. Er werd zeven of acht minuten lang geschoten. Ik werd nieuwsgierig. Dat begrijpt u wel, als je op wacht staat. Je vraagt je af of je kameraden sneuvelen, of ze winnen, of het een puinhoop wordt.'

Hij zweeg en keek me aan.

'Ik weet dat het verkeerd was, maar ik stak de weg over en sloop langs de helling, tot ik achter de Serviërs uitkwam. Juist op dat moment gaf de ouwe het bevel het vuren te staken en trokken ze zich terug. Er waren een paar Serviërs over, drie of vier, die nog terugvuurden. Daarom besloot ik om... nou ja... om ze te doden.'

'Waarom?' vroeg ik.

'Ik weet het niet. Een gevoel.'

'Nee. U moet een reden hebben gehad.'

'Goed. Misschien omdat ik ook iets wilde doen. En omdat de ouwe ervoor had moeten zorgen dat er geen getuigen achterbleven.'

'En misschien wilde u een trofee?' vroeg ik.

Hij keek me geschrokken aan.

'Toen kapitein Morrow en ik de lichamen inspecteerden in het mortuarium in Belgrado, was er één bij zonder hoofd. Was dat het lijk van kapitein Pajocović?'

Hij sloeg zijn ogen neer. 'Ik weet het niet. Misschien wel. Misschien was hij onthoofd door de claymores. Dat komt wel vaker voor.'

'Nee, sergeant, dat denk ik niet. Dat hoofd leek afgehouwen,

misschien met een bajonet. U hebt zijn kop er afgehakt, is het niet?'
Hij schoof ongemakkelijk heen en weer en leek opeens nerveus. Eindelijk begreep ik het. Perrite was een Cajun. Hij leefde volgens de oude Cajun-wetten: oog om oog, tand om tand. Culturele stereotypen zijn hardnekkig. Pajocović had Akhan onthoofd, daarom had Perrite op dezelfde manier wraak genomen.
'Wat hebt u ermee gedaan, sergeant?'
Hij wilde nog steeds geen antwoord geven. Dat hoefde ook niet. Ik wist het antwoord al. Perrite wilde dat zijn held trots op hem zou zijn, zoals een jachthond zijn buit naar zijn baas toe brengt.
'U hebt het meegenomen naar adjudant Persico, nietwaar? Om hem te laten zien wat u had gedaan?'
Hij richtte zich half op in zijn stoel en gooide zijn sigaret op de grond. Anders dan Persico drukte hij hem niet rustig uit met zijn hak, maar hij stampte erop.
'Precies. Dat heb ik gedaan.'
'En wat vond hij daarvan?'
'Hij werd woedend. Hij zei dat ik geen woord tegen de anderen mocht zeggen en gaf me bevel het hoofd te begraven.'
'Dank u, sergeant Perrite,' zei ik. 'U kunt teruggaan naar uw cel.'
Imelda stond op en nam hem mee. Aan zijn uitdagende houding was niets veranderd toen hij wegliep.

34

Het was de laatste keer dat ik van plan was die wachtposten ooit nog mijn orders te laten zien, stompzinnig in de camera te grijnzen en te wachten tot mevrouw Smith de deur opendeed. Maar het was deze keer niet mevrouw Smith, maar een man, veel ouder dan mevrouw Smith. Ik wist ook hoe hij heette. Het was generaal Clapper.

We staarden elkaar een moment onnozel aan, voordat hij zijn hand uitstak. 'Sean, hoe gaat het?'

'Behoorlijk klote,' zei ik.

Daarna gaf hij Morrow een hand en zij antwoordde dat ze zich ook behoorlijk klote voelde, al noemde ze dat anders. Ellendig, of zoiets. Ze is te veel een dame om toe te geven dat ze zich gewoon klote voelde.

Clapper nam ons mee naar het kantoortje en de trap af naar de vergaderzaal in de met lood beklede kelder. Iemand had hem een kaartje voor de deur gegeven. Hij haalde het door de kleine magnetische lezer, de deur zwaaide open en we stapten naar binnen.

Het was druk rond de lange vergadertafel. Tretorne was er, natuurlijk, en hij droeg weer zo'n achterlijk vest waar hij blijkbaar dol op was. En Murphy was er, uiteraard – met zijn chef, generaal Clive Partridge, die het gewicht van die vier zware kleine sterren op zijn schouders moest torsen. Ik herkende ook de medewerker van het Witte Huis, die me mijn instructies had gegeven voordat ik hiernaartoe ging. Hij droeg in elk geval een keurig conservatief pak en was te bescheiden om er als een geheim agent bij te lopen. Zijn naam was Parker en hij leek niet erg gelukkig om hier te zijn. Niemand, trouwens. Morrow en ik hadden er ook niet om gevraagd, eerlijk gezegd. Het was gewoon een grote kamer met mensen die liever ergens anders waren geweest en elkaar liever niet zouden hebben gesproken.

Maar Morrow en ik hadden een belofte gedaan en daar hielden we ons aan. We waren de afgelopen drie dagen onafgebroken in touw geweest om de bewijzen en getuigenverklaringen te ordenen, alle juridische haken en ogen uit te zoeken en argumenten uit te wisselen. Zo nu en dan hadden we elkaar bijna de ogen uitgekrabd, maar uiteindelijk hadden we toch een rapport waar we tevreden over waren.

Clapper liep om de tafel heen en ging naast generaal Partridge zitten. Er was lang nagedacht over de tafelschikking. Alle stoelen stonden aan één kant, behalve twee lege stoelen ertegenover, precies in het midden. Die waren duidelijk voor Morrow en mij bestemd. Maar ik had wel wat ervaring met het indelen van een ruimte om een bepaald psychologisch effect te bereiken en ik liet me niet intimideren. We waren allang het punt gepasseerd waarop we ons nog druk maakten om dat soort domme spelletjes.

Ik bracht Morrow naar de stoelen en we gingen zitten. Toen ik naar haar keek, zag ik dat ze er net zo dodelijk vermoeid uitzag als ik me voelde, maar ook kalm en onverstoorbaar. Na alles wat we hadden meegemaakt scheen ze niet onder de indruk van het feit dat een paar van de machtigste mannen van het Amerikaanse veiligheidsapparaat tegenover haar aan tafel zaten.

We waren even bezig om alle papieren en dossiers uit onze koffertjes op te zoeken. We hadden maar tien kopieën gemaakt, alle tien genummerd en met het stempel STRENG GEHEIM, SPECAT. Morrow, die om een of andere reden de laagste in rang leek te zijn, stond op en legde een exemplaar voor alle mannen aan de overkant van de tafel.

'Heren,' zei ik, 'dit zijn onze conclusies. Als u wilt, kan ik u twintig minuten de tijd geven om ze te lezen. Anders zullen kapitein Morrow en ik u mondeling een samenvatting geven.'

Generaal Partridge, de hoogste in rang en de man die uiteindelijk moest beslissen of er een krijgsraad zou komen of niet, gaf antwoord voor de anderen. 'Vertelt u maar wat u hebt ontdekt.'

Morrow keek me aan en ik gaf haar een bemoedigend knikje. Ze schraapte een paar keer haar keel en liet haar blik langs de rij gezichten tegenover haar glijden. Toen begon ze.

‘Op de ochtend van 18 juni, omstreeks 0800 uur, heeft het A-team van kapitein Sanchez moedwillig een hinderlaag uitgevoerd die resulteerde in de dood van...’
Ze was twintig minuten aan het woord. Ik was echt trots op haar. Haar toelichting was goed georganiseerd, beknopt en week geen moment van de feiten af, zoals het een advocaat van Harvard betaamde. Ze beschreef alles wat er was gebeurd vanaf het moment van het vermoedelijke verraad en de vernietiging van Akhans compagnie, tot aan de pogingen het juridische onderzoek te saboteren. De mannen aan de andere kant luisterden onbewogen toe, zonder haar ook maar één keer te onderbreken.
Ik keek naar hun gezichten en probeerde te raden wat ze dachten en voelden, hoe ze reageerden op de gebeurtenissen die Morrow zo vakkundig uit de doeken deed. Het was geen gemakkelijke zaak geweest. Winston Churchill had Rusland ooit beschreven als ‘een raadsel, verborgen in een mysterie en verpakt in een puzzel’. Waar wij mee te maken hadden gekregen was een labyrint van samenzweringen en bedrog, verpakt in één groot complot. En dat complot had talloze bedrieglijke lagen, te beginnen met de poging van Persico om te verzwijgen dat het Perrite was geweest die de overlevenden had vermoord, en eindigend met de beslissing van het team om Sanchez te dekken in ruil voor zijn stilzwijgen, en de inspanningen van de mannen aan de overkant van deze tafel om ons te belemmeren de waarheid te achterhalen. Het was zo’n hopeloze brij van motieven en belangen dat ik nog steeds niet zeker wist of ik het allemaal wel goed op een rij had staan.
Morrow was eindelijk uitgesproken. Er viel een zorgelijke stilte.
Generaal Partridge zocht in zijn zak en haalde een pakje sigaretten tevoorschijn. Verdomd als het geen Camels zonder filter waren. Hij trok er een uit, tikte hem even op de palm

van zijn hand en stak hem op. Ongelooflijk. Generaal Murphy stond op, liep naar een kastje, opende een la en pakte een glazen asbak voor zijn baas. Roken was streng verboden in alle gebouwen van het leger en de overheid, maar niemand in die kamer had het lef om de meest agressieve en onaangename viersterrengeneraal van het hele Amerikaanse leger te vertellen dat die regel ook voor hem gold. Ik keek wel uit.
Partridge staarde me aan. 'Dus wat is uw aanbeveling, majoor? Wat is de aanklacht en wie moet ik in staat van beschuldiging stellen?'
'Zullen we de ernstigste aanklacht het eerst behandelen? De beschuldiging van moord?'
'Ga uw gang,' zei hij, terwijl hij me aankeek door een gordijn van rook.
'Die aanklacht wegens moord,' begon ik, zo zakelijk mogelijk, 'ligt heel ingewikkeld. Vooral omdat ons aan het begin van het onderzoek opzettelijk de illusie werd voorgehouden dat de rol van onze teams in Kosovo in feite die van niet-strijders was, behalve bij de noodzaak van zelfverdediging. Pas later kwamen we op de hoogte van operatie Avenging Angel en ontdekten we dat Sanchez' team in feite naar Kosovo was gestuurd voor offensieve gevechtsoperaties. Aangezien Sanchez' team de juridische bevoegdheid had meegekregen voor het uitvoeren van zulke gevechtsacties, concludeerden wij dat de hinderlaag van 18 juni een aanvaardbare operatie was. Er kan dus geen sprake zijn van massamoord. Daarbij negeerde het team echter wel opzettelijk zijn orders, omdat kolonel Smothers de mannen bevel had gegeven om terug te komen. Na dit moment was elke aanval van het team op een willekeurig doelwit dus strijdig met de orders.'
'Genoteerd,' zei Partridge. Meer ook niet.
Ik ging verder. 'De aanvankelijke aanval van sergeant Perrite op de Servische overlevenden kan ook niet als moord worden gezien. Maar ook in dit geval negeerde hij zijn or-

ders. Bovendien verliet hij zijn post in het gevecht, wat ook een vergrijp is, zoals u weet. Er was pas sprake van moord toen hij de gewonde Serviërs met opzet doodde. Het gaat hier om meervoudige moorden met voorbedachten rade, en één geval van verminking van een lijk. Hoeveel moorden hij precies heeft gepleegd is onmogelijk na te gaan. We hebben de conclusies van de patholoog in het rapport verwerkt. Minimaal drie, maximaal tien.'

'Genoteerd,' zei Partridge weer.

'Ook de kwestie van muiterij ligt bijzonder ingewikkeld,' zei ik. 'Het militaire wetboek omschrijft muiterij als een opzettelijke en georganiseerde poging om het gezag van de aangewezen leiders van een eenheid over te nemen. In de loop van de eeuwen zijn er talloze proefprocessen gevoerd over allerlei vormen van muiterij. Kapitein Morrow en ik hebben zoveel onderzoek verricht als met onze beperkte middelen en tijd mogelijk was. We zullen u niet vervelen met de details, maar we hebben in de militaire geschiedenis geen enkel geval ontdekt dat precies overeenkomt met wat zich binnen de eenheid van kapitein Sanchez heeft afgespeeld. Meer deskundige of ervaren rechters zullen misschien kanttekeningen plaatsen bij onze conclusie, maar naar ons oordeel heeft kapitein Sanchez opzettelijk zijn gezag over het team opgegeven en is adjudant Michael Persico zo verstandig geweest om de leemte op te vullen. Het sterke vermoeden bestaat dat er muiterij zou zijn gevolgd als Sanchez niet vrijwillig de leiding uit handen had gegeven, maar door Sanchez' eigen optreden heeft zich feitelijk dus geen muiterij voorgedaan.'

Partridge tikte zijn as in de asbak. 'Genoteerd.'

'Er zijn nog talloze kleinere vergrijpen, die uitvoerig in het dossier beschreven staan, maar er blijven slechts twee ernstige kwesties over die om een discussie vragen.'

'En dat zijn?' gromde Partridge.

'Obstructie van het recht en meineed.'
'Oké,' zei Partridge. 'Hoe wilt u als advocaten daarmee omgaan?'
'Op deze punten zijn we de grootste complicaties tegengekomen. De samenzwering binnen het team heeft talloze stadia doorlopen, te beginnen met het gezamenlijke voornemen om valse rapporten uit te brengen aan kolonel Smothers en de hinderlaag niet te melden, tot aan opzettelijke misleiding tijdens de debriefing bij hun terugkeer. Maar inmiddels waren het Amerikaanse leger én de Amerikaanse regering al medeplichtig geworden aan de samenzwering. De belangen van de regering om een geheime oorlog te beschermen liepen parallel met de belangen van het team om hun misdrijven te verbergen, en zo werd er openlijk een akkoord gesloten.'
'Genoteerd,' zei hij.
Ik haalde diep adem. 'Generaal, was u betrokken bij, of op de hoogte van deze afspraken?'
'Ja,' gaf hij eerlijk toe.
'Dan is het uw plicht u te distantiëren van deze zaak en uw beslissingsbevoegdheid over onze aanbevelingen aan iemand anders over te dragen.'
Ik had verwacht dat Partridge me over de tafel naar mijn strot zou vliegen toen ik dat zei. Morrow en ik hadden er uren over gepraat. We vermoedden dat Partridge bij het complot betrokken was, waardoor hij net zo schuldig was als de mannen van Sanchez' team. Dus kon hij onmogelijk een oordeel uitspreken over hun vergrijpen. Dat gold ook voor de andere mannen aan de overkant van deze tafel. Het lag zelfs voor de hand dat de hele commandoketen boven Terry Sanchez, mogelijk tot en met de opperbevelhebber zelf, betrokken was geweest bij de misdrijven die wij aan het licht hadden gebracht. Misschien zou niemand in de hele militaire bevelsketen bevoegd zijn om een uitspraak te doen. Een massale afstand van bevoegdheden. Dat zou een interessant prece-

dent worden, hadden Morrow en ik geconstateerd in een van onze meer academische discussies.

Partridge glimlachte slechts. Het pakje Camels lag nog voor hem op tafel. Hij pakte het op en stak het zorgvuldig in zijn zak.

'Oké, raadsman,' zei hij. 'Bent u klaar? Hebt u alles gezegd wat u wilde zeggen?'

'Jawel, generaal.'

'Je hebt gelijk, Drummond. In het bijzijn van deze getuigen doe ik hierbij afstand van mijn bevoegdheid om een oordeel uit te spreken over jullie aanbevelingen. Je hebt prima werk geleverd, kerel. Je hebt moed, karakter en een scherp inzicht getoond. Je vader zou trots op je zijn. Verdomme, ík ben zelfs trots op je.'

'Dank u, generaal,' zei ik. 'Ik zal het mijn vader zeggen als ik hem zie.'

Hij grijnsde weer en zei: 'Ik heb het je al eerder gezegd, Drummond. Probeer me niet te belazeren.'

'Nee, generaal,' zei ik.

'Dan is nu het moment gekomen voor een informele discussie. Ben je bereid om te luisteren?'

'Ja, generaal.'

'Hoeveel aanklachten wegens moord had je in gedachten?'

'Misschien tien, generaal. Maar slechts één man die daarvoor verantwoordelijk wordt gehouden.'

'Die ene man is sergeant eersteklasse Perrite, neem ik aan?'

'Inderdaad, generaal.'

'Afgezien van die Perrite heeft niemand van Sanchez' mensen zich schuldig gemaakt aan een ernstig misdrijf, is het wel? Ik bedoel, we kunnen Sanchez vervolgen wegens grove nalatigheid, maar wat schieten we daarmee op? Hij is toch al zo gek als een deur. En we kunnen andere mensen nog van allerlei foute beslissingen beschuldigen, maar dan staan we wel te kijk als een stelletje wraakzuchtige mierenneukers, niet? Wat overblijft zijn die beschuldigingen van samenzwering, obstructie, meineed of wat dan ook. Maar als je één vent daarvoor zou vervolgen, kun je het halve leger wel in staat van beschuldiging stellen als ik het zo hoor. Dat heb ik toch goed begrepen, raadsman?'

'Ja, generaal. Dat ziet u helemaal juist.'

Hij leunde naar achteren in zijn stoel. 'Tretorne en Murphy hier hebben je gezegd dat we je niet zullen tegenhouden als je dit aan de grote klok wilt hangen. Klopt?'

'Dat was de afspraak, generaal.'

Hij knikte. 'Afspraak is afspraak. Je moet het zelf maar beslissen.'

'Dank u, generaal.'

Hij grinnikte, maar zonder humor. 'Je hoeft me niet te bedanken, Drummond. Alsjeblieft niet! Ik heb net de grootste hoop stront op je bordje gelegd die je ooit geroken hebt. Heb je er wel over nagedacht wat er zal gebeuren als je dit bekendmaakt?'

'Jazeker, generaal, dat heb ik. Het zal een geweldig schandaal veroorzaken.'

Daar moest hij ook om grinniken, maar nu zoals ouders kunnen lachen als hun driejarige kleuter iets leuks zegt. Niet verstandig of intelligent, maar leuk.

'Verdomme, Drummond, als dat het ergste was, zou niemand van ons je ooit een strobreed in de weg hebben gelegd. Schandalen komen en gaan. Een paar mensen draaien de gevangenis in of geven een fortuin uit aan advocaten, maar zelfs dat is tegenwoordig niet zo'n ramp. Als het schandaal maar groot genoeg is, kunnen ze er een boek over schrijven of de filmrechten verkopen nog voordat ze uit de gevangenis zijn. Daarna kopen ze een mooi huis in Malibu of Hilton Head en vliegen ze de rest van hun leven eersteklas om lezingen te houden voor twintigduizend dollar per keer. De mensen krijgen er nooit genoeg van om dat soort eikels over hun misstappen te horen leuteren. Geloof maar niet dat íémand aan deze kant van de tafel benauwd is voor een schandaaltje meer of minder.'

Hij grinnikte nog eens en keek naar de man van het Witte Huis. 'Hé, Parker, hoeveel schandalen heb jij niet moeten gladstrijken voor onze geliefde opperbevelhebber?'

Parker lachte met hem mee. 'Ik wil niet oneerbiedig klinken, generaal, maar de man trekt schandalen aan zoals een wollen pak pluisjes aantrekt. Elke keer dat hij een deur in het Witte Huis achter zich dichttrekt, houden we ons hart vast wat hij nu weer uitspookt.'

Partridge keek mij weer aan. 'Begrijp je, kerel? Tretorne, Murphy of ik hebben dit niet gedaan omdat we bang waren voor een schandaal. Zijn jullie in die vluchtelingenkampen wezen kijken toen je hier was?'

'Ja.'

Hij knikte waarderend. 'Heel verstandig. Op dit moment zitten er bijna anderhalf miljoen Kosovaren in onze kampen. Anderhalf miljoen van die arme klootzakken voor wie wij de enige hoop zijn die ze nog hebben. Als je dit bekendmaakt, betekent dat het einde van de hele operatie om hen weer terug naar huis te brengen. Het hele zaakje hangt toch al aan een zijden draad. De Russen beschuldigen ons van genocide. Onze NAVO-bondgenoten hebben de pest in omdat ze er met de haren bij gesleept zijn. We hebben de meesten van hen ertoe gedwongen omdat ze zich schaamden voor de situatie. Zodra ze ontdekken dat we een geheime grondoorlog voeren, zullen ze de zaak onmiddellijk afblazen. Dan mogen we niet meer vanaf de Italiaanse luchtmachtbases vliegen. De Britten zullen het misschien nog volhouden, maar wat is er dan nog van over? Dacht je dat het Congres ons zou steunen? Ik denk het niet. En ik heb lang genoeg met die jongens onderhandeld om te weten waar ik over praat. Het zou zelfs het einde van de NAVO kunnen betekenen.

De Fransen zouden zich die kans niet laten ontglippen.'
Ik luisterde zwijgend naar elk woord.
'Het is jouw beslissing, Drummond. Je moet doen wat jou het beste lijkt. Milosević heeft waarschijnlijk tienduizenden moordenaars, verkrachters en andere criminelen op zijn loonlijst staan. De meesten van hen zullen nooit een rechtszaal vanbinnen zien. Maar ga je gang en stel het lot van die ene soldaat, die sergeant Perrite, tegenover het lot van anderhalf miljoen Kosovaren. Jij moet beslissen of openbaarheid in deze zaak een overwinning van Milosević waard is. Jij moet beslissen of je het leven van miljoenen mensen wilt vernietigen voor de kans om één man te straffen voor het doden van zo'n stel schoften, die waarschijnlijk geen beter lot verdienden. Bedenk goed hoe het voor die miljoenen mensen zou zijn om hun land te moeten verliezen ter wille van één idioot die ze de Hamer noemden.'
Hij stond op en liep de kamer uit zonder nog een woord te zeggen. Tot dit moment hadden Morrow en ik de wereld kunnen bekijken door een vergrootglas, met de illusie dat we een nobele kruistocht voerden om een afschuwelijke misstand recht te zetten. Nu zaten we als aan onze stoelen gelijmd, te verbijsterd om te reageren. De anderen staarden ons aan.
Opeens kreeg ik kramp in mijn maag. 'Als de heren ons willen excuseren?' zei ik haastig. 'Kapitein Morrow en ik hebben nog iets te bespreken.'
Voordat we vertrokken, draaide ik me om en keek ik generaal Murphy aan. Hij doorstond mijn blik zonder een spoor van schuld of schaamte. Maar hij grijnsde niet, dat moest ik hem nageven. Hij zwolg niet in zijn triomf.
Hij en Tretorne hadden me opnieuw te pakken gehad. Ik had inderdaad een pact met de duivel gesloten.

35

Er zijn momenten in het leven waarop de verkeerde beslissing in feite de juiste is. En misschien wel omgekeerd, ik weet het niet. Die theorie heb ik nog niet getest.

Ik keek de rechtszaal rond en wist dat ik het moeilijk zou krijgen. De tien leden van de krijgsraad keken strak naar de tafel van de verdediging, die tot mijn grote schrik met een ongelooflijk sterke inleiding kwam. Ik was aanklager, uiteraard, hoewel ik op dat moment liever in de schoenen van de verdediger had gestaan. De hele bodem van mijn zaak werd onder mijn voeten weggeslagen.

Ik draaide me om en keek bezorgd naar mijn eerste assistente, Imelda Pepperfield. Ze haalde haar schouders op, zette haar goudomrande brilletje recht en wierp me toen een strenge blik toe. Als ik mededogen zocht, was ik bij haar aan het verkeerde adres. Misschien was Imelda wel degene die had bedacht dat 'mededogen' in het woordenboek tussen 'matennaaier' en 'melaats' te vinden is.

En ik dacht nog wel dat ik een waterdichte zaak had. Niets aan de hand. Weer een eenvoudige overwinning voor ons briljante juridische genie, Sean Drummond. De feiten logen er dan ook niet om. Een sergeant van een van de 'zwarte' onderdelen van het leger, in dit geval een verbindingseenheid die gebruikmaakte van de modernste communicatieapparatuur waar het grote publiek geen flauw benul van had, was betrapt op illegaal gebruik van zijn creditcard.

Helaas voor hem en de regering was het een Visa-card van het leger. Hij had hem gebruikt om een auto, een camera met zoomlens, dure kleren en zelfs een set golfstokken aan te schaffen. Die golfstokken deden de deur dicht. Zijn commandant had de fraude ontdekt en de man aan ons uitgeleverd voor berechting. Ik had nog een geweldige achterstand vanwege de maand die ik aan die Kosovo-kwestie had besteed, maar toch kreeg ik deze zaak opgedragen. Geen probleem, dacht ik. Ik deed de voorbereidingen, vond kopieën van zijn afrekeningen en wist een positieve identificatie los te krijgen van het winkelpersoneel dat de videobanden bekeek, die door de rechter als bewijs waren toegelaten. Waterdicht, nietwaar? En het karakter van zijn aankopen deed hem de das om. Iedere idioot begreep dat hij de officiële Visacard gewoon voor zijn eigen plezier had gebruikt. Ik hoefde alleen nog mijn verhaaltje af te draaien voor de krijgsraad van officieren en sergeants. Zoals altijd was de raad samengesteld uit leden van 'zwarte' eenheden. Dat was een nachtmerrie voor de verdediging, omdat zulke mensen meestal weinig consideratie of begrip konden opbrengen. Ik was van plan een korte maar overtuigende inleiding te houden, mijn stapeltje bewijzen te laten zien, en voilà! Weer een schurk die een tijdje voor zijn wandaden zou kunnen brommen.

Helaas werkte de verdediging niet mee. Zijn advocate liep voor het college heen en weer, zwaaiend met haar armen, terwijl ze een krankzinnige argumentatie hield. Ze beweerde dat haar arme cliënt twee officieren van zijn eenheid van spionage had verdacht. Zijn aankopen waren nodig geweest voor een vermomming waarin hij de officieren had willen betrappen. Eén keer in de maand, verklaarde ze, ontmoetten de twee landverraders hun buitenlandse contactman op een plaatselijke golfbaan, waar ze met hun drieën een partijtje speelden. Daarbij werden geld en informatie uitgewisseld. Haar cliënt, beweerde ze, had de auto alleen gekocht omdat ze anders zijn eigen auto zouden herkennen. Bovendien was het een roestige, lelijke, oude Ford Mustang uit 1969, die maar vierhonderd dollar had gekost. Niet eens een cabrio, benadrukte ze. Verder had hij een valse snor en pruik aangeschaft bij de golfstokken, om zijn vermomming te vervolmaken. En die camera met de 400X-zoomlens? Hoe had hij an-

ders moeten vastleggen dat de mannen werden betaald voor informatie?
De leden van de krijgsraad knikten instemmend bij elk punt. De advocate produceerde zelfs een afrekening van de valse snor en pruik, naast al die andere luxeartikelen die de bevooroordeelde aanklager straks nog wilde presenteren.
Wat een onzin! Ik had in mijn hele carrière nog nooit zo'n schandalige, verachtelijke en krankzinnige verdediging gehoord. Ze had net zo goed kunnen beweren dat hij bij de aankoop van al die spullen per ongeluk de verkeerde creditcard uit zijn portefeuille had getrokken. Dat hij – eerlijk waar! – zijn eigen Visa had willen gebruiken. Dat is tenminste nog een redelijke verdediging. Ik had het zelf eens geprobeerd in een soortgelijke zaak. Mijn cliënt was wel veroordeeld, maar ik vond het niet slecht bedacht van mezelf.
Helaas viel de krijgsraad als een blok voor haar begripvolle ogen, om nog maar te zwijgen van haar fysieke charmes – die er mochten zijn, dat gaf ik eerlijk toe. En het voordeel van haar verdediging was dat het zo totaal onwaarschijnlijk was dat iedereen het meteen geloofde.
Toen ze uitgesproken was, wierp Morrow het college nog een stralende glimlach toe en je kon bijna hóren dat hun hart een slag oversloeg. Daarna draaide ze zich om en lachte ook tegen mij. Heel anders, dat wel. Meer de voldane grijns van een leeuwin na een smakelijke maaltijd, of vóór een smakelijke maaltijd, wat dan ook. Misschien zit er maar weinig verschil tussen de ene en de andere grijns.
Morrow en ik hadden natuurlijk besloten om de zaak Sanchez en de samenzwering niet aan de grote klok te hangen. Je kunt één man nu eenmaal niet tegenover het lot van een paar miljoen vluchtelingen plaatsen. Ik ken dat filosofische geleuter dat het doel nooit de middelen heiligt, maar dit was een voorbeeld van het tegendeel. Per slot van rekening zijn wetten in de eerste plaats bedoeld om een samenleving

te beschermen, en anderhalf miljoen Kosovaren vormden een samenleving. En Perrite? Dat was maar één man. Althans, tot die conclusie waren Morrow en ik gekomen voordat we de handdoek in de ring gooiden en ons maar bij de samenzwering aansloten.

Clapper was zo vriendelijk om de termijn nog met drie dagen te verlengen, zodat we de tijd hadden om onze conclusie te herschrijven en Sanchez en zijn mannen van alle aanklachten vrij te pleiten. We noemden Tretornes nepopnamen als bewijs dat het team uitsluitend uit zelfverdediging had gehandeld. En de conclusies van de lijkschouwer? Op de een of andere manier kwamen die niet in het rapport terecht. Ik geloof dat Imelda ze was kwijtgeraakt, boven een kachel. Niets voor Imelda om dingen kwijt te raken, maar iedereen maakt wel eens fouten.

We stortten ons met hart en ziel in de doofpotoperatie. En de Serviërs reageerden precies zoals Delbert – of Floyd, of hoe de klootzak ook mocht heten – had voorspeld. Ze hielden een persconferentie en beweerden dat hun soldaten allemaal in het achterhoofd waren geschoten. Waarop Morrow en ik ook een persconferentie belegden met de mededeling dat we overtuigende NSA-bewijzen hadden dat dit een smerige poging tot bedrog was van Milosević. Een paar journalisten hadden daar hun twijfels over, maar Milosević had in de loop van de jaren zo vaak gelogen dat niemand zijn beweringen nog serieus nam. Eigenlijk wel ironisch dat wíj het deze keer waren die leugens vertelden over een moord. Hoe sterk ik ook geloof in gerechtigheid voor iedereen, de slachtoffers van de Hamer en zijn trawanten hadden hun recht nooit gekregen. Of nu misschien wel.

Adjudant Persico kreeg nog een zilveren ster en een paar andere teamleden werden onderscheiden met een bronzen ster. Op het grasveld van het Witte Huis. Ik mocht Persico wel, dus ik had er niet veel problemen mee. Terry Sanchez werd overgebracht naar de psychiatrische afdeling van een veteranenhospitaal ergens in het zuiden van Virginia. Het laatste wat ik ervan hoorde was dat ze hem een dwangbuis hadden aangetrokken om de blaren op zijn dijen te laten genezen. En sergeant Perrite? Die werd uit het team verwijderd en moest zijn groene baret inleveren. Dat was één van de twee concessies die ik had geëist voordat ik de witkwast ter hand had genomen ter wille van de overheid. Perrite had nog twee jaar te gaan volgens zijn huidige contract, en ik regelde een baantje voor hem bij de grafregistratie, waar hij een paar jaar kuilen mocht spitten om mensen te begraven. Daar kwam hij misschien genadig van af, maar wie weet, misschien zou het hem aan het denken zetten.

Als ik ooit mijn Schepper ontmoet, ben ik er redelijk zeker van dat ik dit alles wel kan verklaren. Ik bedoel, ik ben advocaat en verdomd goed in mijn werk. Ik heb wel zwakkere zaken gewonnen.

Wat ik ervan geleerd had? Dat ik Murphy gelijk moest geven, bijvoorbeeld. Dat die principes van plicht, eer en trouw aan het vaderland soms heel vervelend kunnen botsen. Ze passen niet altijd bij elkaar, en dan moet je beslissen welke je overboord gooit.

Ik was naar Clapper gegaan met nog één eis als genoegdoening voor de smet op mijn maagdelijke blazoen en de aantasting van mijn nobele principes. Mijn speciale juridische afdeling was net een van haar twee uitstekende verdedigers kwijtgeraakt, die het leger had verlaten om faam en fortuin te vergaren bij een van die grote kantoren in Washington die overwinteren in zo'n grote glazen toren. Ik weet niet wat de man bezielde. Of eigenlijk wel. Het zullen die verrekte onkostenvergoedingen en smakelijke winstdelingsregelingen wel zijn geweest. Maar daar moest hij heel wat voor inleveren.

In elk geval hadden we een opvolger nodig en dus haalde ik

Clapper over om Morrow aan ons af te staan. Maar op dit moment had ik daar spijt van als haren op mijn hoofd. Ik zag de gezichten van de leden van de krijgsraad, die allemaal strak naar Morrows benen staarden. Hoe moest ik daarmee concurreren? Ik bedoel, wat een krankzinnig verhaal! De vent had een auto, kleren, een dure camera en een set golfstokken gekocht om een paar officieren te kunnen betrappen die geheimen aan de vijand verkochten? Morrow had te veel films van Oliver Stone gezien.

Maar diep in mijn hart wilde ik haar graag bij me houden. Tenslotte heeft ze van die ongelooflijk begripvolle ogen, en dat is soms wel handig.

En waarschijnlijk is het nu wel duidelijk dat ik niet gauw opgeef. Ooit, in de nabije toekomst, als ik de vloer met haar heb aangeveegd in dit proces, zal ik de mooie mevrouw Morrow bewijzen dat ik geen pinkelman ben. Misschien geen plokworst, maar zeker geen pinkelman. Overdrachtelijk gesproken, uiteraard.

Lees ook van A.W. Bruna Uitgevers B.V.

John Farrow

IJstijd

Hoofdinspecteur Emile Cinq-Mars is een *outsider* in de politiemacht van Montréal. Hij wordt weliswaar bewonderd vanwege zijn eruditie en scherpzinnigheid, maar hij is vooral gehaat om zijn eigenzinnigheid en arrogantie. In de loop van zijn lange carrière heeft Cinq-Mars een uitgebreid netwerk van informanten opgebouwd dat hem in staat stelt gecompliceerde zaken op te lossen.
Op kerstavond treft Cinq-Mars het lijk aan van een van zijn tipgevers.Op het gruwelijk mishandelde lichaam hebben de moordenaars een macabere boodschap achtergelaten: we hebben je infiltrant ontmaskerd en geëlimineerd…
Gedreven door verontwaardiging en schuldgevoel opent Cinq-Mars de jacht op de daders. Hij komt terecht in de Canadese onderwereld waarin niemand te vertrouwen is en waar de grenzen tussen goed en kwaad volledig zijn vervaagd…

ISBN 90 449 2985 2

Lees ook van A.W. Bruna Uitgevers B.V.

Glenn Meade

Sneeuwwolf

Januari 1953

De Koude Oorlog is op z'n hoogtepunt. Nog voor Eisenhower is geïnstalleerd als president, ontvangt hij het alarmerende bericht dat Stalin een atoomaanval op Amerika aan het voorbereiden is. Eisenhower en de directeur van de CIA komen tot de conclusie dat er maar één oplossing is om het dreigende onheil af te wenden: Stalin moet worden gedood.
In het diepste geheim wordt operatie Sneeuwwolf voorbereid. Alex Slanski en Anna Khorev, beiden in Rusland geboren en uit Stalins hel ontsnapt, worden vanuit Finland in Estland gedropt om onopgemerkt naar Moskou te reizen.
Maar de CIA ontdekt dat de KGB van Operatie Sneeuwwolf af weet en dat zij opdracht heeft gegeven tot een grootscheepse klopjacht op de twee agenten. Het is onmogelijk hen terug te roepen en CIA-agent Jack Massey krijgt de opdracht Slanski en Khorev op te sporen.
Hij moet ze kost wat kost tegenhouden voordat ze in handen vallen van Beria, het beruchte hoofd van de geheime politie. Zelfs als dit betekent dat Jack hen zal moeten doden om ze te stoppen…

ISBN 90 449 2955 0

Lees ook van A.W. Bruna Uitgevers B.V.

Cameron Spence

Achter de linies

'De twee Irakese militairen zetten hun helm op, maakten de kinband vast en begonnen onze richting uit te lopen. De officier liep recht op onze Landrover af…
Even wist ik me geen raad met de situatie. We bevonden ons maar liefst tweehonderd kilometer achter de vijandelijke linies. Een handvol nogal armzalig ogende Landrovers in een uitgestrekte woestijn…'

Achter de linies beschrijft een waar gebeurde SAS-operatie tijdens de Golfoorlog. Zeer gedetailleerd vertelt Cameron Spence hoe hij en zijn mannen Scud-raketten moeten opsporen en vernietigen. Ook houden ze zich bezig met het saboteren van verbindingslijnen tussen Bagdad en het vijandelijke front en maken ze vijandelijke stellingen onschadelijk…
Een adembenemende en gedurfde SAS-operatie, die tegen alle verwachtingen in uiterst succesvol blijkt.

ISBN 90 449 2937 2